宋词三百首今译

全注·全评 国学

〔清〕上彊村民 ◎ 编

姚敏杰·毕明·则野·李道纲·奚雨·李卫 ◎ 注释

陕西新华出版传媒集团·三秦出版社

图书在版编目（CIP）数据

宋词三百首今译/（清）上彊村民编；姚敏杰等注释.—2版.—西安：三秦出版社，2003.07（2022.5重印）

（传统文化经典读本）

ISBN 978-7-80546-866-2

Ⅰ.宋… Ⅱ.①上… ②姚… Ⅲ.宋词-译文 Ⅳ.I222.844

中国版本图书馆 CIP 数据核字（2003）第 042816 号

传统文化经典读本
宋词三百首今译

〔清〕上彊村民 编

姚敏杰 毕 明 则 野
李道纲 奚 雨 李 卫 注释

出版发行	陕西新华出版传媒集团　三秦出版社
社　　址	西安市雁塔区曲江新区登高路 1388 号
电　　话	（029）81205236
邮政编码	710061
印　　刷	北京华强印刷有限公司
开　　本	710mm×1000mm　1/16
印　　张	31.5
字　　数	480 千字
版　　次	2003 年 7 月第 2 版 2022 年 5 月第 2 次印刷
标准书号	ISBN 978-7-80546-866-2
定　　价	78.00 元

水 调 歌 头

苏 轼

　　明月几时有,把酒问青天。不知天上宫阙,今夕是何年。我欲乘风归去,又恐琼楼玉宇,高处不胜寒。起舞弄清影,何似在人间。

　　转朱阁,低绮户,照无眠。不应有恨,何事长向别时圆。人有悲欢离合,月有阴晴圆缺,此事古难全。但愿人长久,千里共婵娟。

——明刊本《诗余画谱》

总　序

　　中国是举世闻名的文明古国，其光辉灿烂的传统文化，已成为整个人类共同的精神财富。随着时代的进步，随着探索自然、认知社会的触角不断深入，人们比以往任何时候都迫切需要发掘传统文化宝藏，汲取更多的智慧和精神力量，来进行自我完善、自我提高，从而获取成功。于是许多人都不约而同地把目光投向那些历尽风雨淘洗的传世经典，吟之诵之，含英咀华。他们意识到，不了解唐诗宋词，没读过孔孟老庄，其麻烦不仅仅是难以达到辩才无碍的境地或获得博学多识的美誉，而且会在工作、学习及社会生活的许多方面遭遇尴尬。反之，熟知经典，以古为镜，以古为师，必定会在全新意义上的修身、齐家、治国平天下方面收到奇效。这方面例子很多，如国内某名牌高校从《易经》中提取"厚德载物"做为校训，培养了无数英才；日本企业家运用《孙子兵法》和《菜根谭》进行经营管理，屡创经济奇迹；某自然科学家要求弟子背诵《道德经》，作为攻克难关前的心理演练；某诺贝尔奖得主坦言，其所以能够历经磨难取得突破，全得益于《孟子》中的一句名言。近年来我国中小学实验教材不断加大古诗文比重以及高考试题频频"考古"，也是为了促进素质教育，培养一代新人。

　　传统文化经典很多，就存在一个轻重缓急和选择的问题，我们不赞成搞什么"百种必读"或"50种必读"，武断地制造一个封闭系统。我们认为中国传统文化经典宝库应当是开放的，其中异彩纷呈，玉蕴珠藏。所以我们推出这套《传统文化经典读本》丛书，第一批20种，只能说是向广大读者奉献的最基本的、应当最先了解的经典作品，包括《易经》、《论语》、《孟子》、《道德经》、《庄子》、《孙子兵法》、《幼学琼林》、《唐诗三百首》、《宋词三百首》、《元曲三百首》等。我们还将根据情况陆续推出第二辑、第三辑。值得说明的是，我社自上个世纪80年代就开始致力于传统文化经典的整理普及，是最早出版白话类经典读本的出版社之一。此次推出的这批图书都是精选版本、精选作者，付出了艰苦努力完成的，内在质量上乘，曾作为我社品牌图书，经受了市场的检验，受到读者的广泛好评。为适应新的形势，更好满足读者的需求，我们对其进行了重新改造整合，使之在版式、装帧等方面更趋考究精美。同时也希望读者多提批评意见，以便进一步改进。

魏全瑞

2003年7月

目 录

徽宗皇帝（一首）
  宴山亭（裁剪冰绡）……………………………（ 1 ）

钱惟演（一首）
  木兰花（城上风光莺语乱）……………………（ 2 ）

范仲淹（三首）
  渔家傲（塞下秋来风景异）……………………（ 4 ）
  苏幕遮（碧云天）………………………………（ 6 ）
  御街行（纷纷坠叶飘香砌）……………………（ 7 ）

张　先（七首）
  千秋岁（数声鶗鴂）……………………………（ 8 ）
  菩萨蛮（哀筝一弄湘江曲）……………………（ 10 ）
  醉垂鞭（双蝶绣罗裙）…………………………（ 11 ）
  一丛花（伤高怀远几时穷）……………………（ 12 ）
  天仙子（水调数声持酒听）……………………（ 14 ）
  青门引（乍暖还轻冷）…………………………（ 15 ）
  生查子（含羞整翠鬟）…………………………（ 16 ）

晏　殊（十一首）
  浣溪沙（一曲新词酒一杯）……………………（ 17 ）
  浣溪沙（一向年光有限身）……………………（ 18 ）
  清平乐（红笺小字）……………………………（ 19 ）
  清平乐（金风细细）……………………………（ 20 ）
  木兰花（燕鸿过后莺归去）……………………（ 21 ）

1

木兰花（池塘水绿风微暖）…………………………（22）
木兰花（绿杨芳草长亭路）…………………………（23）
踏莎行（祖席离歌）……………………………………（24）
踏莎行（小径红稀）……………………………………（25）
踏莎行（碧海无波）……………………………………（26）
蝶恋花（六曲阑干偎碧树）…………………………（28）

韩 缜（一首）
凤箫吟（锁离愁连绵无际）…………………………（29）

宋 祁（一首）
木兰花（东城渐觉风光好）…………………………（31）

欧阳修（十一首）
采桑子（群芳过后西湖好）…………………………（32）
诉衷情（清晨帘幕卷轻霜）…………………………（33）
踏莎行（候馆梅残）……………………………………（35）
蝶恋花（庭院深深深几许）…………………………（36）
蝶恋花（谁道闲情抛弃久）…………………………（37）
蝶恋花（几日行云何处去）…………………………（38）
木兰花（别后不知君远近）…………………………（39）
临江仙（柳外轻雷池上雨）…………………………（40）
浣溪沙（堤上游人逐画船）…………………………（42）
浪淘沙（把酒祝东风）…………………………………（42）
青玉案（一年春事都来几）…………………………（44）

聂冠卿（一首）
多丽（想人生）…………………………………………（45）

柳 永（十三首）
曲玉管（陇首云飞）……………………………………（47）

雨霖铃（寒蝉凄切）························（49）
蝶恋花（伫倚危楼风细细）················（51）
采莲令（月华收）··························（52）
浪淘沙慢（梦觉透窗风一线）··············（53）
定风波（自春来）··························（55）
少年游（长安古道马迟迟）················（57）
戚氏（晚秋天）····························（58）
夜半乐（冻云黯淡天气）··················（61）
玉蝴蝶（望处雨收云断）··················（63）
八声甘州（对潇潇暮雨洒江天）············（65）
迷神引（一叶扁舟轻帆卷）················（66）
竹马子（登孤垒荒凉）····················（68）

王安石（二首）

桂枝香（登临送目）······················（70）
千秋岁引（别馆寒砧）····················（72）

王安国（一首）

清平乐（留春不住）······················（73）

晏几道（十八首）

临江仙（梦后楼台高锁）··················（74）
蝶恋花（梦入江南烟水路）················（76）
蝶恋花（醉别西楼醒不记）················（77）
鹧鸪天（彩袖殷勤捧玉钟）················（78）
鹧鸪天（醉拍春衫惜旧香）················（79）
生查子（金鞍美少年）····················（81）
生查子（关山魂梦长）····················（82）
木兰花（东风又作无情计）················（83）
木兰花（秋千院落重帘暮）················（84）

清平乐（留人不住）……………………………（85）

阮郎归（旧香残粉似当初）………………………（86）

阮郎归（天边金掌露成霜）………………………（87）

六幺令（绿阴春尽）………………………………（89）

御街行（街南绿树春饶絮）………………………（90）

虞美人（曲栏杆外天如水）………………………（92）

留春令（画屏天畔）………………………………（93）

思远人（红叶黄花秋意晚）………………………（94）

满庭芳（南苑吹花）………………………………（95）

苏 轼（十二首）

水调歌头（明月几时有）…………………………（97）

水龙吟（似花还似非花）…………………………（99）

念奴娇（大江东去）………………………………（100）

永遇乐（明月如霜）………………………………（102）

洞仙歌（冰肌玉骨）………………………………（104）

卜算子（缺月挂疏桐）……………………………（106）

青玉案（三年枕上吴中路）………………………（107）

临江仙（夜饮东坡醒复醉）………………………（108）

定风波（莫听穿林打叶声）………………………（109）

江城子（十年生死两茫茫）………………………（111）

木兰花（霜余已失长淮阔）………………………（112）

贺新郎（乳燕飞华屋）……………………………（113）

黄庭坚（二首）

鹧鸪天（黄菊枝头生晓寒）………………………（115）

定风波（万里黔中一漏天）………………………（116）

秦 观（九首）

望海潮（梅英疏淡）………………………………（117）

八六子（倚危亭）……………………………………（119）
　　满庭芳（山抹微云）…………………………………（121）
　　满庭芳（晓色云开）…………………………………（122）
　　减字木兰花（天涯旧恨）……………………………（124）
　　踏莎行（雾失楼台）…………………………………（125）
　　浣溪沙（漠漠轻寒上小楼）…………………………（127）
　　阮郎归（湘天风雨破寒初）…………………………（128）
　　鹧鸪天（枝上流莺和泪闻）…………………………（129）

晁元礼（一首）
　　绿头鸭（晚云收）……………………………………（130）

赵令畤（三首）
　　蝶恋花（欲减罗衣寒未去）…………………………（132）
　　蝶恋花（卷絮风头寒欲尽）…………………………（133）
　　清平乐（春风依旧）…………………………………（134）

张　耒（一首）
　　风流子（亭皋木叶下）………………………………（135）

晁补之（四首）
　　水龙吟（问春何苦匆匆）……………………………（137）
　　盐角儿（开时似雪）…………………………………（139）
　　忆少年（无穷官柳）…………………………………（140）
　　洞仙歌（青烟幂处）…………………………………（141）

晁冲之（一首）
　　临江仙（忆昔西池池上饮）…………………………（143）

舒　亶（一首）
　　虞美人（芙蓉落尽天涵水）…………………………（144）

朱　服（一首）

渔家傲（小雨纤纤风细细）…………………………（145）

毛　滂（一首）
　　惜分飞（泪湿阑干花著露）…………………………（147）

陈　克（二首）
　　菩萨蛮（赤阑桥尽香街直）…………………………（148）
　　菩萨蛮（绿芜墙绕青苔院）…………………………（149）

李元膺（一首）
　　洞仙歌（雪云散尽）…………………………………（150）

时　彦（一首）
　　青门饮（胡马嘶风）…………………………………（152）

李之仪（二首）
　　谢池春（残寒消尽）…………………………………（153）
　　卜算子（我住长江头）………………………………（155）

周邦彦（二十三首）
　　瑞龙吟（章台路）……………………………………（156）
　　风流子（新绿小池塘）………………………………（158）
　　兰陵王（柳阴直）……………………………………（160）
　　琐窗寒（暗柳啼鸦）…………………………………（162）
　　六丑（正单衣试酒）…………………………………（163）
　　夜飞鹊（河桥送人处）………………………………（166）
　　满庭芳（风老莺雏）…………………………………（167）
　　过秦楼（水浴清蟾）…………………………………（169）
　　花犯（粉墙低）………………………………………（171）
　　大酺（对宿烟收）……………………………………（173）
　　解语花（风消焰蜡）…………………………………（175）
　　定风波（莫倚能歌敛黛眉）…………………………（177）

蝶恋花（月皎惊乌栖不定）…………………………（179）
解连环（怨怀无托）…………………………………（180）
拜星月慢（夜色催更）………………………………（182）
关河令（秋阴时晴渐向暝）…………………………（184）
绮寮怨（上马人扶残醉）……………………………（185）
尉迟杯（隋堤路）……………………………………（187）
西河（佳丽地）………………………………………（189）
瑞鹤仙（悄郊原带郭）………………………………（191）
浪淘沙慢（昼阴重）…………………………………（193）
应天长（条风布暖）…………………………………（195）
夜游宫（叶下斜阳照水）……………………………（197）

贺　铸（十二首）

更漏子（上东门）……………………………………（198）
青玉案（凌波不过横塘路）…………………………（199）
感皇恩（兰芷满汀洲）………………………………（201）
薄幸（淡妆多态）……………………………………（202）
浣溪沙（不信芳春厌老人）…………………………（204）
浣溪沙（楼角初消一缕霞）…………………………（205）
石州慢（薄雨收寒）…………………………………（206）
蝶恋花（几许伤春春复暮）…………………………（208）
天门谣（牛渚天门险）………………………………（209）
天香（烟络横林）……………………………………（210）
望湘人（厌莺声到枕）………………………………（212）
绿头鸭（玉人家）……………………………………（213）

张元幹（二首）

石州慢（寒水依痕）…………………………………（216）
兰陵王（卷珠箔）……………………………………（218）

叶梦得（二首）

贺新郎（睡起流莺语） ………………………………（220）

虞美人（落花已作风前舞） …………………………（222）

汪　藻（一首）

点绛唇（新月娟娟） …………………………………（223）

刘一止（一首）

喜迁莺（晓光催角） …………………………………（225）

韩　疁（一首）

高阳台（频听银签） …………………………………（227）

李　邴（一首）

汉宫春（潇洒江梅） …………………………………（229）

陈与义（二首）

临江仙（高咏楚辞酬午日） …………………………（230）

临江仙（忆昔午桥桥上饮） …………………………（232）

蔡　伸（二首）

苏武慢（雁落平沙） …………………………………（233）

柳梢青（数声鶗鴂） …………………………………（235）

周紫芝（二首）

鹧鸪天（一点残红欲尽时） …………………………（236）

踏莎行（情似游丝） …………………………………（238）

李　甲（二首）

帝台春（芳草碧色） …………………………………（239）

忆王孙（萋萋芳草忆王孙） …………………………（240）

万俟咏（一首）

三台（见梨花初带夜月） ……………………………（242）

徐 伸（一首）
　　二郎神（闷来弹鹊）………………………………（245）

田 为（一首）
　　江神子慢（玉台挂秋月）…………………………（247）

曹 组（一首）
　　蓦山溪（洗妆真态）………………………………（249）

李 玉（一首）
　　贺新郎（篆缕消金鼎）……………………………（250）

廖世美（一首）
　　烛影摇红（霭霭春空）……………………………（252）

吕滨老（一首）
　　薄幸（青楼春晚）…………………………………（254）

查 荎（一首）
　　透碧霄（舣兰舟）…………………………………（256）

鲁逸仲（一首）
　　南浦（风悲画角）…………………………………（258）

岳 飞（一首）
　　满江红（怒发冲冠）………………………………（260）

张 抡（一首）
　　烛影摇红（双阙中天）……………………………（262）

程 垓（一首）
　　水龙吟（夜来风雨匆匆）…………………………（264）

张孝祥（二首）
　　六州歌头（长淮望断）……………………………（265）
　　念奴娇（洞庭青草）………………………………（268）

韩元吉（二首）

　　六州歌头（东风着意）……………………………（270）

　　好事近（凝碧旧池头）……………………………（272）

袁去华（三首）

　　瑞鹤仙（郊原初过雨）……………………………（273）

　　剑器近（夜来雨）…………………………………（275）

　　安公子（弱柳千丝缕）……………………………（276）

陆　淞（一首）

　　瑞鹤仙（脸霞红印枕）……………………………（278）

陆　游（三首）

　　卜算子（驿外断桥边）……………………………（280）

　　渔家傲（东望山阴何处是）………………………（281）

　　定风波（敧帽垂鞭送客回）………………………（282）

陈　亮（一首）

　　水龙吟（闹花深处楼台）…………………………（283）

范成大（三首）

　　忆秦娥（楼阴缺）…………………………………（285）

　　醉落魄（栖乌飞绝）………………………………（286）

　　霜天晓角（晚晴风歇）……………………………（288）

蔡幼学（一首）

　　好事近（日日惜春残）……………………………（289）

辛弃疾（十首）

　　贺新郎（绿树听鹈鴂）……………………………（290）

　　贺新郎（凤尾龙香拨）……………………………（292）

　　水龙吟（楚天千里清秋）…………………………（294）

　　摸鱼儿（更能消几番风雨）………………………（296）

永遇乐（千古江山）……………………………（297）

木兰花慢（老来情味减）………………………（299）

祝英台近（宝钗分）……………………………（301）

青玉案（东风夜放花千树）……………………（302）

鹧鸪天（枕簟溪堂冷欲秋）……………………（304）

菩萨蛮（郁孤台下清江水）……………………（305）

姜　夔（十七首）

点绛唇（燕雁无心）……………………………（306）

鹧鸪天（肥水东流无尽期）……………………（308）

踏莎行（燕燕轻盈）……………………………（309）

庆宫春（双桨莼波）……………………………（311）

齐天乐（庾郎先自吟愁赋）……………………（313）

琵琶仙（双桨来时）……………………………（315）

八归（芳莲坠粉）………………………………（318）

念奴娇（闹红一舸）……………………………（320）

扬州慢（淮左名都）……………………………（322）

长亭怨慢（渐吹尽）……………………………（324）

淡黄柳（空城晓角）……………………………（326）

暗香（旧时月色）………………………………（328）

疏影（苔枝缀玉）………………………………（330）

翠楼吟（月落龙沙）……………………………（332）

杏花天（绿丝低拂鸳鸯浦）……………………（334）

一萼红（古城阴）………………………………（336）

霓裳中序第一（亭皋正望极）…………………（338）

章良能（一首）

小重山（柳暗花明春事深）……………………（340）

刘　过（一首）

唐多令（芦叶满汀洲）………………………………（342）

严　仁（一首）

　　　木兰花（春风只在园西畔）…………………………（344）

俞国宝（一首）

　　　风入松（一春长费买花钱）…………………………（345）

张　镃（二首）

　　　满庭芳（月洗高梧）…………………………………（347）
　　　宴山亭（幽梦初回）…………………………………（349）

史达祖（九首）

　　　绮罗香（做冷欺花）…………………………………（350）
　　　双双燕（过春社了）…………………………………（353）
　　　东风第一枝（巧沁兰心）……………………………（355）
　　　喜迁莺（月波凝滴）…………………………………（357）
　　　三姝媚（烟光摇缥瓦）………………………………（358）
　　　秋霁（江水苍苍）……………………………………（360）
　　　夜合花（柳锁莺魂）…………………………………（362）
　　　玉蝴蝶（晓雨未摧宫树）……………………………（363）
　　　八归（秋江带雨）……………………………………（365）

刘克庄（四首）

　　　生查子（繁灯夺霁华）………………………………（367）
　　　贺新郎（深院榴花吐）………………………………（368）
　　　贺新郎（湛湛长空黑）………………………………（370）
　　　木兰花（年年跃马长安市）…………………………（372）

卢祖皋（二首）

　　　江城子（画楼帘幕卷新晴）…………………………（374）
　　　宴清都（春讯飞琼管）………………………………（375）

潘　牥（一首）

　　南乡子（生怕倚阑干）……………………………（377）

陆　睿（一首）

　　瑞鹤仙（湿云粘雁影）……………………………（379）

萧泰来（一首）

　　霜天晓角（千霜万雪）……………………………（381）

吴文英（二十三首）

　　霜叶飞（断烟离绪关心事）………………………（382）

　　宴清都（绣幄鸳鸯柱）……………………………（384）

　　齐天乐（烟波桃叶西陵路）………………………（386）

　　花犯（小娉婷清铅素靥）…………………………（387）

　　浣溪沙（门隔花深梦旧游）………………………（389）

　　浣溪沙（波面铜花冷不收）………………………（390）

　　点绛唇（卷尽愁云）………………………………（391）

　　祝英台近（采幽香）………………………………（392）

　　祝英台近（剪红情）………………………………（394）

　　澡兰香（盘丝系腕）………………………………（395）

　　风入松（听风听雨过清明）………………………（397）

　　莺啼序（残寒正欺病酒）…………………………（398）

　　惜黄花慢（送客吴皋）……………………………（402）

　　高阳台（宫粉雕痕）………………………………（404）

　　高阳台（修竹凝妆）………………………………（406）

　　三姝媚（湖山经醉惯）……………………………（408）

　　八声甘州（渺空烟四远）…………………………（409）

　　踏莎行（润玉笼绡）………………………………（411）

　　瑞鹤仙（晴丝牵绪乱）……………………………（412）

　　鹧鸪天（池上红衣伴倚阑）………………………（414）

13

夜游宫（人去西楼雁杳）……………………………（415）
贺新郎（乔木生云气）………………………………（416）
唐多令（何处合成愁）………………………………（418）

黄孝迈（一首）

湘春夜月（近清明）…………………………………（419）

潘希白（一首）

大有（戏马台前）……………………………………（421）

黄公绍（一首）

青玉案（年年社日停针线）…………………………（423）

朱嗣发（一首）

摸鱼儿（对西风）……………………………………（424）

刘辰翁（四首）

兰陵王（送春去）……………………………………（426）
宝鼎现（红妆春骑）…………………………………（429）
永遇乐（璧月初晴）…………………………………（431）
摸鱼儿（怎知他）……………………………………（433）

周　密（四首）

瑶华（朱钿宝玦）……………………………………（435）
玉京秋（烟水阔）……………………………………（437）
曲游春（禁苑东风外）………………………………（439）
花犯（楚江湄）………………………………………（441）

蒋　捷（二首）

贺新郎（梦冷黄金屋）………………………………（443）
女冠子（蕙花香也）…………………………………（444）

张　炎（五首）

高阳台（接叶巢莺）…………………………………（446）

八声甘州（记玉关）……………………………（448）
　　解连环（楚江空晚）……………………………（450）
　　疏影（碧圆自洁）………………………………（452）
　　月下笛（万里孤云）……………………………（454）

王沂孙（五首）

　　天香（孤峤蟠烟）………………………………（456）
　　眉妩（渐新痕悬柳）……………………………（458）
　　齐天乐（一襟余恨宫魂断）……………………（460）
　　高阳台（残雪庭阴）……………………………（462）
　　法曲献仙音（层绿峨峨）………………………（464）

彭元逊（二首）

　　疏影（江空不渡）………………………………（465）
　　六丑（似东风老大）……………………………（467）

姚云文（一首）

　　紫萸香慢（近重阳）……………………………（469）

僧　挥（一首）

　　金明池（天阔云高）……………………………（471）

李清照（七首）

　　如梦令（昨夜雨疏风骤）………………………（473）
　　凤凰台上忆吹箫（香冷金猊）…………………（474）
　　醉花阴（薄雾浓云愁永昼）……………………（475）
　　声声慢（寻寻觅觅）……………………………（477）
　　念奴娇（萧条庭院）……………………………（478）
　　永遇乐（落日熔金）……………………………（479）
　　浣溪沙（髻子伤春慵更梳）……………………（481）

15

宴 山 亭

徽宗皇帝

北行见杏花

裁剪冰绡①,轻叠数重,淡著燕脂匀注②。新样靓妆③,艳溢香融,羞杀蕊珠宫女④。易得凋零,更多少、无情风雨。愁苦!问院落凄凉,几番春暮? 凭寄离恨重重,这双燕何曾,会人言语。天遥地远,万水千山,知他故宫何处?怎不思量,除梦里、有时曾去。无据⑤,和梦也、新来不做。

【作者介绍】

宋徽宗(1082—1135)名佶,1100年登上皇位,当了25年皇帝。1127年和儿子钦宗被金人俘虏,最终客死在金国。艺术上颇有造诣,擅长诗词、音乐、绘画等,书法也自成一格。著有《宣和宫词》三卷,已散佚。《全宋词》中录有其词作12首。

【注释】

①冰绡:一种透明轻薄的丝织品。这里形容杏花的轻白薄亮。
②燕脂:即胭脂,化妆用品。
③靓妆:靓(jìng),化妆。指精心梳妆打扮。
④蕊珠宫:道家所说的天上宫阙,指神仙所住的地方。蕊珠宫女,即仙女。
⑤无据:没有凭借,即虚无飘渺。

【今译】

轻盈重叠的花瓣,
像是透明洁白的片片丝帛;
透着微红,像是抹着淡淡的胭脂。
怎样地精心妆扮,使你这样的别致优雅,

即使天上的仙女，也会被你羞死。
只可惜芳华难留太易凋零，
更何况风雨无情又是那样的频频。
我的心充满了忧伤，
不知道那往日的庭院，
已是经历了几次这春去落寞的凄凉。

想要让那双飞的燕子带去我的思念，
但它又何曾懂得我的心愿。
天高地远，万水千山，
我竟要离了故居的所在。
这怎不叫我更加思恋。
借着梦的翅膀，我曾又回到了过去的地方。
虽然这是那样的虚幻飘渺，
可总是强似近来，
竟然连梦都难得一做。

【说明】

　　这首词吟物伤怀、感时抒恨。北行见杏花，虽是春日美景，却别是一番滋味，因为这时的他已不是皇帝出游而是囚徒北迁了，落寞凄凉也就可想而知了。正所谓睹物思人，触景伤情；春色越好，哀愁越深了。词中极写杏花之美就是此意。

木 兰 花

钱惟演

　　城上风光①莺语②乱，城下烟波春拍岸。绿杨芳草几时休？泪眼愁肠先已断。　　情怀渐觉成衰晚，鸾镜③朱颜④惊暗换。昔年多病厌芳尊⑤，今日芳尊惟恐浅。

【作者介绍】

钱惟演（962—1034）字希圣。浙江杭州人。他的父亲是五代十国时吴越国王，后举国投顺宋朝。他一生仕途坦达，曾做到宰相一级的高官，但晚年却降职外调，成了地方一级的军政要员。他博学能文，曾参与编纂大型类书《册府元龟》。诗词上颇有建树，为西昆诗派代表之一。他的诗作收入当时人杨亿所编《西昆酬唱集》中有54首之多。《全宋词》录其词作两首。

【注释】

①风光：风景，景象。
②莺语：指黄莺的叫声。
③鸾镜：指镜子。传说晋时有人抓到一只鸾鸟，闭口不鸣，直到映见镜子后才出声。因而以后便称镜子为鸾镜。
④朱颜：红颜。指风华正茂时的模样。
⑤芳尊：酒杯的美称。

【今译】

城上莺声阵阵春光好，
城下春色烂漫扑堤岸。
又是一年芳草绿，
又是一年杨柳青，
一年一年又一年，绿到何时才算完。
我却早已是泪眼模糊，伤心肠断。

早就觉得情趣衰减已到晚境，
可面对着镜子却依然吃惊，
怎么变化如此之大全不是过去的模样。
想从前，由于体弱多病，
我是那样地讨厌喝酒。
可如今，我却是如此的贪杯，
只怕杯中的酒太少太少。

【说明】

伤春，似为写诗弄文者的惯例。作者也不例外。但归根结底，伤春实是伤人。伤春只为借景。写此词时，诗人不但年老，而且贬官在外，其如此感慨也就势所必然了。绿杨芳草不会因任何人任何事而不再绿，但人的韶华却不会因春的往复而重来，只会越来越远。失去的才是最珍贵的，如此一来，伤春也就成了伤人的最好表现。

渔 家 傲

范仲淹

塞下①秋来风景异，衡阳②雁去无留意。四面边声连角③起。千嶂里④，长烟落日孤城闭。　　浊酒一杯家万里，燕然未勒⑤归无计。羌管⑥悠悠霜满地。人不寐，将军白发征夫泪。

【作者介绍】

范仲淹（986—1052）字希文，江苏苏州人。进士出身。曾做到宰相一级的官职。无论从政或写诗作文，都成就突出，令人瞩目。古今传颂的名句"先天下之忧而忧，后天下之乐而乐"就出自他手。其词作虽流传下来的不多，但却很精彩。

【注释】

①塞下：塞，边界或险要的地方。此处指边关。

②衡阳：湖南衡阳有座名叫回雁峰的山，传说大雁南飞至此就不再南飞了。词中指大雁南飞。

③角：军营中的号角。

④千嶂里：嶂，高大险峻像屏障一样的山峰。千嶂，层峦叠嶂，形容多。

⑤燕然未勒：燕然，山名。勒，在石头上刻记。《后汉书》记载，窦宪追击北匈奴，一直追出三千里，到了燕然山，将战绩刻在石头上，

然后凯旋。词中指还未平定边患，建立战功。

⑥羌管：笛子。

【今译】

边塞的秋天别是一番景象，
大雁南飞一点儿也不留恋。
军营的号角激越嘹亮，
和着四处的人喊马嘶，
构成了特有的边塞之声。
高大险峻的群山怀抱里，
暮色苍茫红日西沉，
映着紧闭城门的边防要塞是那样的孤单。

喝一杯边塞的浊酒，
遥想着万里之外的故乡，
可是边患未平，战功未建，
又怎么能去回归故乡。
笛声悠扬如泣如诉，
雪似的秋霜铺满了大地，
睡不着啊，睡不着，
白了将军的满头黑发，
模糊了战士的双双泪眼。

【说明】

诗人曾数年镇边，此词即是这一经历的写照。该词景象壮阔，格调悲凉，别是一番气象。不愧出于大家之手。短短一首词中，写景言情，抒发志向，无不精彩妥帖。虽是征人思乡，但却充满豪气，苍凉中透出悲壮，非缠绵哀婉之词所能比。

苏 幕 遮

范仲淹

碧云天①，黄叶地，秋色连波，波上寒烟②翠。山映斜阳天接水，芳草无情，更在斜阳外。　　黯乡魂③，追旅思，夜夜除非，好梦留人睡。明月楼高休独倚，酒入愁肠，化作相思泪。

【注释】

①碧云天：碧，青绿色或浅蓝色。形容秋天的天空。
②寒烟：秋天里的雾霭水气。
③黯乡魂：黯，昏黑或心神沮丧。此句是说想家想得失魂落魄。

【今译】

湛蓝的天空多么明净，
黄叶飘飘铺满了大地，
江河也染上了秋的颜色，
水气雾霭凝成了秋的绿意。
夕阳西下映照着山的身影，
天水相连浑然一体，
只有无情的芳草却还是那样无动于衷，
远远地逸出在夕阳之外。

乡愁折磨得我黯然神伤，
挥不去的思恋伴随着每一段旅程。
除非能有一个归乡的好梦，
否则只会辗转难眠，夜夜伤怀。
不敢一个人独自登上高楼，
不敢一个人独自去观赏明月，
想以酒相伴，或许可以忘却思乡的忧愁，
可哪里知道，酒入愁肠，

化出的却是滚滚而来的相思眼泪。

【说明】

非胸中有大气象真情趣,则不能写出这情景。"碧云天,黄叶地",仅以六个字就写尽了秋之爽和秋之色。"山映斜阳天接水,芳草无情,更在斜阳外"。道是无情却有情,虽然不动声色,但隐情已在其中。下片尽写相思,极尽缠绵而不做作,别是一种相思情趣,显得情真意切。

御 街 行

范仲淹

纷纷坠叶飘香砌①,夜寂静,寒声碎。真珠②帘卷玉楼③空,天淡银河垂地。年年今夜,月华如练④,长是人千里。 愁肠已断无由醉,酒未到,先成泪。残灯明灭⑤枕头欹⑥,谙尽⑦孤眠滋味。都来此事⑧,眉间心上,无计相回避。

【注释】

①香砌:砌,台阶。香,赞美之词。
②真珠:即珍珠。
③玉楼:天上的白玉楼。此处指华美的楼阁。
④练:白色丝织品。喻指白色。
⑤明灭:灯光闪烁,忽明忽暗。
⑥欹:倾斜。
⑦谙尽:谙,熟悉,深知。尽,彻底。
⑧都来:即算来。

【今译】

秋叶缤纷飘落在精美的石台阶上,
夜色沉沉格外寂静,

细碎的秋声带着阵阵寒意,
卷着的珍珠门帘依然高高挂起,
华美的高楼也照旧空空荡荡,
横过淡淡的夜空,银河斜垂大地。
年复一年的今夜,
月光都是这样的美好,像那洁白的丝练。
可心中思念的人儿,
却总是远在千里之外。

相思的忧伤早已让我愁肠寸断,
想一醉方休也成了难以实现的奢望,
酒还未到,就已化作了相思的泪水。
残灯将尽,忽明忽暗,
我斜靠在枕头上,彻夜难眠,
把这孤单的滋味反复品尝。
这难耐的寂寞,这无尽的思念,
深深地烙在我的眉间心上,
是那样地难以躲避,也无法躲避。

【说明】

　　此词确是一片儿女情长,像是在热恋挚爱中。正所谓:"都来此事,眉间心上,无计相回避"。虽是抒情,但词中却隐约以事相出。先说秋来萧瑟,人去楼空,多情如我徘徊楼下;然后是孤灯不眠,如何难耐,且无计可排除。层层叙来,别是一种笔墨。可谓是淋漓尽致。

千 秋 岁

张　先

数声鶗鴂[①],又报芳菲歇[②]。惜春更选残红折,雨轻风色暴，梅子青时节。永丰柳③，无人尽日花飞雪。　　莫把幺弦拨④，怨极弦能说。天不老，情难绝，心似双丝网，中有千千结。夜过也，东窗未白孤灯灭。

【作者介绍】

张先（990—1078）字子野。今浙江湖州人。进士出身。由县令做起，最终做到尚书都官郎中。他的词作兼具各家特色，但却不臻至境，既有温婉、又有豪壮，与柳永齐名，具有承上启下之特点。词作中因多用巧用"影"字，而多有名句，如"云破月来花弄影"，"帘卷压花影"等，被人戏称"张三影"。

【注释】

①鹈鴂（tí jué）：鸟名。又说即是杜鹃鸟。传说该鸟暮春才叫，入夏即停。因而古人把它的叫声当成了春归的标志。
②芳菲：指花草。
③永丰柳：唐代诗人白居易有"永丰西角荒园里，昼日无人属阿谁"的句子。此处借用，意指无人眷顾处。
④幺弦：琵琶上的第四根弦，也是最细的。

【今译】

几声鹈鴂的鸣叫，
报道着春去花落的消息。
怀着惜春的心绪，
特别折下那受伤的花枝，
春的雨意虽轻柔，但风儿却暴虐，
恰在这梅子青青的时节里。
寂寞无人的庭院里，
只有雪一样的杨花柳絮漫天飞舞。

不要去弹拨那细小的琴弦，
情到深处它也无法诉说。

天不老，我的情也难了，
像那双丝织就的网，
在我的心中拧着千万个情结。
长夜难眠就要过去，
曙光还未映入窗户，
可油灯已尽悄然灭去。

【说明】

　　春日思人，秋日盼归已是诗词中泛滥的题材，但前人抒写不疲，实是各有千秋。该词由上片惜春到下片惜情，承转自然，不留痕迹。"无人尽日花飞雪"一句极写寂寞，恰是"情到深处人孤独"的写照。"心似双丝网，中有千千结"可谓是一语中的，写出了恋情的剪不断、理还乱，极形象也极传神。结尾一句，道是无情却有情，只是欲说还休而已。

菩　萨　蛮

张　先

　　哀筝①一弄湘江曲②，声声写尽湘波绿。纤指十三弦，细将幽恨传。　　当筵秋水③慢，玉柱斜飞雁。弹到断肠时，春山④眉黛低。

【注释】

①哀筝：哀，指曲调的情绪。筝，一种古乐器，有十三根弦。
②湘江曲：乐曲名。是纪念舜之二妃的，比较哀婉。
③秋水：喻指美好的眼睛。
④春山：眉毛的别称，特指女性。

【今译】

筝声哀怨弹奏着《湘江曲》，

传神写意似乎湘江碧波就在眼前。
纤巧的手指跳跃在十三根筝弦上，
把曲中的哀怨一一仔细描述。

歌宴前她眼波流转秋水盈盈，
斜列的筝柱犹如飞翔的群雁。
当弹到如泣如诉伤心肠断的时候，
她那春山样的双眉也随之低低垂下。

【说明】

该词一如记事小品，描绘了一位弹筝的女子。着墨不多，但形象鲜明。特点在于诗人把乐曲的内容和女子的心理活动紧密相连，以神写形，形神兼备，可谓以少胜多，点到即止。

醉垂鞭

张 先

双蝶绣罗裙，东池宴，初相见。朱粉不深匀①，闲花淡淡春。　　细看诸处好，人人道，柳腰身②。昨日乱山昏，来时衣上云。

【注释】

①不深匀：匀，指涂抹。不深匀：指淡妆。
②柳腰：形容女子腰细而柔，像柳枝一样。

【今译】

罗裙上绣着双飞的蝴蝶，
在东池的宴会上初次相见，
她就给我留下了深刻印象。
没有浓妆，也没有艳抹，

清丽的犹如一枝娴雅的春花。

细细打量她是那样的无处不好,
婀娜多姿的腰身更是人人称道。
就像昏暗的群山里飘来的仙女,
不然的话那衣服上怎么白云缭绕。

【说明】

　　词中女子清丽可人,一如该词之清丽可人。"君子好色而不淫",此词或是一个说明,除赏美外,别无他意。淡淡妆,天然样,或是诗人理想中的女子形象。结尾两句,或是诗人的想象,给词境平添了几分空灵之气。试想一下:群山昏暗中,仙女飘然而下,且有白云缭绕,此情此景,怎能不让人感到新鲜奇妙。

一　丛　花

张　先

　　伤高怀远几时穷?无物似情浓。离愁正引千丝乱,更东陌①,飞絮濛濛。嘶骑②渐遥,征尘不断,何处认郎踪?　双鸳池沼水溶溶,南北小桡通③。梯横画阁黄昏后,又还是,斜月帘栊④。沉恨细思,不如桃杏,犹解嫁东风。

【注释】

①陌:田间东西方向的小路。此处泛指。
②嘶骑:骑,指兵马或一人一马。嘶,马叫声。
③桡(ráo):船桨。指代船。
④帘栊:指窗户。栊,窗格子。

【今译】
登高望远总是伤感的日子何时才算尽头?
这世上的一切又有哪一样比情更深更浓。
离别的思念千头万绪丝样紊乱,
更哪堪路上柳絮飘飞濛濛一片。
分别时他的身影越来越远,
渐渐地连马嘶声也听不见,
扬起的征尘挡住了我的视野,
再也无法寻觅到他的踪迹。

碧波荡漾鸳鸯成双成对,
小船儿通行南北自由自在。
美丽的楼阁空空荡荡,
楼梯横放在那儿却无人登临。
难耐的黄昏之后,
只有月色映着窗户。
离恨重重我细细回想,
多么悲惨连那桃杏花儿也不如,
趁着春日它们还能嫁给东风,
是开是落都紧紧相随。

【说明】
情到深处恨自生。词中的主人公一恨情不尽,再恨情太浓,三恨不如桃杏花。以恨写情,正是此词过人处。虽然也是离人愁怨,但绝少脂粉气。如第一句"伤高怀远几时休",就很有些男子气概,起手不凡。结句"沉恨细思,不如桃杏,犹解嫁东风",也同样掷地有声。花开为乐,花落为悲,但若能朝夕相处,则无论悲喜。痴心可鉴,情深如何则不言立明。此词以恨起,以恨终,深情厚意尽在其中,确是佳作。但大起大落中也不乏温情细语,如鸳鸯小船,画楼斜月,自有一番缠绵景致。

天 仙 子

张 先

时为嘉禾①小倅②，以病眠，不赴府会。

《水调》③数声持酒听，午醉醒来愁未醒。送春春去几时回？临晚镜，伤流景，往事后期空记省。　　沙上并禽④池上暝⑤，云破月来花弄影。重重帘幕密遮灯，风不定，人初静，明日落红应满径。

【注释】

①嘉禾：地名，现在的浙江嘉兴。词人当时在此做判官。
②小倅（cuì）：小官。
③《水调》：曲调名，当时很流行。
④并禽：成双成对的鸟儿。多指鸳鸯。
⑤暝：指日落天黑时或天色昏暗。

【今译】

听着《水调》饮着美酒，
不知不觉竟醉了过去，
一觉醒来醉意虽消但愁绪依旧。
春意阑珊就要去了何时再来？
黄昏时分对镜自照感慨万千，
人生易逝就像流水一样。
过去的和要来的或喜或悲，
转瞬即逝只能让人空自怀想。

岸边沙地上鸳鸯相依相偎，
夜色昏暗笼罩着一池春水，
月光破云而出映着花儿婆娑的身影。

层层帘幕锁住了屋中的灯光,
风儿依旧只是人声已静,
一夜过后,摇落的花儿将铺满小路。

【说明】

写此词时诗人已50多岁,其感时伤春自不待言,因而词中多是落寞无奈之情。"云破月来花弄影"似为神来之笔,贴切传神且不显雕凿,历代被称为写景名句。结句"明日落红应满径"写春去景象也颇为自然形象,以景语做情语,哀而不伤,余音袅袅。

青 门 引

张 先

乍①暖还轻冷,风雨晚来方定。庭轩②寂寞近清明,残花中酒③,又是去年病。 楼头画角风吹醒,入夜重门静。那堪更被明月,隔墙送过秋千影。

【注释】

①乍:忽然;刚,起初。
②庭轩:庭院。轩,有窗户的长廊或小屋子。
③中酒:饮酒过量而不舒服。

【今译】

天气刚刚转暖依然带着些寒意,
白日里风风雨雨直到傍晚才停。
屋里屋外一样寂寞又是清明时节,
春去花败多么让人感慨伤怀,
像去年此时一样我的酒又喝得太多。

更楼上号角声响风儿吹荡,

穿过重重紧闭的房门，
把我从沉醉中唤醒，
才发觉自己身旁太静太静，
真让人受不了啊，
明月又送来了隔壁人家秋千的影子。

【说明】

　　这又是一首伤春怀人之作。伤春自不必说，词中已讲得明白。而怀人的消息，却只从"隔墙送过秋千影"中悄然传出。秋千和少女，在宋人词中似乎有不解之缘。否则，一架秋千，何至于让人如此不堪。明白了这些，也就明白了词中的一片寂寞之情。

生 查 子

张　先

　　含羞整翠鬟①，得意频相顾。雁柱十三弦②，一一春莺语。娇云容易飞，梦断知何处。深院锁黄昏，阵阵芭蕉雨。

【注释】

　　①翠鬟：女子发式的美称。
　　②雁柱十三弦：指筝。筝有十三根弦，斜列的筝柱犹如大雁的行列。

【今译】

似娇似羞轻理着满头秀发，
秋水盈盈频频相望春风满面。
纤纤素手弹起欢快的乐曲，
十三根弦上回荡着春莺的妙曼。

娇美的人儿像春云般飞去，

到今日梦里也寻不到她的踪迹。
深深的庭院寂寞地笼罩在黄昏里,
雨打着芭蕉发出阵阵凄迷。

【说明】

这是首怀人之作。上片写了弹筝女子的娇美姿态。以"一一春莺语"作结,表现了一种极为欢快的情景。可是好景不长,"娇云容易飞",情绪直转而下,成为迷茫。结句"深院锁黄昏,阵阵芭蕉雨",以景语作情语,意在言外,情在景中,把怀人的思绪渲染得格外凄迷感人。

浣 溪 沙

晏 殊

一曲新词酒一杯,去年天气旧亭台①,夕阳西下几时回?
无可奈何花落去,似曾相识燕归来,小园香径②独徘徊。

【作者介绍】

晏殊(991—1055)字同叔,今江西抚州人。他自幼聪明,传说七岁就能写文章,被誉为神童。虽未经过进士考试,但直接由皇帝赐予进士出身。仕途坦达,做到宰相一级的高官。政治上虽少建树,但却慧眼识人,范仲淹、欧阳修等著名人物均出自他的门下。是北宋著名词人,词作清新雅致,极富韵味。词作集成《珠玉集》。

【注释】

①旧亭台:旧,原有的,原来的。
②香径:意指小路铺满落花。

【今译】

听一曲新词饮一杯美酒,

依旧是去年的天气昔日的亭台,
像那落下又升起的太阳一样,
春天去了什么时候又回来呢?

真是无可奈何啊花儿又要败去,
让人惊喜的却是那似曾相识归来的燕子,
小小的庭园里已是落花满地,
我沿着飘香的小路独自徘徊。

【说明】

同是伤春,却大不一样。这首词中表现出一种智者的沧桑感,让人感到一种生命的延伸和流淌。花虽然败去了,但燕子不也归来了吗。人生不正是在这种似新似旧的情景中一步步走过吗。词中用语极为平易,但却不凡,娓娓叙来,却成千古名句。"无可奈何花落去,似曾相识燕归来",道尽了人生的多少无奈和多少惊喜,难怪被人传颂至今。

浣 溪 沙

晏 殊

一向年光有限身①,等闲②离别易消魂,酒筵歌席莫辞频③。满目山河空念远,落花风雨更伤春,不如怜④取眼前人。

【注释】

①一向句:一向,即一晌。指短暂。年光,时光,年华。有限身,指人生短暂。

②等闲:寻常,随便。

③辞:拒绝,推托。

④怜:珍惜,爱。

【今译】
年华易逝人生多么短暂，
寻常离别也会让人暗暗消魂，
不要说歌舞太多酒筵太频。

山河依旧不会为思念改变，
风雨吹打着落花更让人分外伤春，
真不如好好珍惜眼前的故人。

【说明】
人生苦短，离愁正多，需要一种豁达的态度，但也无需醉生梦死。词中似乎介于两者之间，既有豁达的一面，也有及时行乐的一面，似乎在倾诉着人生的一种无可奈何。

清 平 乐

晏 殊

红笺[①]小字，说尽平生意，鸿雁在云鱼在水[②]，惆怅此情难寄。　　斜阳独倚西楼，遥山恰对帘钩。人面不知何处[③]，绿波依旧东流。

【注释】
①红笺：一种精美的小幅红纸，多用来作名片、请柬或题写诗词用。此处指信纸。
②鸿雁在云鱼在水：意指无由传递。古人认为雁和鱼可以传递信息，像信使一样。
③人面：指思念的意中人。来源于唐代诗人崔护的名句"人面不知何处去，桃花依旧笑春风"。

【今译】

粉红色信笺上写得密密麻麻，
要把那一生的思念尽情表达，
会传信的大雁高飞在蓝天上，
能捎书的鱼儿畅游在碧水中，
可是多么令人惆怅啊，
我的这份思念却无法寄上。

落日黄昏我独自登上西楼，
远山遥遥正对着闲挂的帘钩，
思念的人儿你在哪里，
绿水悠悠依旧不停地东流。

【说明】

化用"人面不知何处去，桃花依旧笑春风"的诗意，以抒写自己的思念之情。思而不得，则成寂寞。"斜阳独倚西楼，遥山恰对帘钩"正是这寂寞的具体写照。依然是情到深处人孤独，更何况是"惆怅此情难寄"时。

清 平 乐

晏 殊

金风①细细，叶叶梧桐坠。绿酒②初尝人易醉，一枕小窗浓睡。　　紫薇朱槿③花残，斜阳却照阑干④。双燕欲归时节，银屏⑤昨夜微寒。

【注释】

①金风：指秋风。在五行中，秋属金，因而称秋风为金风。
②绿酒：似指新酿成的酒。
③紫薇朱槿：紫薇，凌霄花的别名，夏秋之际开花。朱槿，也叫扶

桑，一种落叶灌木，多种于南方，全年开花，秋天落叶。

④阑干：有形物体横斜的样子。

⑤银屏：指较华贵的屏风，借指居室。

【今译】

秋风隐约似有似无，
梧桐树下落叶飘摇。
刚酿的新酒多么醉人，
小窗一觉沉入梦乡。

紫薇和朱槿已经凋落，
夕阳却依旧盘桓在横斜的枝头。
成双的燕子就要回归故里，
居室里昨夜已感到些微寒意。

【说明】

"细细"一词，实为点睛之笔。无论时令还是心情，全与"细细"相关。风也轻，思也淡，一切都在若有若无中，不动声色，只是照样白描。梧桐叶落，秋花残败，夕阳晚照，新酒醉人，小窗沉睡，双燕归去，昨夜微寒。一切一切均是原样呈现，自有一种天然气象，把初秋之景叙写得形神皆肖，且人物心情也自然显现，但依旧淡然逸出，让人细细回味。淡到极处，也浓到极处。如此写秋，自是一种风情。

木 兰 花

晏 殊

燕鸿过后莺归去，细算浮生①千万绪。长于春梦几多时，散似秋云无觅处。　　闻琴解佩神仙侣②，挽断罗衣留不住。劝君莫作独醒③人，烂醉花间应有数④。

【注释】

①浮生：指人生。有人生无常的意思。
②闻琴解佩：闻琴，指司马相如和卓文君以琴相知事。解佩，《列仙传·江妃二女》记载有位叫郑交甫的人，曾得到神女的玉佩。
③独醒：独自清醒。来自屈原的："众人皆醉我独醒"。
④数：指气数，命运。

【今译】

飞过了大雁飞过了小燕又飞过了黄莺，
沉浮不定人生难说真是千头万绪。
欢乐相聚犹如春梦能有几次，
一旦分别就像秋云无处寻觅。

文君一样的知音神女一样的伴侣，
就是扯断了衣裙也往往难留。
劝君不要再如此清醒孤寂一人，
烂醉在花丛或许正是命中注定。

【说明】

化用前人诗句和用典是此词写法上的一个特点。如"长于春梦几多时，散似秋云无觅处"就化用了唐代诗人白居易的"来如春梦不多时，去似朝云无觅处"。另外，此词似乎并不局限在男女之情上，或许也包含了对整个人生的一种思考。

木 兰 花

晏 殊

池塘水绿风微暖，记得玉真①初见面。重头②歌韵响琤琮③，入破④舞腰红乱旋。　　玉钩阑下香阶畔，醉后不知斜日晚。当时共我赏花人，点检⑤如今无一半。

【注释】

①玉真：指仙人。这里喻指词中女子。
②重头：专用语，指词中上下片声调全同。
③琤琮：象声词，指弦声或水声。
④入破：破，唐宋时套曲的第三部分或曲调中由简入繁的部分。此处似指曲调激越急促时。
⑤点检：查对。

【今译】

池塘泛着绿意风儿变暖，
初次相逢就在此时她犹如天仙。
歌声曼妙音韵相叠像是欢畅的流泉，
弦管急促她翩然起舞犹如红色的旋风。
在那垂着玉钩的栏下和弥漫着香气的石阶旁，
赏花饮酒沉沉入醉竟忘了日落天晚。
当时多么热闹有那么多人和我一道，
到今日再怎么查点也只有一半不到。

【说明】

时过境迁，物是人非。往日的欢乐，只勾起今日的悲哀。此首词中正是此种情绪。但词中没有明说，而是先以大量的篇幅去写当日的欢乐场景，且特别写了一位唱、做、形俱佳的女子，烘托的气氛更加热烈，引人入胜。直到结句"当时共我赏花人，点检如今无一半"。一收一转，透出了词人的本意：物是人非，怎不叫人惆怅。读后颇能让人回味。

木 兰 花

晏 殊

绿杨芳草长亭①路，年少抛人容易去。楼头残梦五更钟，花底离愁三月雨。　　无情不似多情苦，一寸②还成千万缕。天涯地角有穷时，只有相思无尽处。

【注释】

①长亭：秦汉时设置有供行人用的处所，十里一处的称长亭，五里一处的称短亭。诗词中常用来表示离别之意。
②一寸：指心。古人称心为方寸。

【今译】

长亭外的驿路上杨柳青青芳草遍地，
少年郎轻离别说走就走。
带着依稀的梦境静听那楼上钟声直到五更，
那离愁像落花笼罩在三月的烟雨中。

要是无情就不会有这多情的愁苦，
但无奈的心中却缠绕着千万缕柔情。
天很高地很远终有尽头，
只有这苦相思却无始无终。

【说明】

闺怨之词，却怨而不伤，合乎传统诗教所说的温柔敦厚。全词淡雅蕴藉，言近而意远。

踏 莎 行

晏 殊

祖席①离歌，长亭别宴，香尘②已隔犹回面。居③人匹马映林嘶，行人去棹④依波转。　　画阁魂消，高楼目断，斜阳只送平波远。无穷无尽是离愁，天涯地角寻思遍。

【注释】
①祖席：指送行宴席。祖，祭祀路神。
②香尘：词人的说法，指落花染香了尘土。
③居：停止，留下。有时也作语气助词。
④棹：一种船桨，借指船。

【今译】
唱着离别的歌曲，
在长亭上摆下送行的宴席，
分别了，隔着扬起的尘土依然频频回顾。
留下我掩映在林中伴着嘶叫的孤马，
离别的人在船上随着流水而去。

画阁中我黯然神伤，
登上高楼去极目四望，
斜阳伴着平静的江水送它很远很远。
我所有的只是无穷无尽的离愁，
就是走遍天涯也要时常想念。

【说明】
同是离别，这首词就写得情深意长。从送行起，直写到送行以后。而且愈到后来，情感愈重。正是"天长地久有时尽，此恨绵绵无绝期"。

踏 莎 行

晏 殊

小径红稀①，芳郊绿遍，高台树色阴阴见②。春风不解禁杨花，濛濛乱扑行人面。　　翠叶藏莺，朱帘隔燕，炉香静逐游丝③转。一场愁梦酒醒时，斜阳却照深深院。

【注释】

①红稀：开花的盛期已过，正在凋零。
②阴阴见：隐约可见。见，也同现。
③游丝：指飘荡的细丝。多由昆虫的丝形成。

【今译】

小路上的花儿日渐稀少，
芳草绿遍了整个郊野，
树也成荫把楼台掩映。
春风不知道要管住杨花，
一任它随意乱飞扑上人的脸颊。
绿叶繁茂掩藏着莺的身影，
朱帘垂下看不到燕的轻盈，
香炉中青烟袅袅伴着游丝那么宁静。
一场愁梦酒醒时分，
深深的庭院里已是日落黄昏。

【说明】

"知否，知否，应是绿肥红瘦"。李清照的这句话可说是这首词的最好注解。小径红稀，芳郊绿遍，树色阴蔽等等，尽可用"绿肥红瘦"一语道尽。但词中却慢慢道来，为的是把这暮春时的景象尽情渲染，让人从中体味出"恨春去，不与人期"的意味。只是到结尾时，才将那伤春之情透出："一场愁梦酒醒时，斜阳却照深深院"。此情此景，正写出词人情怀，不但深重，且难以排遣，不然的话，何以借酒浇愁愁不去，沉入梦中仍是愁。

踏 莎 行

晏 殊

碧海无波，瑶台①有路，思量便合双飞去。当时轻别意中人，山长水远知何处？　　绮席^②凝尘，香闺^③掩雾，红笺^④小字凭谁附？高楼目尽欲黄昏，梧桐叶上潇潇雨。

【注释】

① 瑶台：传说中神仙居住的地方。
② 绮席：似指女子坐过的地方。绮：素底暗花的丝织品。
③ 香闺：即闺阁，女子的居室。香是形容。
④ 红笺：指书信。

【今译】

澄澈的大海风平浪静，
神仙所在的瑶台也有路可通，
想一想真应该双双飞去。
悔不该轻别离让意中人独自分飞，
到今日天高地远哪儿寻觅？

当日的坐席上已布满了灰尘，
弥漫的雾霭把闺阁也深深掩藏，
思念写满了红笺谁来传递？
高楼上我极目四望已是黄昏，
落雨敲打着梧桐淅淅沥沥。

【说明】

曾经拥有，但却不太珍惜。一旦失去，却又加倍的怀恋。词中所写的正是此种情形。上片极写当时的不经意，海阔天空，但却没有双双飞去，以至于一朝分别，却再也无缘。下片极写怀恋，但已时过境迁，只剩下无尽的寂寞和难耐。这一正一反，或许正是人情之常。

蝶 恋 花

晏 殊

六曲阑干偎碧树,杨柳风轻,展尽黄金缕①。谁把钿筝②移玉柱,穿帘海燕③双飞去。　满眼游丝兼落絮,红杏开时,一霎清明雨。浓睡觉来莺乱语,惊残好梦无寻处。

【注释】

①黄金缕:喻指柳枝。
②钿筝:镶嵌着金银贝壳的筝。钿,用金银贝壳镶嵌器物。
③海燕:古人认为燕子是渡海而来的,因而也把燕子称做海燕。

【今译】

曲曲折折的栏杆依傍着绿色的树木。
风儿轻轻吹动着春日的杨柳,
尽情展示着金缕一样的枝条。
是谁在调弄着钿筝的弦柱,
穿过帘幕飞走了燕儿双双。

漫天的游丝落絮映满了眼帘,
杏花开得正浓正艳,
一霎时又到了清明落雨时节。
沉睡中莺叫声多么繁乱,
惊醒了未完的好梦却无处寻还。

【说明】

依然是叙写春愁,但也依然是婉约传出。春来春去的消息,全从那春日特有的景象传出。先是栏杆旁的树色发青,再是杨柳吐出新绿。"黄金缕"一句,正是杨柳嫩叶泛金黄的如实写照。"红杏开时,一霎清明雨"写时光迅速,霎时即到春深处。春深即是春归时。花开花落,竟在一霎间,这怎么能不让人感慨伤怀呢。由此,也就自然让人觉得"浓睡觉来莺乱语,惊残好梦无寻处"了。伤春情怀,就此点明。但细读全词,似还有怀人一层。否则,就不会感慨"惊残好梦无寻处"了。

凤 箫 吟

韩 缜

锁离愁连绵无际,来时陌上初熏①,绣帏②人念远,暗垂珠露,泣送征轮③。长行长在眼,更重重、远水孤云。但望极、楼高尽日,目断王孙④。 消魂,池塘别后,曾行处,绿妒轻裙。恁时⑤携素手,乱花飞絮里,缓步香茵⑥。朱颜空自改,向年年、芳意长新。遍绿野、嬉游醉眼,莫负青春。

【作者介绍】

韩缜(1019—1097)字玉汝。现在的河南杞县人。进士出身。当过太子少保。官职最高做到宰相一级。传说他为人暴戾严酷,以致当时竟有"宁逢乳虎,莫逢玉汝"的说法。《全宋词》中仅收有他这首词作。

【注释】

①初熏:香味才现。熏,同薰,花草的香味。
②绣帏:精美华丽的帷帐。借指闺阁。
③征轮:出行的车仗。
④王孙:此处指代芳草。
⑤恁时:那时或什么时候。
⑥香茵:形容草如地毯。茵:泛指铺垫用的东西。

【今译】

芳草像紧锁的离愁一样绵延无际,

沿着田间小路散发着新绿的芬芳，
闺阁中的她感伤着远行的别离，
泪水暗流就像草上的晶莹露珠，
抽泣着送别了远行的车仗。
长长的征途上芳草遍布触目伤心，
山水重重我多像孤云一片。
登上高楼她终日极目四望，
映入眼帘的只有无尽的芳草。

多么伤感啊，
我们曾多次盘桓的池塘边上，
恐怕在离别之后，
只有芳草和你的罗裙争比绿意了。
什么时候才能再拉着你的手儿，
在姹紫嫣红柳絮纷飞的春日里，
漫步在飘香的芳草绿茵上。
娇美的容颜在离别中空自改变，
芳草却年年长绿长新。
多希望能忘情地嬉戏游玩在这无尽的芳草绿地里，
不再辜负这大好的青春时光。

【说明】

以芳草写怀远抒离愁并不罕见，但通篇以草起笔，以草结笔，且并不见一草字，却实在少有。以致此词之后，人们竟将原词牌换为芳草二字，可见影响之大。细读全词，无论时空转换，柔情蜜意，伤远离别，青春悲切，全都以芳草传出，且淋漓尽致而不带丝毫牵强。不愧为以物传情的佳妙之作。

木 兰 花

宋 祁

东城渐觉风光好，縠绉①波纹迎客棹②。绿杨烟外晓云轻，红杏枝头春意闹。　　浮生③长恨欢娱少，肯爱千金轻一笑？为君持酒劝斜阳，且向花间留晚照④。

【作者介绍】

宋祁（998—1062）字子京，原籍在现在的湖北安陆，后迁到现在的河南杞县。进士出身，曾做到工部尚书、翰林学士承旨等。和其兄都有文名，被称为大小宋。据说他进士考试时为第一名，太后认为弟弟超过哥哥不妥，把他改为第十名，将他哥哥列为第一。他工诗善文，曾和欧阳修一起修《新唐书》。《全宋词》中收有他的六首词。因他词中有一名句"红杏枝头春意闹"，而被人雅称为"红杏尚书"。

【注释】

①縠绉：绉纱。此处用来比喻水波。
②客棹：客船。棹，桨的一种，此处指代船。
③浮生：指人生，含有人生虚幻不定的意思。
④晚照：指落日余晖。

【今译】

东城的风光越来越好，
平静的湖面泛起微波迎送着游船。
绿色的杨柳裹着轻烟还带着些微寒，
热烈的杏花却已闹得枝上春意盎然。

浮幻的人生总恨欢乐太少，
怎么肯惜千金放弃难有的一笑。
我要举起杯为你游说斜阳，

劝他不要走把余晖留在花间。

【说明】

诗人不愧为红杏尚书,仅用一个"闹"字,就将无限春光和盘托出,使整首词也显得生机勃勃。伤春在古典诗词中几成惯例,但此词却别有一番欢快景象。虽说下片中也有"浮生长恨欢娱少"的感慨,但更多的却是"肯爱千金轻一笑"的气概,虽有些及时行乐的味道,但总比无病呻吟来得实在有力。因而在词的最后就有了"为君持酒劝斜阳,且向花间留晚照"的期望。期望青春长在,美景长存,颇有一些积极的意味。

采 桑 子

欧阳修

群芳过后西湖好①,狼藉残红②,飞絮濛濛,垂柳阑干尽日风。笙歌散尽游人去,始觉春空,垂下帘栊③,双燕归来细雨中。

【作者介绍】

欧阳修(1002—1072)字永叔,现在的江西永丰人。号醉翁,写有《醉翁亭记》,其中有"醉翁之意不在酒,在乎山水之间也"的名句,至今被人引用不已。晚年又号六一居士,自认为是有酒一壶,有棋一局,有琴一张,有藏书一万卷,有金石遗文一千卷,再加上自己一个老翁,正是六个一。有《六一词》和《六一诗话》传世。《六一诗话》开创了新的文学批评样式,对后世影响很大。

他进士出身,曾做到参知政事。诗词文俱佳,是北宋诗文革新的领袖,散文为唐宋八大家之一,影响很大,为一代文宗。编修《新唐书》和《新五代史》。称得上是著名的文学家和史学家。词作很有建树,有承上启下的作用,现留存有二百多首。

【注释】

①西湖：指颍州西湖，和现在的杭州西湖无关。
②狼藉残红：指落花凋零的样子。狼藉，纵横散乱的样子。残红，落花凋零。
③帘栊：窗帘。栊，窗户。

【今译】

百花凋零西湖依然很好，
落英缤纷别有一番景象，
柳絮轻飞像蒙蒙细雨，
垂柳依依傍着栏杆随风起舞。

欢歌笑语随着游人散尽，
才觉得春天已是落寞空旷，
静静地放下窗上的帘幕，
细雨中归来燕儿双双。

【说明】

人到老年，胸中自有一种沉静，虽然也是暮春感慨，但却出语平静，没有大喜大悲的哀怨，一切都在自然描述中。但细细品味，诗人的情感依然十分丰富，只是借景含蓄透出，让人回味而已。

诉 衷 情

欧阳修

清晨帘幕卷轻霜，呵手试梅妆①。都缘自有离恨，故画作远山长②。　思往事，惜流芳，易成伤。拟歌先敛③，欲笑还颦④，最断人肠。

【注释】

①梅妆：梅花妆。《太平御览》记载，宋武帝女儿寿阳公主一天正躺在含章殿檐下，有梅花落在额头上，形成花迹，三天后才洗掉。宫女们认为奇异而竞相模仿，称之为梅花妆。词中似指新奇别样的妆扮。

②远山：喻指女子的眉毛。这里似乎用其本意，即指远山。

③敛：收拢、检束。

④颦：皱眉头。

【今译】

清晨卷起帘幕窗外一片轻霜，
呵暖双手试做别样梅花新妆。
只是心里充满了离愁别恨，
因而把双眉描得长如远山一样。

回想起往日的种种情形，
和那一去不返的美好年华，
是多么让人感慨忧伤。
为献歌不得不强自振作，
虽要笑可眉头却依然紧皱，
这情景真叫人伤心断肠。

【说明】

眉如远山本是女子眉目姣好的美称，但在词中却成了相思怀远的象征。不但别出新意，且符合词中人物形象。由"拟歌先敛，欲笑还颦"两句可以看出，此女子或是一位艺妓，卖笑为生。虽然满怀忧伤，但又不得不强颜欢笑，如此激烈的冲突，怎么能不让人伤心肠断呢。如此写法，的确生动传神，把一位具有特殊身份的女子的思想感情细致入微地揭示了出来。

踏 莎 行

欧阳修

候馆①梅残，溪桥柳细，草薰风暖摇征辔②。离愁渐远渐无穷，迢迢不断如春水③。　寸寸柔肠，盈盈粉泪④，楼高莫近危栏倚⑤。平芜⑥尽处是春山，行人更在春山外。

【注释】

①候馆：即现在的招待所或宾馆。
②征辔：指出行时的坐骑。征，指出行。辔，指驾驭马的嚼子和缰绳。
③迢迢：绵延不断。
④粉泪：女性之泪。
⑤危栏：此处指高楼上的栏杆。危，高。
⑥平芜：平旷的草野。芜，杂草丛生。

【今译】

客舍里梅花已经凋零，
溪畔桥旁柳枝儿纤细轻柔，
暖风里草芬芳行人摇鞭起程。
离愁别绪随着渐远的行程愈来愈深，
无穷无尽好似绵延的春水永无止境。

闺阁中的她怕是早就柔肠寸断，
泪水盈盈已冲净了脸上的粉妆，
高楼上千万不要独自依傍，
望断平旷的草野也只是春日的远山，
思念的人儿却还在那遥远的春山之外。

【说明】

依然是伤远怀别，但写法上不同以往，既写了客居在外的游人,也写了留在家中的佳人,两相映照,别是一种依恋滋味。"离愁渐远渐无穷,迢迢不断如春水"极写离愁之深之远,如影随身,直到无穷无尽。"平芜尽处是春山,行人更在春山外"语虽平淡,但极写出思念之切,且有一种思之不见的无奈,更添忧伤气氛。

蝶 恋 花

欧阳修

庭院深深深几许?杨柳堆烟①,帘幕无重数。玉勒雕鞍游冶处②,楼高不见章台路③。　雨横风狂三月暮,门掩黄昏,无计留春住。泪眼问花花不语,乱红④飞过秋千去。

【注释】

①杨柳堆烟:指杨柳重重,似云似雾。
②玉勒雕鞍:镶玉的马笼头和雕绣的马鞍。借指华丽的车骑。
③章台:汉代长安街名,妓女聚居的地方,后用此指妓女所在之处。
④乱红:落花飘零。

【今译】

庭院多么深啊深得不知有多深,
柳树浓荫交织重叠烟雾沉沉,
像一重又一重的帘幕数也数不清楚。
他乘着华丽的车骑去寻欢作乐,
望断高楼也看不到他的踪迹。

暮春三月里风狂雨急,
掩着门悲伤中又是黄昏,
苦思量不知道怎么样才能把春天留住。
含着泪问落花花却不语,

乱纷纷随着风又飞过那落寞的秋千而去。

【说明】

闺怨之词,写得委婉细腻,哀怨动人。"庭院深深深几许?"三个深字,一个疑问,就把独在深闺中的弃妇之心细致入微地展现了出来。庭院之深,实是寂寞之深,哀怨之深。深几许,并非问庭院,而是问愁怨。问而不答,更显深不可测。确为写情妙语。"无计留春住"虽是寻常语,但在词中却用意双关,既指自然之春,也指人生之春,或许还指那弃家游玩之人。因而也就别有一番意味。"泪眼问花花不语,乱红飞过秋千去"更是伤春妙语,历来受人称赞。它把春去无情,人却有意的情形写得入木三分,让人沉思回味,且浑然天成,不露雕凿痕迹。

蝶 恋 花

欧阳修

谁道闲情抛弃久①?每到春来,惆怅还依旧。日日花前常病酒②,不辞镜里朱颜瘦③。　河畔青芜堤上柳④,为问新愁,何事年年有?独立小桥风满袖,平林新月人归后⑤。

【注释】

①闲情:指触景伤怀的情绪。
②病酒:酒喝得太多以致像病了一样。
③朱颜:红润的面容。
④青芜:青草。芜,丛生的草。
⑤平林:地势平坦的树林。

【今译】

谁说早已抛掉了触景伤怀的心绪,
每当春天到来的时候,

心里依旧是充满了惆怅。
每天都要为花儿沉醉像病了一样,
镜子里容颜消瘦却心甘情愿。

河畔上草色青青岸柳新绿,
我那伤春的怨愁为什么年年依旧,
独立在小桥上任春风鼓荡着我的衣袖,
在这沉寂的人归后,
只有高挂林梢的新月照着我的孤独。

【说明】

"春花秋月何时了,往事知多少"或许可做这首词的注脚。虽然是伤春,但表现出的却是一种说不清道不明的人生苦闷,而且非常深,非常大。由于有了这苦闷,因而:"每到春来,惆怅还依旧",且"为问新愁,何事年年有?"特别是最后两句"独立小桥风满袖,平林新月人归后",更将一位满怀心事的人物形象刻画出来,表现力和感染力非常强,很值得琢磨回味。

蝶 恋 花

欧阳修

几日行云何处去①?忘了归来,不道春将暮。百草千花寒食路②,香车系在谁家树③? 泪眼倚楼频独语,双燕来时,陌上相逢否?撩乱春愁如柳絮,依依梦里无寻处。

【注释】

①行云:指天上流动的云。有男女欢爱的含意。
②寒食:节令名称,在清明节前一天。从这天起,三天内禁火,吃冷饭。因而叫寒食。传说是晋文公为悼念介子推而设的。
③香车:用香料涂饰的车。泛指华丽的车马。

【今译】

像天上的流云一样不知在哪儿游荡,
忘了家竟不见回还,
春色已晚就要过去也全然不管。
寒食节的路上百草争奇千花竞艳,
引得他把车马又拴在谁家的树下门前?

含着泪在高楼上不停地自言自语,
想知道那双飞来的燕子,
可曾在路上见到他?
撩乱的春愁像那漫天的柳絮,
两情依依在梦里也无处寻觅。

【说明】

依然是一首抒写春日闺怨的词。多情人偏遇薄幸郎,他外出游冶不归,全不管春意阑珊家中人的企盼。但闺中人怨归怨,却依然一往情深。寻不到踪迹,竟痴情到去问双栖双飞的燕子。结果可想而知,只能是更深的失望,以致"撩乱春愁如柳絮,依依梦里无寻处"。现实中不能相会,梦里头也依然不能相会,怎么能不让人愁上加愁呢。用语双关是该词的突出特点,且双关得很巧妙。如行云有男欢女爱的含义,春将暮有青春不再的感慨,百草千花指花街柳巷等等。但字面上却紧扣春日景象,不枝不蔓,极为准确生动。

木 兰 花

欧阳修

别后不知君远近,触目凄凉多少闷!渐行渐远渐无书,水阔鱼沉何处问[①]? 夜深风竹敲秋韵[②],万叶千声皆是恨。故敧单枕梦中寻,梦又不成灯又烬[③]。

【注释】

①水阔鱼沉：指不通音信。传说鱼可传书，但水阔鱼沉，自然无法传信。

②秋韵：秋天的自然之声。

③烬：燃烧后的剩余物。

【今译】

一别之后不知你的远近，
满目凄凉心头多少郁闷！
越来越远渐渐地没了音信，
像鱼儿沉入茫洋怎么讯问？

深夜里风儿敲打着竹子奏着秋的歌韵，
一枝枝一叶叶都是离愁别恨。
仰靠着枕头想到梦中寻觅，
却睡不着眼看着灯芯烧成灰烬。

【说明】

"别后不知君远近"实为家常语，透着一种发自内心的关切，语虽平淡情却深厚，不加雕饰而自然天成。随后几句借此展开，把思念之情展现的更加具体强烈。"夜深风竹敲秋韵，万叶千声皆是恨。"写景写情，入木三分，秋之韵，思之恨，相映成趣，格外动人。结局要去梦中寻觅却连入睡都无法做到，直到孤灯燃成灰烬，使人不由想起唐代诗人的名句："春蚕到死丝方尽，蜡炬成灰泪始干。"别是一种深情缭绕，让人销魂。

临 江 仙

欧阳修

柳外轻雷池上雨，雨声滴碎荷声。小楼西角断虹明①。阑干倚处，待得月华生②。　　燕子飞来窥画栋③，玉钩垂下帘旌④。凉波不动簟纹平⑤。水精双枕⑥，旁有堕钗横。

【注释】

①断虹：半圆形的彩虹。
②月华：月光。借指月亮。
③窥：从小孔、缝隙或隐蔽处偷看。
④帘旌：帘幕，帘子。
⑤簟：竹凉席。
⑥水精：即水晶。

【今译】

柳枝外响着轻雷池塘上滴着雨，
一声声敲打在荷叶上多么零落。
雨过天晴彩虹弯弯映亮了小楼的西角。
倚着栏杆，
她一直待到月亮升起的时候。

燕子飞来窥视着美丽的楼阁，
帘幕低垂玉钩空挂。
竹席上的花纹像是那静止不动的水波。
晶莹的水晶凉枕依偎相并，
发饰散落着横在一旁。

【说明】

　　一首艳词，却格外清丽。轻雷阵雨，小楼彩虹，荷叶碧绿，明月辉映，把多姿的夏日装扮得妙趣横生，美不胜收，让人心旷神怡。一如到了神仙世界，无忧无虑，宁静愉悦。结尾两句，颇能引人遐想，但也点到即止，依然是艳而不俗，透着轻盈优雅。

浣 溪 沙

欧阳修

堤上游人逐画船，拍堤春水四垂天，绿杨楼外出秋千。
白发戴花君莫笑，六幺催拍盏频传①，人生何处似尊前②。

【注释】

①六幺：唐代的琵琶曲名，节拍急促。
②尊：装酒的器具。

【今译】

堤岸上游人如梭像是在追逐着画船，
天地相连春水荡漾拍打着堤岸，
绿树中楼台掩映闪现着秋千的身影。

白发苍苍戴着鲜花你千万莫笑，
急促的六幺曲中酒杯频频相传，
人生陶醉有哪样能比上美酒在面前。

【说明】

"绿杨楼外出秋千"分明写出的是跳动的青春。一个"出"字，活力四现，把本已生机勃勃的春天点缀的更具风采。白发老翁也受此感染，鲜花插满在头上，一副人老心不老的神态，憨态可掬。结句对酒当歌，豪迈中不乏伤感，只是隐而不露。

浪 淘 沙

欧阳修

把酒祝东风，且共从容①。垂杨紫陌洛城东②，总是当时携手处,游遍芳丛。　　聚散苦匆匆,此恨无穷。今年花胜去年红,可惜明年花更好,知与谁同?

【注释】

① 从容:指舒缓不急迫。
② 紫陌:京城郊野的道路。

【今译】

举起杯祈愿春日的东风,
不要这么的来去匆匆。
皇都郊野垂柳依依的洛阳城东,
是我们常常一同前往的去处,
游遍了所有的芳草花丛。

相聚相别让人难过总因太过匆匆,
人生的离愁别恨太多太多真是无穷。
今年的花开比去年更红,
到明年或许是好上加好,
只伤心到那时能和谁再一同。

【说明】

"把酒祝东风,且共从容",出语即是祈愿,希望春也从容,人也从容。春也从容则春日长在人间,人也从容则少有聚散分离。殷切情意,自在不言之中。且词中没有特指,则更显这情意的广博,涵盖着友情、亲情、爱情,而少有儿女私情的局限。因而颇令人心动而大受感染。寻常语,却极为传神写意,是此词的突出特点。如"今年花胜去年红,可惜明年花更好"把春之烂漫逼人的勃勃生机直呈眼前,更显出"知与谁同"的真挚深厚和眷念。真可谓铅华尽落,透出一种真风流。

青玉案

欧阳修

一年春事都来几？早过了、三之二。绿暗红嫣浑可事①，绿杨庭院，暖风帘幕，有个人憔悴。　　买花载酒长安市②，又争似③、家山见桃李？不枉东风吹客泪④，相思难表，梦魂无据⑤，惟有归来是。

【注释】

①绿暗红嫣浑可事：暗，指绿色浓重。嫣，鲜艳、美好。浑可事，蛮好的事。
②长安市：长安，指京都。市，街市。
③又争似：又怎么能比得上。
④不枉：不要责怪。
⑤无据：虚无飘渺。

【今译】

一年中春天能有几时，
现在又早已过了三分之二。
绿色正浓花色正艳恰是晚春的乐事。
杨柳掩映着庭院，
暖风吹拂着帘幕，
有一个人却是那样的憔悴。

买来鲜花痛饮美酒在繁华的京都街市，
又怎比得上家乡花开烂漫的遍山桃李。
不要怨东风吹落了游子的眼泪，
相思的深情最难表达，
梦中的相会总是飘渺，
只有归来才是惟一的真谛。

【说明】

这是一首抒写思乡之情的词。月是故乡明,水是故乡甜,自古亦然。诗人即是以此来表达对于家乡的思念。但却紧扣春日的景象,另是一番意境。"买花载酒长安市,又争似、家山见桃李"。此语一出,整首词为之一振,思念之情顿有所依,堪称点睛之笔。随之几句由隐而显,直到结句直呼"惟有归来是",把思乡之情推向极致,撼人心扉。该词起语平淡,结语直白,但情感却起伏有致,步步加深,别有一种清淡雅致。

多 丽

聂冠卿

想人生,美景良辰①堪惜。向其间、赏心乐事,古来难是并得。况东城、凤台沁苑②,泛清波、浅照金碧。露洗华桐,烟霏丝柳③,绿荫摇曳荡春色。画堂回,玉簪琼佩④,高会尽词客⑤。清歌⑥久,重燃绛蜡,别就瑶席⑦。 有翩若惊鸿⑧体态,暮为行雨标格⑨。逞朱唇、缓歌妖丽,似听流莺乱花隔。慢舞萦回,娇鬟低亸⑩,腰肢纤细困无力。忍分散、彩云归后,何处更寻觅?休辞醉,明月好花,莫漫轻掷。

【作者介绍】

聂冠卿(988—1042)字长孺,安徽歙县人。进士出身。曾任兵部郎中、翰林学士等职。

【注释】

①良辰:美好的时光。辰,时刻。
②凤台沁苑:凤台,秦穆公为其女儿女婿所造建筑。传说有位叫箫史的人,善吹箫,穆公的女儿入了迷,穆公就让她嫁了他;十年后,两人双双成仙而去。此典有男女相悦的意思。沁苑,似为沁园。原指汉明帝女儿沁水公主的园林,后泛指皇家公主的园林。此处用凤台沁苑似为

比况，说东城此处风光之好。

③烟霏柳丝：云雾缭绕着柳丝。霏，飞动，散布。

④玉簪琼佩：首饰和饰物。此处指代人，并表明衣着的华丽，为上流社会中人。

⑤高会尽词客：高会，盛大集会。词客，词人。

⑥清歌：没有伴奏的歌咏。

⑦瑶席：华美的宴席。

⑧惊鸿：受惊的鸿雁。喻指体态格外轻盈。

⑨标格：风范，风采。

⑩嚲（duǒ）：下垂的样子。

【今译】

想想人生，
真该把良辰美景格外珍惜。
景好而身心更好的美事，
从古到今都少有难得。
今日的东城美如凤台沁苑，
碧水澄澈泛着清波，
阳光明媚映出七色光彩。
晶莹的露珠闪烁着挂上梧桐，
淡淡的云雾卷拂着缕缕柳丝，
绿荫摇曳着春色多么烂漫。
彩绘的楼栏错落回还。
高朋满座玉簪和琼佩相映成辉，
盛大的集会上尽是诗人墨客。
引吭高歌你唱我和无需伴奏，
激情满怀直唱到很久很久，
天晚了意犹未尽再点上绛色蜡烛，
趁着兴浓重新摆上华美的盛宴。

佳丽们体态风流一如轻盈的飞雁，

仪态万方又有那如云似雨的神女风采。
曼妙的歌声从红唇中争相流出,娇美清丽,
就像黄莺飞鸣在万花丛中。
慢舒长袖翩翩起舞轻旋急转,
满头的秀发也随之飘动垂下,
细腰纤纤像柳丝般柔弱无力。
怎么能忍心分别像那天上的云霞,
一旦流散更到何处寻觅?
不要说已经醉了不胜酒力,
明月如此皎洁花事正好,
千万可不要轻易错过白白失去。

【说明】

开心人作开心语,自然喜气洋洋。虽然也有一言半语说及好景不常,难聚易散,但最终依然是及时行欢,快乐今宵。虽是词,但写法却像赋,铺张排比,把景,把人,把场面渲染得淋漓尽致。从"况东城"到"绿荫摇曳荡春色"全是写景,而且反复描写,以求面面俱到。这是一个盛大的集会,高朋满座:"玉簪琼佩";美女如云:"有翩若惊鸿体态,暮为行雨标格";载歌载舞,"缓歌妖丽""慢舞萦回";但档次颇高,全是上流人士:"高会尽词客"。他们通宵达旦地陶醉在良辰美景中。"清歌久,重燃绛蜡,别就瑶席"。直到醉了,还直说:"休辞醉,明月好花,莫漫轻掷"。一派狂欢景象。"人生得意须尽欢,莫使金樽空对月",透着种豪气。整个场面写得有声有色,颇具审美价值,叫人怦然心动。

曲 玉 管

柳 永

陇首云飞[①],江边日晚,烟波满目凭阑久。一望关河萧索,千里清秋，忍凝眸。　　杳杳神京②，盈盈仙子，别来锦字终难偶。断雁无凭③，冉冉飞下汀洲，思悠悠。　　暗想当初，有多少、幽欢佳会。岂知聚散难期，翻成雨恨云愁。阻追游，每登山临水，惹起平生心事，一场消黯，永日无言，却下层楼。

【作者介绍】

柳永（1004？—1053？）初名三变，字耆卿。崇安（今属福建）人，宋仁宗朝进士。因排行第七，又曾做过屯田员外郎，故有柳七或柳屯田之称。为人放荡不羁，常出入青楼柳巷，与妓女调笑唱和，填词作曲，因而为统治者所不容，一生仕途坎坷，穷愁潦倒。其词在当时别具一格，善于融进口语，晓畅通俗而且声律谐婉，流传很广。有《乐章集》。

【注释】

①陇首：山头。
②神京：京城，京都。
③断雁：离群的孤雁。

【今译】

山头乱云飞渡，
江边日落天晚，
满目烟波中我倚栏站了很久。
看远山，一片肃杀气象，
旷野千里清冷如秋，
这情景怎忍心看得太久？

思绪飞到那遥远的京城，
美丽的人儿是否还好，
当初一别竟然音讯杳无。
蓦见一只孤雁伶仃无助，
冉冉飞落到水边沙洲，
又勾起我思念悠悠。

暗暗想起当初,
我们曾经有过许多次令人难忘的约会。
谁知道人生的聚散捉摸不透,
转眼间却要尝尽离恨别愁。
我不愿再去出游,
每次置身青山绿水,
就会惹起满腹忧愁,
落得个黯然神伤,
终日沉默寡言,
心灰意懒步下高楼。

【说明】

这首词写登楼远眺,触景生情,表达了羁旅之愁别离之恨。二者交织一起,往复铺叙,烘托出怀人的主题。

雨 霖 铃

柳 永

寒蝉凄切,对长亭晚①,骤雨初歇。都门帐饮无绪,留恋处、兰舟催发。执手相看泪眼,竟无语凝噎。念去去、千里烟波,暮霭沉沉楚天阔。   多情自古伤离别,更那堪、冷落清秋节②。今宵酒醒何处?杨柳岸,晓风残月。此去经年,应是良辰好景虚设。便纵有千种风情,更与何人说?

【注释】

①长亭:古时候驿道上设置的供人休息的驿亭,五里一短亭,十里一长亭。庾信《哀江南赋》:"十里五里,长亭短亭。"古人送行多至长亭而别。
②清秋节:清冷萧瑟的秋季。

【今译】

寒蝉在凄厉地嘶鸣,
天晚时你送我到长亭。
正是一场大雨过后,
都门外设帐宴饮,
彼此都情绪低迷,
方在难分难舍之时,
偏有人催着上船。
手拉着手泪眼相对,
内心酸楚一时泣不成语。
想到这一次别去,
烟波千里无归期,
从此我将在暮霭沉沉的南方漂泊生息。
自古多情的人都会伤感离别,
更何况,
是在这样凋零肃杀的深秋时节。
今夜酒醒时我将到达哪里?
大概会停泊在杨柳依依的岸边,
那里,残月犹在,晨风送来凉意。
这一去就是数年,
再好的良辰美景也毫无意义。
纵使有再多的柔情蜜意,
又能向谁表露心曲?

【说明】

这首词写离别,写得哀婉幽怨,情真意切,是柳词中著名的代表作。全词或写景叙事,或触景生情,或悬想联翩,活画出一幅感人至深的送别图。特别精彩的是"杨柳岸,晓风残月"一句,被认为极尽旖旎凄婉之致,堪称柳词的代表句。"多情自古伤离别"也是千古名句,被广为引用。

蝶 恋 花

柳 永

伫倚危楼风细细，望极春愁，黯黯生天际①。草色烟光残照里，无言谁会凭阑意？　拟把疏狂图一醉，对酒当歌，强乐还无味。衣带渐宽终不悔，为伊消得人憔悴②。

【注释】

①黯黯：沮丧、伤感的样子。
②消得：值得。

【今译】

我倚着高楼默然伫立，
一任轻风拂面而去。
极目远望心中充满春愁，
这伤感的情怀仿佛来自天际。
斜阳下草色笼着烟霭，
我不说谁能把我凭栏时的心情领会？

真想无所顾忌地大醉一回，
却感到饮酒听歌，
终不过是强颜欢笑，无滋无味。
眼看着衣带渐宽，
我心中毫无悔意。
情愿天天想她，
哪怕就这样消瘦憔悴！

【说明】

这首词写羁旅之人思念意中人的心理活动，独倚危楼，久久伫立，任轻风习习拂面而去。这是何等的孤寂，惟其孤寂，故远眺而生愁绪。而这愁又是由思念远人而起，于是胸臆大开，倾吐自己的苦闷和无奈，表明自己义无反顾的绵绵情意。"衣带渐宽终不悔，为伊消得人憔悴"两句，尤为脍炙人口。不仅用来表达爱情，也形容对所钟爱的事物执著的追求。

采 莲 令

柳 永

月华收，云淡霜天曙。西征客、此时情苦。翠娥执手送临歧①，轧轧开朱户。千娇面，盈盈伫立，无言有泪，断肠争忍回顾？　一叶兰舟，便恁急桨凌波去。贪行色、岂知离绪、万般方寸，但饮恨、脉脉同谁语？更回首、重城不见，寒江天外，隐隐两三烟树。

【注释】

①翠娥句：翠娥，本指美人的黛眉，代指美人。临歧，本指道路分岔的地方，在词中即指上路远行。

【今译】

月光收去，云儿淡淡，
寒冷的秋空曙光初现。
即将西行的游子，
此时心情苦不堪言。
美人牵着手儿为我送别，
吱轧轧打开朱漆的大门。
她的面容千般娇媚，
体态盈盈倚门伫立，
不曾开言已是两泪涟涟，
我心如刀绞，
怎忍心回头再看她一眼？

一叶扁舟,
就这样急匆匆载我远去。
船家只图赶路,
怎知我感伤离别,
万念交织早已乱了方寸。
只能把无限的怨恨埋在心底
满腹相思又能向谁提起?
回首再望,
已看不到城郭的踪影,
只在凄冷的水天相接处,
隐约看到几株烟霭笼罩的高树。

【说明】

这也是柳永一首著名的惜别词,和《雨霖铃》颇为相似,只是时间不同,是在深秋的黎明时分。从出门上路到登舟远去,无论是景物还是人物的动作表情、心理活动都十分细腻逼真,结尾更是以萧瑟的景物衬托出游子内心的凄苦和孤寂。

浪淘沙慢

柳　永

梦觉透窗风一线,寒灯吹息。那堪酒醒,又闻空阶夜雨频滴。嗟因循①、久作天涯客。负佳人、几许盟言,便忍把、从前欢会,陡顿翻成忧戚②。　　愁极,再三追思,洞房深处,几度饮散歌阑,香暖鸳鸯被。岂暂时疏散,费伊心力。殢云尤雨③,有万般千种,相怜相惜。　　恰到如今,天长漏永,无端自家疏隔。知何时、却拥秦云态④?愿低帏昵枕,轻轻细说与,江乡夜夜,数寒更思忆。

【注释】

①因循：拘泥而不知变通，引申为委靡、拖沓之意。
②陡顿：突然。
③殢云尤雨：形容男女欢会之事。
④秦云态：出入秦楼游冶行乐的情态。秦楼，又作秦楼榭馆，古代指繁华街市中吃喝玩乐的场所。

【今译】

梦醒时，一阵寒风透窗而入，
吹熄了昏暗的灯烛。
怎么受得了刚刚酒醒，
又听到夜雨淅沥，
敲打着空旷的台级。
叹自己实在拖沓，
许多年天涯浪迹。
辜负了意中人，
多少殷切的话语。
竟然是如此的狠心，
把两情欢洽的快乐，
霎时变作难以相聚的忧戚。

愁到极处，
我再三把当初的情景追忆，
在洞房深处，
多少次歌歇宴罢之后，
鸳鸯被下说不尽的香暖旖旎。
何曾有过片刻分别，
令她牵肠挂肚胡乱猜疑。
终日男欢女爱，
忘不了那万般柔情千种蜜意，
还有绵绵不尽的相怜相惜。

如今的我，
感到昼夜漫长，时光似已凝固，
无缘无故自找离愁。
天知道什么时候，
才能重享令人销魂的快乐风流？
我愿在低垂的帏帐里与她共枕，
轻声地向她诉说，
那一个个不眠的江乡寒夜，
我曾数着更声将她思念。

【说明】

　　这首词写念远怀人之情，借羁旅之人的心理活动，抚今忆昔，表达了强烈的渴慕和思念。在铺叙往日情事时十分大胆直露，极尽香艳之致。全词无一处用典，语言平白如话而又情真意切。有的句子写得清丽而传神，如"空阶夜雨频滴"、"数寒更思忆"等。

定 风 波

柳　永

　　自春来，惨绿愁红，芳心是事可可①。日上花梢，莺穿柳带，犹压香衾卧。暖酥消、腻云亸、终日厌厌倦梳裹。无那②，恨薄情一去，音书无个。　　早知恁么，悔当初、不把雕鞍锁。向鸡窗③，只与蛮笺象管④，拘束教吟课。镇相随⑤、莫抛躲，针线闲拈伴伊坐。和我，免使年少光阴虚过。

【注释】

①是事可可：凡事都不放在心上。
②无那：无聊，无可奈何。
③鸡窗：《艺文类聚》引《幽明灵》载，晋兖州刺史宋处宗曾买一长鸣鸡，十分喜爱，经常养在笼子里，挂于窗前。鸡遂作人语，与处宗

谈论学问。以后便用鸡窗代称书斋。

④蛮笺象管：古代巴蜀一带所产的彩纸和象牙做的笔管，泛指纸和笔。

⑤镇：镇日，终日。

【今译】

自从春天来到，
便觉得那满目的红花绿叶，
只能令人忧伤令人愁，
芳心孤凄，任何事都不在乎。
日光照着花梢，
黄莺在柳枝间来回穿梭，
只见她，绣被半拥沉沉高卧。
丰肌渐渐消瘦，
发髻歪斜不整，
终日无情无绪懒得梳洗打扮。
百无聊赖的时候，
她恨那薄情人飘然离去，
便如同石沉大海，音讯杳无。

早知这样凄苦，
悔当初没有锁住雕鞍将他拦阻。
让他安心守着书房，
给他上好的笔墨纸砚，
督促他用功读书，吟诗作赋。
我将成天与他相伴，
每时每刻与他厮守，
他若是感到闷倦，
我会做着针线活为他陪读。
只要有他在我身边，
才免得将大好青春白白虚度。

【说明】

这首闺怨词,写多情女子独守空闺,见春色明媚,顿起伤心。她芳心无绪,慵懒粗疏,忧心忡忡,花容憔悴。由愁苦无奈之极,而后悔不该让伊人离去。于是快言快语,直言放露地设想着与意中人厮守的种种情形。全词多用俚语白话,不事雕饰,刻画细致入微,活画出一位痴情善感、热烈奔放、倔强而恣肆的女子形象。

少 年 游

柳 永

长安古道马迟迟,高柳乱蝉嘶。夕阳岛外①,秋风原上,目断四天垂②。 归云一去无踪迹,何处是前期③?狎兴生疏④,酒徒萧索⑤,不似去年时。

【注释】

①岛:这里指高耸的山峰,屹立于大地之上,犹如大海中的岛屿。
②四天垂:天地相接之处,在古人看来像是四面垂下的天幕。
③前期:从前约定的相会之地。
④狎兴:冶游取乐的兴致。
⑤酒徒:指经常来往的诗朋酒友。

【今译】

我骑着马儿,
在通往长安的古道上缓缓前行。
路旁高大的柳树上,
秋蝉发出尖厉的嘶鸣。
夕阳照着远处的青山,
秋风掠过空旷的台原,
极目四望,看得见低垂的天穹。

伊人就像流云一去难觅,
何处是当初约定的聚会之地?
久违了游冶的闲情雅致,
昔日的酒友也都各奔东西,
抚今追昔,不可同日而语。

【说明】

此词以"少年游"作为词调名,抒写的却是心灰意懒的凄凉晚景。全词一扫绮丽浓艳的风格,而充满衰飒苍凉之气。词人在上片一连用了"古道"、"马迟迟"、"蝉嘶"、"夕阳"、"秋风"等词语,营造了浓郁的悲秋氛围。下片由秋景折入世事,点出情感无托、意兴索然的身世之悲,感慨往事不堪回首,自己垂垂老矣,将要在孤独寂寞中度过余生。

戚 氏

柳 永

晚秋天,一霎微雨洒庭轩。槛菊萧疏,井梧零乱惹残烟。凄然,望江关,飞云黯淡夕阳间。当时宋玉悲感①,向此临水与登山。远道迢递,行人凄楚,倦听陇水潺湲②。正蝉吟败叶,蛩响衰草,相应喧喧。 孤馆度日如年,风露渐变,悄悄至更阑。长天净,绛河清浅③,皓月婵娟。思绵绵,夜永对景,那堪屈指,暗想从前。未名未禄,绮陌红楼④,往往经岁迁延。 帝里风光好,当年少日,暮宴朝欢。况有狂朋怪侣,遇当歌对酒竞留连。别来迅景如梭,旧游似梦,烟水程何限!念利名、憔悴长萦绊,追往事、空惨愁颜。漏箭移⑤,稍觉轻寒,渐呜咽、画角数声残。对闲窗畔,停灯向晓,抱影无眠。

【注释】

①当时宋玉句：宋玉是战国时楚国著名的辞赋家，他在《九辩》中，有"悲哉秋之为气也"的句子，认为秋天草木衰杀，万象萧瑟，此时登山临水，尤觉悲凉凄惨。

②倦听陇水句：北朝乐府《陇头歌辞》："陇头流水，鸣声呜咽。遥望秦川，心肝断绝。"大意是说征人远戍在外，思乡心切，听陇水也像是在呜咽哭泣。词中借此典故，是说远行之人厌倦了漂泊生涯。

③绛河：即银河。

④绮陌红楼：花街柳巷和歌楼妓馆。

⑤漏箭：指时间。

【今译】

晚秋天，一阵细雨，
洒在空旷的庭院。
槛圃里残菊稀疏，
井台边桐叶零乱，
残烟轻笼，久久不散。
心中凄然，
遥望江关，
只见夕阳漠漠，飞云暗淡。
当年宋玉所悲叹的，
就是在这种时候临水登山。
假如在此时长途远行，
行人一定倍感凄楚，
不忍听陇水呜咽，怕惹起乡愁。
正冥想间，忽听蝉儿在败叶中嘶鸣，
蟋蟀在衰草里发出阵阵悲声，
此起彼伏，打破了傍晚的宁静。

在这寂寞的客舍里，我度日如年，
风儿渐冷，露珠生寒，

不觉间已是深更夜阑。
仰看长空澄净万里如洗，
银河清朗，依稀星光点点，
皓月当空，银辉洒遍人寰，
这一切，最令人思绪联翩。
置身这长夜清景，怎忍心屈指
把从前的风流韵事暗暗盘算，
那时我名微禄薄，
混迹于华街妓馆，
放浪形骸，数年间乐此不倦。

京城的风光分外美好，
那时的我又恰值年少，
常常是夜晚畅饮，白日狂欢。
何况还有一班狂朋怪友，
每逢清歌美酒，个个都是如痴如癫。
当初别后，光阴似箭，
昔日的游历如梦似幻，我不知，
此行水烟迷茫路途遥，
何时才能走完？
想从前追名逐利，容颜亦憔悴，
魂牵梦萦，受尽多少磨难。
如今追怀往事，
只落得愁容惨淡。
更漏轻移，不知此时何时，
隐隐地觉到一丝轻寒，
听远处几声号角，呜呜咽咽，
顷刻间悄无声息。
在这清冷的窗前，
我栖身无灯的暗室，把晓色期盼，

顾影伤心,又过了一个不眠的夜晚。

【说明】

　　这是一首三片长调慢词,抒写羁旅之人在整个夜晚的心理感受,层次分明,上片主要写萧瑟秋景及词人的悲秋情绪,中片写孤馆永夜愁思难眠的情状,下片主要写对昔日逍遥快乐生活的眷恋及天涯倦游、功名心淡的感慨。全词前后呼应,情景交融,写尽了宦游者孤苦而又无奈的窘态,他尽管十分怀念未名未禄时的生活,但却仍然得混迹官场,憔悴长萦伴,下不了弃绝仕途的决心,因而追忆往事只能是空惨愁颜。他还要继续漂泊转徙,"烟水程何限"一句表明他渴望结束而又不得结束羁旅生涯的苦闷心情。那么就可以想见,词人还得继续饮恨含愁,长夜无眠。

夜 半 乐

柳 永

　　冻云黯淡天气,扁舟一叶,乘兴离江渚①。渡万壑千岩,越溪深处②。怒涛渐息,樵风乍起,更闻商旅相呼。片帆高举,泛画鹢、翩翩过南浦。　　望中酒旆闪闪,一簇烟村,数行霜树。残日下,渔人鸣榔归去③。败荷零落,衰杨掩映。岸边两两三三,浣纱游女,避行客、含羞笑相语。　　到此因念,绣阁轻抛,浪萍难驻。叹后约丁宁竟何据?惨离怀,空恨岁晚归期阻。凝泪眼、杳杳神京路④,断鸿声远长天暮。

【注释】

①江渚:江岸。

②越溪:本指春秋时越国美女西施曾经浣纱的若耶溪,在今浙江绍兴市南。词中在此是泛指。

③鸣榔:渔人捕鱼时,敲击木榔惊鱼,使鱼集中易捕。

④神京:即京城(汴京)。

【今译】

深秋时节，寒云满天，
我驾着一叶小舟，
乘兴离开江岸。
渡过万壑千岩，
来到越溪深处，
江上风浪越来越小，
山风微微吹起，
又听邻船上传来声声人语。
风帆高挂，
轻舟载着我疾驰而去。

随风飘摆的酒旗映入眼帘，
一带村落笼罩着烟霭。
几行经霜的高树枝疏叶残。
夕阳下渔人正要晚归，
敲着木榔，神态多么悠闲。
败荷凋零，杨柳掩映，
浣花女子三三两两，
在溪边来回奔忙，
避开行人，她们满面含羞，
欢声笑语在水面回荡。

我触景生情，
轻易地告别伊人，
从此像浮萍行踪不定。
可叹分手时的一再叮咛，
终究有什么依凭？
感伤离别，我心中万分凄苦，
惟有白白地怨恨岁月已晚，

预定的归期一再延误。
我两眼含泪向远方眺望，
路途漫漫不见神京的影子，
只有越来越远的孤雁哀鸣，
在这日暮时分格外使人忧愁。

【说明】

这首词抒发羁旅愁思。也是日暮时分，词人兴之所至，乘舟泛游，见到两岸村舍渔父、浣纱游女等田园乐景，触景生情，牵动离愁，心绪遂急趋黯然，竟至泪盈双眼。更闻断鸿声远，尤令人肝肠寸断。该词写景生动如画，绘声绘色，活灵活现，体现了词人细致的观察力和高超的艺术表现手法。

玉 蝴 蝶

柳 永

望处雨收云断，凭栏悄悄，目送秋光。晚景萧疏，堪动宋玉悲凉。水风轻，蘋花渐老；月露冷，梧叶飘黄。遣情伤，故人何在？烟水茫茫。　　难忘，文期酒会①，几孤风月②，屡变星霜③。海阔山遥，未知何处是潇湘？念双燕、难凭音信；指暮天、空识归航。黯相望，断鸿声里，立尽斜阳。

【注释】

①文期酒会：文人相约聚会，饮酒作文。
②孤：辜负。
③星霜：斗转星移，一年一霜降，故一星霜就是一年。

【今译】

眼看着雨停了，浓云愈来愈淡，
我默默地凭栏独立，

目送秋日的光芒消失在天边。
夜晚的景色这样凄凉,
足以使宋玉也黯然神伤。
微风拂过水面,
吹得蘋花渐老;
寒露映着清冷的月光,
冻得梧叶泛出金黄。
满眼都是令人伤心的景象。
故人如今在哪里?
惟见水天一色,四野茫茫。

永远不会忘记,
过去的文友聚会。
这些年又辜负了多少良辰美景,
岁月流逝,空自悲伤。
海阔山遥,
哪里是故人栖身的地方?
想那空中的双燕,
难以替我捎去音信;
手指着暮色苍茫的长天,
空自比划着归去的方向。
我满怀惆怅地仰天凝望,
听着孤雁声声哀叫,
久久伫立,直到斜阳坠下山冈。

【说明】

这是一首思念故人、抒发离愁之作。上片写景,雨后初霁的秋日傍晚,词人凭栏远望,见晚景萧疏,顿起故人之思。下片忆旧写情,以昔日文期酒会的乐景反衬眼前的孤寂凄苦,慨叹良辰美景统被辜负,物换星移,岁月空逝,而自己与故人仍天各一方,音讯渺茫，只得以手指空，猜度着故人所在的方向。全词首尾呼应，结构严整，情景交融，堪称得意之作。

八声甘州

柳　永

对潇潇暮雨洒江天，一番洗清秋。渐霜风凄紧，关河冷落，残照当楼。是处红衰翠减①，苒苒物华休②。惟有长江水，无语东流。　　不忍登高临远，望故乡渺邈，归思难收。叹年来踪迹，何事苦淹留？想佳人、妆楼凝望，误几回、天际识归舟？争知我③、倚阑干处，正恁凝愁？

【注释】

①是处红衰翠减：是处，即到处。红衰翠减，红花衰谢，绿叶枯黄，形容晚秋时节的萧瑟景象。
②物华：自然景物。
③争：怎。

【今译】

暮雨潇潇，洒遍大江两岸，
也洗净了清秋时节万里长天。
西风渐紧，带来阵阵寒意，
关河冷清，
一抹残阳照在楼头。
到处是红衰翠减，
大自然的精华渐渐凋残。
只有不尽的长江水，
默然无语地奔流向前。

我不忍心再登高望远，

故乡渺茫似在天边,
一片归心总也无法收敛。
叹我多年来踪迹无定,
羁留异地究竟为哪般?
想佳人一定倚楼凝望,
不止一次误认了远来的归船。
她哪里知道此时的我,
正独倚栏杆,
把无限愁思郁积心间。

【说明】

　　这首词借萧瑟秋景,抒发天涯倦旅,怀人念远之情,是柳词中的名篇。词人登楼望远,愁思无限,于是悬想佳人也独倚妆楼盼望己归,真可谓楼相对,人相望,却又相会无期,天各一方。"误几回、天际识归舟"活画出伊人盼望之切。词中名句迭出,如"渐霜风凄紧"三句即为千古登临名句,苏东坡认为"唐人佳处,不过如此"。"惟有长江水,无语东流"一句,亦极富苍凉掩抑之致。

迷 神 引

柳 永

　　一叶扁舟轻帆卷,暂泊楚江南岸。孤城暮角,引胡笳怨①。水茫茫,平沙雁,旋惊散。烟敛寒林簇,画屏展,天际遥山小,黛眉浅②。　　旧赏轻抛,到此成游宦。觉客程劳,年光晚。异乡风物,忍萧索,当愁眼。帝城赊,秦楼阻③,旅魂乱。芳草连空阔,残照满,佳人无消息,断云远。

【注释】

①胡笳:古代北方少数民族的一种管乐器,声音哀怨凄凉。
②黛眉:妇女经过修饰的青黑色眉毛,这里形容山色。

③秦楼：歌楼舞馆，在此代指佳人所居之地。

【今译】

一叶小船轻帆卷，
暂泊在楚江南岸。
孤城黄昏时的声声号角，
如胡笳悲鸣，引人多少哀怨。
茫茫水边，
有着平坦的沙滩，
群雁刚落忽地又被惊散。
淡淡烟霭在寒林间缭绕，
如一幅美丽的画屏展现在眼前，
天边的远山是那样低小，
如美人黛眉轻染。

轻率地抛别旧日知己，
来做这游徙不定的官宦。
觉得旅途如此劳顿，
毕竟自己已过了青春壮年。
异乡风光再好，
我却不忍心在这萧索的时刻，
用一双愁眼把它赏看。
京城那么遥远，
通往秦楼的道路又充满险阻，
游子思归的心绪却难以斩断。
芳草萋萋绵延到天边，
夕阳余晖把大地洒遍，
佳人那边音讯全无，
就像浮云一去不复还。

【说明】

这首词以舟行暂泊之所见，倾诉游宦的凄苦和怀人思归的迫切心情。上片用白描的手法勾勒出楚江傍晚水光接天、烟敛寒林、远山淡淡的自然美景，这是目中所见。但游宦在外的词人却从孤城暮角声中听出了幽怨，从而为下片抒写羁旅之思作了铺垫。下片直抒胸臆，表达了对长年游徙的极度厌倦和痛悔心理。由于词人非常怀念远方的佳人，因此旅途景物再好，他用一双"愁眼"看去，都是那么萧瑟添愁。词最后以景语作结，既是呼应前片，又使词意更加凄婉。

竹马子

柳 永

登孤垒荒凉，危亭旷望，静临烟渚①。对雌霓挂雨②，雄风拂槛，微收残暑。渐觉一叶惊秋，残蝉噪晚，素商时序③。览景想前欢，指神京、非雾非烟深处。　　向此成追感，新愁易积，故人难聚。凭高尽日凝伫，赢得消魂无语。极目霁霭霏微④，暝鸦零乱，萧索江城暮。南楼画角，又送残阳去。

【注释】

①烟渚：烟雾缭绕的沙洲。

②雌霓：又称副虹，是双虹中色彩较暗淡者。在这里是与下文"雄风"相对。苏东坡诗曾有"垂天雌霓云端下，快意雄风海上来"的句子。

③素商：秋天的代称，按古代的五行说，秋季色尚白（即"素"），乐音配商，故称。

④霁霭霏微：雨过初晴时，大气中烟霭蒸腾弥漫的景象。

【今译】

我来到这荒凉的孤垒，
登上高亭向四面眺望，

但见轻烟袅袅笼着沉寂的沙洲。
天空中虹霓挂着雨雾,
阵阵疾风吹拂着栏槛,
消去最后的残暑。
我渐渐感到了一叶飘零中秋的脚步,
听着傍晚时分寒蝉的嘶叫,
不禁涌起悲秋的情愫。
眼前的景色使我想起从前的往事,
遥指神京,
却见烟雾迷离,不知在何处。

此时的我抚今追昔,无限感慨,
新愁在心头郁积,
故人难以重聚。
站在这高处终日凝望,
只落得失魂夺魄,默默无语。
极目远望云烟迷茫的秋空,
看那归巢昏鸦盘旋飞舞,
暮色下的江城一派萧瑟之气。
又听见南楼吹起号角,
似乎在催送着残阳归去。

【说明】

雨后初晴,暑热新凉,词人登临荒凉的古垒,见一叶而知秋,闻残蝉而添愁,抚今追昔顿起身世之感。他"览景想前欢",怀念京城里的故旧知己,纵目远眺,却只看到山重水隔,满眼云烟。于是念想成空,徒自面对萧瑟的江天,积愁聚恨,肝肠寸断。词最后融景入情,以景结情,更见余韵无限。

桂 枝 香

王安石

登临送目,正故国晚秋①,天气初肃。千里澄江似练,翠峰如簇。归帆去棹斜阳里,背西风,酒旗斜矗。彩舟云淡,星河鹭起②,画图难足。　念往昔、繁华竞逐,叹门外楼头③,悲恨相续。千古凭高,对此漫嗟荣辱。六朝旧事如流水,但寒烟衰草凝绿。至今商女,时时犹唱《后庭》遗曲④。

【作者介绍】

王安石(1021—1086)字介甫,号半山。因封荆国公,又称王荆公。抚州临川(今江西临川)人。宋仁宗庆历二年(1042)中进士,神宗熙宁年间任宰相,在神宗支持下实行变法,对于促进当时生产发展和社会进步,起到一定作用。后因保守派反对,变法终于失败。其文学成就主要是诗。此外散文也很有名,被列为"唐宋八大家"之一。词作虽不很多,但清新瘦劲,独具高格,如《桂枝香》即备受人们称赏。有《临川先生歌曲》。

【注释】

①故国:故都,即金陵一带,因其在历史上为王朝迭兴之地,故称。

②星河鹭起:星河本指银河,这里代指长江。"鹭起"的"鹭"即指南京西南长江中的白鹭洲。这句是说白鹭洲屹立于汹涌长江之上,好似星河中一只高飞的白鹭。

③门外楼头:隋平南陈时,兵临金陵城下,而陈后主和宠妃张丽华还在寻欢作乐。杜牧作《台城曲》诗讽刺说:"门外韩擒虎(隋将),楼头张丽华"。

④《后庭》遗曲:化用杜牧《夜泊秦淮》诗意,原诗云:"商女不知亡国恨,隔江犹唱《后庭花》"。据《隋书·五行志》记载,陈后主曾作《玉树后庭花》歌曲,令后宫美人习唱。《后庭》遗曲即指《玉树后庭花》。

【今译】

我登高远望,
见故国正值深秋,
天气渐寒,肃杀之气初露。
千里长江如练,
苍翠的远山群峰耸峙。
斜阳照着江中来往的船只,
酒旗在西风中歪斜飘舞。
彩舟上的白帆犹如朵朵淡云,
江中沙洲仿佛银河飞起白鹭,
这美景胜过任何画图。

想当初,
这里是繁华的六朝故都,
也曾有过无数的征杀争斗,
可叹隋军已到城外,
陈后主还在楼头寻乐,
徒落得一身遭囚,
为千古悲恨续上新的一幕。
如今我凭高吊古,
且莫叹息世事的兴衰荣辱。
六朝的旧事都随着流水逝去,
只留下衰草在寒烟中瑟瑟发抖。
再就是那些歌舞女子,
不时还唱着,
那首《玉树后庭花》歌曲。

【说明】

  这首词写作者登高望远之所见和抚今追昔之所感。上片主要以白描手法写金陵胜景,下片顿起故国之思,忧古伤今,寓意深长。词中多巧妙地化用前人诗句,毫无雕凿叠缀之痕,遂使全词意境高远,被历代词论家推为佳作,梁启超评此词可与周邦彦、辛稼轩媲美。

千秋岁引

王安石

别馆寒砧①,孤城画角,一派秋声入寥廓。东归燕从海上去,南来雁向沙头落。楚台风②,庾楼月③,宛如昨。　　无奈被些名利缚,无奈被他情担阁,可惜风流总闲却。当初漫留华表语④,而今误我秦楼约⑤。梦阑时,酒醒后,思量著。

【注释】

①别馆寒砧:客舍里凄凉单调的捣衣声。砧,捣衣石。
②楚台风:清爽宜人之风。据宋玉《风赋》中说,楚王游兰台,清风徐来,楚王赞叹道:"快哉此风!"
③庾楼月:皎洁的月光。晋人庾亮任江荆豫州刺史时,常与僚佐殷浩等人登武昌南楼赏月吟诗,后人遂称此楼为庾楼。
④华表语:据《搜神后记》载,丁令威学道有成,化白鹤飞至辽东,栖止在城门华表上,唱着劝人出世学仙的歌谣。
⑤秦楼约:男女情爱之事。

【今译】

客舍里孤寂单调的捣衣声,
与孤城上的画角声遥相呼应,
秋声悲凉,充满苍穹。
东归的燕子飞过海面,
南来的大雁栖落沙洲。
只有清爽的楚台风,
皎洁的庾楼月,
还是那么美好依旧。

无奈的我挣不脱名缰利锁，
无奈的我沉湎世情一再蹉跎，
一腔风流在闲散中渐渐消磨。
当初未能脱离尘世，
而今又耽误了秦楼风月。
梦醒时分，
酒醒之后，
思来想去，心中无限惆怅。

【说明】

这首词上片先是写出耳中所闻，再描写目之所见，用萧瑟凄清的秋景，引出下片的无限感慨，抒发了作者宦海倦旅、苦闷哀怨的心情。全词在手法上采用虚实结合的形式，化用前代典故熟语，既空灵典雅，又情真意切，富有很强的艺术感染力。

清　平　乐

王安国

留春不住，费尽莺儿语①。满地残红宫锦污②，昨夜南园风雨。　　小怜初上琵琶③，晓来思绕天涯。不肯画堂朱户，春风自在杨花。

【作者介绍】

王安国（1028—1074）字平甫，临川（今江西抚州）人，王安石之弟。宋神宗熙宁元年赐进士出身，曾任大理寺丞、秘阁校理等职，后因事罢官还乡。有《王校理集》，今已失传。

【注释】

①莺儿：又叫做黄莺，鸣声十分清脆。
②宫锦：这里代指落花。

③小怜：即北齐后主高纬宠妃冯淑妃，名小怜，据史载她善弹琵琶。词中借此泛指歌女。

【今译】
春光是这样难以挽留，
任凭黄莺儿唱哑了歌喉。
满地落花犹如宫锦残破，
南园昨夜多么风急雨骤。

听小怜初弹琵琶，
在这破晓时分，
尤使人思念远方的知音。
画堂朱户何须眷顾，
要学那春风中自由飞舞的杨花。

【说明】
这首词又题作"春晚"，顾名思义就是写残春景象，抒发伤春情怀。上片绘声绘色地描写晚春雨后的凄凉图景。下片触景生情，要么是作者在幻觉中听到了歌女轻弹琵琶之声，要么是真实地听到了远处的琵琶声，总之，词人被这声音勾起无限情思，思绪飞向天边——那才是他心向往之的地方，所以他厌弃画堂朱户、高官厚禄，立志要像风中杨花那样自由自在地生活。如果联系到词人生性耿直，不肯倚仗其兄谋取高位的史实，我们不难看出，作者分明是以杨花自喻、以词言志。

临 江 仙

晏几道

梦后楼台高锁，酒醒帘幕低垂。去年春恨却来时，落花人独立，微雨燕双飞。　　记得小蘋初见，两重心字罗衣①。琵琶弦上说相思，当时明月在，曾照彩云归。

【作者介绍】

晏几道（1030？—1106？）字叔原，号小山，临川（江西抚州）人，著名词人晏殊的幼子，与其父并称"二晏"。曾做过颍昌府许田镇监、开封府推官等小官。其词风沉郁凄婉，绵密工致，多抒发相思离别、怀人伤情之作，有《小山集》。

【注释】

①心字罗衣：用心字香熏过的罗衣，表示心心相印，情深意长。

【今译】

春梦醒时只见楼台高锁，
酒意全消惟有帘幕低垂。
去年春天的愁恨重又聚在心头。
落花纷纷敲打着孤独的我，
细雨中看双燕并翼齐飞。

记得和小蘋初次相会，
她穿着两重心字罗衣。
轻弹琵琶倾诉着相思的情意。
当时明月如今依然明亮，
而她却如彩云不知飘向哪里。

【说明】

这是一首怀人伤春词。春天夜晚，明月高挂，又值落花缤纷时节，词人面对人去楼空、帘幕低垂的萧索景象，不由得悲从中来，伤春情绪难以抑止。上片巧妙套用翁宏的《春残》诗句"落花人独立，微雨燕双飞"，浑若天成，活画出词人落寞孤凄的情状，为全词增色不少。

蝶 恋 花

晏几道

梦入江南烟水路,行尽江南,不与离人遇。睡里消魂无说处,觉来惆怅消魂误。　欲尽此情书尺素①,浮雁沉鱼②,终了无凭据。却倚缓弦歌别绪,断肠移破秦筝柱③。

【注释】

①尺素:即书信,古人以绢写信,故称。
②浮雁沉鱼:古时传说鱼和雁都可传递书信,是信使的代名词。浮雁沉鱼即谓一者很高,一者又深在水中,难以托其传书。此句亦可与前边晏殊的《清平乐》(红笺小字)中"鸿雁在云鱼在水"一句相通。
③秦筝:即筝,一种类似瑟的弦乐器。相传为秦国蒙恬所造,故名。

【今译】

梦中我来到烟水迷茫的江南,
踏遍青山,
却未能与她相见。
睡里伤心落魄无处诉说,
醒来时只留下满腹哀怨,
可叹那魂断时分不过是一场梦幻。

多么想凭借书信倾诉衷肠,
可是那高飞的大雁和水底的游鱼,
全都派不上用场。
只好轻拨哀弦寄相思,
筝柱移遍也难解我满怀悲怆。

【说明】

这首词是怀人伤别之作。词人梦游江南寻找意中人,可是任他到处走遍还是难得与伊人相见。按说这是十分令人伤心失望的事,可是词人却偏偏很珍惜这梦中的忧伤,而不愿醒觉来满怀孤寂,足见思念之深、相思之苦已到了无法抑制的程度。"睡里消魂无说处,觉来惆怅消魂误"两句堪称痴语抒离情的名句。

蝶 恋 花

晏几道

醉别西楼醒不记,春梦秋云①,聚散真容易。斜月半窗还少睡,画屏闲展吴山翠。 衣上酒痕诗里字,点点行行,总是凄凉意。红烛自怜无好计,夜寒空替人垂泪②。

【注释】

①春梦秋云:春梦短暂易醒,秋云飘忽不定,比喻人间聚散无常,来去匆匆。白居易《花非花》诗:"来如春梦不多时,去似秋云无觅处"。

②红烛二句:化用杜牧《赠别》诗"蜡烛有心还惜别,替人垂泪到天明"。

【今译】

醉别西楼的情景,
醒来时忘得一干二净,
短暂的相会像那春梦秋云,
聚也容易,别也匆匆。
对着半窗斜月我欲睡还醒,
看窗外吴山苍翠闲展画屏。

衣上洒满酒痕,
诗中多少字句,

点点行行,
都透出凄凉和孤寂。
红烛自怜爱莫能助,
寒夜里为我空垂伤心泪。

【说明】

这首词怀人伤别,选取的场景是斜月半窗的寒夜,词人酒醒,恍然记起在沉醉中已与伊人轻易分手,于是追悔莫及,思念之情难以抑止。词中完全没有依依惜别的情景,也没有提及另一方,只有词人顾影自怜,再就是红烛空自垂泪,真真凄绝惨绝。词中"衣上酒痕诗里字,点点行行,总是凄凉意",堪称佳句。

鹧 鸪 天

晏几道

彩袖殷勤捧玉钟①,当年拼却醉颜红②。舞低杨柳楼心月,歌尽桃花扇底风。　　从别后,忆相逢,几回魂梦与君同。今宵剩把银釭照③,犹恐相逢是梦中。

【注释】

①彩袖句:衣着华丽的歌女殷勤地捧杯劝酒。彩袖,即作者所倾心之人。
②拼却:拼得,不顾惜,甘愿。
③今宵句:剩把,尽把。一再拿银灯照看。

【今译】

记得你那时盛装艳丽,
手把玉盅频频劝饮,
当年的我拼得一醉,
直喝得满面通红。

狂欢的舞蹈，
直舞得杨柳楼台月儿低垂，
嘹亮的歌声，
直唱得桃花扇底不再生风。

自从分别之后，
总是想起相会时的情景，
多少次梦中重聚，
与你共诉衷情。
今宵我一再用银灯照看，
生怕又是一次梦里相逢。

【说明】

这首词写故人重逢的欢乐情景，与上篇《蝶恋花·醉别西楼》截然相反，通篇洋溢着欢快的情调。乍见故人，先是追想当年彼此倾心的欢景，然后诉说别后的绵绵思念，以致于魂牵梦萦。再一转，怕这次重逢又是梦境，于是手把银灯频频照看，只有思念至深方可有此举动，也可见词人此时喜不自胜的心情。"忆相逢"其实不只是"忆"，更是"盼相逢"。词中"舞低杨柳楼心月，歌尽桃花扇底风"被历代词评家推为传世名句。

鹧 鸪 天

晏几道

醉拍春衫惜旧香，天将离恨恼疏狂①。年年陌上生秋草，日日楼中到夕阳。　　云渺渺，水茫茫，征人归路许多长。相思本是无凭语②，莫向花笺费泪行③。

【注释】

①天将句：恼，困扰，折磨。疏狂，旷放不羁的人。上天用离别的

愁恨来折磨疏狂的人。
②无凭：无据，无可奈何，无法诉说。即难以言喻，难以表达。
③花笺：书信。

【今译】

借着醉意拍打春衫，
回味着昔日留下的芳香。
上天为何如此绝情，
要用离愁别恨折磨疏狂的情郎。
年复一年道路上长出青草，
日复一日阁楼中照进夕阳。

云儿渺渺，
水波茫茫。
征人回归的路程，
怎么如此漫长。
不尽的相思无法言喻，
再莫要笔走花笺空垂泪两行。

【说明】

这首词写别后思人。由醉拍春衫勾起惜香之情，这"旧香"恐怕是当年欢爱留下的惟一遗泽，人既难以相见，这香味便成惟一自慰、寄托思念的东西，因而倍感珍惜。由于思人而怨天，终日独倚高楼看着夕阳西下，水天茫茫，陌生秋草，就是不见伊人踪影，满怀相思无处诉说，于是痛下绝语，决心不再寄情书信，空耗泪行。其实是欲罢不能，他一定是曾经多次"向花笺费泪行"，又曾不止一次说过决绝之语，结果呢还是情不自禁地故态复萌。可以推知，这种情景还会多次重复出现。

生 查 子

晏几道

金鞍美少年,去跃青骢马。牵系玉楼人①,绣被春寒夜。
消息未归来,寒食梨花谢。无处说相思,背面秋千下②。

【注释】
①玉楼人:住在闺楼里的美貌少妇,是词中的主人公。
②背面:扭过脸去,形容羞怯。李商隐诗中有"十五泣春风,背面秋千下"的句子。

【今译】
跨着金鞍的英俊少年,
随着那匹宝马飞驰远去,
牵走了楼中闺妇的思绪,
从此她春夜独眠,
身拥绣被仍觉无限寒意。

等不到一点征人的消息,
眼看着寒食时节梨花纷谢。
无处去诉说绵绵相思,
背过脸去,
秋千架下暗自伤心。

【说明】
此词写闺妇伤春怀人之事。自从眼看着意中人跨马远去,她的内心就失去了平静,牵肠挂肚地盼着他归来,特别是夜晚,绣被孤眠,倍感春寒。在令人心焦的等待仍得不到回音时,她感到失望和伤心,然而她又是一位内向的女子,只是站在秋千架下背人而泣。全词写得十分含蓄,而又暗寓炽烈的感情,读来意味深长,心领神会。

生 查 子

晏几道

关山魂梦长,塞雁音书少。两鬓可怜青①,只为相思老。归傍碧纱窗,说与人人②道:"真个别离难,不似相逢好"。

【注释】

①可怜:可爱。
②人人:宋时口语,称呼较亲近的人。

【今译】

令我魂牵梦萦的关山,
那里有我最最思念的亲人,
塞雁一队队飞来,
却不见他的书信。
可惜我两鬓青丝那么可爱,
都因为相思而变得斑白。
到他回来的时候,
与他依偎在碧纱窗前,
把满腹的相思向他倾诉。
我要轻声对他说:
经历过别离的凄苦,
才知道团聚是多么幸福。

【说明】

此词叙写相思之情,女主人公思念远在边关的丈夫,频频在梦里相见。可是丈夫却很少回音,"塞雁音书少",道出她主要是单相思,幽怨之情溢于言表。而这种焦思盼望是很催人老的,她两鬓青丝都因相思而变白了。最后她又幻想伊人归来,夫妻相伴,彼此诉说衷肠。这种纯由想象生发出的乐景,读后令人凄然伤心。

木 兰 花

晏几道

东风又作无情计,艳粉娇红吹满地①。碧楼帘影不遮愁,还似去年今日意。　　谁知错管春残事②,到处登临曾费泪。此时金盏直须深③,看尽落花能几醉。

【注释】

①艳粉娇红:各种颜色的春花。
②错管:管错了,意即不该去理会。
③直须:只管,尽量。

【今译】

东风又是这么无情,
把姹紫嫣红的春花吹落满地。
碧楼上垂下帘幕,
却遮不住我伤春惜花的愁苦,
这种多愁善感的情绪,
和去年今日有什么相异。

谁像我这样去管春残的闲事,
到处登临枉费了多少清泪。
此时我要高举金杯,
把世间的烦恼全都忘记,
直到繁花全都凋谢,
又能有几回沉醉?

【说明】

这首词抒发伤春之情。词人多愁善感,在东风无情地吹落春花的时候,他情不自禁地要伤心忧愁,而且不止一年如此。可是今年此时,他终于下决心不再管春残闲事,而是满斟金杯,借酒避愁,借酒消愁。显然这是一种消极的办法,尽管他自我安慰说不用几番沉醉就可"看尽落花",躲过落花时节,然而他的内心深处既然牵挂着春花,那么就不可能真正、完全沉醉,结果只能是"借酒浇愁愁更长"。

木 兰 花

晏几道

秋千院落重帘暮,彩笔闲来题绣户①。墙头丹杏雨余花,门外绿杨风后絮。　朝云信断知何处②?应作襄王春梦去。紫骝认得旧游踪,嘶过画桥东畔路。

【注释】

①绣户:华丽的住所,即妇女的居室。
②朝云:据宋玉《高唐赋序》记,楚襄王游高唐,梦见巫山神女说:"妾在巫山之阳,高丘之阻,旦为朝云,暮为行雨,朝朝暮暮,阳台之下。"后遂以朝云、行雨代指年轻女子。词中下句"襄王春梦"亦出此典故。

【今译】

挂着秋千的院落一片静寂,
厚厚帘幕在黄昏时层层低垂,
从前她或许正闲倚绣户,
手拿彩笔题写着优美的诗句。
而今却只有那墙头红杏,
春雨过后显得那么憔悴,
还有门外的柳树,
随风扬起片片飞絮。

我满腹忧愁,

茫然四顾，意中人今在何处？
或许得做个襄王春梦，
我才能与她重新聚首。
就在我犹豫的时候，
胯下马儿却认得旧时路途，
嘶鸣着踏过画桥，
迈上了桥东的平坦大路。

【说明】

这首词写怀旧思人的情景。征人故地重游，怀着忐忑不安的心情前来寻访意中人的住所，他想象着她也许正过着孤寂的生活，可是他失望了，伊人早已离去，不知去了什么地方，留下他独自慨叹伤心。词中用墙头红杏暗喻伊人，而以绿杨风絮自比，既贴切又寓意深沉，以含蓄抒痴情，余味无穷。

清 平 乐

晏几道

留人不住，醉解兰舟去。一棹碧涛春水路①，过尽晓莺啼处。
渡头杨柳青青，枝枝叶叶离情。此后锦书休寄②，画楼云雨无凭③。

【注释】

①一棹句：一棹，（桨）划一下。句谓小舟非常轻快，只轻轻一划，便走出好远。
②锦书：即书信。
③画楼：雕饰彩绘的楼房。

【今译】

怎么留也留不住，

他还是带着醉意,
解开兰舟踏上了归途。
桨儿轻划,拨开碧涛春水,
一叶扁舟早过了晓莺啼处。

渡口的杨柳郁郁青青,
一叶一枝都诉说着离情,
以后莫再把锦书传寄,
那昔日画楼里的欢会,
不过是一场春梦。

【说明】

这首词写一位妓女与情人的依依惜别之情。词用白描手法写出在春晨渡口分手时的种种情态,一个诚意挽留,一个去意已定;一个黯然伤神,无情无绪,一个却是喝得醉意朦胧,毫不踌躇地解舟而去。妓女和行客形成鲜明的对比。多情的女子满腹哀怨和委屈,她觉着那垂柳的枝叶也都代她诉说着离情。然而他还是轻松地走了,失望之余,女子说出了决绝之语,而这决绝也更道出了她心中的幽怨和不忍割舍之意。

阮 郎 归

晏几道

旧香残粉似当初,人情恨不如。一春犹有数行书,秋来书更疏。　衾凤冷①,枕鸳孤,愁肠待酒舒。梦魂纵有也成虚,那堪和梦无。

【注释】

①衾凤:绣有鸾凤的锦被,下文枕鸳则是绣有鸳鸯的枕头。

【今译】

昔日残留的脂粉,
依然芳香如故,
他对我的恋情,
却一天比一天不如。
春天里还不时寄来书信,
到秋天渐变得音信稀疏。

锦被抵不住独眠的清冷,
枕上鸳鸯也显得那么孤独,
我愁肠百结,
只有在酒中才得稍舒眉头。
梦中即使能够相会,
也不过是虚幻的聚首,
可悲的是连梦都没有,
又叫我怎么忍受!

【说明】

这是一首闺怨词。开首写当初所用旧香残粉依然芳香如故,而人却变心了,恋情淡漠,书信渐疏,害得闺中人愁肠百结,好似凤凰失侣,鸳鸯成单,只能借酒浇愁。她怨恨情人的负心,而又渴望与他相聚重温旧好,哪怕是在梦中相见也好。可就连这一点也做不到,空有相思而难成梦,内心的愁苦就可想而知了。

阮 郎 归

晏几道

天边金掌露成霜①,云随雁字长。绿杯红袖趁重阳②,人情似故乡。　　兰佩紫,菊簪黄,殷勤理旧狂③。欲将沉醉换悲凉，清歌莫断肠。

【注释】

①天边金掌：金掌，汉武帝在长安建章宫建巨大铜柱，柱上有铜人掌托承露盘，以接取能够长生不老的"玉露"。词中"金掌"即指铜人手掌。以此典故透露作词地点是在宋代的京城汴梁。

②趁重阳：欢度重阳节，借此机会纷纷到郊外游赏宴乐。

③理旧狂：故态复萌，重新展示狂放不羁的天性，尽情嬉戏饮乐。

【今译】

金铜仙人掌中的玉露，
大概已结成了白霜，
天边淡淡的浮云，
随着雁阵向远方延长。
美人手捧玉杯，
在这重阳佳节劝我喝个欢畅，
深情厚意就似回到了故乡。

我胸前佩着紫色的兰花，
鬓发上的菊花泛着金黄，
无所顾忌，
尽情表现着昔日的疏狂。
我要一醉方休，
驱散久久郁积心头的悲凉，
敬告歌女，
莫要唱那凄清的歌曲，
免得我触景生愁寸断肝肠。

【说明】

这是一首满含身世之感的节令词。重阳时节，词人作客异乡，面对红袖佳人、美酒盛宴和主人的深情厚意，暂时抛开了悲凉的心绪，着实狂欢了一回。他已经很久不曾如此放浪形骸过了，年轻时那种无忧无虑，风流奢华的生活早已成为遥远的回忆。而这一次经过多年抑郁，他终于能够重理"旧疏狂"，因而倍加珍惜，恳告歌者，莫唱清曲，以免重新陷入悲凉。不过，可以确信无疑的是，他的这种短暂"销魂"过后，必然重新陷入悲凉孤凄中去。

六 幺 令

晏几道

绿阴春尽，飞絮绕香阁。晚来翠眉宫样，巧把远山学。一寸狂心未说，已向横波觉①。画帘遮匝②，新翻曲妙，暗许闲人带偷掐③。　　前度书多隐语，意浅愁难答。昨夜诗有回文④，韵险还慵押。都待笙歌散了，记取来时霎⑤。不消红蜡，闲云归后，月在庭花旧栏角。

【注释】

①横波：眼神传情，暗送秋波。
②遮匝：四面遮蔽。
③偷掐：暗暗抄记（曲谱）。
④回文：诗体的一种，可以循环往复，读之皆可成文，诗里藏诗。
⑤来时霎：来一下，来一会儿。

【今译】

绿阴浓浓春天已去，
飘飞的柳絮环绕着香阁。
晚来翠眉学着宫妆式样，
恰似远山淡淡绰约。
炽烈的春心不用言说，
已能从那眼神中察觉。
画帘四面围裹，

新翻的曲子无比美妙,
尽情弹奏,
任他旁人悄记暗抄。

先前的来信中太多隐语,
意思虽明却令人难以作答。
昨夜的诗中又有回文,
韵脚生僻我也懒得去押。
等到曲终人散时,
记着等我一霎。
用不着红烛高照,
当闲云散去,到那旧栏杆旁,
花前月下,
互诉衷曲多么浪漫风雅。

【说明】

这首词以浓艳的笔调抒写男女恋情。词中的歌女因要与情人约会,所以在演出前刻意梳妆,"为悦己者容",特别是学着宫中式样精心描画双眉。演出时看到情人在场,她便暗送秋波,而且由于心中欢愉,便尽情施展演技,甚至对新谱曲词被旁人偷记也不在意了,把一位多情女子热切奔放、春心涌动的神态刻画得活灵活现,生动而又感人。

御 街 行

晏几道

街南绿树春饶絮①,雪满游春路。树头花艳杂娇云,树底人家朱户。北楼闲上,疏帘高卷,直见街南树。　栏杆倚尽犹慵去,几度黄昏雨。晚春盘马踏青苔,曾傍绿荫深驻。落花犹在,香屏空掩②,人面知何处?

【注释】

①饶絮：飞絮很多。

②香屏：唐朝诗人崔护清明春游，见一庄居，有女子"意属殊厚"，来年再寻，已是人去房空，柴门紧锁，于是在左边门上题写了那首著名的《题都南庄》："去年今日此门中，人面桃花相映红。人面不知何处去，桃花依旧笑春风。"词中意境正与此诗同，因此"香屏"应指人家的房门。

【今译】

街南的一丛绿树，
在晚春时节纷纷飘絮，
好似白雪飞扬，
落满游春的道路。
树头鲜花盛开如天边彩云，
映得树下人家的朱户分外醒目。
我悠闲地登上北楼，
把疏帘高卷，
目光在树上久久停留。

我倚着栏杆不愿离去，
任阵阵黄昏雨将衣衫淋透。
以前也是在这暮春时候，
我骑着马儿徘徊在青苔地上，
傍着绿荫很久不愿挪步。
如今落花犹在，
朱门空掩，
只是不知伊人究在何处。

【说明】

这首词写故地重游之时恋旧怀人之情。时间仍然是最易使人黯然销魂的暮春时节，词人重来"御街"，一下子看到了那丛不寻常的"街南树",看到了树上的飞絮,看到了树头姹紫嫣红的春花织成的彩云,看到了树下朱色的大门,于是唤起了昔日的回忆,意犹未尽,索性登上北楼,盯着那绿树再也不想离去。原来他曾在此晚春盘马、绿荫深驻。全词围绕"绿树"层层抒写,情景交融,哀而不伤,极尽风雅之致。

虞 美 人

晏几道

曲栏杆外天如水,昨夜还曾倚。初将明月比佳期,长向月圆时候,望人归。　　罗衣著破前香在,旧意谁教改。一春离恨懒调弦,犹有两行闲泪、宝筝前。

【今译】
曲栏杆外天光如水,
昨夜我曾独自凭倚。
自从我把明月当作佳期,
便时常在月圆时候,
一次次盼着他回来团聚。

我的罗衣虽已穿破,
昔日的芳香却久久未散,
从前的情意那么深长,
坚贞不渝如何能改。
一春离恨懒得调弦,
只有两行清泪洒向筝前。

【说明】
这首词写闺怨。在曲栏杆外,一轮满月高挂中天,天光如水,思妇又独自倚栏,把远方的人儿思念。这已不是第一次,自从她相信了古老的说法——月圆人团圆，以后每逢月圆，她便都像这样苦苦期盼，可是每次她都失望了，就像昨夜一样。偏偏她又那么痴情，罗衣穿破也不忍舍弃，因为上面残留着值得回忆的"前香"。如此"旧意"难改，只能是一腔春恨无处诉，在落寞伤心中苦挨时光。全词哀婉动人，把女子的痴情怨意、离恨相思抒写得淋漓尽致。

留 春 令

晏几道

画屏天畔，梦回依约，十洲云水①。手捻红笺寄人书，写无限、伤春事。　　别浦高楼曾漫倚②，对江南千里。楼下分流水声中，有当日、凭高泪③。

【注释】

①十洲：传说中仙人居住的十个岛屿，据东方朔《海内十洲记》载，十洲分别为祖洲、瀛洲、玄洲、炎洲、长洲、元洲、流洲、生洲、凤麟洲、聚窟洲。

②别浦：又叫南浦，指送别的水边。

③凭高泪：似化用冯延巳《三台令》中"流水，流水，中有伤心双泪"。

【今译】

眼前的画屏恍然远在天边，
梦醒时我隐隐约约，
好似仍置身云水茫茫的仙山。
手拈红笺书信，
把无限伤春的情绪诉诸笔端。

在分别时的渡口，
我曾几度闲倚高楼，

眺望着千里江南,
把你一遍遍思念。
楼下潺潺流水中,
就有我当时,
登高伤别淌下的珠泪串串。

【说明】

这是一首伤别怀人词。词中的主人公与意中人别后,思念成痴,于是在梦中相会于烟水迷茫的仙山胜境。梦醒后仍不知身在何处,看那近处的画屏,迷离中竟似远在天边。一实一虚,一远一近形成强烈的对比,表达了刻骨铭心的眷恋和思念之情。

思 远 人

晏几道

红叶黄花秋意晚,千里念行客。飞云过尽,归鸿无信。何处寄书得? 泪弹不尽临窗滴,就砚旋研墨①。渐写到别来,此情深处,红笺为无色②。

【注释】

①旋研墨:正好研磨香墨。
②红笺句:泪洒红笺,使其红色褪尽,极言伤心之程度。

【今译】

红叶黄花色彩斑斓,
晚秋时节,
我把千里之外的征人思念。
天上的浮云早已散尽,
归鸿还是没有带来书信,
想要寄去一声问候,

却不知何处是那收信之人。

如泉的清泪临窗滴下，
且就石砚把香墨磨研，
渐渐写到别后的情景，
心中的思念全化作伤感，
泪如雨下，打湿了红色的信笺。

【说明】

这首词的词名与词意恰好切合，抒写怀人念远之情。在林叶泛红、菊花开遍的晚秋时节，闺中人因感秋而怀远，思念起远在千里之外的行客，却又不知他此刻漂泊何处，寄书无所，深情难诉，失望之极而泪下。于是以砚承泪，研墨作书，明知无处寄书却仍要写，痴情厚意于此可见。全词用笔曲婉，韵味无穷。

满 庭 芳

晏几道

南苑吹花①，西楼题叶，故园欢事重重。凭栏秋思，闲记旧相逢。几处歌云梦雨，可怜便、流水西东。别来久，浅情未有，锦字系征鸿②。　　年光还少味，开残槛菊，落尽溪桐。漫留得，樽前淡月凄风。此恨谁堪共说，清愁付、绿酒杯中。佳期在，归时待把，香袖看啼红。

【注释】

①南苑吹花：南苑，和下文"西楼"都是虚写，泛指情人欢会嬉戏之地。吹花，对花赏玩，与下文"题叶"相对应。

②锦字系征鸿：汉武帝在上林苑打猎，射下一只大雁，雁足系有书信，透露了汉使苏武的下落，据此才将苏武要回。词中借指情人之间以书传情。

【今译】

南苑吹花嬉戏,
西楼题叶传情,
在故园我们有过多少美好的光景。
秋日里凭栏凝思,
尚能忆起那一次次相逢。
美妙如梦的欢会之后,
可怜此后,
如同岭上流水各奔西东。
太久的离别,
淡漠了当初的一片深情,
竟不见归雁将锦书传送。

时光淡淡逝去,
只有残菊枯败,还有
溪边桐叶片片飘零。
空留下,
苦酒一杯伴着疏月凄风。
此愁此恨又能与谁诉说?
且把一腔愁绪,
消磨在绿酒杯中。
盼着佳期快到,
待他回时,
一定要他细看,
衣袖上的点点啼痕。

【说明】

这首词念远怀人。词中主人公自与情人分手后,回忆旧时欢情,期待重新相逢,在萧瑟的秋天怨恨交加,悲不自胜。全词婉约有致,情溢言外,余味无穷。

水调歌头

苏 轼

丙辰中秋欢饮达旦,作此篇兼怀子由①。

明月几时有,把酒问青天②。不知天上宫阙,今夕是何年。我欲乘风归去,又恐琼楼玉宇③,高处不胜寒。起舞弄清影,何似在人间。　　转朱阁,低绮户④,照无眠。不应有恨,何事长向别时圆?人有悲欢离合,月有阴晴圆缺,此事古难全。但愿人长久,千里共婵娟⑤。

【作者介绍】

苏轼(1036—1101)字子瞻,号东坡居士,眉山(今四川眉山)人。宋仁宗时中进士,先后做过祠部员外郎、礼部尚书及杭州通判,密州、徐州、湖州等地刺史。宋神宗元丰三年因反对王安石变法而贬为黄州团练副使。以后屡出屡进,历尽宦海浮沉,曾被贬到广东惠州及海南岛一带。徽宗时赦还,不久卒于常州,谥"文忠"。一生虽屡遭打击,但心胸十分旷达,是北宋最负盛名的文学家,而又博学多才。散文与父苏洵、弟苏辙并称"三苏"且同属唐宋八大家之列;诗与黄庭坚并称"苏黄";词与辛弃疾并称"苏辛",开豪放词风先河;书法与黄庭坚、米芾、蔡襄并称"宋四家"。文有《东坡七集》等,词有《东坡乐府》300余首。

【注释】

①丙辰:即宋神宗熙宁九年(1076)。子由,即苏轼弟苏辙,字子由。

②明月二句:李白《把酒问月》诗:"青天有月来几时,我今停杯一问之。"

③琼楼玉宇:月宫里的华丽殿堂。据《大业拾遗记》载,唐瞿乾佑在江边观月,有人问他月中何所有,他便指示其人看去,只见"月规半天,琼楼玉宇烂然"。

④绮户:雕饰华美的房舍。

⑤婵娟:本指女子姿态美好,这里代指月亮。

【今译】

从何时开始,
明月普照人间?
我手把酒杯问青天。
也不知天上的宫阙,
今夜是何年。
我想乘风飞去,
又怕那九霄之上的琼楼玉宇,
我会受不了高处的风寒。
在那里翩翩起舞,身只影单,
哪里比得上这人间。
月光透过朱阁,
洒在雕花的房前,
照着我难眠的夜晚。
月亮不应有什么怨恨呀,
为何偏在人们别离时它才团圆?
看来人有悲欢离合,
月有阴晴圆缺,
自古就是如此,不必抱憾。
但愿人们心心相印,
千里之外共对明月把彼此思念。

【说明】

　　这首词是千古名篇,也是中秋咏月词中的翘楚。当时苏轼已41岁,任密州(今山东诸城)知州。由于政治上壮志难酬,郁郁不得志,再加上与胞弟苏辙多年未见,更是愁闷难遣,于是在中秋之夜、明月之下把酒问天,浩叹人生,抒发人间真情。风格清奇雄阔,而又不失蕴藉委婉之致,堪称刚柔兼备,文情并茂。词中的句子全都脍炙人口,千古传唱,被用于各种场合,如"人有悲欢离合,月有阴晴圆缺","但愿人长久,千里共婵娟"等,均成亘古绝唱。

水 龙 吟

苏 轼

次韵章质夫《杨花词》①

似花还似非花,也无人惜从教坠②。抛家傍路,思量却是,无情有思③。萦损柔肠,困酣娇眼,欲开还闭。梦随风万里,寻郎去处,又还被莺呼起。　　不恨此花飞尽,恨西园、落红难缀。晓来雨过,遗踪何在?一池萍碎④。春色三分,二分尘土,一分流水。细看来、不是杨花,点点是离人泪。

【注释】

①章质夫:苏轼友人,这首词便是苏轼为和章质夫《杨花词》而作。
②从教坠:任凭其飘零坠地。
③无情有思:化自唐韩愈诗"杨花榆荚无情思,惟解漫天作雪飞"句,意思是"道是无情却有情","有思"即"有情"、"有意"。
④一池萍碎:即池面漂着的杨花全被雨水淋湿消散。"萍"即浮萍,这里代替杨花,苏东坡《再和曾仲锡荔支》诗注:"飞絮落水中,经宿即化为萍"。

【今译】

似花却又非花,
没有人怜惜,
任凭它片片坠地。
抛家傍路的杨花,
细想起来,
道是无情却还有意。
她翻卷回旋如柔肠百折,
她慵懒困倦娇眼惺忪,
那娇羞的神态,

分明似欲言却又无语。
梦里随风万里远行,
要把情郎的踪迹寻觅,
不料却被,
一声莺啼惊起。

不怨恨杨花飞尽,
只恨那西园遍地落花,
再也无法把春天点缀。
晓来雨过,
遍地杨花究在哪里?
只有一池浮萍被雨击碎。
春色已被一分为三,
二分化作尘埃,
另一分早就付之流水。
细细看来,纷纷落下的不是杨花,
分明是点点离人的清泪。

【说明】

这首词写思妇怀人伤春,构思十分奇妙,借杨花而兴起,咏物拟人,杨花与思妇水乳交融,浑化无迹,此中有彼,彼中有此,如梦似幻,若即若离,使词意空灵蕴藉,堪称咏物词中的佳作。

念 奴 娇

苏 轼

赤壁怀古

大江东去,浪淘尽,千古风流人物。故垒西边,人道是、三国周郎赤壁[①]。乱石崩云,惊涛裂岸,卷起千堆雪。江山如画,一时多少豪杰。　　遥想公瑾当年[②],小乔初嫁了[③],雄姿英发,羽扇纶巾,谈笑间,强虏灰飞烟灭。故国神游,多情应笑我,早生华发。人间如梦,一尊还酹江月[④]。

【注释】

①周郎赤壁:实际上苏轼到的并不是"三国周郎赤壁",而是湖北黄州(今黄冈)的赤壁,苏轼曾先后两次来到此地,写下著名的《前赤壁赋》和《后赤壁赋》。

②公瑾:周瑜字公瑾。

③小乔:本作小桥,据《三国志》载,周瑜跟随吴主孙策攻皖,"得桥公两女,皆国色也。策自纳大桥,瑜纳小桥"。

④一尊句:拿一杯酒泼在地上祭奠。

【今译】

大江滚滚东流去,
波涛淘尽了,
千古风流人物。
在故垒西边,
人都说那就是三国时,
周瑜大破曹军的赤壁战场。
乱石嶙峋的山崖横空高耸,
汹涌的波浪拍击着江岸,
好似卷起了千万堆白雪。
江山如画,
引得多少豪杰争战不休?

遥想周瑜当年,
小乔初嫁,
英姿勃勃,意气风发。
手拿羽扇,头戴纶巾,
谈笑之间,

强敌便土崩瓦解,灰飞烟灭。
故地重游,
像我这样多情善感早生白发实在可笑。
人生如梦,
这杯酒还是敬给永恒的江月吧。

【说明】

这是一首凭吊古战场词,是苏轼贬谪黄州时游历赤壁的感想。词人以如椽大笔状写古战场雄奇险恶、触目惊心的氛围,引出一位风流儒雅、用兵如神的英雄周瑜——赤壁大战的主帅,抒发了自己的仰慕之情和身世之感。全词笔力遒劲,气势磅礴,格调雄浑,响遏行云,是北宋词坛上最为引人注目的作品之一。自此词一出,使得盛行缠绵悱恻之调的北宋词坛,受到极大震撼,不愧为千古绝唱。

永 遇 乐

苏 轼

彭城夜宿燕子楼,梦盼盼因作此词①。

明月如霜,好风如水,清景无限。曲港跳鱼,圆荷泻露,寂寞无人见。紞如三鼓②,铿然一叶,黯黯梦云惊断③。夜茫茫、重寻无处,觉来小园行遍。　　天涯倦客,山中归路,望断故园心眼。燕子楼空,佳人何在?空锁楼中燕。古今如梦,何曾梦觉,但有旧欢新怨。异时对,黄楼夜景④,为余浩叹。

【注释】

①燕子楼:在今江苏徐州,当时为徐州尚书张建封宅第中的一座小楼。盼盼,张建封的爱姬。建封死后,盼盼念旧爱而不嫁,在燕子楼中居住十余年。

②铿如三鼓：敲响了三更鼓。
③梦云：缠绵悱恻的梦境。
④黄楼：苏轼任徐州太守时所建之楼，在彭城东门之上。

【今译】

月光如霜，
好风如水，
清丽的景色美不胜收。
曲港里鱼儿欢跳，
圆荷上玉露轻泻，
在这寂寞的夜晚无人得见。
更鼓三声，
一叶坠地，
把我的好梦蓦然惊断。
夜色茫茫，
失落的梦境无处可寻，
满怀惆怅把小园行遍。

身在天涯的我早已疲倦，
群山拦住了归路，
思念故乡把心眼望穿。
如今燕子楼空，
佳人不见，
空锁楼中飞燕。
古今皆如梦境，
何曾有过觉醒？
有的只是无尽的旧欢和新怨。
将来会有一天，
人们面对黄楼夜景，
为我发出深深的慨叹。

【说明】

这首词触景生情，藉景抒怀，寄托了词人的人生感慨。上片细致入微地描写燕子楼小园秋夜清景，由静态到动态，以动衬静，营造了一个无限空灵清幽的氛围。下片着意抒发身世之感，表达了对人生和宇宙世道轮回的感悟，从上片的梦境推而广之，发出"古今如梦，何曾梦觉"的浩叹，认为既然不能挣脱尘俗的枷锁返朴归真，那么一切都会变得短暂而虚幻，就会陷入欢乐和愁怨的不断循环之中。不是吗，盼盼在燕子楼有过欢乐，而后又经受了孤凄和怨怅。词人宦海浮沉，不也有过许多"旧欢新怨"么？后来之人面对记录苏轼政绩的黄楼，一定也像词人在燕子楼凭吊盼盼一样，真真是"后人视今亦犹今之视昔"（王羲之《兰亭集序》语）。

洞 仙 歌

苏 轼

余七岁时见眉州老尼，姓朱。忘其名，年九十岁。自言尝随其师入蜀主孟昶宫中①，一日大热，蜀主与花蕊夫人夜纳凉摩诃池上，作一词，朱具能记之。今四十年，朱已死久矣，人无知此词者，但记其首两句，暇日寻味，岂《洞仙歌》令乎？乃为足之云。

冰肌玉骨，自清凉无汗。水殿风来暗香满。绣帘开、一点明月窥人，人未寝，欹枕钗横鬓乱。　　起来携素手，庭户无声，时见疏星度河汉。试问夜如何？夜已三更，金波淡、玉绳低转②。但屈指、西风几时来，又不道、流年暗中偷换③。

【注释】

①孟昶：五代时后蜀国君，生活奢华，耽于声色，爱好文学，后国破降宋。

②金波：月光。玉绳：两星名，《文选》李善注认为是在北斗七星

第五星玉衡以北。

③流年,即年华。

【今译】

肌肤如冰骨如玉,
她浑身清凉姿质不凡。
临水的宫殿吹来微风,
幽淡的香气到处传遍。
绣帘开处,
一点明月把伊人窥看,
但见人儿未睡,
枕斜钗横鬓发散乱。

起来携手漫步,
听庭院寂静无声,
只见星辰寥落镶嵌在天边。
试问夜分如何,
此时正交三更,
月光淡淡,
玉绳星已然低转。
屈指细数何时西风起,
殊不知时光悄逝,
大好的年华就这样一去不返。

【说明】

这首词通过想象中宫廷生活的一幕,以神来之笔描绘出清空脱俗的夜景和生活情趣,蕴含着隽永悠长的人生哲理:斗转星移,逝者如斯,应当珍惜华年。千百年来人们一直被这样的矛盾所困扰,即一方面追求时来运转,舒适安闲,一方面却又为时光易逝抱恨终天。此词堪称以非凡的手笔,活画出凡人心态,发人深思。

卜 算 子

苏 轼

黄州定惠院寓居作①

缺月挂疏桐，漏断人初静②。谁见幽人独往来，缥缈孤鸿影。　惊起却回头，有恨无人省③。拣尽寒枝不肯栖，寂寞沙洲冷。

【注释】

①黄州定惠院：在今湖北黄冈东南，苏轼被贬任黄州团练副使时，曾寓居此寺并写下《游定惠院记》。
②漏断：漏壶中水已流尽，即深夜。
③省：理解，领悟。

【今译】

一弯缺月透过疏桐，
漏壶流尽已是夜深人静。
有谁知我独自徘徊，
失魂落魄好似离群的孤鸿。

受惊的它蓦然回首，
满怀愁恨却无人同情。
拣尽寒枝不肯停栖，
宁落沙洲忍受寂寞清冷。

【说明】

这首词咏物言志，借咏孤雁抒发个人幽愤寂寥之情，自标高洁。词作于黄州贬所，时值乌台诗案之后不久，词人孤居异地，政治上极度失意，故旧亲朋又疏隔多时，心情十分苦闷。他不愿随波逐流，放弃自己的主张，却又孤立无助，无人理解。当然，苏轼毕竟是一位胸怀博大、旷达超凡的人物，尽管"世人皆睡我独醒"，尽管"有恨无人省"，可他还是要我行我素，"拣尽寒枝不肯栖"。黄庭坚评此词："语意高妙，似非吃烟火食人语。非胸中有万卷书，笔下无一点尘俗气，孰能至此！"

青 玉 案

苏 轼

送伯固归吴中①

三年枕上吴中路②，遣黄犬③，随君去。若到松江呼小渡④，莫惊鸳鹭，四桥尽是⑤，老子经行处。　辋川图上看春暮⑥，常记高人右丞句⑦。作个归期天定许，春衫犹是，小蛮针线⑧，曾湿西湖雨。

【注释】

①伯固：即苏轼宗亲苏坚，字伯固，曾跟随苏轼在杭三年。
②吴中：对当时吴郡或苏州府（均在今苏州市）的别称。
③黄犬：即黄耳犬，据《晋书·陆机传》载，陆机有犬名黄耳，当陆机在洛阳时，将家书系在犬颈上，此犬不但从洛阳把信带回陆机的松江家中，而且还将复信带回了洛阳。词中借此典故是虚写，意思是希望常通音信。
④松江：古水名，大致相当于今吴淞江，当时自杭州到苏州必然经过这里。
⑤四桥：即苏州垂虹、枫桥等四座名桥。
⑥辋川图：唐代诗人王维隐居陕西蓝田辋川，曾在蓝田清凉寺壁上绘过辋川图。
⑦丞：王维曾作过尚书右丞。
⑧小蛮：唐代诗人白居易有姬樊素能歌，妓小蛮善舞，诗曰："樱桃樊素口，杨柳小蛮腰"。词中以小蛮代指侍妾。

【今译】
三年来在梦中把吴中神游,
如今让黄犬随你归去,
可时常为你我捎信传书。
若到松江岸边呼唤小舟,
切莫惊散那些鸳鸯和鸥鹭,
苏州的座座名桥,
都曾留下我的脚步。

我曾像王维那样,
把吴中暮春的景色细细品味,
耳边回响着他那清丽的诗句。
先定个归期想上天应当允许,
身上的衣衫,
还是小蛮所缝,
它曾淋湿过多少西湖的春雨。

【说明】
这首词抒写怀旧之情,对吴中的山水风物充满热爱、怜惜和眷恋,比之为唐代诗人王维所居的辋川胜境。但最使词人魂牵梦萦、铭记于心的恐怕还是吴中的故人"小蛮"。

临 江 仙

苏 轼

夜归临皋[①]

夜饮东坡醒复醉[②],归来仿佛三更。家童鼻息已雷鸣、敲门都不应,倚杖听江声。　　长恨此身非我有,何时忘却营营[③]。夜阑风静縠纹平,小舟从此逝,江海寄余生。

【注释】

①临皋：在今湖北黄冈南长江边，苏轼贬居黄州的寓所即在此。

②东坡：在黄冈东面，苏轼在此垦荒种地，名为东坡，并自号东坡居士，后来又在这里筑屋名"雪堂"。

③营营：往来奔走，即世俗的纷扰。

【今译】

夜饮东坡醒而复醉，
归来时已是三更，
熟睡的家童酣声如雷，
任我敲门就是无人应声，
只好倚杖听那江水的低鸣。

长恨此身非我所有，
何时才能忘掉世俗的烦扰。
趁着夜深水波平静，
真想从此驾舟逝去，
在浩瀚的江海上度过余生。

【说明】

这首词写苏轼贬谪生活的一幕，夜饮沉醉，更深人静，远处滔滔江声与近处家童的鼾声遥相呼应，更衬托出大自然的清空纯静，于是刚刚从醉中醒来的词人再次陶醉在这安详和静谧之中，他多么想从此远离尘寰，融汇到那茫茫江海中去。

定 风 波

苏 轼

三月三日沙湖道中遇雨①，雨具先去，同行皆狼狈，余不觉。已而遂晴，故作此。

莫听穿林打叶声，何妨吟啸且徐行。竹杖芒鞋轻胜马，谁怕？一蓑烟雨任平生②。　　料峭春风吹酒醒，微冷，山头斜照却相迎。回首向来萧瑟处③，归去，也无风雨也无晴。

【注释】

①沙湖：在今黄冈东。
②一蓑烟雨：披着蓑衣穿行在茫茫烟雨之中，任凭风吹雨打。
③萧瑟：风雨飘摇，凄清阴冷。

【今译】

不必听那风穿密林雨打树叶之声，
尽可吟咏呼啸徐徐前行。
竹杖草鞋轻快胜似骏马，
怕什么呢？
从来就是这样一蓑烟雨四海纵横。

料峭春风把醉意吹醒，
带来一丝寒冷，
看山头斜阳灿烂把行人笑迎。
回顾走过的风雨萧瑟之处，
昂然归去，
管他风雨交加还是云消天晴！

【说明】

这首词写于宋神宗元丰五年（1082），正是苏轼贬居黄州期间。词人摄取谪居生活中的一次旅行场面，虽处逆境而不沮丧颓废，充满旷达乐观情怀，表现了作者豪迈豁朗的性格及知难而进的可贵精神。全词婉曲有致，寓意深远，耐人寻味。

江 城 子

苏 轼

乙卯正月二十日夜记梦①

十年生死两茫茫②,不思量,自难忘。千里孤坟③,无处话凄凉。纵使相逢应不识,尘满面,鬓如霜。 夜来幽梦忽还乡,小轩窗,正梳妆。相顾无言,惟有泪千行。料得年年肠断处,明月夜,短松冈。

【注释】

①乙卯:即宋神宗熙宁八年(1075),当时苏轼任密州(今山东诸城)知州。

②十年:苏轼妻王氏是青神乡贡进士王方之女,不幸只活了27岁,于宋英宗治平二年(1065)染病身亡,距作此词时恰相隔10年。

③千里孤坟:苏妻葬于眉山,故云。

【今译】

十年来生与死两下茫茫,
不用思量,
你的音容总也难忘。
千里之外的孤坟,
你一定无处诉说满怀凄凉。
即使重逢怕也不识,
我这风尘满面的模样,
还有这两鬓秋霜。

夜里梦见我回到了故乡,
你正在小窗前,
细细地梳妆。

我与你相顾无言,
只有泪水不住地流淌。
料想年年令人肠断的地方,
就是明月夜里这矮松扶疏的坟冈。

【说明】

这首词是苏轼怀念亡妻之作。词人于梦中与亡妻相会,梦醒后百感交集,抒发了深挚的怀念伤悼之情,特别是联想到仕途多舛、世情险恶的现实,更加黯然神伤,悲不自胜。词中"十年生死两茫茫"、"相顾无言,惟有泪千行"都是脍炙人口的名句。

木 兰 花

苏 轼

次欧公西湖韵[1]

霜余已失长淮阔,空听潺潺清颍歇。佳人犹唱醉翁词[2],四十三年如电抹。　　草头秋露如珠滑,三五盈盈还二八[3]。与余同是识翁人,惟有西湖波底月。

【注释】

[1]欧公西湖韵:欧阳修在颍州曾作《木兰花》词,首两句为"西湖南北烟波阔,风里丝簧声韵咽",故说"次欧公西湖韵"。这里"西湖"指颍州西湖。
[2]醉翁词:即欧阳修所作《木兰花》词等。
[3]三五句:农历十五日的圆月,到十六日就开始渐渐变亏。

【今译】

霜后的长淮水面已不再宽阔,
只听得清颍潺潺时响时歇。

佳人还在唱着醉翁的词调,
四十三年一晃如电光飞逝。

人生如草头秋露般短暂,
十五的满月到十六就不再圆满。
如今与我一起还记得欧公的,
恐怕只有西湖波底的明月。

【说明】

苏轼早年与欧阳修过从甚密,交情深厚,当他泛舟颍水西湖,自会触景怀人,感慨万端。词以哀婉的笔调抒发了对故人的思念,不仅对欧公,也对其他曾唱和交游的友人寄托了深深的怀念之情,寓意深长,而又明丽晓畅。

贺 新 郎

苏 轼

乳燕飞华屋,悄无人、槐阴转午,晚凉新浴。手弄生绡白团扇,扇手一时似玉①。渐困倚、孤眠清熟,帘外谁来推绣户?枉教人、梦断瑶台曲,又却是、风敲竹。　石榴半吐红巾蹙②,待浮花浪蕊都尽,伴君幽独。秾艳一枝细看取,芳意千重似束。又恐被、西风惊绿③,若待得君来向此,花前对酒不忍触。共粉泪,两簌簌。

【注释】

①扇手句:《世说新语·容止》载,晋王夷甫喜欢手持白玉柄拂尘,"与手都无分别",即其手似玉。

②红巾蹙:石榴花半开。源出白居易《题孤山寺山石榴花示诸僧众》:"山榴花似结红巾,容艳新妍占断春"。

③西风惊绿:即西风吹落红花,空留一树绿叶。

【今译】

一只雏燕翩翩飞进华屋,
华屋里静悄悄声息全无,
只有槐荫在缓缓偏转,
晚凉中新浴佳人仪态不俗。
手摇洁白的生丝团扇,
分不清哪是团扇哪是玉手。
忽然一阵倦意袭来,
不觉间独自睡熟。
朦胧听得帘外谁在敲门,
白白让人,
从瑶台美梦中惊醒,
原来是风儿吹过疏竹。

石榴花半开似红巾微皱,
待到浮艳的百花谢尽,
她会陪伴你打发孤独。
细看这一朵秾丽的花瓣,
竟然重重叠叠包含着花蕊无数。
就怕西风骤起,
吹去红花,只留一抹绿树,
若到那时你来,
对此惨景,一定无心饮酒。
脂粉和着清泪,
簌簌流个不住。

【说明】

这首词借美人和榴花寄托君国之思,抒发身世之慨。上片写美人独处华屋深院,闲散而无聊,寂寞而惆怅。下片写美人赏花勾起无限感慨,浮想联翩,同气相求,借花言志,遂使花与人合而为一，词的意境也随之得到升华。前人评此词："是花是人，婉曲缠绵，耐人寻味不尽"。

鹧 鸪 天

黄庭坚

坐中有眉山隐客史应之和前韵①

黄菊枝头生晓寒，人生莫放酒杯干。风前横笛斜吹雨，醉里簪花倒著冠②。　　身健在，且加餐。舞裙歌板尽情欢。黄花白发相牵挽，付与时人冷眼看。

【作者介绍】

黄庭坚（1045—1105）字鲁直，号涪翁、山谷道人。洪州分宁（今江西修水）人。宋英宗治平年间进士，曾任校书郎、著作佐郎等职，先是因修《神宗实录》获罪，后又因作《承天院塔记》，被以"幸灾谤国"罪贬往宜州，卒于贬所。是北宋著名的诗人和书法家。诗与苏轼齐名称"苏黄"，词与秦观并美，为著名的"苏门四学士"之一。有《山谷集》、《山谷精华录》等，词集名《山谷琴趣外篇》。

【注释】

①史应之：即四川眉山人史铸，字应之，以教私塾为业，与黄庭坚往来密切，常以诗词唱和。

②醉里句：本是晋代山简的形象，山简守襄阳时，常常饮酒大醉，反戴帽子而归。

【今译】

冒着拂晓的轻寒，
黄菊在枝头开得正艳，
人生难得几回醉，

切莫让酒杯空干。
临风吹笛任斜雨袭来,
醉里簪花倒戴着帽冠。

趁着身体强健,
尽量多加餐饮。
身着舞裙手拿歌板,
不拘形迹尽情狂欢。
黄花与白发交相辉映,
任他旁人冷眼笑看。

【说明】

这首词作于谪贬涪州(今四川涪陵)期间,以放浪豁达之笔,直抒胸中愤懑不平之气,表现出决不随波逐流的倔强和笑傲世俗的大无畏精神。

定 风 波

黄庭坚

次高左藏使君韵[①]

万里黔中一漏天,屋居终日似乘船。及至重阳天也霁,催醉,鬼门关近蜀江前[②]。 莫笑老翁犹气岸[③],君看,几人白发上华颠。戏马台前追两谢[④],驰射,风情犹拍古人肩。

【注释】

①高左藏:作者友人,生平不详。使君,当时对州郡长官的尊称。
②鬼门关:在今四川奉节县东,两山夹峙如门,地势险恶,故名。蜀江,当指当时黔中(今四川彭水)境内的乌江。
③气岸:意气风发,豪迈高傲。

④两谢：东晋刘裕北伐至彭城（今江苏徐州），于重阳日大会群僚于戏马台（为西楚霸王项羽遗迹），饮酒赋诗。当时文人谢灵运和谢瞻均参加了盛会并赋诗助兴。

【今译】
万里外的黔中好似漏了天，
坐在家中就像乘船。
重阳时节天光放晴，
拼得一醉，
在这鬼门关外蜀江上豪饮狂欢。

不要笑老翁还如此豪情烂漫，
请君细看，
有几人似我白发上插着花瓣？
我要仿效两谢吟诗戏马台前，
骑马射箭，
风流气概不让古人先贤。

【说明】
这首词是作者在黔州贬所的作品。先写黔中恶劣的气候，隐喻处境险恶，心中十分苦闷。好在重阳时节天气终于晴好，于是放浪形骸，一展欢颜，吟诗饮酒，忘记了自己已是两鬓斑斑的老人，抒发出老当益壮、穷且益坚的旷达乐观精神。全词晓畅清奇，造语生动警拔，用典恰到好处，略无雕琢痕迹，有着很浓的生活气息和较强的艺术感染力。

望　海　潮

秦　观

梅英疏淡①，冰澌溶泄②，东风暗换年华。金谷俊游③，铜驼巷陌④，新晴细覆平沙。长记误随车⑤，正絮翻蝶舞，芳思交加。柳下桃蹊，乱分春色到人家。　　西园夜饮鸣笳⑥，有华灯碍月，飞盖妨花。兰苑未空，行人渐老，重来是事堪嗟。烟暝酒旗斜，但倚楼极目，时见栖鸦。无奈归心，暗随流水到天涯。

【作者介绍】

秦观（1049—1100）字少游，一字太虚，号淮海居士。高邮（今属江苏）人。元丰进士，后被苏轼举荐，历任太学博士、秘书省正字、国史院编修官等。政治上倾向"旧党"，多次遭到贬谪和排挤，最终卒于放还途中。以词著称于世，是"苏门四学士"之一。其词多写男女恋情，或感叹身世。词风柔丽典雅，韵味深永，音律谐婉，是婉约词派的代表作家之一。有《淮海居士长短句》，存词80余首。

【注释】

①梅英：梅花。
②冰澌溶泄：冰块融化、分解，流泻而下。
③金谷：即金谷园，在洛阳西北，晋代石崇所建。以后成为名园佳胜之地的代称。
④铜驼巷陌：古都洛阳的著名街道，这里与"金谷"相对，代指繁华的街市。
⑤误随车：误跟了别人的车子。韩愈《嘲少年》诗："只知闲信马，不觉误随车"。
⑥西园：据李格非《洛阳名园记》载，洛阳有董氏西园。这里也是代指汴京名园。

【今译】

梅花渐渐稀疏，
河水挟着流冰溶泻而下，
春风暗暗送来新的年华。
当初在金谷园中畅游，
还漫步在铜驼巷的垂杨柳下，
在新晴的日子踩着细细平沙。

长记得错跟了谁家的车驾，
在柳絮翻卷彩蝶飞舞的时节，
引得人思来想去心猿意马。
柳色青青，桃花绚烂，
无限春色映衬着万户千家。

西园夜饮听着悠扬的胡笳，
华灯高照令月光失色，
飞盖如云妨碍了人们赏花。
如今兰苑依旧游人如织，
可叹我已年纪老大，
旧地重游事事令人嗟叹。
当暮烟迷离酒旗横斜之时，
徒自倚楼极目远眺，
不时看见几只归巢的昏鸦。
无法按捺的一颗归心，
早就随着流水回到天涯。

【说明】

这首词忆旧感怀，作于汴京，大约在绍圣元年（1094）早春。时值政局骤变，新党执政，词人遭贬而即将离京，由眼前自然物候变化暗示政治风云变幻，"暗换年华"。由今忆昔，抚今追昔，词人感慨万端，遂生良辰美景依旧而人事皆非、人之心情迥异的浩叹，最后凄然思归，令人读之低回掩抑不已。

八 六 子

秦 观

倚危亭，恨如芳草，萋萋刬尽还生。念柳外青骢别后，水边红袂分时①，怆然暗惊。　　无端天与娉婷②，夜月一帘幽梦，春风十里柔情③。怎奈向④、欢娱渐随流水,素弦声断,翠绡香减。那堪片片飞花弄晚,濛濛残雨笼晴。正消凝⑤,黄鹂又啼数声。

【注释】

①红袂:即红袖,代指美人。
②娉婷:女子姿态美好。
③春风十里:杜牧《赠别》诗:"娉娉袅袅十三余,豆蔻梢头二月初。春风十里扬州路,卷上珠帘总不如。"词中借用来含蓄地表达当初相聚时的欢悦情形。
④怎奈向:宋时方言,意即"怎奈过去的"。
⑤消凝:因消魂感伤而凝神沉思。

【今译】

独自倚靠在高高的楼亭,
心中的愁恨恰似芳草,
绵绵不断铲净却又孳生。
想起那马上的依依道别,
和水边牵着衣袖不忍分手的情形,
不由得凄然伤感,暗暗心惊。

我惊叹她那天生丽质,
月夜里有过多少甜美的梦境,
春风中飘散着她的蜜意柔情。
无奈这昔日的欢乐,
都随着流水逝去,
再也听不到悠扬的乐曲,
她留下的翠色绢帕也不再香浓。
这落花纷纷的夜晚让人怎能忍受,
我恨这迷濛的残雨笼住了初晴。
就在黯然伤神时分,
又传来几声黄鹂啼鸣。

【说明】

这首词是怀人之作。词人曾与一位歌女有过恋情,久别之后,倍加思念,于是倚危亭,往事一幕幕涌上心头,但现实是无情的,美好的回忆之后,会陷入更深的愁恨之中。特别是看到落花缤纷,残雨笼晴,听着黄鹂鸣声,他一定会肝肠寸断,不堪忍受。全词融情于景,以景衬情,情挚意切,蕴藉空灵而又精纯幽美。

满 庭 芳

秦 观

山抹微云,天粘衰草,画角声断谯门。暂停征棹①,聊共引离尊。多少蓬莱旧事,空回首、烟霭纷纷。斜阳外,寒鸦万点,流水绕孤村。　消魂,当此际,香囊暗解②,罗带轻分③。漫赢得青楼、薄幸名存。此去何时见也?襟袖上、空惹啼痕。伤情处,高城望断,灯火已黄昏。

【注释】

①征棹:将要远行的船。
②香囊暗解:古时男女赠香囊作为定情信物。
③罗带轻分:古时结带表示相爱,"罗带轻分"表示别离。

【今译】

远山飘着淡云,
天边连着衰草,
城楼号角声断。
暂且莫要开船,
一起把饯别的酒儿畅饮。
当初多少欢爱的往事,
空自成为回忆,
就像那纷纷烟霭不可追寻。

远处斜阳外，
万点寒鸦翩翩飞过，
近处是流水呜咽环绕着孤村。

怎能不黯然伤心？
当此分别时刻，
暗暗解下定情的香囊，
再把赠别的罗带轻轻剖分。
白白落个青楼负心汉，
把薄幸的名声留存。
从此一别何时再能相见？
襟袖上枉洒下许多泪痕。
感伤落寞，
已看不到高耸的城楼，
只有灯火疏落点缀着黄昏。

【说明】

　　这首词写离情别恨。据说秦观曾应邀参加会稽（今浙江绍兴）太守程辟的宴会，席间与一位女子相悦，遂眷眷难以忘情，因作此词。词中"多少蓬莱旧事，空回首、烟霭纷纷"即是点明此段情事。词先是用绘画般的笔法点染凄凉秋景，"山抹微云"尤为世人所盛赞。然后融情入景，层层递进抒写离情别绪，直至最后泣然泪下，悲不自胜。人称秦观为"古之伤心人"，确非虚语。词中"斜阳外，寒鸦万点，流水绕孤村"亦是千古名句。

满 庭 芳

秦 观

　　晓色云开，春随人意，骤雨才过还晴。古台芳榭，飞燕蹴红英。舞困榆钱自落①，秋千外，绿水桥平。东风里，朱门映柳，低按小秦筝②。　　多情，行乐处，珠钿翠盖，玉辔红缨，渐酒空金榼花困蓬瀛③。豆蔻梢头旧恨④，十年梦、屈指堪惊。凭栏久，疏烟淡日，寂寞下芜城⑤。

【注释】

①榆钱：即榆荚，俗称榆钱。
②秦筝：古代弦乐器，相传为秦人蒙恬所制，故称。
③蓬瀛：仙山蓬莱和瀛洲，泛指仙人所居之地，这里代指美人居所。
④豆蔻梢头：唐代诗人杜牧诗曰："娉娉袅袅十三余，豆蔻梢头二月初。"这里化用诗意表示青春年少时候，又暗示节令是春天。
⑤芜城：即扬州城，南朝宋时，扬州两遭兵祸，城邑荒芜破败。文人鲍照登临而感伤，遂作《芜城赋》。

【今译】

云开日出，天光破晓，
春天也解人意，
骤雨过后重又放晴。
古台上芬芳的亭榭旁，
飞燕在花间来回盘旋，穿梭西东。
舞困的榆钱随风飘落，
秋千架外，
涨溢的春水与小桥齐平。
东风轻拂，
在绿柳掩映的朱门里，
她在轻柔地拨弄着秦筝。

我们是那样多情，
尽情游乐，
她的香车珠环翠绕，
我的坐骑玉辔红缨。
可叹渐渐金杯酒空，

伊人也如花困蓬瀛难得重逢。
这豆蔻之年的春怨,
尽管十年一晃如梦,
屈指算来,仍然令人心惊。
我久久凭栏伫立,
眼看着疏烟笼着淡淡的落日,
寂寞地沉下芜城。

【说明】

秦观早年曾游历扬州,这首词便是写扬州游乐的欢愉和回首往事引发的怅惘。上片先描写宜人的春景,然后触景生情,忆昔日春风得意、温香软玉的经历。下片最后与篇首遥相呼应,而心境已大不相同,仍归于伤心。

减字木兰花

秦 观

天涯旧恨,独自凄凉人不问。欲见回肠,断尽金炉小篆香①。　　黛蛾长敛②,任是春风吹不展。困倚危楼,过尽飞鸿字字愁。

【注释】

①篆香:形如篆文字形的盘香。
②黛蛾:黛眉。

【今译】

久久思念远方的亲人,
新愁旧恨郁积于心,
独自凄凉,又有谁来探问。
要知我是怎样的愁肠百结,

就看那金炉里烧尽的篆字盘香。

我愁眉紧皱,
任是春风也难以吹展。
终日慵懒地倚楼凝望,
看天上雁阵飞过,
字字都是离愁。

【说明】

这首词写女子离愁,极尽凄婉之致,特别是上片中"欲见回肠,断尽金炉小篆香",既巧妙而贴切地以篆字盘香比喻百结愁肠,同时著一"断尽"意谓不仅曲折缠结,而且最终会肝肠寸断;特别令人不堪的是这种自伤并得不到回报,而是灰飞烟灭,无助而又无谓。女子的痴情幽怨于此宣泄无遗。

踏 莎 行

秦 观

雾失楼台,月迷津渡,桃源望断无寻处[①]。可堪孤馆闭春寒,杜鹃声里斜阳暮[②]。 驿寄梅花[③],鱼传尺素[④],砌成此恨无重数。郴江幸自绕郴山[⑤],为谁流下潇湘去。

【注释】

①桃源:本为晋陶渊明《桃花源记》中的一处胜地,与世隔绝,后世称为"世外桃源"。这里借指安身之所。

②杜鹃:杜鹃的鸣声似"不如归去",即催归之声。

③驿寄梅花:南朝陆凯《赠范晔》:"折梅逢驿使,寄与陇头人。江南无所有,聊寄一枝春"(见《荆州记》)。

④鱼传尺素,古诗中有鲤鱼传书的故事,原诗为:"客从远方来,遗我双鲤鱼。呼童烹鲤鱼,中有尺素书。长跪读素书,书中竟何如?上

有加餐饭,下有长相忆。"这里借指友人传书问讯之事。

⑤郴江:在郴州(今湖南郴县)东,北流汇入湘江。

【今译】

楼台笼罩着茫茫烟雾,
月光凄迷照着寂寥的津渡,
望穿双眼,
也不见桃源仙境位于何处。
怎能忍受这孤馆中的料峭春寒,
还有那杜鹃声中斜阳垂暮。

你寄花致意,
他传书问候,
这一切更添我无限离愁。
郴江本是绕着郴山,
为何却要去和湘江合流?

【说明】

这首词大约作于宋哲宗绍圣四年(1097),当时秦观仕途维艰,因卷入党争先被贬杭州,再贬处州,最后又被人罗织罪名贬往郴州。不幸的遭遇令词人陷入极度的苦闷和绝望之中。这首词正是抒发了作者悲己念远的心情,全词婉约曲折,特别是最后二句寓意丰厚,仿佛在说:郴江好端端绕山奔流,因何缘故使它离乡背井注入潇湘?暗喻自己无端被卷入党争远谪他乡的境遇。还可理解为:郴州环境恶劣,连郴水都不愿在此流连,而自己却要在这里苦挨岁月,这是何等不公平啊!苏轼盛赞这两句,叹为绝唱,并书于扇面以示推重。

浣 溪 沙

秦 观

漠漠轻寒上小楼,晓阴无赖似穷秋①,淡烟流水画屏幽。
自在飞花轻似梦,无边丝雨细如愁,宝帘闲挂小银钩。

【注释】
①无赖:无聊。穷秋,晚秋九月,南朝鲍照诗云:"穷秋九月荷叶黄,北风驱雁天雨霜。"

【今译】
漠漠轻寒袭上小楼,
阴沉的春天清早,
无故凄冷恰似深秋。
看那屏风上的淡烟流水,
竟也透着秋天的萧疏。
花絮自在地飞舞,
就像梦一样轻柔。
绵绵细雨飘来,
洒下多少忧愁。
无精打采撩起珠帘,
挂在那小小的银钩。

【说明】
这首词写闺愁,把一腔深情全倾注在自然景物之上,以淡语抒浓情。由于孤寂冷清,她倍感春寒,怨怅天气"无赖似穷秋";由于心中烦愁,她厌厌无绪,兴味索然,看画屏则见萧疏清幽,看飞花则联想到春梦的虚幻不实,看细雨则满是离愁。而最后慵懒至极的"闲挂"宝帘,简直就是新一轮愁绪的开端,"愁"已由静态过渡到了动态。

阮 郎 归

秦 观

湘天风雨破寒初，深沉庭院虚。丽谯吹罢小单于①，迢迢清夜徂②。 乡梦断，旅魂孤，峥嵘岁又除。衡阳犹有雁传书③，郴阳和雁无④。

【注释】
①丽谯：城门楼。小单于。本是唐代一种大角曲名，这里指画角之声。
②清夜徂：清冷的长夜已经过去。
③衡阳句：古来有鸿雁传书的典故，后人又认为南方暑热，"雁望衡山而止"。词中结合二者，意谓在衡阳还可以有鸿雁传书。
④郴阳：在今湖南郴县，衡阳以南。

【今译】
湘天风雨冲破了严冬的寒气，
深沉庭院里一片空寂。
城楼上号角声刚刚吹罢，
漫漫长夜终于过去。

久已不做回乡的好梦，
旅居异地心头说不出的凄楚，
不同寻常的一年即将终结，
多少往事令人不堪回首。
衡阳犹有鸿雁传书，
郴阳为何连雁都难求。

【说明】
这首词仍作于郴州贬所，除夕将近，词人天涯孤旅，免不了愁上心头。词中巧妙地运用对比手法，先是大自然节序暗换与自己处境依旧形成反差，再是一夕难熬与一年易逝令人心惊的反差，最后是衡阳有书与郴州无雁的巨大反差。

鹧鸪天

秦　观

枝上流莺和泪闻，新啼痕间旧啼痕。一春鱼鸟无消息，千里关山劳梦魂。　　无一语，对芳尊，安排肠断到黄昏①。甫能炙得灯儿了②，雨打梨花深闭门。

【注释】

①安排：听凭，任凭。
②甫能：刚刚，才。

【今译】

听枝头黄莺声声，
我不禁清泪纵横，
旧的泪痕未干，
又添上新的泪痕。
一春都没有他的消息，
千里关山牵系着我的梦魂。

默默无言，
对着斟满的酒杯，
一任落寞伤心直到黄昏。
刚刚熬到掌灯时分，
紧闭屋门，
听雨打梨花声声惊心。

【说明】

这首词写思妇春闺之怨。她思念远方的亲人,终日以泪洗面,稍稍的外界刺激都会使她触景伤心。流莺的叫声已使她不堪,又听到雨打梨花之声,她再也不忍去听,于是深闭屋门,可是满怀的寂寞伤心是关不住的。词意溢言外,发人深思。

绿 头 鸭

晁元礼

晚云收,淡天一片琉璃,烂银盘来从海底①,皓色千里澄辉。莹无尘、素娥淡伫②,静可数、丹桂参差。玉露初零,金风未凛,一年无似此佳时。露坐久、疏萤时度,乌鹊正南飞③。瑶台冷,阑干凭暖,欲下迟迟。　　念佳人、音尘别后④,对此应解相思。最关情、漏声正永,暗断肠、花影偷移。料得来宵,清光未减,阴晴天气又争知。共凝恋、如今别后,还是隔年期。人强健、清尊素影,长愿相随。

【作者介绍】

晁元礼(1046—1113)一名端礼,字次膺。彭门(今江苏省徐州)人,晁补之族叔。宋神宗熙宁六年(1073)中进士,做过地方小官,因得罪上司被废。晚年以承事郎为大晟府协律,不久病逝。其词风接近周邦彦,有《闲斋琴趣外篇》。

【注释】

①烂银盘句:描写月亮,卢仝《月蚀》诗曰:"烂银盘从海底出。"
②素娥:即嫦娥,月中女神。李商隐诗:"青女素娥俱耐冷,月中霜里斗婵娟。"
③乌鹊句:源自曹操《短歌行》:"月明星稀,乌鹊南飞,绕树三匝,无枝可依。"
④音尘:音讯。

【今译】

晚云收去，
淡远天空一片晶莹似玉色琉璃。
一轮圆月从海上冉冉升起，
皎洁的清辉普照千里。
它澄明无尘，
内有嫦娥静静伫立，
丹桂参差，仿佛伸手可及。
玉露初降，
秋风还不太凛冽，
正是一年中最好节序。
夜露中我坐得太久，
时见流萤飞来飞去，
过冬的乌鹊也在向南迁徙。
楼台虽冷，
栏杆凭久已稍带暖意，
几次欲下却犹犹豫豫。

自从与佳人别后，
音讯渺茫，再难相聚，
想此时明月之下，
她一定将我深切地思忆。
最怕听那恼人的漏声，
暗暗伤心，不忍看花影东移。
料想来日夜晚，
明月依旧高悬，
天气阴晴却是个未知之谜。
今日过后，再要共诉相思，
恐要待明年此际。
但愿人长久，

清酒映着明月,
永远与我们相随。

【说明】

这首词写中秋咏月怀人。巧妙地化用前人咏月诗句,其意境和清婉之致,都得自苏轼《水调歌头》词,颇可一读。

蝶 恋 花

赵令畤

欲减罗衣寒未去,不卷珠帘,人在深深处。红杏枝头花几许?啼痕止恨清明雨。　　尽日沉烟香一缕①,宿酒醒迟,恼破春情绪。飞燕又将归信误,小屏风上西江路②。

【作者介绍】

赵令畤(1051—1134)字德麟,赵宋宗室。与苏轼过从甚密,曾任右朝请大夫、右监门卫大将军、洪州观察使等职,因与苏轼结交受到牵累,迭遭新党打击。著有笔记《侯鲭录》。有词集《聊复集》不传,仅存赵万里辑本。

【注释】

①沉烟香:即沉香,古时常用作熏香。
②西江路:西江,大江。《庄子·外物》:"我且南游吴越之王,激西江之水而迎子,可乎?"《新五代史》王仁裕传:"尝梦剖其肠胃,以西江水涤之。"西江路即泛指水路。

【今译】

我有心减下罗衣,
　　却感到春寒未去。
珠帘低低垂下,

独守在深深院里。
枝头杏花还剩下几朵?
我伤心流泪,
只恨那清明时节的凄风苦雨。

终日伴着沉香一缕,
把远方的人儿苦苦思忆。
昨夜的酒意迟迟未消,
醒来时更添伤春情绪。
飞燕又把他的归信耽误,
小屏风上的西江水路,
何时能看到他的归舟?

【说明】

这首词写女子伤春怀人之情。写得含蓄空灵,语婉而意深,隐约寓含着身世之感,诉说了政治上的苦闷情绪。

蝶 恋 花

赵令畤

卷絮风头寒欲尽。坠粉飘香,日日红成阵。新酒又添残酒困,今春不减前春恨。 蝶去莺飞无处问,隔水高楼,望断双鱼信①。恼乱横波秋一寸②,斜阳只与黄昏近。

【注释】

①双鱼信:出自鲤鱼传书的典故,又称鱼信、鱼书,都是指书信。
②秋一寸:即秋波一寸,指眼睛。

【今译】

春风卷着柳絮,

已不再寒意侵人,
满地落花散发着芳香,
天天像绚丽的红云。
频频举杯痛饮,
旧醉未消,又添上新的愁困,
今春的怨恨比去年更多几分。

蝶飞莺去无处寻问,
站在临水的高楼,
望不到双鱼带来书信。
直到双眼看得酸困,
只有斜阳欲坠,
又是一个黄昏临近。

【说明】

这首词仍是伤春怀人之作,上片以惜花托出别恨,下片写音讯断绝,日暮时分倍感离愁。全词清丽蕴藉,寓意深远。

清 平 乐

赵令畤

春风依旧,着意隋堤柳。搓得鹅儿黄欲就①。天气清明时候。 去年紫陌青门②,今宵雨魄云魂③。断送一生憔悴,只消几个黄昏。

【注释】

①搓得句:春风吹柳,使柳树长出嫩黄的新叶。"搓得"用得十分生动传神。
②紫陌青门:泛指游冶之地。
③雨魄云魂:魂牵梦萦,在梦中欢会。

【今译】

春风年年依旧,
着意眷顾那堤边的杨柳,
眼看着把干枯的柳枝搓成鹅黄,
正当清明时候。

去年一同游玩在紫陌青门,
今宵只能在梦中欢会销魂。
断送我一生的伤心憔悴,
也就在这几个黄昏。

【说明】

这首词伤春怀旧,写得十分工巧雅致,音律谐婉,脍炙人口,堪称小令中的佳品。

风 流 子

张 耒

亭皋木叶下①,重阳近,又是捣衣秋②。奈愁入庾肠,老侵潘鬓,漫簪黄菊,花也应羞。楚天晚,白蘋烟尽处,红蓼水边头③。芳草有情,夕阳无语,雁横南浦,人倚西楼。 玉容知安否?香笺共锦字,两处空悠悠。空恨碧云离合,青鸟沉浮④。向风前懊恼,芳心一点,寸眉两叶,禁甚闲愁。情到不堪言处,分付东流。

【作者介绍】

张耒(1054—1114)字文潜,号柯山,今江苏清江市人。北宋熙宁六年(1073)中进士,曾任秘书省正字、起居舍人等职,是苏门四学士之一,有《张右史文集》。词有《柯山诗余》。

【注释】

①亭皋：水边平地。

②捣衣秋：古时候每到秋季，妇女便将冬衣取出在砧石上捶打，谓之捣衣。

③红蓼：生长在水边的草本植物，秋季开花，色淡红。

④青鸟：古人认为能传递消息的鸟。据班固《汉武故事》讲，汉武帝在承华殿做斋事，西王母先派青鸟前来告知武帝她将赴会的消息。

【今译】

水边平地上落叶飘零，
重阳节临近，
又是捣衣的时候。
怀着庾信一样的愁肠，
像那早生白发的潘岳。
随手将菊花插在鬓角，
想必连花儿也会害羞。
天色渐晚，
我伫立在暮烟苍苍的水草尽头，
把水边的红蓼花儿细数，
芳草脉脉含情，
夕阳沉沉无语，
鸿雁成群栖落沙洲，
我倚楼远眺，感到莫名的孤独。

不知伊人是否美丽依旧？
本该书信往来，频频传情，
谁知道石沉大海，音讯全无。
只得无奈地怨恨碧云离合无定，
把传信的青鸟一再拦阻。
就让秋风带走我的恼恨，
芳心一点，翠眉两叶，

犯不着去惹闲愁。
情到浓处，无法用言语表达，
只好任其付水东流。

【说明】

张耒虽为苏门四学士之一，但词风却无苏东坡的豪迈气势，相反地显得委婉细腻有余。此词中"芳草有情，夕阳无语，雁横南浦，人倚西楼"几句便可见其一斑。通过对比手法，将词人愈无语、愈有情；愈伤情、愈默然的情态一无遗漏地传达给了读者。

水 龙 吟

晁补之

次韵林圣予《惜春》

问春何苦匆匆，带风伴雨如驰骤。幽葩细萼①，小园低槛，壅培未就。吹尽繁红，占春长久，不如垂柳。算春长不老，人愁春老，愁只是、人间有。　　春恨十常八九，忍轻孤、芳醪经口。那知自是、桃花结子，不因春瘦。世上功名，老来风味，春归时候。最多情犹有，尊前青眼②，相逢依旧。

【作者介绍】

晁补之（1053—1110）字无咎，今山东巨野人。宋神宗元丰二年（1079）中进士，哲宗朝曾任秘书省正字、校书郎等职，后归乡隐居，号归来子。是苏门四学士之一，诗文书画俱佳，有《鸡肋集》、《晁无咎词》等。

【注释】

①幽葩细萼：指细瘦浅淡的春花。
②青眼：相传晋阮籍见凡俗之人，则以白眼相对；见高雅脱俗之人

则以青眼视之，表示欣悦赏识。

【今译】
春天啊为何去得这样匆忙急促？
携风带雨如骏马奔走。
小园低栏里的细瘦花枝，
根部还未来得及培土。
风雨吹尽满园鲜花，
倒不如依依的杨柳，
在整个春天都占尽风流。
细想大自然的春去春来，
从没有衰歇的时候，
人们伤心春逝，
只因太过于善感多愁。

春天就是这样易于生愁，
怎忍心轻易地放弃，
这醇香的美酒？
应知桃花是为了结出果实，
并非因春去而变得消瘦。
世上的功名利禄，
人生的老来况味，
都像这晚春时节，
短暂、虚幻且带着凄苦。
纵然举杯痛饮，
狂歌欢舞一如当初，
可是时过境迁，再难豪情依旧。

【说明】
这首词借"惜春"之情抒发心中无限感受，将人生哲理融于抒情之中，通篇弥散着无奈和失落的情愫。一方面故作旷达，极言愁之无谓和不值,另一方面却实实在在触景伤情,愁不自胜,而且这愁比自然愁更深沉,更难以排遣。

盐 角 儿

晁补之

亳社观梅[①]

开时似雪,谢时似雪,花中奇绝。香非在蕊,香非在萼,骨中香彻。　占溪风,留溪月,堪羞损山桃如血[②]。直饶更,疏疏淡淡,终有一般情别。

【注释】

①亳社:亳为商朝故都,社为祭祀土地神的地方。
②羞损:即羞杀。

【今译】

开时白雪满树,
谢时一地白雪,
这晶莹的梅花堪称世间一绝。
芳香不是来自花蕊,
也不是来自花萼,
凛凛风骨中馨香透彻。

溪中轻风绕着它盘旋吹拂,
山间明月给它洒下银辉无限,
实在羞杀如血的山桃,
别看它千娇百媚,无比鲜艳。
更令人称羡的是,
梅花总是那样清新疏淡,

把特别的情致留给人间。

【说明】

这首咏梅词歌颂了梅花素洁晶莹的外在美，及俏不争春、自干疏淡的内在美，观察细致深刻，写法上朴实自然，可与陆游《卜算子·咏梅》参读。

忆 少 年

晁补之

别 历 下[①]

无穷官柳，无情画舸，无根行客。南山尚相送，只高城人隔。　罨画园林溪绀碧[②]，算重来，尽成陈迹。刘郎鬓如此[③]，况桃花颜色。

【注释】

①历下：古邑名，在今山东济南市西。
②罨画句：罨画，杂彩之画。绀（gàn），深青泛红之色。全句意谓园林五彩缤纷，溪水碧绿可爱。
③刘郎：唐代诗人刘禹锡，这里是作者借以自喻，说自己旧地重游，已鬓染秋霜。

【今译】

河岸上行行官柳看不到边际，
水边的画船眼看就要启航，
我这漂泊不定的游子又将远走他乡。
南面的群山尚在为我送行，
高城阻断，看不到伊人的身影。

园林里景色旖旎如画,
溪水青碧汩汩流淌,
想他日重游,
这一切都会变成苍凉的陈迹。
那时我的鬓发将会变白,
她也将不再娇艳美丽。

【说明】

无穷无尽的河边官柳,似乎在"挽留"远行之人,可是无情狠心的画船却不解人意,要载着游子漂泊异地。未见意中人前来相送,更令人抱恨终天,无限遗憾。词起首连用三个"无"字,把难以摹状的离情别恨抒写得淋漓尽致。

洞 仙 歌

晁补之

泗州中秋作①

青烟幂处②,碧海飞金镜③,永夜闲阶卧桂影。露凉时,零乱多少寒螀④,神京远,唯有蓝桥路近⑤。　水晶帘不下,云母屏开⑥,冷浸佳人淡脂粉。待都将许多明,付与金尊,投晓共流霞倾尽⑦,更携取胡床上南楼,看玉做人间,素秋千顷。

【注释】

①泗州:宋代的一个州,州城在今汴河入淮河口处。
②幂:遮盖、笼罩。
③金镜:指月亮。
④寒螀:一种似蝉而小的昆虫。
⑤蓝桥:在陕西蓝田县蓝溪之上。相传那里有仙窟,唐代的裴航曾在这里遇仙女云英,以后结成夫妇成仙。这里作者以蓝桥指代月宫。

⑥云母屏:云母做成的屏风。云母可析成薄片,透光性好,故可做屏风。

⑦流霞:指一种仙酒。

【今译】

青烟笼罩穹苍,
一轮皓月破云而出,
好似从碧波荡漾的海里飞出一面金镜。
月光洒向大地。
将斑驳的桂影印在台阶上。
徘徊庭院,
夜深露凉,彻夜难眠,
只有那寒蝉在零乱地悲鸣。
帝京是那样的遥远,
只有月宫离我路近。
水晶帘高卷,
云母屏敞开,
让朗月寒光流入室内,
将佳人淡淡的粉颊照映。
我要将月光的清辉全部注入金尊之中,
待到天晓时分,
和着美酒一同饮尽。
我还要携着绳床登南楼,
观赏这月夜下白玉做成的人世间,
领略这素白千顷的清秋气象。

【说明】

此词为词人的绝笔之作,气势恢宏,从室外写到室内;从人间写到天上,再从天上写到人间。跌宕起伏,层次井然。同时也流露出作者从此不求功名,忘情仕途的决心。这从"神京远,唯有蓝桥路近"一句可悟出。

临 江 仙

晁冲之

忆昔西池池上饮①,年年多少欢娱。别来不寄一行书。寻常相见了,犹道不如初。　安稳锦衾今夜梦②,月明好渡江湖。相思休问定何如?情知春去后,管得落花无。

【作者介绍】

晁冲之,生卒年不详。字叔同,另一字用道,今山东巨野县人,是晁补之的堂弟。北宋绍圣年间因党争被贬官,隐居于河南具茨山,号具茨先生。

【注释】

①西池:即金明池,在开封市西。
②锦衾:花丽的被子。

【今译】

从前在西池上欢聚宴饮的场景至今犹记,
虽然年年多少欢娱,
终难忘却。
别后不曾寄来一片纸,
消息难觅。
纵然像从前一样相逢了,
也不能像往昔一样畅谈。

今夜我安睡锦被之中,
设想着梦境:
我的朋友,
愿您趁着月光,渡江越湖。
只要你我喜相逢,

何必问讯后来事。
春天已经过去,
何必管那落花的命运?

【说明】

作者以平淡的笔触,借惜友情,对高压政治表现出了不满和抗争。同时也表现了作者豁达的人生观。尤其是末了的"情知春去后,管得落花无"一句表露无遗。

虞 美 人

舒 亶

芙蓉落尽天涵水,日暮沧波起。背飞双燕贴云寒,独向小楼东畔倚阑看。 浮生只合尊前老①,雪满长安道。故人早晚上高台②,寄我江南春色一枝梅。

【作者介绍】

舒亶(1041—1103)字道信,号懒堂,今浙江人。北宋治平二年(1065)中进士。神宗元丰年间和李定弹劾苏轼以诗歌诽诗朝政,史称"乌台诗案"。后累官至龙图阁待制。他工于小词,思致妍密。《全宋词》收有其50首词。

【注释】

①浮生:人世、人生。
②故人:指作者的好友黄公度。

【今译】

芙蓉已经凋败,
远天倒映水中,水天一色,
日暮时分江上波澜涌起。

我独自登上小楼东阁，
久久倚栏眺望，
那分飞的双燕各自东西，
消失在寒天云雾之中。

人生如梦，几回欢乐，
只该在醉乡中度过。
光阴荏苒，岁暮又到，
通向京城的官道上又落下了纷纷大雪。
我的朋友，
请你每天登上高台将我思念，
寄给我一枝饱含着江南早春气息的梅花。

【说明】

这首词抒写怀友念旧之情。借萧瑟秋景、分飞双燕暗喻别离之苦，更用陆凯赠梅典故表达彼此深情厚谊和渴望相见的迫切心情。

渔 家 傲

朱 服

小雨纤纤风细细，万家杨柳青烟里。恋树湿花飞不起，愁无际，和春付与东流水。　　九十光阴能有几[①]？金龟解尽留无计[②]。寄语东阳沽酒市[③]，拼一醉，而今乐事他年泪。

【作者介绍】

朱服（1048—？）字行中，今浙江湖州市人。神宗熙宁六年（1073）中进士，累官至礼部侍郎。后因党争被贬，死于贬所。这首《渔家傲》词是惟一存世之作。

【注释】

①九十光阴:古时将春天分为孟春、仲春、季春,三春共 90 天。
②金龟:唐代三品以上大臣所佩。相传唐代贺知章读了李白的《蜀道难》以后,为其诗叹服,称其为谪仙,并将所佩金龟与李白换酒喝。这里意为用金龟沽酒。
③东阳:指浙江金华。

【今译】

绵绵细雨,柔柔金风,
万家城郭笼罩在绿雾青烟之中。
细雨迷茫,
眷恋故枝的落花,
坠落湿地再难飞起。
令人愁思万千,
且让这愁和春天一起随着流水东去。

三春美景能留几许?
金龟换酒也无法留住春的步履。
告诉东阳酒肆备足好酒,
我要开怀痛饮喝个大醉。
今日的乐事他日想起,
都将化作伤心的泪水。

【说明】

这首词直抒惜花伤春之情,属常见笔调。本词中的"恋树湿花飞不起"一句饶有意味:春花不愿辞树飞去,却依恋着春色芳时,在春色将逝之际,苦愁无比。物且如此,人何以堪。所以下句"愁无际"将物人伤春之情浑为一体,难分难辨。

惜 分 飞

毛 滂

富阳僧舍作别语赠妓琼芳

泪湿阑干花著露①,愁到眉峰碧聚。此恨平分取,更无言语空相觑。　　断雨残云无意绪,寂寞朝朝暮暮。今夜山深处,断魂分付潮回去②。

【作者介绍】

毛滂(1064—?)字泽民,号东堂。今浙江江山县人。早年以词受知于苏轼。苏轼任杭州刺史时,毛滂任法曹。后世人称其词风潇洒,以清疏见长。有《东堂词》传世。

【注释】

①阑干:纵横散乱的样子。
②断魂:犹言销魂,形容思念之情极深。

【今译】

你泪水纵横,满脸湿润,
像一枝带着露珠的鲜花。
黛眉忧愁紧皱,
又像是重重碧山攒聚。
这离情别恨,我俩平分平取。
默然无语,只有面面相觑。

雨收云散,
再没有柔情蜜意,
从此朝朝暮暮,
我将孤寂无侣。

今夜当我投宿在深山僧舍时,
一片思念之情,
将会随着钱塘潮回到你那里。

【说明】

这首词抒情人离别之情,在遣词造句上别有新意,写情写意,不着一艳词,而以浅显清新的笔触将自己和琼芳的情爱写得一往情深,无丝毫造作之态。

菩萨蛮

陈 克

赤阑桥尽香街直,笼街细柳娇无力。金碧上青空,花晴帘影红。　黄衫飞白马[①],日日青楼下[②]。醉眼不逢人,午香吹暗尘。

【作者介绍】

陈克(1081—?)字子高,自号赤城居士,今浙江临海县人。北宋绍兴年间曾替吕祉起草《东南防守便利书》,力陈抗金方略。其词风承袭花间派,语言婉丽。有《赤城词》传世。

【注释】

①黄衫:唐代少年所穿的华贵服装。这里代指贵族子弟。
②青楼:古代歌伎居住的地方。

【今译】

在朱红栏杆桥的尽头,
连着笔直的繁华街道。
两旁笼罩着万条柳丝,
在微风中轻轻地摇曳着。

金碧辉煌的高楼巍然高耸,
在明媚的阳光下,
垂帘影映着娇柔的红花。

身穿黄衫的公子哥儿,
天天骑着白马招摇过市,
去青楼寻欢作乐。
他醉眼迷离,目空一切。
飞马过处,
烟尘里夹着暗香浮动。

【说明】

陈克的这首词极艳丽,尤其是后结的"午香吹暗尘"一句,艳而有情致。这句是化用李白的《古风》:"大车扬飞尘,亭午暗阡陌。"李太白的诗直白明了,陈克的词却不然,动感和嗅觉感都十分强烈,但却不露,同时暗含着美与丑,使美与丑在飞动和感觉中各置其位,是所谓美者愈美,丑者愈丑了。

菩 萨 蛮

陈 克

绿芜墙绕青苔院,中庭日淡芭蕉卷。蝴蝶上阶飞,烘帘自在垂①。 玉钩双语燕,宝甃杨花转②。几处簸钱声③,绿窗春睡轻。

【注释】

①烘帘:指挡风的棉门帘。
②甃(zhòu):井壁。用砖砌的井垣。
③簸钱:一种掷钱的古代游戏。

【今译】

长满绿草的墙垣,
环绕着满目青苔的庭院。
融融春日,
晒得芭蕉微卷。
蝴蝶在石阶上飞舞,
帘幕低垂煞是悠闲。

帘钩上双燕呢喃翻飞,
点点杨花在井壁间飘飞旋转。
听着几处掷钱的声音,
临窗小睡怎么也不得安稳。

【说明】

这首词历来备受推崇,原因在于作者造意精、细、深,兼之采用虚实相间的手法铺叙,层层推进,直入题意,读来令人回味无穷。

洞 仙 歌

李元膺

一年春物,惟梅柳间意味最深,至莺花烂漫时,则春已衰迟,使人无复新意。余作《洞仙歌》,使探春者歌之,无后时之悔。

雪云散尽,放晓晴庭院。杨柳于人便青眼。更风流多处,一点梅心,相映远,约略颦轻笑浅①。　　一年春好处,不在浓芳,小艳疏香最娇软②。到清明时候,百紫千红花正乱,已失春风一半。早占取、韶光共追游③,但莫管春寒,醉红自暖。

【作者介绍】

李元膺,生卒年不详,大约与北宋蔡京同时代人,今山东东平县人。曾在南京(河南商丘)做过教官。《全宋词》收有其词。

【注释】

①颦(pín):皱眉头。
②疏香:古人将"梅"称为"疏香"、"疏影"或"暗香"。
③韶光:美好的时光。这里指春光。

【今译】

雪霁云散,
初晓的庭院春光明媚。
依依杨柳对人垂青,
还有那占尽春光的梅花,
和摇曳的柳枝远远的相映成趣。
花容艳美,
如美人微皱的眉头、温柔的笑靥。

一年春色最好的时候,
不在于满园姹紫嫣红,
而在于这暗香四溢的点点梅花,
煞是动人,小艳娇软。
到了清明时节,
百花争奇斗妍,
美好春光已去了一半。
不如早早抓住初春美景,
去游赏那曾傲霜斗雪的寒梅。
莫管它春寒料峭,
当你见到梅花点点如佳人醉颜时,
你会感到春意融融。

【说明】

这首词作者借咏梅而咏早春,将早春描绘得十分动人和传神,让人领略到了生活的美和人生的真谛,同时也体现了作者的知足持盈的人生观。

青门饮

时 彦

胡马嘶风,汉旗翻雪,彤云又吐①,一竿残照。古木连空,乱山无数,行尽暮沙衰草。星斗横幽馆,夜无眠、灯花空老②。雾浓香鸭③,冰凝泪烛,霜天难晓。　长记小妆才了,一杯未尽,离怀多少。醉里秋波,梦中朝雨,都是醒时烦恼,料有牵情处,忍思量耳边曾道:甚时跃马归来,认得迎门轻笑。

【作者介绍】

时彦(? —1107)字邦美,今河南开封市人。北宋神宗元丰二年(1079)举进士第一。以后历任开封府尹、吏部尚书等职。这首词是惟一存世之作。

【注释】

①彤云:阴云。
②灯花空老:这里指人的情绪不高,不剪灯花,任烛泪凝结起来。
③香鸭:鸭形的熏炉。

【今译】

北风呼啸,胡马嘶鸣,
汉家旗帜迎着飞雪飘扬。
浓密的阴云散去,
沿着地平线的晚霞似火如血。
古木参天,

层峦叠嶂,
只有那近处的平沙和衰草可见。
幽寂的客馆外星斗横空,
我看着一盏灯花欲尽的孤灯,
长夜难眠。
鸭形熏炉里飘着幽香,
烛泪早已凝结成冰。
漫长的寒夜,何时是黎明?

总记得她那淡妆刚毕的样子。
一杯饯别酒尚未饮完,
已不知引发了多少离情别恨。
醉中仍依稀可见她那含情的秋波,
梦中仍和她两相欢娱,
醒来时却平添了几分愁情。
我总牵情于她,
怎忍心回忆临别时她附耳小语的情景:
郎君几时骑马归来?
别忘了,我会倚门含笑把你迎接。

【说明】

此词作于使辽期间。词人抛家去国,在孤寂的客馆中辗转难眠,思乡怀人之情难以遏止,于是有感而发。尽管真切感人,但总难免儿女情长之嫌。艺术手法则刚柔有致,张弛得当,很有特色。

谢 池 春

李之仪

残寒消尽,疏雨过、清明后。花径款余红[①],风沼萦新皱。乳燕穿庭户,飞絮沾襟袖。正佳时,仍晚昼[②],著人滋味[③]。真个浓如酒。　　频移带眼④，空只恁厌厌瘦⑤。不见又思量，见了还依旧，为问频相见，何似长相守。天不老，人未偶。且将此恨，分付庭前柳。

【作者介绍】

李之仪（？—1117）字端叔，自号姑溪居士，今山东无棣县人。北宋熙宁三年（1070）中进士。曾任枢密院编修，后因罪除名。其词以小令见长，著有《姑溪词》。

【注释】

①款：缓缓的样子。
②晚昼：黄昏时分。
③著人：让人感觉到。
④带眼：皮带的扣眼。
⑤恁：这样。厌厌：精神不振的样子。

【今译】

春回大地寒意尽消，
一场春雨下过，
便到清明以后。
小园里鲜花簇簇，
缓缓地落在了小径上。
春风吹过池沼，
涟漪微起，水光潋滟。
雏燕穿过庭院和门窗，
飞絮沾在人的衣襟和双袖上。
风光正美，
可惜又近黄昏，
这种伤春惜别的滋味，
真比醇酒还要甘美。

我的衣带扣眼,
频频向后移动,
心里总觉空寂,
无精打采,身体渐瘦。
见不到她时心里时时想念,
见了面,还得照样分手。
试问如这般常别常见,
怎能比得上长相厮守?
苍天不老,一如既往,
人间的有情人却难成佳偶。
我只有将这满腔幽恨,
交付给庭前的杨柳。

【说明】

此词上片写景,下片抒情,但却注入新的意境,从不见到相见,从常相见到长厮守,用词俗俚清新,极富人情味。

卜 算 子

李之仪

我住长江头,君住长江尾,日日思君不见君,共饮长江水。此水几时休,此恨何时已。只愿君心似我心,定不负相思意。

【今译】

我住在长江的上源,
你住在长江的下游,
天天思念却不能相见,
同饮这长江之水。

悠悠江水何时不再东流,
我的相思幽恨何时才到尽头。
只希望你的心就如同我思念你的心,
定不辜负这一片相思情。

【说明】

这首词将男女之间相思不能相见的情思描写的极其悠长,令人回味无穷。特别是模仿民歌的创作形式,句句明白如话,朗朗上口,成为千古流传的名作。

瑞 龙 吟

周邦彦

章台路①,还见褪粉梅梢,试花桃树。愔愔坊陌人家②,定巢燕子,归来旧处。　黯凝伫,因念个人痴小③,乍窥门户。侵晨浅约宫黄④,障风映袖,盈盈笑语。　前度刘郎重到,访邻寻里,同时歌舞,惟有旧家秋娘⑤,声价如故。吟笺赋笔,犹记燕台句。知谁伴,名园露饮⑥,东城闲步?事与孤鸿去,探春尽是,伤离意绪。官柳低金缕,归骑晚、纤纤池塘飞雨。断肠院落,一帘风絮。

【作者介绍】

周邦彦(1057—1121)字美成,自号清真居士,今浙江杭州人。神宗时在京做太学生,因献《汴都赋》歌颂变法(王安石变法),受到皇帝赏识,擢为太学正。以后曾担任大晟乐府提举之职。其词作多抒写艳情与羁愁,富艳博雅,工致绵密,音律谐畅,是后来格律派的开山祖。其词作有《片玉集》。

【注释】

①章台路:汉长安城有章台街,这里借指京城,怀念故人。

②悄悄：宁静无声的样子。坊陌人家：指歌楼伎馆。
③个人：作者所怀念的意中人。
④浅约：淡淡的。宫黄：宫女在眉毛上涂的黄粉。
⑤秋娘：指唐金陵名妓杜秋娘，这里泛指妓女。
⑥露饮：脱去帽子痛饮。

【今译】

我走在章台街上，
看见了那梅花已经谢尽的枝头，
还看见了那桃树上初绽的桃花。
坊曲人家一片静寂，
只有那去年在这里筑巢的燕子，
仍旧飞回故居。

我黯然伤神，久久伫立，
回忆着她娇憨的神态，
刚刚开始那倚门迎客的生计。
清晨将眉毛涂成淡黄，
一手歌扇遮风，一手罗袖掩面，
满面含笑说着软语温言。

从前的我又故地重访，
殷勤地询问邻里，
却不知她的去向。
只有那和她同时歌舞的秋娘，
身价依然如故。
想起和她吟诗和唱，
还记得那情意绵绵的诗句。
从今后有谁能陪我，
在名园里忘情痛饮，
去东城悠闲地散步！

回想往事，
就像孤鸿一样高飞远去。
我独自寻春，
却惹起了满腹的离情别恨。
路旁官柳低垂似黄金万缕，
我骑马迟迟归去，
池塘边正飘着丝丝细雨。
看这令人伤心的庭院，
只有柳絮扑打着门帘。

【说明】

这首词首叠写今日，次叠写昔日，三叠写今昔。从层次上看清晰明白，从逻辑上讲，层层递进，丝丝入扣。这些都极符合长调的章法要求，作者之功力于此可见。

风 流 子

周邦彦

新绿小池塘，风帘动、碎影舞斜阳。羡金屋去来[①]，旧时巢燕；土花缭绕[②]，前度莓墙[③]。绣阁里、凤帏深几许？听得理丝簧[④]。欲说又休，虑乖芳信；未歌先噎，愁近清觞[⑤]。　　遥知新妆了，开朱户、应自待月西厢。最苦梦魂，今宵不到伊行[⑥]。问甚时说与，佳音密耗，寄将秦镜[⑦]，偷换韩香[⑧]？天便教人，霎时厮见何妨！

【注释】

①金屋：指汉武帝金屋藏阿娇的故事。
②土花：苔藓。
③莓墙：长满苔藓的墙。
④丝簧：弦乐和管乐。

⑤清觞：洁净的酒具。觞，古人盛酒的器具。
⑥伊行：意中人那里。
⑦秦镜：汉代秦嘉赴京办公事，其妻徐淑曾留赠明镜一块，表示永无相忘。
⑧韩香：西晋权臣贾充女贾午与韩寿相好，将其父受赐的异香偷来送给韩寿。

【今译】

碧绿的小池塘，
微风过处，
细碎云影在斜阳下浮荡。
我羡慕这华屋下去而复来的旧时巢燕；
还有那幸运的青苔，
又在旧时的墙壁上繁衍。
在她的闺阁里，
不知那绣凤的罗帏究有多深？
我仿佛听到她在抚琴吹管，
似有万千心事欲说又罢，
准是担心错失情人的音信。
想要唱歌，却喉头哽噎，
又怕清酒难解愁肠百结。

遥想她刚刚梳妆完毕，
悄悄地打开朱红的大门，
期待着月下西厢时与情郎相会。
最怕我的梦魂，
今夜也难以与她相会。
真不知何时才能互诉别情？
赠她一块传情的明镜，
换取她那充满蜜意的香囊。
苍天啊！

让有情人片时相见又有何妨!

【说明】

本词上片从己怀伊人到伊人怀己,下片又继从伊人怀己到彼此不能相见,一步步将作者的思想感情抒发出来。尤其是收束一句:"天便教人,霎时厮见何妨!"一下子将郁积于心的情感抛泄出来,酣畅淋漓,淳朴感人。

兰 陵 王

周邦彦

柳阴直,烟里丝丝弄碧。隋堤上①、曾见几番,拂水飘绵弄行色。登临望故国,谁识、京华倦客?长亭路、年去岁来,应折柔条过千尺②。　　闲寻旧踪迹,又酒趁哀弦,灯照离席,梨花榆火催寒食③。愁一箭风快,半篙波暖,回头迢递便数驿。望人在天北。　　凄恻,恨堆积。渐别浦萦回④,津堠岑寂⑤,斜阳冉冉春无极。念月榭携手,露桥闻笛,沉思前事,似梦里,泪暗滴。

【注释】

①隋堤:指开封汴河一带的河堤,是隋炀帝时筑的,所以又叫隋堤。

②应折句:送别的人们不知折断了多少柳条。过千尺,言柳条之多。

③梨花句:榆火,唐代皇帝在清明节用榆柳之火赐百官。此句意为梨花盛开如雪,榆柳之火已将寒食催走,迎来了清明节。点明了离筵的具体时间。

④别浦:原指隔绝牛郎、织女星的银河。这里借指分别时的水边。

⑤津堠:指码头上的守候处,可供人休息。

【今译】

柳阴笔直,
丝丝柳条在烟霭中更显碧绿。
在这高高的河堤上,
曾经有过多少次送行的场面,
被这些拂水飘絮的柳枝窥见。
如今登临遥望,
又有谁识我这京华倦客?
这条送行的大道,
年复一年,
被折下的柳条怕已超过千尺。

我追寻当年的踪迹,
想起那忧伤的乐调,
灯烛照着饯别的酒席,
在梨花榆火的时节,
饮下苦酒杯杯。
怨那船儿风快,
竹篙轻点,
回头看,早已过了数驿。
再看伊人,遥遥在天北。

我心里凄凉哀恻,
满怀遗恨如山积。
别浦渐渐远去,
渡口已看不到人迹,
在残阳冉冉西斜之中,
春色无边无际。
回想起携手在亭榭下赏月,
在露桥上闻听夜笛。

沉思往事，恍然若在梦里，
只有清泪在暗暗流滴。

【说明】

这首词第一叠写送别路上，第二叠回写饯别离筵，更添离愁别绪，第三叠写在傍晚那一望无边的春景中难以排遣的离后遗憾，在绮丽中显出悲抑。从总体上讲，这首词迂回曲折，作者心事激荡其中，令人回味不已。

琐窗寒

周邦彦

暗柳啼鸦，单衣伫立，小帘朱户。桐花半亩，静锁一庭愁雨。洒空阶，夜阑未休，故人剪烛西窗语。似楚江暝宿，风灯零乱，少年羁旅。　迟暮，嬉游处，正店舍无烟，禁城百五①。旗亭唤酒②，付与高阳俦侣③。想东园，桃李自春，小唇秀靥今在否？到归时，定有残英，待客携尊俎。

【注释】

①百五：寒食节。冬至后一百零五天即寒食。
②旗亭：酒楼、酒肆。
③高阳俦侣：酒徒。指喜好饮酒而又行为狂放的人。

【今译】

黄昏时柳树阴里传来阵阵乌鸦啼鸣，
我身着单衣，
伫立在挂小帘的红门里，
庭院里盛开的半亩桐花，
静静地遮蔽着一庭愁雨。
雨点不断地拍打在空阶之上，

夜深时仍无休无止，
这种凄凉景象，
恰似少年时羁旅他乡，
夜宿在楚江之上，
灯火在风雨中飘摇。

老年迟暮，
栖身京城，
又逢寒食时节，
处处不见炊烟。
酒楼里豪饮的壮举，
就索性让与那高阳酒徒吧！
遥想家乡故园，
桃李已经迎春吐芳了，
不知那桃花人面还在吗？
回去时定还会有未谢的鲜花，
等待着我这远归的游子，
携带着酒去花下观赏。

【说明】

本词上片从今日暮年孤旅写到少年羁旅之苦，下片又回到暮年今日的寒食节，此时不思饮酒，却犹思桃花美人宛在，使人顿生奇感，人情不老，令人拍案叫绝。

六　丑

周邦彦

蔷薇谢后作

正单衣试酒，怅客里、光阴虚掷。愿春暂留，春归如过翼,一去无迹。为问家何在?夜来风雨,葬楚宫倾国①。钗钿堕处遗香泽②,乱点桃蹊,轻翻柳陌。多情为谁追惜③?但蜂媒蝶使,时叩窗槅④。　　东园岑寂,渐蒙笼暗碧,静绕珍丛底,成叹息。长条故惹行客⑤,似牵衣待话,别情无极。残英小、强簪巾帻⑥,终不似、一朵钗头颤袅⑦,向人欹侧。漂流处、莫趁潮汐。恐断红⑧、尚有相思字⑨,何由见得?

【注释】

①倾国:倾国之色,指美女。这里借指花儿,即蔷薇花。
②钗钿:头上的装饰物。这里借指落花。
③为谁:谁为。
④窗槅:窗棂子。
⑤长条故惹行客:蔷薇花有刺,人靠近走时会将衣服挂住。
⑥巾帻:头巾,布帽。
⑦颤袅:摇曳。
⑧断红:落红、落花。
⑨尚有相思字:暗指"红叶题诗"典故。

【今译】

身穿薄衣品尝着新酿的美酒,
时间在他乡流失令人痛惜。
春啊!请你把步儿稍停,
谁知你却如鸟儿飞过天际,
无踪无影。
花儿的故乡在哪里?
一夜风雨,
将艳丽无比的蔷薇花摧落。
像佳人遗落的钗钿,
仍然散发着沁人的幽香,
她落在桃树下的小径上,
又在柳林道上翻飞。

有谁为她惋惜，
只有那蜜蜂和蝴蝶，
不时地叩打着窗棂。

东园里一片冷寂，
绿阴密布，幽暗朦胧。
我静静地在蔷薇花丛中环绕着，
看着这零落景象，
我不时发出叹息。
蔷薇的长条勾住我的衣服，
似乎在和我道别，
别情无限。
小小残花，
插在布帽上，
显然不如那盛开的鲜花，
插在美人头上那样令人喜爱。
顺水漂流的落花，
不要随着潮水远去，
我怕花片上还题有相思的字句，
那不是永远没人知晓吗？

【说明】

　　这首词的基调是伤春惜花，只有惜花才能伤春。但作者在表现这一主题时，手法极新奇别致。词调下题曰："蔷薇谢后作"，即点明了惜花是在花落之后，而不在花中或落花。这里作者用脱尽残红的蔷薇枝条起兴："长条故惹行客，似牵衣待话。"给枝条赋予情感，不愿和人离去，似有千言万语要述说。这是花恋人。接下才写人惜花，又不直惜落英残红，而是惜水中断红，因为害怕"尚有相思字"。

夜 飞 鹊

周邦彦

　　河桥送人处，凉夜何其。斜月远、坠余辉，铜盘烛泪已流尽，霏霏凉露沾衣。相将散离会，探风前津鼓①，树杪参旗②。花骢会意，纵扬鞭、亦自行迟。　　迢递路回清野③，人语渐无闻，空带愁归。何意重经前地，遗钿不见，斜径都迷。兔葵燕麦④，向斜阳欲与人齐。但徘徊班草⑤，欷歔酹酒，极望天西。

【注释】

①津鼓：渡口的鼓声。古代在渡口设鼓，击鼓表示船将启航。
②树杪参旗：树杪，树梢。参旗，星名。初秋黎明时出现在天空，十分明亮。
③迢递：遥远的样子。
④兔葵燕麦：兔葵是一种植物。这里指野草丛生，一片凄凉。
⑤班草：把草铺在地上坐下。

【今译】

我在桥边送情人远行，
夜晚是多么的清凉。
斜月远远西沉，
清辉渐渐消失，
铜盘里烛泪早已流尽，
濛濛寒露湿了人的衣服。
我们携手话别将离去，
侧耳细听渡口是否有鼓声传来，
举头遥看树梢的参星是否已亮。
天色将晓，
花马也解人意，
纵使扬鞭催促，

它也踯躅不前。

送走了她，返回旧路，
似乎路比原先远了许多，
我漫步在清静的旷野上，
原先喧闹的声音已听不到了，
只好带着沉重的离愁回去。
我为什么又来到分别的旧地？
寻找她的芳踪，一无所见，
旧时小径，也迷离难辨。
在夕阳照耀下，
兔葵燕麦的影子和人等齐。
我徘徊在同她坐过的草地上，
欷歔落泪，
洒酒于地，
极目遥望，
她远去的西天。

【说明】

上片回忆的时空是河桥初秋凉夜和津渡黎明前。下片是在同一地点，时间却是夏秋之际的黄昏。这种时空变化，反映了事物的变迁，也表达了作者那种人去物非的无奈心绪，耐人寻味。此词被梁启超赞为送别一绝。

满　庭　芳

周邦彦

夏日溧水无想山作

风老莺雏，雨肥梅子，午阴嘉树清圆。地卑山近，衣润费炉烟^①。人静乌鸢自乐，小桥外、新绿溅溅^②。凭阑久，黄芦苦竹，疑泛九江船^③。　　年年，如社燕，飘流瀚海^④，来寄修椽。且莫思身外，长近尊前。憔悴江南倦客，不堪听、急管繁弦。歌筵畔，先安簟枕^⑤，容我醉时眠。

【注释】

①衣润费炉烟：梅雨季节，衣服常泛潮，需用香炉熏干。

②溅溅：水流的声音。

③疑泛九江船：白居易被贬江州（九江）司马时，曾在浔阳江头送客听琵琶，作《琵琶行》。这里作者以白居易自比。

④瀚海：指北方边远之地或沙漠戈壁。这里指偏僻之地。

⑤簟：席子。

【今译】

雏莺在春风的吹拂下羽毛丰满，
梅子在梅雨的浇灌下肥大圆美，
正午在阳光的照耀下，
树阴的轮廓清晰可见。
这里的地势低下，
近处便是起伏的山峦。
潮湿的衣衫，
不知费去多少香烟。
人静无声，
只有鸟儿穿梭啼鸣。
小桥外，
春水流淌溅溅。
我凭栏久久凝视，
满目尽是黄芦苦竹，
我真怀疑，
自己是那泛舟九江的青衫司马。

一年又一年,
我像那春来秋去的社燕,
漂泊远方,
寄身他人长椽之下。
不要想人间的荣辱沉浮,
还是多饮几杯美酒。
我这憔悴疲惫的江南游客,
不愿听那宴会上的宏大乐章。
歌筵之旁,
最好先设床榻,
喝醉酒时让我好好睡一觉。

【说明】

作者在这篇词中借飞鸟、苦竹自诉自己宦海不遇的苦闷。又以社燕感慨自己长年漂泊在外。最后安慰自己:"且莫思身外",将人间的荣辱尽皆忘却。但又不能自已,只好沉醉于酒乡之中,将这种苦闷表现得极为无奈和抑郁。

过 秦 楼

周邦彦

水浴清蟾①,叶喧凉吹,巷陌马声初断。闲依露井,笑扑流萤,惹破画罗轻扇。人静夜久凭阑,愁不归眠,立残更箭②。叹年华一瞬,人今千里,梦沉书远。　　空见说鬓怯琼梳,容销金镜,渐懒趁时匀染③。梅风地溽④,虹雨苔滋,一架舞红都变⑤。谁信无聊为伊,才减江淹,情伤荀倩⑥,但明河影下⑦,还看稀星数点。

【注释】

①清蟾:指月亮。

②更箭：漏箭，古代计时器漏壶的一部分，上面刻有节文，随水的沉浮来计算时间。这里指更次、时间。

③匀染：打扮。

④地源：地上潮湿、闷热。

⑤一架舞红都变：满架的蔷薇都凋谢了，只剩下残红落英。

⑥荀倩：指荀奉倩。相传荀奉倩与其妻感情笃好。不幸妻子染热病而亡，奉倩为之神伤而死。

⑦明河：指银河。

【今译】

皎洁的月亮，
沐浴在清澈的溪水之中，
风吹树叶沙沙响，
只觉得一阵凉意袭人。
大街小巷人马喧嚣之声初歇，
我们相会在那露井之旁。
她笑嘻嘻扑打着流萤，
挂破了艳丽的轻罗手扇。
夜深人静，
我依凭栏杆，
久久地沉思，
欢洽的往事尽浮眼前。
忧愁满腹不愿回房歇息，
一直站到更残漏尽。
悲叹年华流逝，
如今我俩相距千里，
音信杳无，
梦中也难相见。

我闻听她鬓发渐稀，
怕用玉梳梳理，

花容憔悴，

怕对菱花金镜，

渐渐地，

她也懒于打扮自己。

梅雨季节，

雨中飞虹，

到处潮气蒸腾，青苔蔓生，

满架红蔷薇已经凋谢，

只剩下了残红和落英。

谁相信我为了她百无聊赖，

像江淹一样才减，

像奉倩一样神伤。

举目仰望天际，

只见茫茫银河，

有几点稀星闪烁。

【说明】

这首词开篇写在寂静的秋夜，情人相会于庭院露井边，他们在一起嬉笑欢闹，开怀忘情。接着作者插入一句："人静夜久凭阑，愁不归眠，立残更箭。"使人顿感开篇六句不是写现实，而是在忆旧情。后人评论"人静"三句时讲："钩勒极妙"，"他人一钩勒便薄，清真愈钩愈深厚。"（《介存斋论词杂著》）可见"人静"三句乃全篇的关键所在。

花　　犯

周邦彦

粉墙低，梅花照眼，依然旧风味。露痕轻缀，疑净洗铅华，无限佳丽。去年胜赏曾孤倚，冰盘同燕喜①。更可惜、雪中高树，香篝熏素被②。　　今年对花最匆匆，相逢似有恨，依依愁悴。吟望久，青苔上，旋看飞坠。相将见③、翠丸荐酒④，人正在、空江烟浪里。但梦想、一枝潇洒，黄昏斜照水。

【注释】

①燕喜：同宴喜。参加宴会之喜悦。
②香篝：香笼、熏笼。
③相将：行将、将要。
④翠丸：梅子。

【今译】

低低的粉墙里，
梅花光彩照人，
虽艳丽多彩，
仍旧时风味。
花瓣上轻含露珠，
像洗尽凝脂的美人，
丽质天成，韵味无限。
去年梅花盛开时，
我曾独自一人去欣赏，
还有那，
筵席上品评的青梅。
更令人怜惜的是，
那雪中盛开的梅花，
透出一阵阵幽香，
像香笼熏被那样芳香诱人。

今年赏花最是匆忙，
似乎梅花也觉相逢太短，
花容憔悴，依恋不舍。
我不断地喃喃凝望着，
忽见青苔之上，

片片梅花飞落。
想不远将来,
青梅将下酒,
而我却在四海周游漂泊。
我梦想着,
有一枝潇洒的梅花,
在夕阳斜照的水边,
浮动着暗香。

【说明】

我们在欣赏这首咏梅词时,应注意此词在时间跨度上的跳跃性。"粉墙低"以下六句写现实梅花之光彩照人。"去年"以下五句写去年作者独自欣赏寒梅。接着又跳回今日,由"今年"以下五句引起,写梅花凋零之苦。"相将"以下七句又写未来,幻想着梅花盛开,流香四溢。

大 酺

周邦彦

对宿烟收①,春禽静,飞雨时鸣高屋。墙头青玉旆②,洗铅霜都尽,嫩梢相触。润逼琴丝③,寒侵枕障,虫网吹粘帘竹。邮亭无人处④,听檐声不断,困眠初熟。奈愁极频惊,梦轻难记,自怜幽独。 行人归意速,最先念、流潦妨车毂⑤。怎奈向兰成憔悴⑥,卫玠清羸⑦,等闲时、易伤心目。未怪平阳客⑧,双泪落、笛中哀曲。况萧索、青芜国⑨,红糁铺地⑩,门外荆桃如菽⑪。夜游共谁秉烛?

【注释】

①对宿:昨夜、隔夜。
②旆:古代旗帜末端像燕一样的垂旒。

③润逼琴丝：天雨空气潮湿，琴弦受胀。
④邮亭：古代驿馆，供传递文书的人休息。
⑤车毂：车轮。
⑥兰成：指南北朝的文学家庾信，字兰成。
⑦卫玠：西晋人，长相极佳，但身体瘦弱，早逝。
⑧平阳客：指东汉马融。他曾客居平阳（山西临汾西南），听人吹笛悲哀，作《长笛赋》。
⑨青芜：杂草丛生。
⑩红糁：落红、落花。
⑪荆桃：樱桃。

【今译】

昨夜的烟雾已经散尽，
听不到春鸟的鸣叫，
只有那滂沱急雨，
鸣溅在高高的屋顶上。
探出墙外的青竹头，
像青玉似的旒苏。
雨力急劲，
将竹身的铅霜冲尽。
风雨中的嫩竹梢，
轻轻触碰。
空气潮湿，
琴弦也为之胀膨。
寒意浓浓，
侵人枕席，
被风雨击飞了的蛛网，
粘在了竹帘之上。
在寂静无人的馆舍里，
静听着从屋檐上不断下跌的雨水。
我困乏初睡，

无奈苦愁至极，
睡梦被雨声频频惊醒，
以至梦境轻浅难以铭怀，
我在幽静和孤独之中暗自伤神。

游子回归故里心意最急切，
最担心春雨连绵，
道路变得泥泞不堪，
车辆难以再行。
我像兰成一样思乡成憔悴，
我像卫玠一样羸疾缠身。
我不奇怪客居平阳的马融，
听一曲哀笛，
便泪水簌簌落下。
庭院萧条，杂草丛生，
铺满了风雨打落的残红。
门外的樱桃已大如豆菽，
有谁和我秉烛夜游呢？

【说明】

这是一首咏雨名篇，历来传诵不衰。这主要是由于作者极尽描写之能事，将春之雨声、春之雨色、春之雨思、春之雨愁，描写的极其细致之故。

解 语 花

周邦彦

上 元

风消焰蜡，露浥烘炉①，花市光相射。桂华流瓦②，纤云散、耿耿素娥欲下③。衣裳淡雅，看楚女纤腰一把④。箫鼓喧、人影参差，满路飘香麝。　　因念都城放夜⑤，望千门如昼，嬉笑游冶。钿车罗帕，相逢处、自有暗尘随马。年光是也，惟只见、旧情衰谢。清漏移⑥，飞盖归来，从舞休歌罢。

【注释】

①露浥烘炉：浥，湿润。烘炉，花灯。花灯被夜露打湿。
②桂华：指月光。
③耿耿：光明的样子。
④楚女纤腰：相传楚灵王喜欢细腰，因而楚国女子都将腰缠细。而荆南又属楚地，故云。
⑤放夜：宋代东京有夜禁，只有在元宵节及其前后一天放禁。
⑥清漏：这里指时间。

【今译】

红蜡烛在夜风中一点点燃烧，
大红灯笼被夜露打湿，
街市上流动着的花灯交相辉映。
月光流溢，
在高屋瓦上荡漾着，
淡云飘散，
天宇皓明如昼，
月宫嫦娥飘然欲下。
南国美女纤纤细腰，
身着淡装仪态优雅，
大街上箫鼓喧阗，
游人如织，
身影参差杂沓，
一路上麝香飞飘袭人。

回想起汴京放禁的元宵夜，

远望千门万户灯火辉煌,
夜如白昼,
盛景迷人,
人们纵情游乐。
美人出游钿车宝马,
路逢少年,
少年飞马追逐香车,
暗尘飞扬。
年年风光如是,
只是游兴已尽。
夜已深了,
我独自驾车急归,
纵然你歌休舞罢,
与我何干!

【说明】

这首词上片写荆南(今湖北江陵)现实的元宵节盛况,下片回忆京城汴梁上元夜的独特风光:钿车宝马上,香巾罗帕,惹得少年马逐香车,人拾罗帕。但作者费尽笔墨,不在写景,而在于抒"旧情"。年年如是风物,撩起了作者离乡之愁,使旧时豪情尽失,进取精神全无,沉浸在一片抑郁之中。

定 风 波

周邦彦

莫倚能歌敛黛眉,此歌能有几人知?他日相逢花月底,重理[①]、好声须记得来时。 苦恨城头传漏永[②],催起、无情岂解惜分飞。休诉金尊推玉臂,从醉、明朝有酒倩谁持。

【注释】

①重理：重新将弦调好，准备演唱乐曲。
②漏永：古代人用铜漏壶滴水的方法计算时间。这里指夜已深了。

【今译】

莫要矜持，
莫要敛眉忧伤，
能歌唱你就放声歌唱吧！
此歌多情幽怨，
有谁能解其中之意？
他日若能再相聚，
真希望在月夜花前诉别情，
重理琴弦，
奏一章新曲，
忆昔日别时深情。

城头频频传来更漏之声，
让人离愁别恨更重。
夜将尽，
启程在即，
不解柔情的人，
怎懂这分别一刻值千金。
不要再泣诉，
请玉人儿接杯饮下，
纵然因此而醉倒，
明朝有酒，
不知谁来把酒相劝呢！

【说明】

这首词写惜别之情，幽凄之中显出几分豪情来。首起"莫倚"

句,极写离别前的幽情,含蓄委婉。收束"从醉"句,直写弄琴纵酒,一醉方休,词疏语放,豪宕不已。

蝶 恋 花

周邦彦

月皎惊乌栖不定,更漏将阑,辘轳牵金井①。唤起两眸清炯炯②,泪花落枕红绵冷。 执手霜风吹鬓影,去意徊徨③,别语愁难听。楼上阑干横斗柄④,露寒人远鸡相应。

【注释】

①辘轳牵金井:辘轳,井上辘轳转动的声音。牵金井,从井中汲水。
②两眸清炯炯:两眼里闪闪发亮,晶莹剔透。
③徊徨:彷徨。犹疑不定,不知向何方去。
④阑干:横斜的样子。

【今译】

月明夜空,
乌鸦惊叫乱飞,
难以栖枝头,
更漏滴滴,
夜将晓,
已有人在用辘轳汲水。
睡眠轻浅,
已被惊醒,
黑夜里,
两个眸子清亮闪闪。
离别的泪水难禁,
打湿了枕巾,
红棉被已冷如寒冰。

手牵着手走向征途,
寒冷的秋风吹拂着她的秀发,
她不想离去,
彷徨迟疑,
分别的话儿凄苦不堪,
不愿听完。
高楼外,
北斗横斜天际,
她冒着寒露远行,
只有山鸡的晨鸣此起彼伏。

【说明】

此词写惜别之情,构造场景却别有特色:上片写庭院乌啼、更漏、辘轳汲水,再写室内,离别的泪水湿了枕头,冷了棉被。下片再由室内到庭院,"执手"句已点明。最后收束两句室内、野外兼顾:一写就道远去,词曰露寒人远;一写闺阁,词曰楼上。在这种造景中离别,景外有味,使人感到调与意会,情与词兼,意境极深远。

解 连 环

周邦彦

怨怀无托,嗟情人断绝,信音辽邈。纵妙手、能解连环①,似风散雨收,雾轻云薄。燕子楼空②,暗尘锁、一床弦索③。想移根换叶,尽是旧时,手种红药④。　　汀洲渐生杜若⑤,料舟依岸曲,人在天角。漫记得、当日音书,把闲语闲言,待总烧却。水驿春回,望寄我、江南梅萼。拚今生、对花对酒,为伊泪落。

【注释】

①解连环：据《战国策·齐策》讲：有一年秦昭王派人将一个玉连环送给齐王，齐王将玉连环遍示群臣，寻求解法，群臣无法，齐王用铁椎将玉环击破，并告诉使者说，玉环已经解开。这里比喻情人负心，但情郎却情怀难解。

②燕子楼：这里代指唐代张愔的爱妾关盼盼。关盼盼和张愔情深意笃，张亡故后，关一直住在燕子楼（在今江苏徐州），终身不嫁。

③一床弦索：乐器架上挂满了各种乐器。

④红药：红芍药，形似牡丹。

⑤杜若：一种香草。上古时，人们用香草赠人。

【今译】

满腹幽怨无人倾诉，
伤感情人情断意绝，
书信杳无，音容遥远难见。
纵然是妙手能解连环玉，
却也似那风散雨霁后，
仍有薄云轻雾。
燕子楼上，人去楼空，
只有那尘封的琴床上，
有着昔日她曾抚过的琴弦。
芍药开得绚烂多彩，
那是我和她一同手栽的，
已经根深叶换。

江中小洲杜若渐次成丛，
我要采一枝寄赠与她，
却不知她泊舟在河曲的港湾，
还是远在天涯？
我还依稀记得往日的情书，
再不是爱的盟誓，

我决心将这闲言胡语全都烧掉。
春天又回到水边驿站,
我乞盼着,
她能从江南寄给我一枝早梅。
我愿拚却今生今世,
在花下酌酒,
永远思念,
永远落泪。

【说明】

这首《解连环》状写男子对负情人的一片痴心和幽恨,写得往复无端,一波三折,极其凄楚动人。上片一方面嗟怨情人情断意绝,另一方面却藕断丝连,如风散雨霁后的淡淡轻云,去睹看情人昔日抚弄过的琴弦和象征爱情的红芍药。下片写男子想将新生的杜若寄与天涯的她,但却欲寄无由。于是下决心烧掉以往的情书,以绝思念。谁知欲断不能,又希望她能给自己寄一枝南国的早梅来,并愿拚却人生,为她落泪,从秋流到冬,从春流到夏。

拜星月慢

周邦彦

夜色催更,清尘收露,小曲幽坊月暗。竹槛灯窗,识秋娘庭院。笑相遇,似觉琼枝玉树相倚,暖日明霞光烂。水盼兰情①,总平生稀见。　　画图中、旧识春风面②,谁知道,自到瑶台畔③。眷恋雨润云温,苦惊风吹散。念荒寒、寄宿无人馆,重门闭,败壁秋虫叹。怎奈向④、一缕相思,隔溪山不断。

【注释】

①水盼兰情:美人的眼睛如两汪秋水迷人传情,美人的性情如兰花的姿质。

②春风面：容貌极美。
③瑶台：传说是仙人居住之所。这里指美人居住的地方。
④怎奈向：宋人熟语，意为向来。

【今译】

夜色降临初鼓已响，
霜露铺地，尘土不扬，
天际月缺光微，
曲坊小巷幽深暗淡。
跨过那翠竹门限，
看见那窗前烛光，
才识出，
这是她居住的庭院。
我俩相见嬉笑，
我顿觉：
我像依偎着琼枝玉树，
冰肌玉肤；
她又像东升旭日，
光彩照人。
秋波似水含情，
性情如幽兰淡雅，
这样的丽人，
平生少见。

先前是看了她的画像，
才结识了她，
她那容貌俏丽绝世。
谁能想到，
我竟能走进她的生活，
共享欢情洽娱，
仇恨那拆散我们的恶风。

想如今,
荒野之中,
我独自寄宿在寂静馆舍,
一重重大门紧闭,
只有秋虫,
在破墙下哀叹着。
从来都是,
丝丝相思之情,
溪水青山隔不断。

【说明】

这首词追思旧情,题材平常,但在描写情人初会的情形时,造语清新,不落俗套。词曰:"似觉琼枝玉树相倚,暖日明霞光烂。水盼兰情,总平生稀见。"作者在和伊人相见时,被伊之"艳"着实"惊"了一下,以致作者连续用了三重比喻:一重喻情人像琼枝玉树,丰姿绰约,冰肌玉肤;一重喻情人容貌绝世,光彩照人;一重喻情人性情高雅,如兰草姿质,两汪秋水脉脉传情。这一反那种明眸皓齿、花容月貌的描述,在比喻中将两人的情感发展历程也融了进去。枝与树相依相存;光烂出自朝霞,已点明了两人一见倾心,到了相倚相偎的地步,真乃传神之笔,读者不可不思之。

关 河 令

周邦彦

秋阴时晴渐向暝①,变一庭凄冷。伫听寒声②,云深无雁影。　　更深人去寂静,但照壁、孤灯相映。酒已都醒,如何消夜永。

【注释】

①暝:黄昏。

②寒声：秋声。秋天里的落叶声、风声、虫鸟鸣叫声等。

【今译】

多日的秋阴才片刻放晴，
却渐渐已经黄昏了，
庭院里变得凄清冰冷。
我站在院子里，
凝神静听秋声，
远处传来几声雁鸣，
由于阴重云浓，
看不见鸿雁的影子。

更深人歇，
院落一片寂静，
只有照壁和窗前微弱的灯光两相辉映。
醉酒已醒，
如何熬过这漫漫长夜！

【说明】

本词系小令，借秋阴写秋声和秋景，尤以秋声写得传神，极有特色。历来写秋声者不乏名篇：有写秋虫之声、有写秋风扫落叶之声、有写秋风肃杀之声，等等。在这里凝神伫立静听秋声，听到的是雁鸣之声，但闻其声，不见其影，那是因为秋阴云厚之故，故词曰："伫听寒声，云深无雁影。"有声有景，景声兼之。

绮寮怨

周邦彦

上马人扶残醉，晓风吹未醒。映水曲、翠瓦朱檐，垂杨里、乍见津亭①。当时曾题败壁②，蛛丝罩、淡墨苔晕青。念去来③、岁月如流,徘徊久、叹息愁思盈。　　去去倦寻路程,江陵旧事,何曾再问杨琼④。旧曲凄清,敛愁黛、与谁听?尊前故人如在,想念我、最关情。何须渭城⑤,歌声未尽处,先泪零。

【注释】

①津亭:渡口供人休息的亭子。
②当时曾题败壁:据说魏野曾和寇准游览陕府一寺院,他俩每人在墙上题诗一首。寇准后来做了宰相,他俩又同游此寺,发现寇诗已用碧纱覆盖,而魏野的题诗已灰尘满壁。这里作者以魏野自比。
③去来:指过去和未来。
④杨琼:唐代名妓。这里指妓女。
⑤渭城:指唐代大诗人王维的《渭城曲》:"劝君更尽一杯酒,西出阳关无故人。"这里指离别。

【今译】

醉意醺醺,
上马不需人扶助,
晨风吹面仍未醒来。
红檐碧瓦的小楼,
倒映在水曲之中,
醉眼猛睁开,
看见津亭掩映在杨柳之中。
想当年曾题诗败壁之上,
如今景象凄惨,
蜘蛛网斜挂壁上,
手迹墨色已淡,
苔藓青青。
回首往事,
瞻望未来,
岁月如河水奔流。
我站在败壁前,

徘徊感叹，
不由得愁思满腹。

此次离去将远行，
已不想打探前面的路途，
江陵的桃色艳闻，
也不想去向杨琼打听。
饯别席上，
佳人眉头紧敛，
唱一首当日曾共赏的旧曲，
歌声凄清，
有谁愿意听下去呢？
如果友人就在眼前，
只有他想着我，
给与无微的关怀。
何必唱着渭城曲离别，
歌声未完，
泪水已沾满了衣襟。

【说明】

　　这首词系作者感叹自己长年羁旅，怀才不遇的境况。在表达这一思想时，作者没有平铺直叙，而借用了魏野和寇准同题诗败壁、后来结局迥异的典故，并以魏野自比，形象、生动、准确地将落魄不遇的主题传达给了读者。

尉 迟 杯

周邦彦

　　隋堤路，渐日晚，密霭生烟树。阴阴淡月笼沙，还宿河桥深处。无情画舸，都不管，烟波隔前浦[①]。等行人，醉拥重衾，载将离恨归去。　　因思旧客京华，长偎傍、疏林小槛欢聚。冶叶倡条俱相识②，仍惯见、珠歌翠舞。如今向、渔村水驿，夜如岁，焚香独自语。有何人、念我无聊，梦魂凝想鸳侣。

【注释】

①浦：水边。
②冶叶倡条：歌伎。

【今译】

夜幕渐渐的降临了，
隋堤两岸，
密林里暮霭迷离如烟。
淡淡的月光洒在岸边沙滩上，
我卧船寄宿在河桥深处的水驿里。
无情的画船直往前行，
不管那烟波阻隔着的水浦，
等到游客喝醉酒，
拥卧在重厚的被衾里，
它就载着人同这离恨一齐回去。

回想从前客居都城之时，
经常和她在小林里游玩，
相依相偎，
或是在小楼栏杆前温情欢聚。
青楼里的歌伎个个我都相识，
听惯了她们的艳曲，
看惯了她们的华舞。
想如今，
我独宿在渔村水驿，
度夜如年，
只有对着缕缕炉烟，

独自喃喃自语。
想此时,
有谁顾及我的无聊,
只有想象着在梦中与情人聚首。

【说明】

这首词写夜泊异乡回忆旧情。全词从"隋堤路"上起,入自回忆"旧客京华"欢情,再到"渔村水驿"的孤寂,归于:"焚香独自语"。总之,这归结仍不过是"自语"和与往昔情人艳冶的爱情生活,新意不多。

西 河

周邦彦

金陵怀古

佳丽地,南朝盛事谁记?山围故国绕清江①,髻鬟对起②。怒涛寂寞打孤城,风樯遥度天际。 断崖树,犹倒倚,莫愁艇子谁系③?空余旧迹郁苍苍,雾沉半垒④。夜深月过女墙来,伤心东望淮水⑤。 酒旗戏鼓甚处市?想依稀王谢邻里⑥,燕子不知何世,向寻常,巷陌人家,相对如说兴亡,斜阳里。

【注释】

①山围故国句:唐代刘禹锡《金陵五题·石头城》诗:"山围故国周遭在,潮打空城寂寞回。淮水东边旧时月,夜深还过女墙来。"故国,指故都金陵,六朝都在此建都。这里作者化用此诗。

②髻鬟对起:两岸的山峰隔江对立,如同妇女头上的发髻。

③莫愁艇子:莫愁是南北朝时期的著名美女。乐府诗:"莫愁在何处,住在石城西,艇子折两桨,催送莫愁来。"今南京市水西门外有莫愁湖。

④雾沉半垒：雾气中依稀可见的破营垒。
⑤淮水：秦淮河。
⑥王谢邻里：王谢，指东晋大族王导和谢安。唐刘禹锡《金陵五题·乌衣巷》诗："朱雀桥边野草花，乌衣巷口夕阳斜。旧时王谢堂前燕，飞入寻常百姓家。"这里作者化用其意。

【今译】

一块地望颇佳的地方，
昌盛一时的六朝旧事，
有谁还能记得？
金陵依然是山围江绕，
两岸秀峰高耸对峙。
寂寞的波涛拍打着城池，
远江的片片风帆，
似乎在天际漂游。

千年古树，
依然斜生在断崖下，
莫愁曾在这里系过小船。
如今只留下陈迹，
树木还那样叶茂翠绿，
那边的破营垒被雾气埋没。
夜深时月亮会悄悄地爬过女墙，
向东望着静静流淌的秦淮河，
不由得令人伤神。

昔日热闹非凡的酒肆戏楼，
如今不知在哪里？
那空旷的巷子，
大概是王谢两家曾居住过的地方。
燕子不知今日是什么朝代，

飞进了普通百姓人家,
夕阳下它们相对细语,
在述说着历朝的兴亡。

【说明】

这首词作于北宋末年之南京(金陵)。当时政治腐败,民不聊生,社会动荡不安。加之北方金兵大肆入侵。北宋王朝岌岌可危。面对这种现状,作者心怀忧虑,仿刘禹锡《金陵五题·石头城》、《乌衣巷》,作了这首《西河》金陵怀古,以抒发忧国忧民之情,同时也是对行将灭亡的北宋王朝所发出的哀叹。

瑞 鹤 仙

周邦彦

悄效原带郭①,行路永,客去车尘漠漠。斜阳映山落,敛余红,犹恋孤城阑角。凌波步弱②,过短亭,何用素约③。有流莺劝我④,重解绣鞍,缓引春酌。 不记归时早暮,上马谁扶,醒眠朱阁。惊飙动幕⑤,扶残醉,绕红药⑥。叹西园,已是花深无地,东风何事又恶⑦?任流光过却,犹喜洞天自乐。

【注释】

①带郭:围绕着城郭。
②凌波:形容女子步履轻盈。
③素约:素,尺素,指书信。书信相约。这句意为在送别友人后不期在短亭里遇上了昔日的情人。
④流莺:指女子说话圆柔,十分悦耳。这句意为陪作者同去送友人的歌妓劝作者和昔日情人重温旧情。
⑤惊飙动幕:狂风吹动了卧床上的幔幕。
⑥红药:芍药。
⑦东风句:指东风吹落花儿。

【今译】

郊外的旷野静悄悄的，
辽阔无边，
似将城郭围绕起来，
城边的道路向远处伸去，
望不到尽头。
朋友乘车离去，
扬起漫天飞尘。
徐徐下落的夕阳，
将远山映红，
仍不愿收起她那最后一丝晚霞，
将余晖洒在孤城的栏角上。
昔日的情人蹒跚走过来，
路过短亭稍事休息，
我不期和她相遇。
陪送的女子声圆悦耳，
劝我解下绣鞍，
援杯饮上几杯春酒。

我已记不得回去时是早是晚，
是谁把我扶上马，
醒来的时候，
已睡在红阁楼里。
忽然起了一阵狂风，
将卧床幔幕吹动。
我带着微微的酒意，
流连在芍药丛旁，
感叹西园里，
地上花片厚厚一层，
这可恶的东风，

将花儿吹落。
任凭光阴流逝,
我庆幸能在自家欢乐。

【说明】

这首词写送别后的离愁。作者借三个场景来表现这种苦愁。一是夕阳不肯收起它那最后一丝光辉,还留恋着孤城一角的栏杆,将自己的情绪和自然景观融为一体;二是借送别后短亭巧遇昔日情人,共援杯痛饮,借酒消愁;三借酒醒后在西园里观看被东风吹落的红芍药,引起了无限伤感。但最终作者又跳出了这种离愁别恨的圈子,而以任他光阴流逝,我还要自娱自乐作结,十分有力。

浪淘沙慢

周邦彦

昼阴重,霜凋岸草,雾隐城堞①,南陌脂车待发②,东门帐饮乍阕③。正拂面、垂杨堪揽结,掩红泪④,玉手亲折。念汉浦、离鸿去何许?经时信音绝。　　情切,望中地远天阔,向露冷风清,无人处,耿耿寒漏咽⑤。嗟万事难忘,惟是轻别。翠尊未竭,凭断云⑥、留取西楼残月。　　罗带光消纹衾叠,连环解、旧香顿歇;怨歌永、琼壶敲尽缺⑦。恨春去、不与人期,弄夜色、空余满地梨花雪。

【注释】

①城堞:城墙垛口。
②脂车:给车辖上涂油膏,表示要远行。
③乍阕:刚刚完了。
④红泪:血泪,指妇女的眼泪。
⑤耿耿:烦躁不安的样子。
⑥断云:一片云或孤云。

⑦琼壶敲尽缺：据史料载，东晋的大将军王敦酒后，常常一边吟咏着曹操的"老骥伏枥，志在千里。烈士暮年，壮心不已"的诗，一边用铁如意敲打着唾壶数着节拍，等咏完，壶口已尽缺破了。

【今译】

清晨阴霾重重，
岸边草木已被严霜凋谢，
城墙隐藏在大雾之中。
南边的官道上，
上好油的车子就要出发，
东门外帐篷里的别宴刚完。
拂面的垂柳还可用手揽住，
她用香帕揩去泪珠后，
亲手折枝为我送别。
我这汉水之滨的孤雁到哪里去呢？
时间久了，和她音信断绝。

相思之情极切时，
便登高远望，
只见天阔地远，
在这露寒风冷的无人之处，
心烦意乱，
听着一声声更漏，
像是谁在呜咽。
感叹这世间万物，
只有离别最难忘怀。
玉杯中的酒还未喝完，
期待着重逢时共饮。
天边的一片孤云，
能留住西楼外的一弯残月。

罗带上的色泽已经褪去,
绣花锦被乱叠着,
我俩被拆开,
她赠我的异香也已芳香失尽。
我不住地唱着忧怨之歌,
连玉壶口也被敲破了。
我恨春光,
不与约期,
便匆匆离去,
它只知道抚弄夜色,
空留下梨花满地如雪。

【说明】

这首词从不同的时间和角度叙说离愁别恨。时间从秋晨到秋夜,再到来年春天。多角度是指"玉手亲折",写离别之时;"嗟万事难忘,惟是轻别",写别后思念和后悔;下片写别后情断对人的折磨。最后都归结在恨春去不与人期,空余梨花满地如雪,极其雄壮有力。

应 天 长

周邦彦

条风布暖①,霏雾弄晴②,池台遍满春色。正是夜堂无月,沉沉暗寒食。梁间燕,前社客③,似笑我、闭门愁寂。乱花过、隔院芸香④,满地狼藉。　　长记那回时,邂逅相逢,郊外驻油壁⑤。又见汉宫传烛,飞烟五侯宅⑥。青青草,迷路陌。强载酒、细寻前迹。市桥远、柳下人家,犹自相识。

【注释】

①条风:条达万物之风,指春风。

②霏雾：晨雾。
③前社客：指燕子。
④芸香：一种香草。这里指飞花香气飘溢。
⑤油壁：油壁车，一种车厢上涂了油的车子。供妇女乘用。
⑥飞烟句：作者化用唐代韩翃的《寒食》诗。诗云："春城无处不飞花，寒食东风御柳斜。日暮汉宫传蜡烛，轻烟散入五侯家。"

【今译】

和煦春风温暖人间，
霏霏晨雾过后，
一片明媚新晴，
池塘绿水芳草，
春色盎然。
夜黑无月色，
我独自坐在屋堂前，
面对着，
这幽暗死寂的寒食夜。
社前的燕子，
在梁间翻飞，
似乎笑我闭门愁思。
一阵风吹过，
花片飞扬，
院里院外芳香四溢，
地上却是一片狼藉。

我不会忘记那年寒食节，
我们相逢在踏青的郊外，
你乘的是油壁小车。
今夜又见汴京里，
红烛传递，
五侯家里青烟袅袅。

郊外芳草萋萋,
往昔的路径已迷茫难辨。
我携带水酒,
细心寻找当日的踪迹。
街桥远处柳阴下的人家,
犹是从前的相识。

【说明】

这首《应天长》词写怀念旧情,作者在表现形式上突出了时间和空间的描述,并将它们和自己的情感编织在一起。上片从寒食早晨池台春色起,到夜晚坐堂悬想,再回到白天闭门愁思。下片追忆某年寒食节郊外踏青相遇,再到汴京寒食夜景,又逆回到寒食白日街桥寻旧迹。最后全归到"柳下人家,犹自相识",表达了作者那种旧情难忘,愿此情与长天共存的愿望,极其真挚感人。

夜 游 宫

周邦彦

叶下斜阳照水,卷轻浪、沉沉千里。桥上酸风射眸子[①],立多时,看黄昏,灯火市。 古屋寒窗底,听几片、井桐飞坠。不恋单衾再三起,有谁知,为萧娘[②],书一纸?

【注释】

①酸风:寒风,冷风。
②萧娘:唐人将自己所恋的女子称萧娘。这里大约指作者的爱人或恋人。

【今译】

树叶落在了夕阳映照的水面上,
秋风吹起,

不尽的流水,
深沉地流向千里之外。
桥头寒风吹得眼睛流泪,
我伫立多时,
一直到黄昏,
看满街灯火辉煌。

我睡在古屋的寒窗之下,
凝神静听着,
井旁几片桐叶的坠地声响。
我不留恋那秋夜暖人的单被,
一次次坐起身来,
有谁知道我的心思,
为了给她写一封相思信。

【说明】

本词写怀念家人的情思。作者从日落黄昏、满街灯火、夜深难眠三个方面着墨,烘托了这种情致,最后归结为给她写一封家书。词境极佳,韵味绵长。

更 漏 子

贺 铸

上东门,门外柳,赠别每烦纤手。一叶落,几番秋,江南独倚楼。　曲阑干,凝伫久,薄暮更堪搔首。无际恨,见闲愁,侵寻天尽头①。

【作者介绍】

贺铸(1052—1125)字方回,号庆湖遗老,卫州(治今河南汲县)人。曾任泗州、太平州通判,晚年退居吴下(今苏州)。工于词,亦能诗文。其词语意清新，用心甚苦，善于锤字炼句，并常用典及运用古乐府和唐人诗句入词。内容多刻画闺情离思，亦有嗟叹功名不就，纵酒狂放之作。词集名《贺方回词》，一名《东山词》。

【注释】
①侵寻：犹侵淫，渐进。

【今译】
当年上东门外，杨柳依依，
你以纤纤玉手
为我折柳赠别。
如今已是叶落时节，
几番秋尽，
我在江南独倚楼。

久久伫立在曲折的栏杆旁边，
天近黄昏，更令人忧伤烦闷，
无限的离恨、闲愁，
一直漫延至遥远的天边。

【说明】
这首词写恨别忆旧。诗人独自倚楼，久伫凝望，不禁追忆当年东门外，垂柳依依，折柳惜别。不想一别数载，几番叶落，无限的愁恨涌上心头，飘向天际。全篇以景衬情，通过不同的场景和时空的递更，抒发了诗人孤寂难耐的愁绪。篇幅虽短，却极富感染力。

青玉案

贺　铸

凌波不过横塘路①，但目送、芳尘去。锦瑟华年谁与度？月桥花院，琐窗朱户②，只有春知处。　　碧云冉冉蘅皋暮③，彩笔新题断肠句。试问闲愁都几许？一川烟草，满城风絮，梅子黄时雨。

【注释】

①凌波：指美人。横塘：大塘名，在今苏州市西南。
②琐窗：雕刻或绘有连环形花纹的窗。
③冉冉：慢慢地；渐进貌。蘅：香草名。皋：水边高地。

【今译】

你轻盈如凌波仙子般的步履，
从不曾来到横塘，
我只能怅然目送，
你翩然远去扬起的轻尘。
不知你美好如锦瑟的青春年华与谁共度？
是月光照耀下小桥旁边鲜花盛开的庭院？
抑或是在雕花窗前、朱红门内？
只有春知道。

天边的云彩缓缓流动，
河边的蘅草已为暮霭笼罩，
在这忧郁的黄昏，
我提笔写下令人断肠的诗句。
若问我的忧愁有几许？
就像那一川如烟的衰草，
满城飘洒的柳絮，
梅子黄时连绵不断的细雨。

【说明】

此词写作者偶遇佳人的倾心眷慕之情。上片化用曹植《洛神赋》"凌波微步，罗袜生尘"，由比而兴，描写了作者对佳人的痴情与痴想,手法细腻,感人至深。下片极言其"闲愁",即景抒情,寓情于景,写法新奇,兴中有比,意味深长。尤其结尾数句,一问三答,被誉为绝唱!贺铸此词历来为词人所推崇而享有盛名,在当时即因"梅子黄时雨"而有"贺梅子"的戏称,可见影响之大。

感 皇 恩

贺 铸

兰芷满汀洲①,游丝横路。罗袜尘生步,迎顾。整鬟颦黛②,脉脉两情难语。细风吹柳絮、人南渡。　　回首旧游,山无重数。花底深、朱户何处?半黄梅子,向晚一帘疏雨。断魂分付与、春将去。

【注释】

①兰芷:兰,兰草;芷,白芷,均为香草名。汀洲:水边或水中平地。

②颦:皱;皱眉。黛:青黑色的颜料,古代女子用以画眉。引申为妇女眉毛的代称。

【今译】

水边长满的香兰、白芷,
散发着馥郁的芳香;
柳絮如丝,
飘荡在小径的上方。
你迈着轻盈的步履向我迎来,
略整秀发,微皱双眉,
我们俩脉脉含情,相互凝视,
难以诉说彼此之间那份深情。
微风吹起柳絮,
你无法自主的命运,

如同随风飘荡的柳絮一样,
终于离开我南渡而去。

回顾我俩曾共游的旧地,
已是山隔无重数。
花深叶茂,
你精美的闺房在何处?
梅子已经半黄,
傍晚,帘外飘起了疏疏的细雨,
使人倍添愁绪。
这已是破碎的灵魂啊,
交付与春天一同归去吧。

【说明】

此词内容与《青玉案》略同。上片描写暮春景色,借景抒情。与伊人相会,眉目顾盼,却两情难语。着重抒写对伊人的倾慕之情。末一笔"人南渡"飘然逝去,使人顿生仙幻之感,更加神往。下片写诗人回忆旧游,借景渲染,直抒愁肠,倾诉了内心的落寞怅怀。这首词内容虽与《青玉案》略同,但在描写上各有侧重,风格亦显得空灵幽洁、清疏淡远。

薄　幸

贺　铸

淡妆多态,更的的①、频回眄睐②。便认得琴心先许,欲绾合欢双带③。记画堂、风月逢迎,轻颦浅笑娇无奈。向睡鸭炉边,翔鸳屏里,羞把香罗暗解。　　自过了烧灯后,都不见踏青挑菜④。几回凭双燕,丁宁深意⑤,往来却恨重帘碍。约何时再,正春浓酒困,人闲昼永无聊赖。厌厌睡起,犹有花梢日在。

【注释】

①的的：明媚貌。

②盼睐：顾盼。

③绾（wǎn）：系结。合欢双带。即合欢结，以绣带结成双结，以示欢爱。

④挑菜：古时二月初二为挑菜节。

⑤丁宁：亦作"叮咛"，一再嘱咐。

【今译】

你淡妆素裹，
更显得明丽动人，媚态百生，
你对我频频回首，
美目盼顾，暗送秋波。
我知你已把一颗芳心暗许，
愿与我共结合欢带。
还记得画堂里，
在那个清风明月夜，
你轻颦浅笑，娇羞可爱，
在睡鸭形的香炉边，
在绘有双飞鸳鸯的屏风里，
你害羞地将香罗裙悄悄解开。

自从过了元宵灯节以后，
一直到踏青挑菜节，
也不曾见你的倩影。
多少次想托双飞燕子，
捎去我对你的一片深情蜜语，
却恨重重的帘帐，
隔断了往来的路径。
何时再相约呢？

正是春浓时分,
我独自饮酒酩酊,
百无聊赖的心情中
白天显得特别漫长,
从寂然昏睡中醒来,
只见花儿枝头,
依旧是日头高照。

【说明】
　　此词叙写与情人热恋欢会以及离别后的相思之苦,写得缠绵悱恻,一往情深。上片刻画了伊人的娇美姿态、倾心相许及幽会欢情,是热恋过程的简史。下片述男主人公期盼重逢的急切、焦虑和怅恨,以及不得再见的百无聊赖。此词写作颇有独到之处,以情随事,以景衬情,熔叙事、抒情、布景于一炉,叙事有层次,抒情显跌宕,因而既有一定的故事性,又有较细致的人物刻画。

浣 溪 沙

贺　铸

不信芳春厌老人,老人几度送余春,惜春行乐莫辞频。
巧笑艳歌皆我意,恼花颠酒拚君嗔,物情惟有醉中真。

【今译】
我不相信连美丽的春天也嫌恶老人,
我曾许多次依依送别余春,
珍惜春天,及时行乐,不要嫌频。

美人的巧笑艳歌皆合我意,
惜花至恼,饮酒至狂,任君嗔怪。
我只认定,惟有醉中才有真情在。

【说明】

　　从此词的内容来看,当是作者晚年退居时写的作品。"人生得意须尽欢,莫使金樽空对月"。暮年的诗人,似乎才识透物理人情,似乎才体会到光阴的可贵。所以,留恋春光,及时行乐,是这首词的主旨。全词情意真切,豪放不羁,语言清新,风格明快。

浣　溪　沙

贺　铸

　　楼角初消一缕霞,淡黄杨柳暗栖鸦,美人和月摘梅花。笑捻粉香归洞户①,更垂帘幕护窗纱,东风寒似夜来些。

【注释】

　　①捻:用手指搓转。

【今译】

　　楼角旁最后的一缕余晖刚刚消失,
　　淡黄的嫩柳枝上
　　静悄悄栖息着归鸦,
　　美丽的人儿趁着月色在摘取梅花。

　　她面带微笑,
　　手捻着散发清香的梅枝,
　　回到了精美的闺房,
　　又垂下帘幕遮护着窗纱,
　　东风阵阵,
　　似乎比入夜时更加寒冷了。

【说明】

　　此词的上片描绘出一幅初春的月下玉人,映衬在一缕缕红霞、条条嫩黄的垂柳下，轻举纤手，摘取梅花的图画。画面静中有动，撩人欲置身其中。下片写玉人含笑捻花，返身归房，垂下帘幕，遮窗御寒。全词意境清幽淡雅，句句绮丽，字字清新，精炼含蓄，似言有尽而意无穷，给人以丰富的想象。尤"淡黄杨柳暗栖鸦"句，前人评曰："写景咏物，造微入妙。"（沈际飞《草堂诗余正集》）

石 州 慢

贺 铸

薄雨收寒，斜照弄晴，春意空阔。长亭柳色才黄，倚马何人先折？烟横水漫，映带几点归鸿，平沙消尽龙荒雪①。犹记出关来，恰如今时节。　　将发，画楼芳酒，红泪清歌，便成轻别。回首经年，杳杳音尘都绝。欲知方寸②，共有几许新愁？芭蕉不展丁香结③。憔悴一天涯，两厌厌风月。

【注释】

①龙荒：一作龙沙。泛指塞外沙漠地区。
②方寸：指心。
③芭蕉不展丁香结：此句形容忧郁的情怀，是李商隐《代赠》诗句。丁香结，丁香的花蕾。唐宋诗词中多用于比喻愁思郁结不解。

【今译】

细雨初止，寒意稍敛，
雨后的斜阳，
辉映出一派新晴，
空明辽阔的景色中漾着春意。
长亭边柳色才黄，
不知已被何人倚马先折？
烟雾迷离的茫茫水面，
映照出几点归鸿。

一望无际的沙漠上，
皑皑白雪已消尽了，
还记得出关时，
正是现在这个时节。

想当初即将远行之时，
于画楼之上设酒饯别。
佳人珠泪涟涟，唱起了凄伤的歌曲，
就这样轻易辞别。
回首往事，已过去了数年，
彼此音信杳杳，两相隔绝。
若要知道，我这颗心中，
究竟有多少新愁，
正如那卷曲不展的芭蕉叶，
丁香花蕾难解的结。
身在天涯人憔悴，
你我天各一方，
同对清风明月，
忍受着相思的苦痛。

【说明】

　　此词写离别相思之情。上片主要写景，描绘早春初晴的黄昏景象，由近而远，层次井然，意境开阔。上片虽写景，却通过折柳归鸿暗言情事，末句则直指离别情意。下片由写景转而叙事，先忆当年画楼饮酒，洒泪作歌而别，不想别后音信杳无，心中离别相思之情历年愈久而愈长，使人望断天涯，不堪清风明月。贺铸写作此词，极尽雕琢，的确是有感而发（参见王灼《碧鸡漫志》、吴曾《能改斋漫录》）。词作虽意在抒发离情别绪，却能于写景、叙事中寄托之，不愧人称其工于言情。

蝶 恋 花

贺 铸

几许伤春春复暮,杨柳清阴,偏碍游丝度。天际小山桃叶步①,白蘋花满湔裙处②。 竟日微吟长短句,帘影灯昏,心寄胡琴语。数点雨声风约住,朦胧淡月云来去。

【注释】
①桃叶:晋王献之妾名,这里代指女子。
②湔(jiān):洗。

【今译】
多么痛惜春天的逝去,
可依然又是春暮,
杨柳垂垂,遮出一片清荫,
妨碍了如游丝般的柳絮飞舞。
天边的小山上,
曾有美人悠闲漫步,
她曾经浣洗衣裙的地方
如今已是白蘋花盛开。

我整日低吟着思念她的诗句,
在夜晚如豆的灯火下,
帘影晃动,
我弹起胡琴寄托我的心事。
窗外响起了几点雨声,
风儿刚刚止住,
一轮淡淡的月牙儿
在云朵间移动,
投下朦胧的清辉。

【说明】

此词写诗人孤寂之情。上片描写令人伤感的暮春景色，浓密的垂柳，使游丝不度，信佛遮住了诗人的视线，使人只能想见伊人曾经闲步、浣衣之外，由此牵动诗人的只有吟诗、弄琴，以寄愁情。全词凄清哀婉，语浅意深。

天 门 谣

贺 铸

牛渚天门险，限南北、七雄豪占。清雾敛，与闲人登览。待月上潮平波滟滟①，塞管轻吹新阿滥②。风满槛，历历数，西州更点。

【注释】

①滟滟：水光。
②阿滥：即《阿滥堆》，曲名。《中朝故事》云：骊山有鸟名阿滥堆，唐玄宗以其声翻为曲，人竞效吹。

【今译】

牛渚矶自古有天门之险，
隔断了大江南北，
历来为七个朝代雄踞豪占。
清雾散去，
我与朋友一起登高望远。

等到月亮初升，
江水潮平，水波滟滟，
远处传来塞管吹奏的新曲《阿滥》。
清风满亭槛，
传送来西州打更的鼓点。

【说明】

　　这是一篇登临怀古之作。登临之境是自古兵家必争之地的牛渚天门，因其险峻，阻断南北，曾为七个朝代据以偏安。随着国家的统一，昔日的古要塞，而今只能留给闲情逸致的人们登临游览了。寥寥数语，道尽千古兴亡之慨，语言凝炼，笔力遒劲。接下笔锋急转，写期待与想象中的可见可闻之景，颇似画中景象，虚景实写，若即若离。末句"历历数，西州更点"，更使人抚今追昔，感慨万千。

天　香

贺　铸

　　烟络横林①，山沉远照，迤逦黄昏钟鼓。烛映帘栊②，蛩催机杼③，共苦清秋风露。不眠思妇，齐应和、几声砧杵④。惊动天涯倦宦，骎骎岁华行暮⑤。　　当年酒狂自负，谓东君⑥，以春相付。流浪征骖北道⑦，客樯南浦⑧，幽恨无人晤语。赖明月、曾知旧游处，好伴云来，还将梦去。

【注释】

①烟络：即烟霭。

②栊（lóng）：窗上棂木。

③蛩（qióng）：蟋蟀。机杼（zhù）：指织布机，引申为纺织。

④砧（zhēn）杵（chǔ）：捣衣具。砧，捣衣石；杵，槌棒。

⑤骎（qīn）骎：马奔驰的样子。这里用来比喻时间迅速消逝。

⑥东君：司春之神。

⑦征骖（cān）：战马。

⑧樯：船。

【今译】

　　寒林烟横雾绕，

远山夕阳斜照,
黄昏的钟鼓声在山林间迤逦萦绕。
孤灯映照着帘栊,
秋蛩声声催织布,
我们同为这清秋风露所苦。
思念远方丈夫的妇人
彻夜难眠,
伴着虫鸣捣砧杵。
这秋夜凄凉的声音,
惊动了浪迹天涯的倦客,
蓦然发觉岁月如快马飞奔,
不知不觉已是岁暮。

想当年饮酒伴狂,年少自负,
只说司春之神,
将永远把大好春光交付。
谁料想多年来四处漂泊,
时而策马北道,
时而驾舟南浦,
满腔幽怨无人可诉。
幸有明月知道我们旧游处,
就请它伴着化作彩云的她而来,
再将我思念她的梦魂带走。

【说明】

这是一首悲秋怀人,感慨人世沧桑之作。上片描绘悲凉的秋日晚景,由此而牵出词人天涯倦宦及怀人之情和对年华易逝、行将暮年的感慨。下片追忆往事,叹年少自负,浪迹南北,壮志难酬,衷肠难诉。这无限孤寂的情怀只有寄付明月,以慰藉词人的心灵。这首词笔力雄劲,沉郁悲愤,前人评其为:"横空盘硬语"(朱孝臧《手批东山乐府》)。

望 湘 人

贺 铸

厌莺声到枕，花气动帘，醉魂愁梦相半。被惜余薰，带惊剩眼，几许伤春春晚。泪竹痕鲜①，佩兰香老，湘天浓暖记小江。风月佳时，屡约非烟游伴②。　须信鸾弦易断，奈云和再鼓③，曲中人远。认罗袜无踪、旧处弄波清浅。青翰棹枒④，白蘋洲畔，尽目临皋飞观。不解寄、一字相思，幸有归来双燕。

【注释】
①泪竹：相传舜有二妃，舜死后，二妃泪洒竹枝，成为斑竹。
②非烟：唐武公之妾，姓步。皇甫枚有《非烟传》。此处借指情人。
③云和：乐器名。器首为云象。琴瑟均可称。
④青翰：船名。船上刻有鸟形，涂以青色。枒（yǐ）：同"舣"，船靠岸。

【今译】
可恼的黄莺鸣啭声传到枕边，
馥郁的花香气浮动在帘间，
将我从醉乡愁梦中唤醒。
被上犹有美人的余香
衣带迅速地变宽令我惊诧，
无比伤春春已晚。
湘妃斑竹，泪痕犹鲜，
屈子佩兰，香气已老，
南国的天气却是一派浓暖。
犹记得还是在这小江之畔，
清风明月做伴的良辰佳时，

我曾不止一次与恋人相约游玩。

看来爱情就如莺弦一般易断,
虽有琴瑟再奏,
但曲声未尽,人已远。
遍寻芳迹无踪,
旧日同游处惟有清波涟涟。
登上高楼放眼望,
只见绘有青鸟的画舫
停泊在盛开着白蘋花的洲畔。
不料想她竟然没有只字寄相思,
幸亏有归来的旧时双燕。

【说明】

　　这是一首伤别怀人之作。上片起句以"厌"字领起,通过春意盎然的欢景反衬梦魂愁醉的悲情。接下写内心交织的睹物惜春、自怜怀人的种种感受,故前人评曰:"厌字嶙峋"(沈际飞《草堂诗余正集》)、"意致浓腴"(黄蓼园《蓼园词选》)。下片直抒胸臆,写词人内心的绝望与孤寂,以及登高望远,景依旧而人无踪的怅怀。末句结以"幸有归来双燕",寄托了词人凄清的希冀。此词"曲意不断,折中有折",上片由景衬情,下片由情入景,正如李攀龙所评:"词虽婉丽,意实展转不尽,诵之隐隐如奏清庙朱弦,一唱三叹。"(《草堂诗余隽》)

绿 头 鸭

贺　铸

　　玉人家,画楼珠箔临津①。托微风彩箫流怨,断肠马上曾闻。宴堂开、艳妆丛里,调琴思、认歌颦。麝蜡烟浓,玉莲漏

213

短,更衣不待酒初醺。绣屏掩,枕鸳相就,香气渐暾暾②。回廊影,疏钟淡月,几许消魂? 翠钗分、银笺封泪,舞鞋从此生尘。任兰舟,载将离恨,转南浦,背西曛③。记取明年,蔷薇谢后,佳期应未误行云。凤城远④,楚梅香嫩,先寄一枝春。青门外,只凭芳草,寻访郎君。

【注释】
①珠箔:即珠帘。
②暾(tūn)暾:香气浓烈。
③曛(xūn):落日之余光。
④凤城:旧时京都的别称,谓帝王所居之城。相传秦穆公女弄玉,吹箫引凤,凤降京城,故名。

【今译】
我心上人的家,
就在那临近渡口、挂着珠帘的画楼之上。
美人楼上吹箫,
无限幽怨随着微风送远,
我在马上听闻,
也不禁为之心碎。
酒筵宴席上,
在艳妆打扮的佳人丛中,
我从琴声中传递出的情思,
歌声中透出的清怨,
与她两心相通。
香烛不知不觉已待尽,
烟气氤氲,
时光过得太快,
等不得酒意微醺,
我与她更衣就枕。
轻掩绣屏,

鸯枕上相依相亲，
此时只觉满室生春，香气浓烈。
月亮洒下清辉，
映出曲曲折折回廊的影子，
远处传来数声钟鸣，
此情此景，怎不令我为之消魂？

自从你我分钗离别，
银笺上泪痕斑斑，
舞鞋从此生尘。
任凭一叶小舟，
载满我的离愁别恨，
辗转南江，
远离了西边落日的余晖。
请记住待到明年，
蔷薇凋谢以后，
是我俩相约的佳期，
切莫耽误。
你在遥远的京都，
这里楚地的梅花已散发出清香，
我先为你寄去一枝，
送去春的讯息。
到时青门城外，
只要看见芳草遍生，
你就可与我相亲相近。

【说明】

词写男女欢情及离思。上片层层推进，逐次展开。先描绘玉人画楼临津，引人注目；次写幽怨箫声，使人牵肠。至此尚"不识庐山真面目"，所以下片写在宴堂上众艳中依琴歌才断识伊人并一见钟情、幽会欢爱的情状。下片曲意展转,腾挪多变。自分钗别后,伊人信笺封泪,舞鞋生尘,显见其百无聊赖。男主人公载着离恨,远行而去。虽天各一方,仍希冀佳期再会;虽相距迢迢,仍不忘折取梅枝,寄上相思。末句设想再会时的场景。此词绮丽婉媚,虽写悲欢离合,却极富有情趣。

石 州 慢

张元幹

　　寒水依痕,春意渐回,沙际烟阔。溪梅晴照生香,冷蕊数枝争发。天涯旧恨,试看几许消魂?长亭门外山重叠。不尽眼中青,是愁来时节。　　情切,画楼深闭,想见东风,暗消肌雪。辜负枕前云雨,尊前花月。心期切处,更有多少凄凉,殷勤留与归时说。到得再相逢,恰经年离别。

【作者介绍】

　　张元幹(1091—1160)字仲宗,号芦川居士,长乐(今属福建)人。官至将作监丞。曾因作词赠送主战派胡铨,触怒秦桧,削除官籍。其词中《贺新郎》二篇风格豪迈,慷慨悲凉,为南宋词中的名作,其他作品则多清丽婉转,又极妩秀之致。有《芦川词》等。

【今译】

寒水消退,
岸边留下依稀的痕迹,
平沙空阔,一望无际,
春天正从天边渐回。
溪边梅花在阳光的照耀下,
散发出阵阵的香气,
几枝冷蕊竞相开放。
可浪迹天涯的多年幽恨,

多么令我心碎？！
长亭门外重峦叠嶂。
映入眼帘的是不尽的青色，
正是勾人离愁的时节。

思念你的心情愈来愈深切，
想你画楼紧闭，
在东风中，
雪白的肌肤渐渐消瘦。
辜负了枕前的柔情蜜意，
樽前的风花雪月。
期望与你重逢的心情，
有多么凄凉，
只有留待归去时向你细说。
到得再相逢时，
恰已是离别经年。

【说明】

　　词写离乡后的思归怀人之情。上片先写冬去春来，大地回春，充满生机的初春景象。与此形成对照的是，这美丽的景色并未能令词人欣喜，反而勾起"天涯旧恨"无数。下片设想闺中伊人对己的思念，虚景实写。《蓼园词选》中说："仲宗于绍兴中，坐送胡铨及李纲词除名。起三句是望天意之回。'寒枝竞发'，是望谪者复用也。'天涯旧恨'至'时节'，是目断中原又恐不明也。'想见东风消肌雪'是远念同心者应亦瘦损也。'负枕前之雨'，是借夫妇以喻朋友也。因送友而除名，不得已而托于思家，意亦苦矣。"恐有过于坐实之嫌。

兰 陵 王

张元幹

卷珠箔,朝雨轻阴乍阁①。栏杆外,烟柳弄晴,芳草侵阶映红药。东风妒花恶,吹落梢头嫩萼。屏山掩,沉水倦熏②,中酒心情怯杯勺。　　寻思旧京洛③,正年少疏狂,歌笑迷著。障泥油壁催梳掠④,曾驰道同载,上林携手⑤,灯夜初过早共约,又争信飘泊。　　寂莫,念行乐。甚粉淡衣襟,音断弦索,琼枝璧月春如昨。怅别后华表⑥,那回双鹤。相思除是,向醉里,暂忘却。

【注释】

①乍阁:初停。阁,同搁。
②沉水:香料。
③旧京洛:指沦陷时的汴京和洛阳。北宋以汴京为东京,洛阳为西京。
④障泥油壁催梳掠:出游的车马已备,催着梳妆出发。障泥:马鞯,因垫在马鞍下,垂于马背两旁以挡泥,故称。
⑤上林:秦汉时皇帝的花园,在长安西面,周围数百里。这里指汴京的园林。
⑥华表:设于陵墓、宫殿或城楼前的石柱。

【今译】

卷起珠帘,
清晨的小雨刚刚停歇。
栏杆外,
如烟丝柳在晴照下摇摆,
芳草伸延至台阶下,
与鲜红的芍药花交相辉映。
东风嫉妒花的娇美,
吹落了梢头的嫩萼。

我紧掩屏风，点燃沉香，
整日病酒，已怕见酒杯。

回想旧日京都，
正当年少，狂放不羁，
沉迷于歌舞场中。
备好华丽的马车，
催促美人梳妆打扮，
一起驱车奔驰在大道，
又一起携手同游京都林苑。
元宵灯节刚过就早早订下佳约，
那时又怎么能相信，
我将独自漂泊？

我多么寂寞，
想起往日纵情作乐，
如今襟上的粉香早已消退；
意中人的消息如弦索断绝。
正是花好月圆，
春天还如昨日一般，
可已物是人非徒增忧伤，
自从别后，
那华表上的双鹤也似在说，
远去的人儿为什么不回，
这满腔的相思之情啊，
除非是喝得酩酊大醉，
方能暂时忘却。

【说明】
此词别本题作"春恨"，实则借"春恨"抒发思念故国之深情。

上片描写暮春景象；中片追忆旧京洛阳盛时行乐情事，至"又争信"，笔锋陡转，由往事中拉回到现实，欢快的笔调骤然刹住，自然而然转入第三片，写漂泊异乡的黍离之恨和别后相思。"琼枝璧月春如昨"，写美好的春天还如同昨日一般，物是人非之感溢于言表。结句沉痛至极，对故国的无限思念尽在不言之中。全词铺排有叙，层次分明，环环相扣，是一篇抒发爱国情思的佳作。

贺 新 郎

叶梦得

睡起流莺语，掩苍苔、房栊向晚，乱红无数。吹尽残花无人见，惟有垂扬自舞。渐暖霭、初回轻暑，宝扇重寻明月影，暗尘侵、上有乘鸾女①。惊旧恨，遽如许。　　江南梦断横江渚，浪粘天、葡萄涨绿②，半空烟雨。无限楼前沧波意，谁采蘋花寄取？但怅望、兰舟容与。万里云帆何时到？送孤鸿，目断千山阻。谁为我，唱《金缕》③。

【作者介绍】

叶梦得（1077—1148）字少蕴，号石林居士，吴县（今属江苏）人。绍圣四年进士，累官龙图阁直学士。学问博洽，精熟掌故，前期词甚婉丽，晚岁落其华而实之，能于简淡时出雄杰，风格接近苏轼，间有感怀时事之作。亦能诗。著有《石林居士建康集》、《石林燕语》等。

【注释】

①乘鸾女：扇上所绘的仕女图画。《龙城录》："九月望日，明皇游月宫，见素娥千余人，皆皓衣乘白鸾"。

②葡萄涨绿：新涨绿水，如葡萄初酿之色。李白《襄阳歌》："遥看汉水鸭头绿，恰似葡萄初酦醅"。

③金缕：唐所传曲名。

【今译】
睡起只闻莺声婉转。
天色已晚,
只见青苔点点,乱红缤纷,
吹尽残花也没有人看见。
惟有垂垂杨柳风中自舞。
天气渐暖,刚近初暑,
找出旧日用过的宝扇,
想重寻明月的清影,
只见上面画着乘鸾的仙女,
已为积尘侵染得面目模糊。
隐藏于内心深处的怨恨,
霎时间骤涌心头,
令我自己都感到惊讶。

江南旧事如昨梦前尘已断,
洲渚横江,
江水清绿如葡萄初酸醅。
碧浪连天,化作半空烟雨。
遥想伊人楼前
也正是烟波苍茫,
又有谁能采蘋花寄去我的相思之意?
我怅然地望着江边静横的小舟,
我与他相隔万里,
何时才能抵达那里?
我目送着天际孤鸿,
前方却有千山阻隔,
谁将为我,弹唱那首《金缕》妙曲?

【说明】
词为怀念远人之作。上片写词人午睡乍醒时所见所闻所思。手法上以动写静。以莺语婉转,垂杨自舞,反衬出空寂之感。以宝扇蒙尘,写岁月流逝,物与人均已为无情时光所磨砺改变。"惊旧恨,遽如许",写睹物思人,由宝扇上的乘鸾女勾起词人对伊人的无限思念,郁积于心底的旧恨顿时涌上心头,此恨之幽深,令词人自己也惊诧。下片"梦断"点明所恨为何。接下写所思念的伊人所居的江南风光。末几句写两人相隔万里,为重山所阻,难递情意。"谁为我,唱金缕"("金缕"即杜秋娘之《金缕衣》),写词人叹息青春年华虚度。

虞美人

叶梦得

雨后同幹誉、才卿置酒来禽花下作①

落花已作风前舞,又送黄昏雨。晓来庭院半残红,惟有游丝,千丈袅晴空②。　　殷勤花下同携手,更尽杯中酒。美人不用敛蛾眉,我亦多情,无奈酒阑时③。

【注释】

①来禽:果名。即林檎,亦名花红、沙果。果味甘似苹果,以其果林能招众禽,故名。
②袅晴空:袅,缭绕飞舞貌。此言游丝在晴空中缭绕飞舞。
③阑:残尽。

【今译】

落花在风中飞舞,
更堪黄昏雨。
清晨,院中半铺残红,
惟有游丝在晴空中高高飘扬。

我殷勤地邀请友人花下同游,
又一同豪饮杯中美酒,
美人啊,你不用皱起秀眉,
我也如你一样多情伤感,
在这酒阑人散之时尤感凄楚。

【说明】

词写惜春。上片首两句"落花"为主语,于风前舞,"又送黄昏雨"。这里被风雨摧残凋零的落花以主语出现,给人以不同寻常的郎阔之感。"晓来庭院半残红,惟有情丝,千丈袅晴空",上句哀婉,但紧接着情绪随袅浮千丈的游丝而扬起,使人顿生高骞之意,下片紧扣上片意象,写词人殷勤邀约朋友于花下饮酒。眼前虽已是暮春景色,残红遍地,但词人却频频劝道:"更进一杯酒。"并劝慰美人无须为此敛皱蛾眉,词人宽慰道:并非我无情,我亦如你一般为落花伤惜无奈。由对美人的劝慰点出词的主旨:伤春惜时,劝人及时行乐的思想。全词景情相生,环环相扣,手法上以健笔写柔情,于哀婉中见高朗,于伤感中见明快。

点 绛 唇

汪 藻

新月娟娟①,夜寒江静山衔斗②。起来搔首,梅影横窗瘦。好个霜天,闲却传杯手。君知否?乱鸦啼后,归兴浓如酒。

【作者介绍】

汪藻(1079—1154)字彦章,德兴(今属江西)人。崇宁三年进士,曾任翰林学士。工骈文。其诗初学江西派,后学苏轼。词亦美赡。著有《浮溪集》,已佚,清人有辑本。

【注释】

①娟娟：美好的样子。
②山衔斗：此指远山与北斗星相接。

【今译】

一轮新月挂在天边，
寒冷的夜晚，澄江如练，
远山与夜空的星斗相连，
我心绪烦闷，彻夜难眠，
只见梅枝的瘦影映在窗帘。

好一个清冷的霜天，
却无朋友相伴，
将酒杯闲置一边，
你可知道？
每当乱鸦啼噪之后，
我思归的心情比醇酒还酽。

【说明】

上片写景，由远及近，远山与星斗相连，梅影在窗前横斜。"搔首"二字，点出了词人心境之不平静。下片抒情，"闲却传杯手"，说明作者索居独处，已不再参与官场宴会。"乱鸦啼后，归兴浓于酒"。这里的"乱鸦"，据有关史书载似有所指，喻指官场中一群小人。由此句可以看出，作者已非常厌倦官宦生涯，思归的意念比思酒的兴致还要浓厚。词乃有所寄托之作，非一般写景抒情，但表现手法含蓄蕴藉，怨而不怒。

喜 迁 莺

刘一止

晓　行①

晓光催角，听宿鸟未惊，邻鸡先觉。迤逦烟村，马嘶人起，残月尚穿林薄②。泪痕带霜微凝，酒力冲寒犹弱。叹倦客，悄不禁重染，风尘京洛③。　　追念人别后，心事万重，难觅孤鸿托。翠幌娇深④，曲屏香暖，争念岁华飘泊。怨月恨花烦恼，不是不曾经著。这情味，望一成消减⑤，新来还恶。

【作者介绍】

刘一止（1078—1161）字行简，湖州归安（今浙江湖州）人，宣和三年进士。曾任秘书省校书郎、给事中、敷文阁待制。著有《苕溪乐章》

【注释】

①晓行：陈振孙云："行简是词盛称京师，号'刘晓行'。"(《直斋书录解题》)可见此词在当时的影响。

②林薄：草木丛生的地方。

③风尘京洛：晋陆机《为顾彦先赠妇》诗"京洛多风尘，素衣化为缁。"此化用其句。

④翠幌：幌，布幔、帷幔。翠幌：华丽的帷幔。

⑤一成：犹"渐渐"意。宋词中常见，如苏轼《洞仙歌·咏柳》："断肠是飞絮时，绿叶成阴，无个事，一成消瘦。"

【今译】

晨光中响起号角，
催人踏上征程。
树上的栖鸟未曾惊觉，
邻舍的雄鸡已在啼鸣。

远方的村落烟笼雾罩,
迤逦曲折伸向远方。
马儿嘶鸣,征人起身,
只见尚有残月透过疏林,
洒下幽幽的清辉。
脸上未干的泪痕
遇霜微凝,
纵有酒力,
也难抵这清晨的寒冷。
叹惜我这疲倦的游子,
不得不再染京都的风尘。

追念与妻别后,
心事万重,
却难觅孤鸿寄托。
想家中悬挂着重重华丽的帏幔,
屏风后香气浓暖,
又怎能想到在这寒冷的岁暮时节,
我独自漂泊之苦。
这种怨月恨花的烦恼,
不是不曾经过,
只想这滋味
会随着时间的推移而消减,
谁想到近来却愈来愈深重。

【说明】

这首词为词人晓行思家之作。"晓光催角",点明时间为拂晓时分,"宿鸟"七句,以白描手法真切写出词人晓行时所见所闻所感:雄鸡报晓,马儿嘶鸣,村落为如烟晨雾笼罩,一轮残月穿过树林照在林间空阔之处。晓行之人面上泪痕未干,遇霜微凝,虽然饮过酒,但绵薄的酒力难抵清晨透骨的寒冷。许昂霄曰:"'宿鸟'以下七句,字字真切,觉晓行情景宛在目前。"(《词综偶评》)下片转入怀人,描写心理活动细致入微。陈振孙云:"行简是词盛称京师,号'刘晓行'。"(《直斋书录解题》)

高 阳 台

韩 疁

除 夜

频听银签①,重然绛蜡②,年华衮衮惊心③。饯旧迎新,能消几刻光阴?老来可惯通宵饮?待不眠,还怕寒侵。掩清尊,多谢梅花,伴我微吟。　　邻娃已试春妆了,更蜂腰簇翠,燕股横金④。勾引东风,也知芳思难禁⑤。朱颜哪有年年好,逞艳游,赢取如今。恣登临,残雪楼台,迟日园林。

【作者介绍】

韩疁:字子耕,号萧闲。著有《萧闲词》,今存六首。

【注释】

①银签:此指更漏,古时用以计时。
②重然绛蜡:然,同"燃"。绛蜡。指红烛,红色的蜡烛。此句意谓重又燃起红烛。
③衮衮:谓相继不绝。多指流水,亦作"滚滚",如杜甫《登高》诗:"无边落木萧萧下,不尽长江衮衮来。"此处用以形容岁月匆匆而过。
④蜂腰簇翠,燕股横金:谓剪彩为蜂为燕以装饰鬓发,形容邻家少女鬓发上华艳的装饰。
⑤芳思:指情思。

【今译】

谛听那银色漏壶滴答的漏声,
重新点燃红烛。
时光的飞逝令人心惊,
辞旧迎新,
还能消磨几多光阴?
年老后可还习惯通宵畅饮?
待要不眠,
又怕抵挡不住夜寒的袭侵。
将酒杯搁置起来,
多亏尚有梅花,
伴我微吟。

邻舍的少女已在试春妆,
乌黑的秀发上簪金插翠,
引得东风
也知道少女难禁怀春之情。
红颜又怎么可能年年如此娇好?
趁着青春年少,
赶快游乐吧,
把握住今朝。
快去恣意登临,
那尚有残雪的高高楼台,
观赏斜阳下的园林风景。

【说明】

词写词人除夕守夜时的心情。上片叹"年华衮衮惊心",词人年事已高,独自守岁,惟有梅花做伴,浅饮低咏。词不直言,读者却自可体会到老人那寂寞伤时之情。下片词风陡转,写邻娃试春妆,打扮得簇然一新,花枝招展。"朱颜那有年年好,逞艳游,赢取如今。"词人在此发出议论，点明主题：青春良辰，岂能永驻，"劝君惜取少年时"，尽情地享受生活吧！

汉 宫 春

李 邴

潇洒江梅，向竹梢疏处，横两三枝。东君也不爱惜①。雪压霜欺。无情燕子，怕春寒、轻失花期。却是有、年年塞雁，归来曾见开时。　　清浅小溪如练，问玉堂何似②，茅舍疏篱？伤心故人去后，冷落新诗，微云淡月，对江天、分付他谁？空自忆、清香未减，风流不在人知。

【作者介绍】

李邴（1085—1146）字汉老，号云龛居士，济州任城（今山东济宁）人。崇宁五年进士，曾任翰林学士、参知政事、资政殿学士。其词富丽，有"南渡三词人"之称。著有《云龛草堂集》，不传。《全宋词》存其词十二首。

【注释】

①东君：同"东帝"，指司春之神。《全唐诗》录成彦雄《柳枝词》之三："东君爱惜与先春，草泽无人处也新。"

②玉堂：泛称华贵的宅第。《乐府诗集·相逢行古辞》："黄金为君门，白玉为君堂。"

【今译】

江边梅花向竹梢疏处
潇洒地横逸出两三枝。
司春之神也不爱惜，
雪压霜欺。
无情的燕子，

因怕春寒,
误了花期。
却有那塞外大雁,
年年归来,
曾见梅花开时。

清浅的小溪如银练,
问白玉砌成的高堂,
又哪里比得上茅舍疏篱?
伤心的只是,
自从故人去后,
再也无人与我吟诵新诗。
微云淡月之下,
我独对江天,
无人可语。
空自忆,
梅花清香不减,
自在风流潇洒,
不管是否有人知。

【说明】

词赋梅花,不着墨于梅之形,而着力于梅之神,集中刻画了梅花不畏霜雪,潇洒独处,自甘淡泊的超逸品格。透过词中爱梅怜梅之语,可见词人以梅花自励、自况之意。

临 江 仙

陈与义

高咏楚辞酬午日[①],天涯节序匆匆。榴花不似舞裙红,无人知此意,歌罢满帘风。　　万事一身伤老矣,戎葵凝笑墙东[②]。

酒杯深浅去年同,试浇桥下水,今夕到湘中。

【作者介绍】

陈与义(1090—1138)字去非,自号简斋居士,洛阳(今属河南)人。官至参知政事。其词不多,但语意超绝。诗词与黄庭坚、陈师道齐名。著作有《简斋集》、《无住词》。

【注释】

①午日:端午节的简称,指夏历五月五日。
②戎葵:即蜀葵,亦称"一丈红"。栽培供观赏。宋黄庭坚《豫章集·次韵文潜休沐不出》诗之二有:"戎葵一笑粲,露井百尺深。"

【今译】

我高咏着楚辞,
度过一年一度的端午节,
人在天涯,
节序匆匆而过。
石榴花早已不似舞裙那般火红,
没有人知道我的心意,
我低咏高歌,
只有满帘清风是我惟一知音。

经历了太多的世事,
伤叹人已老矣。
蜀葵不知我心中的忧恨,
犹然灿烂笑于墙东。
杯中之酒深浅与去年相同,
且浇于桥下水中,
希望它今夕能流到湘中。

【说明】

此词作于建炎三年（1129）。据《宋史·陈与义传》载："及金人入汴，高宗南迁，遂避乱襄汉，转湖湘，逾岭峤。"这首词写词人在端午节凭吊屈原，伤时怀旧之情。上片叹时光匆匆，往事如风，逝去难追。下片写世事多坎坷，老大徒伤悲。末句写词人浇酒于桥下水中，凭吊爱国诗人屈原，将自己的无限心事、爱国之情都倾注于这祭奠之酒中了，可谓言浅而意深。

临 江 仙

陈与义

夜登小阁忆洛中旧游

忆昔午桥桥上饮[①]，坐中多是豪英，长沟流月去无声，杏花疏影里，吹笛到天明。　　二十余年如一梦，此身虽在堪惊。闲登小阁看新晴，古今多少事，渔唱起三更[②]。

【注释】

①午桥：在今洛阳。唐裴度曾在此建别墅，名绿野堂。
②渔唱：渔夫所唱的歌声。三更：一夜分为五更，半夜子时为三更，即夜11时至1时。此句化用张昇《离亭燕》词："多少六朝兴废事，尽入渔樵闲语。"

【今译】

追忆往日在午桥桥上畅饮，
在座的都是些雄才英杰，
长河泛着月光，
东流而去，悄然无声。
我们在杏花疏影里，
吹着笛子直到天明。

二十余年恍如一梦,
此身虽在,却堪心惊。
闲来登上小阁,看雨后新晴。
古往今来历尽多少沧桑,
都如过眼烟云,
且不如听那渔歌唱晚,
陶然忘归至三更。

【说明】

　　词为抚今追昔,感慨古今兴亡盛衰之作。上片追忆往昔与同辈英杰痛饮畅谈之超逸豪放之举。过片"二十余年如一梦,此身虽在堪惊","梦"字,"惊"字,道出词人恍如大梦初醒之感,无限沧桑感慨尽在不言之中。末三句作旷达洒脱语,宕开一笔,将个人身世遭遇,世事沧桑尽抛脑后,且回到大自然的怀抱,听那渔歌唱晚。张炎称此词"真是自然而然"(《词源》)。

苏 武 慢

蔡 伸

　　雁落平沙,烟笼寒水,古垒鸣笳声断①,青山隐隐,败叶萧萧,天际暝鸦零乱。楼上黄昏,片帆千里归程,年华将晚。望碧云空暮,佳人何处,梦魂俱远。　　忆旧游,邃馆朱扉②、小园香径,尚想桃花人面。书盈锦轴,恨满金徽③,难写寸心幽怨。两地离愁,一尊芳酒凄凉,危栏倚遍。尽迟留,凭仗西风,吹干泪眼。

【作者介绍】

　　蔡伸(1088—1156)字伸道,自号友古居士,莆田(今属福建)人。蔡襄之孙。政和五年进士,官至浙东安抚司参议官。其词语言精炼,词风清丽,近柳永等婉约派,晚年格调豪放雄健。著有《友古词》。

【注释】

①古垒鸣笳：垒，营垒。古垒，古代的营垒，指古战场。笳，胡笳，类似笛子的一种乐器。

②邃馆朱扉：邃馆，犹言深宅，指深深的庭院。朱扉，即朱门，朱红色的大门。

③金徽：徽，系琴弦的绳。金徽，金饰的琴徽。此处指金徽琴。唐元稹《长庆集·小胡笳引》："雷氏金徽琴，王君宝重轻千金。"

【今译】

大雁飞落在空阔的沙滩，
烟霭笼罩着一带寒水，
古战场上的胡笳声
已不再听见。
远山如黛，隐隐可见，
衰败的枝叶在秋风中萧萧而下，
天际数点寒鸦，
在暮色中零乱飞舞。
在这黄昏时分，
我独登高楼，
想起已将是岁暮，
我还滞留在千里之遥的异地他乡，
眼前碧云暮合，
却不知佳人在何处，
就连梦魂也相距何其遥远。

回想昔日与她同游，
在幽深的宅院里，
朱红的门扉后，
小园的香径上，
曾有她艳比桃花的容颜。
纵是将锦轴写满，

琴瑟寄恨，
也难以表达心中的幽怨。
两地的离愁，
一樽芳酒难以驱除这凄凉滋味，
我将危栏倚遍，
久久地停留，
任凭萧瑟的秋风
将我的泪眼吹干。

【说明】

这首词写羁旅伤别。上片着力描绘了一幅深秋暮景，为全词定下了苍凉悲伤的基调。后片转入对往日赏心乐事的回忆。接着从所思念的对方着笔，写女子对己的情思。"两地离愁"句，将双方并写。虽有千里相隔，却是两心相通，此情一同，足见二人爱情之真之深。结句"凭仗西风，吹干泪眼"，流不完的泪水，无人揩拭，甚至连自己也都不愿去擦干，一直等到被冷风吹干，哀痛至极。全词述情真挚深切，动人心弦。

柳梢青

蔡 伸

数声鹍鸩，可怜又是，春归时节，满院东风，海棠铺绣，梨花飘雪。　　丁香露泣残枝。算未比①，愁肠寸结。自是休文②，多情多感，不干风月。

【注释】

①未比：不比，比不上。
②休文：南朝梁文学家沈约。约字休文，武康（在今浙江德清）人。历仕宋、齐，以不得大用，郁郁成病，消瘦异常，有"沈腰"之称，以言其瘦。蔡伸在此以沈约自况。

【今译】

闻得杜鹃在声声啼唤,
原来又是可爱的春天回归的时节,
东风阵阵,
满院的海棠似铺开的锦绣,
梨花缤纷,如白雪飘舞。

丁香花在残枝上泣露,
可还比不上我愁肠寸结。
本是我太多情伤感,
似当年抑郁多病的沈约,
并不怪清风和明月。

【说明】

这首词借惜春怜春抒己愁情。上片以视觉、听觉两个角度铺写晚春景色。下片以"丁香露泣残枝"起兴,写词人愁肠百结。结句言本是自己多愁善感,其实与风月并无干系。貌似洒脱之语,实则更道出了词人无法解脱的愁绪。

鹧 鸪 天

周紫芝

一点残釭欲尽时,乍凉秋气满屏帏。梧桐叶上三更雨,叶叶声声是别离①。　　调宝瑟,拨金猊②,那时同唱鹧鸪词。如今风雨西楼夜,不听清歌也泪垂。

【作者介绍】

周紫芝(1082—1155)字少隐,号竹坡居士,宣城(今属安徽)人。绍兴进士,历官枢密院编修、知兴国军。以诗著称,其词风格清丽婉曲,非苦心刻意为之。晚年诗词多有谀颂秦桧父子,为人所诟耻。著有

《竹坡词》。

【注释】
①"梧桐"句：唐温庭筠《更漏子》词："梧桐树，三更雨，不道离情正苦。一叶叶，一声声，空阶滴到明。"此化用其语。
②金猊（ní）：香炉。涂金为狻猊形状（近狮），燃香于其腹中，烟自口出。相传猊性好烟火，故用之。

【今译】
当如豆的孤灯将要烧尽之时，
凉凉的秋气已充满屏帏，
三更时分又落起了细雨，
雨滴打在梧桐叶上，
一声声似在叹息着别离。

想那时，她轻调宝瑟，
燃起香炉，
我俩同唱鹧鸪词。
如今风雨满西楼的夜晚，
便是不听伤感的歌曲，
也忍不住凄然垂泪。

【说明】
这首词写秋夜怀人。开篇两句点明时间正是秋夜，并简洁地描绘出主人公身处的环境。一点孤灯摇摇欲尽，虽有屏帏遮拦，也抵挡不住秋夜的凉气。这里的描写已经铺垫出一种孤寂凄凉的氛围。更哪堪"梧桐叶上三更雨"，在主人公听来，"叶叶声声是别离"的哀泣。后两句化用温庭筠的《更漏子》，"梧桐树，三更雨，不道离情正苦，一叶叶，一声声，空阶滴到明。"过片为对往日欢情的追忆。接着词人笔锋一转，又将笔触拉回到这个风雨之夜，再抒主人公怅怀："不听清歌也泪垂。"首尾呼应，结构紧凑，浑然一体。

踏 莎 行

周紫芝

情似游丝，人如飞絮，泪珠阁定①空相觑。一溪烟柳万丝垂，无因系得兰舟住。　　雁过斜阳，草迷烟渚②，如今已是愁无数，明朝且做莫思量，如何过得今宵去？

【注释】
①泪珠阁定：即泪眼凝视。阁，通"搁"，停止。
②渚（zhǔ）：水中的小块陆地，小洲。

【今译】
情如游丝般缠绕不尽，
人如飞絮般漂泊不定，
泪珠儿刚停，
两人空相凝看，
万般无奈道别离。
一溪如烟的丝柳垂下柳枝千万条，
也无法将远行的兰舟拴系。

大雁在斜阳的余晖中飞远，
江中的沙洲上芳草凄迷如烟，
如今这个时分，
正是忧愁无限。
且莫去想明天怎么办，
今宵又将如何度过去。

【说明】
此词写别情离绪。开篇以"游丝"喻情之缠绵无穷，以"飞絮"喻人之漂泊不定，点出"离愁"主题。"泪珠阁定空相觑"，是对即将分别的一对恋人的形态刻画。"一溪"两句无理而妙,写溪边千万条垂丝却无法系住将要远去的兰舟,其情痴与无奈,尽现笔端。下片写别后相思。通过古诗词中常用的"斜阳"、"鸿雁"、"芳草"等喻写离愁相思的意象,叙写主人公无穷无尽的相思。结句写主人公长夜难挨之痛苦。全词看似平淡,读之却似橄榄,余味无穷。

帝 台 春

李 甲

芳草碧色,萋萋遍南陌①。暖絮乱红,也似知人,春愁无力。忆得盈盈拾翠侣②,共携赏、凤城寒食,到今来,海角逢春,天涯为客。 愁旋释,还似织,泪暗拭,又偷滴。漫倚遍危栏,尽黄昏,也只是,暮云凝碧。拼则而今已拼了,忘便怎生便忘得。又还向鳞鸿③,试重寻消息。

【作者介绍】

李甲:生卒年不详。字景元,华亭(今江苏松江)人。元符中为武康令。工画,善画翎毛。《全宋词》收其词9首。

【注释】

①萋萋:茂盛的样子。此处化用唐崔颢《黄鹤楼》"晴川历历汉阳树,芳草萋萋鹦鹉洲"诗句。陌:街道、道路。

②拾翠:拾取翠鸟羽毛以为首饰。后指妇女春日嬉游的景象。三国魏曹植《洛神赋》:"或采明珠,或拾翠羽。"

③鳞鸿:即鱼雁。古有鱼雁传书的传说。此处代指书信。

【今译】

碧绿的芳草

茂盛地生于南陌。

风中,柳絮、乱红。

轻柔地飘下,
似乎也知道,
我满怀春愁,慵懒乏力。
记得曾携娇盈的爱侣,
在京城寒食节,
踏青拾翠。
如今又逢春天,
我却在天涯海角客居。
忧愁刚刚稍释,
一会儿又如网密织,
暗地里刚刚拭干泪眼,
泪珠儿又偷偷垂滴,
我漫无目的地倚遍危栏,
只见黄昏时分暮云凝碧。
我已经与她割舍了这段情义,
可又怎么能够真正忘记。
却又向鱼雁,
试着探问她的消息。

【说明】

　　此词写对旧日情人的怀念。上片先写晚春景色,点出"春愁"主题。接下是对往日的回忆。下片首句极写思念之愁苦之状。"愁旋释,还似织,泪暗拭,又偷滴",一波三折,情致婉转。"拚则而今已拼了,忘便怎生便忘得"二句,不施辞采,不堆砌典实,以浅语道深情,力若千斤,动人心魄,为本篇一大特色。

忆 王 孙

李 甲

　　萋萋芳草忆王孙①,柳外楼高空断魂,杜宇②声声不忍闻。

欲黄昏，雨打梨花深闭门③。

【注释】

①"萋萋"句：此处化用《楚辞·招隐士》"王孙游兮不归，春草生兮萋萋"句。王孙，古代贵族子弟的通称，有时也用于对朋友的尊称。

②杜宇：即杜鹃。传说中的古蜀帝杜宇，号望帝，后归隐，化为杜鹃。后人因称杜鹃为杜宇。其啼声哀切悲凉，有杜鹃啼血之说，音似"不如归去"。

③"欲黄昏"句：此句出自刘方平《春怨》诗："寂寞空庭春欲晚，梨花满地不开门。"

【今译】

眼望远接天际的萋萋芳草，
思念起远行的故人。
陌上杨柳依依，
我独登高楼，凄伤不已。
杜鹃声声似啼血，
令人不忍卒闻。
天近黄昏，
风雨无情地吹打着梨花，
我寂寞地紧紧掩上院门。

【说明】

这是一首思念远人之作。词人通过"萋萋芳草"，杨柳飘扬，杜宇哀鸣，梨花带雨等几组简单而富有感染力的意象之巧妙组合，渲染烘托出一种令人联想无穷的深邃意境，创造出一种凄怨感伤的艺术氛围。结句"欲黄昏，雨打梨花深闭门"，若神来之笔，使人们透过外景的凄凉，深深感受到主人公内心世界的孤寂。黄蓼园评说："末句比兴深远，言有尽而意无穷。"（《蓼园词选》）

三　台

万俟咏

清明应制①

　　见梨花初带夜月，海棠半含朝雨。内苑春、不禁过青门②，御沟涨，潜通南浦。东风静，细柳垂金缕，望凤阙③、非烟非雾。好时代，朝野多欢，遍九陌④、太平箫鼓。　　乍莺儿百啭断续，燕子飞来飞去。近绿水、台榭映秋千，斗草聚⑤、双双游女。　　饧香更⑥、酒冷踏青路，会暗识、夭桃朱户⑦。向晚骤、宝马雕鞍，醉襟惹、乱花飞絮。　　正轻寒轻暖漏永，半阴半晴云暮。禁火天⑧、已是试新妆，岁华到，三分佳处。清明看、汉蜡传宫炬⑨，散翠烟、飞入槐府⑩。敛兵卫，阊阖门开⑪，住传宣⑫，又还休务⑬。

【作者介绍】

　　万俟咏：生卒、里居不详。字雅言，自号大梁词隐。曾任大晟乐府制撰，精通音律，有"一代词人"之称。词多应制之作。间有清新小令。风格纤弱，多描写风花雪月。著有《大声集》，今不传。《全宋词》收其词二十九首。

【注释】

　　①应制：犹应诏。唐宋人诗文有的以应制为标题，皆为应皇帝之命而作，内容大多为歌功颂德。
　　②内苑：宫内的园庭，即禁苑。青门：汉长安城东南门，本名霸城门，因门色青，故名。后泛称京城城门。
　　③凤阙：汉代建章宫宫阙名，后泛指皇宫或朝廷。
　　④九陌：据《三辅黄图》载，汉长安城中有八街、九陌。后泛指都城中的大路。
　　⑤斗草：即斗百草，古代民俗游戏，以草为比赛对象，或对花草

名，或斗草的多寡、韧性等，常于端午节行之。

⑥饧（xíng）：饴糖类食物名。用麦芽或谷芽等熬成。

⑦夭桃朱户：此用唐崔护《题都城南庄》诗"人面桃花"的故事。

⑧禁火天：旧俗于寒食节（清明前一日）禁火寒食，一称禁火日。

⑨汉蜡传宫炬，唐韩翃《寒食》诗："春城无处不飞花，寒食东风御柳斜。日暮汉宫传蜡烛，青烟散入五侯家。"此化用其句。

⑩槐府：古时贵人宅第门前多植槐树，因以槐府代指贵人宅第。

⑪阊阖：天门，这里指宫门。

⑫传宣：传达命令。

⑬休务：古代称停止公务为休务。

【今译】

夜月下梨花似雪，
朝雨中海棠含露，
皇宫里的春色，
也禁不住越过了宫禁，
近伸到青门外。
宫中春水上涨。
与南江暗暗相通。
东风细吹无声，
柔细的柳枝似千万条垂下的金缕，
掩映着巍峨的宫城，
远远望去似烟似雾。
正逢好时代，
朝廷与民间共欢乐。
京城内外，
一片太平箫鼓。

黄莺儿断断续续地在枝头鸣啭，
燕子忙碌地飞来飞去。
绿水旁，亭台楼阁耸立，

成双结对的少女们，
正在荡秋千，斗百草，
快乐地游玩嬉戏。
空气中充溢着麦芽糖的香气，
踏青路旁到处是摆酒欢宴的人们，
你也许会遇见，
灿烂桃花掩映中的朱户女郎。
傍晚时分，
人们乘着酒兴，
骑着披挂华丽的骏马归家去，
衣襟上沾惹上
晚风中飞扬的乱花飞絮。

正是轻寒轻暖的时分，
白昼变得越来越漫长，
天空半阴半晴，
四野暮云初合，
寒食节里人们忙着试新妆，
正是一年中的大好时期。
清明时节，看汉宫传蜡炬，
一路翠烟，
飞驰入贵人府第。
守护的兵士已经撤离，
府门洞开，
连官宦也停止了传宣诰命，
正在休息。

【说明】

此词为应制颂圣之作，以浓墨重彩铺写帝都节物风光。第一片状物，写春到人间，宫禁内外，春意盎然。第二片写人，在这美好的春景中，人们快乐地嬉戏、欢宴、踏青游玩。第三片写宫廷生活，在这清明宜人时节，连官府也停止了公务，一片歌舞升平景象。上、中、下三片铺叙有致，各有侧重，一幅清明时节游乐图展现在人们的面前。李攀龙评曰："铺叙有条，如收拾天下春归肺腑状。"（《草堂诗余隽》）

二 郎 神

徐 伸

闷来弹鹊，又搅碎、一帘花影。漫试著春衫，还思纤手，薰彻金猊烬冷①。动是愁端如何向？但怪得、新来多病，嗟旧日沈腰②，如今潘鬓③，怎堪临镜？　　重省，别时泪湿，罗衣犹凝。料为我厌厌，日高慵起，长托春酲未醒④。雁足不来，马蹄难驻，门掩一庭芳景。空伫立，尽日阑干倚遍，昼长人静。

【作者介绍】

徐伸：生卒年不详。字幹臣，三衢（今属浙江）人。政和初，以知音律为太常典乐，出知常州。著有《青山乐府》，今不传。

【注释】

①金猊烬冷：香炉中香已燃尽，灰已变冷。金猊、香炉。

②沈腰：据《梁书·沈约传》，沈约尝与徐勉书，其中称："百日数旬，革带常应移孔。"言以多病而腰围减损，后因以沈腰作身体瘦损的通称。参见蔡伸《柳梢青》注③。

③潘鬓：晋潘岳《秋兴赋》序："余春秋三十有二，始见二毛。"《又秋兴赋》："斑鬓发以承弁兮。"后因以潘鬓为中年鬓发斑白的代称。

④酲（chéng）：病酒，醉酒。谓饮酒过量，神志如病状。

【今译】

我心情烦闷，

弹驱走喳喳叫的喜鹊,
搅碎了一帘花影。
试穿春衫,
不禁想起你纤纤玉手,
曾为我缝制衣衫;
你为我点燃的香炉,
如今也香尽灰冷。
满目物事尽惹哀愁,
究竟该何以排遣?
难怪近来病痛缠身,
可叹原已消瘦的我,
如今更是白发斑斑,
令我不忍对镜。

重忆起你我分别之时,
你泪湿罗衫。
料想你如今正为我愁悴不堪,
太阳已经升高也无心起身,
常借口醉意未消,沉睡不醒。
痴心盼望的鸿雁亦不见踪影,
更不见驱马前来的意中人。
你将门扉紧闭,
关住了一庭寂寞的春景。
在漫长的白昼中,
在寂静的庭院里,
你空椅栏杆,久久伫立。

【说明】

此词之本事,据王明清《挥麈余话》中说是为怀念一个"为亡室不容逐去"的侍妾而作。词中表达了对这位侍妾的深挚感情。上片写词人睹物思人，因愁多病，腰瘦鬓白，足见思念之苦。下片则是词人设想侍妾对自己的思念。上片为实写，下片为虚写，虚实相间，文笔灵活多变。前人评说：“青山词多杂调，惟《二郎神》一曲，天下称之。”（《花庵词选》）

江神子慢

田　为

玉台挂秋月，铅素浅①、梅花傅香雪。冰姿洁，金莲衬②、小小凌波罗袜。雨初歇，楼外孤鸿声渐远，远山外、行人音信绝。此恨对语犹难，那堪更寄书说？　教人红消翠减，觉衣宽金缕③，都为轻别。太情切，消魂处，画角黄昏时节④。声呜咽。落尽庭花春去也，银蟾迥⑤，无情圆又缺。恨伊不似余香，惹鸳鸯结。

【作者介绍】

田为，生卒年不详。字不伐。崇宁间供职大晟乐府，宣和元年为大晟府乐令。善琵琶，通音律。著有《苹讴集》，已佚，有赵万里辑本。

【注释】

①铅：铅粉。古代妇女化妆用品。

②金莲：指女子纤足。《南史·齐东昏侯纪》载：“又凿金为莲花以贴地，令潘妃行其上，曰：'此步步生莲花也。'”后世"三寸金莲"即源于此。

③金缕：金丝。此处指金缕衣，即饰有金丝的衣裳。

④画角：古管乐器名。发声哀厉高亢。形如竹筒，本细末大，以竹或皮制成，因外加彩绘，故名。

⑤银蟾迥：言月亮远挂天边。

【今译】

亭台上方高悬一轮秋月,
美人轻施淡妆,宛若梅花敷香雪。
她冰清玉洁,姿态高雅,
轻移莲步,好似凌波虚度。
雨刚刚停歇,楼外孤鸿的鸣叫声渐去渐远,
远山重叠,隔断了远行之人的音信。
此恨对面亦难以诉说,
又哪里能够凭书信寄托?

愁怨使人红颜憔悴,丰韵消减,
只觉衣带渐宽,
为只为太轻易别离。
此情太深切,思念他最断肠时,
只觉黄昏时节的号角声,
声声在呜咽。
满庭的春花落尽,
春天已离我远去,
无情的月亮,不断地变化,
圆了又缺。
恨它不似炉中的余香,
缭绕出成双成对的鸳鸯结。

【说明】

此词描写闺中怨情。上片塑造了一位冰洁高雅的女主人公于寂寞深闺中思念远方恋人的形象。如果说上片是对女主人公的客观描写,下片则是女主人公热烈情痴的内心独白。"落尽庭花春去也",写女子悲叹自己青春年华白白逝去,由此而生对远行不归之人的怨情,但词人在这里不加以直抒,而是让女子发出恨月无情,"不似余香,惹鸳鸯结"的痴绝之语,辞情婉转,达情深切。

蓦 山 溪

曹 组

梅

洗妆真态,不作铅华御①。竹外一枝斜,想佳人,天寒日暮。黄昏院落,无处著清香,风细细、雪垂垂,何况江头路。

月边疏影,梦到消魂处。结子欲黄时,又须作、廉纤细雨。孤芳一世,供断有情愁,消瘦损,东阳也②,试问花知否?

【作者介绍】

曹组,生卒年不详。字元宠,颍昌(今河南许昌)人。宣和三年进士,官至给事殿中、防御使。其词喜用俗语,工谑词、艳词。也有清幽秀劲之作,脍炙人口。著有《箕颍集》,不传;词存于《乐府雅词》中,有《元宠词》。

【注释】

①铅华御:铅华,搽脸的粉。御,奉进,进用。
②东阳:即沈约。沈约曾为东阳守,故称。作者在此自比沈约。

【今译】

梅花尽洗铅华,
天然姿态,冰洁高雅。
竹外一枝横斜,
令人想起佳人,
天寒日暮倚修竹。
黄昏时分,
风细细、雪垂垂,
院中的梅花都无人赏清香,
更何况开在江头路旁。

月边梅花疏影淡淡,
却有幽梦堪伤。
到了梅子欲黄时节,
又将是细雨飘扬。
想梅花一生孤芳,
我为梅花叹息哀伤,
直如沈约般消瘦异常。

【说明】

此词借写梅抒情。上片极写梅花尽洗铅华的天然姿态,更写梅花迎风傲雪,独放清香的超逸高洁之品格。下片则写词人既赏梅花月下清影,联想"结子欲黄时"梅逢细雨的艰辛际遇,而为梅一世之孤芳满怀情愁,直如东阳君一般消瘦的爱梅怜梅之心。沈际飞在《草堂诗余正集》中评说:"微思致远,愧粘题装饰者,结句清俊脱尘。"

贺 新 郎

李 玉

篆缕消金鼎①,醉沉沉、庭阴转午,画堂人静。芳草王孙知何处?惟有杨花糁径②。渐玉枕、腾腾春醒,帘外残红春已透,镇无聊③,殢酒厌厌病。云鬓乱,未忺整。　　江南旧事休重省,遍天涯、寻消问息,断鸿难倩④。月满西楼凭阑久,依旧归期未定。又只恐、瓶沉金井⑤,嘶骑不来银烛暗,枉教人,立久梧桐影。谁伴我,对鸾镜。

【作者介绍】

李玉,生平事迹不详。《全宋词》存其词1首。

【注释】

①篆缕:形容香烟袅袅上升,形如篆字。金鼎:代指香炉。

②糁（sǎn）：泛指散粒状的东西。此处指杨花飘散，洒满小路。
③镇：即镇日，意为整日、整天。
④断鸿：失群的孤雁。倩：请，央求。断鸿难倩，谓难以请托孤雁捎寄书信。
⑤金井：井栏上有雕饰的井。瓶沉金井，意为两情断绝，如瓶落井。

【今译】

金炉里香烟袅袅成"心"字，
醉意沉沉中，
时光已近正午，
画堂内外人声寂静。
芳草遍郊外，
我的心上人你在哪里？
只有杨花寂寞地飘洒于小径。
当我从昏睡中醒来，
帘外已是残红遍地，
春天已经将尽。
我整日百无聊赖，
厌厌病酒，
如云的鬓发散乱，
也无心去梳理妆扮。

美好的往事已成梦幻，
再休重提，
欲往天涯海角遍寻他的消息，
却是音讯杳然。
月满西楼时我久久凭栏伫立，
不知何日是他的归期，
只恐怕，如同银瓶沉于金井，
从此断绝了情义。
再也不会有嘶鸣的马儿

载着我的心上人来,
银烛下灯光昏暗。
枉教我独立梧桐树下,情伤意乱。
却又有谁陪伴我共对鸾镜顾盼。

【说明】

这是一首典型的思妇词,细腻委婉,写出了女主人公思念旧日恋人的种种复杂心态。上片通过对女子动作、形态的刻画以及环境的衬托,表达出女子的思念之情。下片则是对女子心理活动的细致描写。先写"江南旧事休重省",往事已不堪重提,但却又忍不住"遍天涯、寻消问息"。谁知"断鸿难倩"。女子在"月满西楼"之时久久凭栏远眺,遥想远方的意中人尚未定归期,心中尚抱有一线希望。"又只恐瓶沉金井"句,通过"瓶沉金井"的比喻,暗示女子希望中的意中人并没有像她所期望的那样,骑着马儿奔驰而来,故而"银烛"都显得昏暗。"枉教"句则道出了女子心中的幽怨。词风凄婉缠绵,词家认为"李君词虽不多,然风流蕴藉,尽此篇矣"(《花庵词选》)。

烛影摇红

廖世美

题安陆浮云楼[①]

霭霭春空[②],画楼森耸凌云渚。紫薇登览最关情[③],绝妙夸能赋。惆怅相思迟暮,记当日、朱阑共语。塞鸿难问,岸柳何穷,别愁纷絮。　　催促年光,旧来流水知何处?断肠何必更残阳,极目伤平楚。晚霁波声带雨,悄无人,舟横野渡[④]。数峰江上,芳草天涯,参差烟树[⑤]。

【作者介绍】

廖世美,生平事迹不详。《全宋词》存其词2首。

【注释】

①安陆浮云楼:即今湖北省安陆县浮云楼。
②霭霭:云雾密集的样子。
③紫薇:本指星座名。这里代指杜牧。唐代中书省又称紫薇省,杜牧曾官中书舍人,故人称杜紫薇。杜牧有《题安州浮云寺楼寄湖州张郎中》诗,此处即言其事。
④霁(jì):本指雨止,引申为雨雪停止,云雾散开,天气放晴。此句化用唐韦应物《滁州西涧》诗:"春潮带雨晚来急,野渡无人舟自横。"
⑤参差:指高低不齐的样子。

【今译】

天边彩云浮空,
画楼高耸入云,
杜牧曾经登临,
将绝妙诗词吟诵。
今天我独登高楼,
天色近晚情思凄楚。
想从前我们曾一起凭倚栏杆,
卿卿我我,情话绵绵。
难以询问远飞的塞外鸿雁,
江岸边的杨柳到何处才是尽头,
我心中的离恨别愁,
正如柳絮般纷乱。

年光似水流,
逝去不复回。
我早已神伤断肠,

又何必更对斜阳。
极目远望去,
平原莽莽苍苍。
晚来波声带雨,
寂静无人处,
小舟自横野渡。
江上数点青峰隐隐,
天涯芳草萋萋,
树林参差如烟似雾。

【说明】

这首词描写了词人登高望远,怀古幽思。其特点在于善于巧妙化用前人诗句。上片的"朱阑共语,塞鸿难问,岸柳何穷,别愁纷絮"及下片"归来流水知何处?"本自杜牧诗《题安州浮云寺楼寄湖州张郎中》,原诗为:"去夏疏雨余,同倚朱阑语。当时楼下水,今日到何处。恨如春草多,事与孤鸿去。楚岸柳何穷,别愁纷如絮。""断肠何必更残阳",则化用杜牧诗:"芳草复芳草,断肠还断肠,自然堪下泪,何必更斜阳。"(《池州春送前进士蒯希逸》)"晚霁"二句则本自韦应物《滁州西涧》"春潮带雨晚来急,野渡无人舟自横","数峰江上,芳草天涯,参差烟树",亦皆有其出处,但情词熨贴,融裁巧妙,读来不见堆砌生硬之感。

薄 幸

吕滨老

青楼春晚①,心寂寂,梳匀又懒。乍听得,鸦啼莺哢②,惹起新愁无限。记年时,偷掷春心,花前隔雾遥相见。便角枕题诗③,宝钗贳酒④,共醉青苔深院。　　怎忘得,回廊下,携手处,花明月满。如今但暮雨,蜂愁蝶恨,小窗闲对芭蕉展。却谁拘管?尽无言,闲品秦筝⑤,泪满参差雁⑥。腰肢渐小,心与杨花共远。

【作者介绍】

吕滨老，一作"吕渭老"。生卒年不详。字圣求，秀州嘉兴（今属浙江）人。宣和末朝士。词甚工，词风婉媚深窈。南渡后所作词抒发亡国哀思，诚挚感人。著有《圣求词》。

【注释】

①青楼：本指显贵人家的闺阁或妓院，这里指女子所居之楼。
②哢（lòng）：鸟鸣。
③角枕：用兽角作装饰的枕头。
④贳（shì）酒：赊酒。此处指以宝钗换酒。
⑤秦筝：古代弦乐器的一种。相传秦人蒙恬改制，故名。
⑥参差雁：指秦筝的弦柱斜列如飞雁，参差不齐，故名。

【今译】

我独居高楼春色已晚，
白昼寂寂，我无心梳理妆扮。
只听得窗外鸦啼莺哢，
惹起我新愁无限。
记得那年，我偷偷地爱上了一位少年，
曾与他花前隔雾遥遥相看。
角枕边我们曾一起谱写诗篇。
也曾以宝钗赊酒，
共醉于青苔深院。

怎能忘记曾与他
回廊下携手共赏花好月圆。
眼前暮雨潇潇，
令蜂蝶儿都感到愁烦。
我打开小窗，

窗外雨打芭蕉如泣似怨。
怎样才能锁住这份哀愁？
我无言地弹奏起秦筝，
泪水洒满了筝弦。
腰肢一天比一天细小，
一颗心早与杨花一起飞向天边。

【说明】

  此词描写一位"偷掷春心"的少女对别离的恋人之思念。开篇描写少女的愁态、愁情；接下来回忆由"花前隔雾"的初次相见，到"角枕题诗，宝钗贳酒，共醉青苔深院"的热烈恋情。下片紧承上片，欢畅的回忆跌入暮雨潇潇，蜂愁蝶恨的现实中。"无言闲品秦筝，泪满参差雁"与开篇遥相呼应，亦写少女愁态，"腰肢渐小"，写少女苦情而消瘦，"心与杨花共远"，写少女之愁情犹如杨花之悠远，结句有"有余不尽之意"（张炎《词源》），深得词家结句之神髓。整首词风格深婉清丽，构思回环往复，成功地刻画了一位热恋中少女的形象。

透 碧 霄

查 荎

  舣兰舟①，十分端是载离愁。练波送远②，屏山遮断，此去难留。相从争奈③，心期久要④，屡变霜秋。叹人生、杳似萍浮。又翻成轻别，都将深恨，付与东流。 想斜阳影里，寒烟明处，双桨去悠悠。爱渚梅、幽香动。须采掇，倩纤柔。艳歌粲发⑤，谁传余韵，来说仙游，念故人、留此遐州⑥。但春风老后，秋月圆时，独倚江楼。

【作者介绍】

  查荎：生平事迹不详。

【注释】

①舣（yǐ）：附船靠岸。
②练波：指波纹如练的江水。练，白色的丝织品。
③争奈：犹怎奈。
④心期久要：谓两相期许。久要，指旧约，此言内心挂念着往日的誓约。
⑤粲（càn）发：粲，露齿而笑的样子。粲发，谓露出美丽的笑容。
⑥迥州：迥，远，迥州，指远方。

【今译】

兰舟载满离愁停泊在岸边，
江水泛着银光，流向远方，
被如屏的青山遮断。
我就要离去，再难停留，
你我曾如影随形，相依相伴，
旧日的约盟，心中的期盼，
恰似叶逢霜秋，无奈地更变。
叹人生似浮萍飘渺不定，
轻易道别离，
深深的爱意离恨，
都付诸东流的江水。

遥想斜阳辉映下，
你我划着双桨，
荡悠悠泛一叶小舟于寒波之上。
湖边梅花散发着阵阵幽香，
你伸出纤柔美丽的手臂去采摘，
你唱着欢乐的小曲，
脸上笑容灿烂，
如今余音早已飘散，
往事如梦如幻，

当春风已老,秋月圆时,
我独倚江楼将远方的人儿思念。

【说明】

此词写相思离情。上片以"兰舟"起兴,点出词的主题"离愁"。接下以"练波送远"、"屏山遮断",将词人的主观情绪投射到客观景物上,借景抒情。"相从"句以下,词人直抒胸臆,感叹人生之多变,际遇之渺茫,故而"深恨"不已。下片由悲愤之情转为对美好温馨往事的追忆,描写得明丽欢快,今昔对比,更曲折反衬出今日之寂寞凄凉。结句"春风老后,秋月圆时,独倚江楼",暗喻人生最美好的时光已成为过去,如今已到了霜秋之际,更何况一人"独倚"。

南　浦

鲁逸仲

风悲画角,听单于①、三弄落谯门②。投宿骎骎征骑③,飞雪满孤村。酒市渐阑灯火,正敲窗,乱叶舞纷纷。送数声惊雁,乍离烟水,嘹唳度寒云④。　　好在半胧淡月,到如今、无处不销魂。故国梅花归梦,愁损绿罗裙⑤。为问暗香闲艳,也相思、万点付啼痕。算翠屏应是,两眉余恨倚黄昏。

【作者介绍】

鲁逸仲,真名孔夷,鲁逸仲为其隐名。生卒年不详。字方平,号滍皋渔父、滍皋先生,汝州龙兴(今属河南)人。元祐中隐士。词风婉丽,近万俟咏。《全宋词》收其词3首。

【注释】

①单(chán)于:唐代曲调名,又名《小单于》。此曲悲凉。唐李益《听晓角》诗:"无数塞鸿飞不度,秋风卷入小单于。"

②三弄：弄，奏乐。三弄，三番奏乐。此言多次演奏。谯门：建有望楼的城门。
③骎（qīn）骎：马疾驰的样子。
④嘹（liáo）唳（lì）：响亮凄清的声音。
⑤绿罗裙：此处指身着绿罗裙的意中人。

【今译】

风儿送来画角的悲鸣声，
那是谯门上有人在演奏《小单于》。
我赶着马儿急急去投宿，
纷飞的大雪已覆盖住了孤村。
酒市上灯火已阑珊，
乱叶飞舞敲打窗棂。
被马蹄声惊起的大雁飞离了如烟的水面，
嘹亮的鸣唳声响彻了寒云。

风雪稍住，半轮淡月出云端。
眼前景物，无不惹起我满腹心酸。
梦魂儿无不在思念着故园的梅花，
还有那变得憔悴的伊人。
我问那暗香浮动的梅花，
是否也为相思而啼出万点泪痕？
想来黄昏时分，
伊人正微皱双眉，斜倚屏风，
思念远方的故人。

【说明】

这首词写词人旅夜相思。上片词人从听觉、视觉多侧面地勾勒出了一幅风雪之夜行旅图："风悲画角"、"乱叶"、"敲窗"、"数声惊雁"，在听觉上给人一种悲凉之感；"雪满孤村"，酒市灯火阑珊，乱叶飞舞，则从视觉上给人一种孤寂之感，把词人旅夜的悲凉感触借写景烘托到极点。由此，下片极自然地道出"无处不消魂"之语，"故国"句则点出了词人悲绪之由来，原是为了相思。"为问暗香闲艳，也相思、万点付啼痕"，承接上句，写词人因相思悲绪，故而眼中所见之"暗香闲艳"也似有"万点啼恨"。此词写景状物极为细腻准确，可谓字斟句酌。故《白雨斋词话》中赞曰："此词遣词琢句，工绝警绝，最令人爱。"

满 江 红

岳 飞

怒发冲冠，凭阑处、潇潇雨歇①。抬望眼，仰天长啸，壮怀激烈。三十功名尘与土，八千里路云和月。莫等闲，白了少年头，空悲切。　靖康耻②，犹未雪，臣子憾，何时灭。驾长车踏破、贺兰山缺③。壮志饥餐胡虏肉，笑谈渴饮匈奴血。待从头、收拾旧山河，朝天阙④。

【作者介绍】

岳飞（1103—1142）字鹏举，相州汤阴（今属河南）人。家世务农，年少应募投军，屡立战功，历少保、河南北诸路招讨使、枢密副使，封武昌郡开国公。因力主抗金，不附和议，为主和派秦桧等人以"莫须有"罪名所害。诗词散文俱佳，慷慨激昂。著有《岳武穆集》。词存3首。

【注释】

①潇潇：风雨急骤貌。此处指急骤的雨势。

②靖康耻：靖康，宋钦宗赵桓年号，公元1126—1127年。靖康耻，指金灭北宋一事。靖康元年金兵攻陷宋京，次年掳走徽、钦二帝，北宋遂亡。这一历史事件，宋人深以为耻。

③贺兰山：当时为金人所占，在今宁夏与内蒙交界处。

④朝天阙：天阙，谓帝王所居之所，因而代指皇帝或朝廷。此言回到朝廷，朝见皇帝。

【今译】

我怒发冲冠，登高凭栏，
只见暴雨刚刚停歇。
抬头远望，我不禁仰天长叹，
壮怀激烈。
三十年的功名似尘土，
转战南北八千里，
路途上有云和月作伴。
不要只是等待，白了少年头，
老大空悲切。

靖康年间的奇耻大辱尚未洗雪，
我作为宋朝大臣的憾恨何时才能消歇，
只盼望有一天能驱驾着战车，
踏破驾兰山缺。
我立下壮志一定要饥餐胡虏肉，
笑谈渴饮匈奴血。
且看我从头收拾旧山河，
凯旋班师回朝报捷。

【说明】

此词抒发了岳飞洗雪国耻，重整山河的悲壮心情，是一首著名的爱国主义词篇，为历代人们所传诵。开篇气势磅礴，出语不凡。描写作者登高望远而引发的无限感慨，抒写了英雄三十年功业未竟，壮志未酬的悲绪。下片则表达了英雄誓将顽敌扫平，重整山河的壮志。陈廷焯评曰："何等气概！何等志向！千载下读之，凛凛有生气焉。"（《白雨斋词话》）全篇读来气势雄伟，英雄的耿耿忠义之心，爱国奋发之气跃然纸上。

烛影摇红

张　抡

上元有怀

双阙中天①，凤楼十二春寒浅②。去年元夜奉宸游③，曾侍瑶池宴④。玉殿朱帘尽卷，拥群仙、蓬壶阆苑⑤。五云深处⑥，万烛光中，揭天丝管。　　驰隙流年⑦，恍如一瞬星霜换。今宵谁念泣孤臣，回首长安远，可是尘缘未断，漫惆怅、华胥梦短⑧，满怀幽恨，数点寒灯，几声归雁。

【作者介绍】

张抡，生卒年不详。字材甫，号莲社居士，开封（今属河南）人。淳熙五年为宁武军承宣使。其词多描写山水景物，超然世外，风格清丽秀雅，应制之作则极其华艳。著有《莲社词》。

【注释】

①双阙：古代宫殿、祠庙和陵墓前的高建筑物，通常左右各一，建有高台，台上起楼观。以两阙之间有空缺，故名阙或双阙。此处指天子宫门前的双阙。

②凤楼：指宫内的楼阁。十二：谓凤楼十二重，言楼阁排列之多。

③奉宸（chén）游：奉陪帝王巡游。宸，本指北辰所居，因指帝王及其所居宫殿。

④瑶池：古代神话传说中昆仑山的池名，为西王母所居。此处代指皇宫。

⑤蓬壶：山名。即蓬莱。古代方士传说为仙人所居。阆（láng）苑：阆风之苑，为仙人所居之境。

⑥五云：指五色祥云。

⑦驰隙：即白驹过隙，喻时光飞逝。流年：指光阴年华，因易逝如流水，故称。

⑧华胥：《列子·黄帝》载："皇帝昼寝，梦游华胥之国。"后遂以

华胥代指梦境。

【今译】

宫前的双阙直插云天，
宫城里的高楼春暖寒浅，
去年除夕之夜我侍奉皇帝出游，
曾陪侍过瑶池御宴。
玉殿里朱帘尽卷，
妃姬们一个个貌若天仙，
恍若身在蓬壶阆苑。
五色祥云深处，
万点烛光映照中，
丝管之声直达云天。

岁月似骏马跃过隙间，
就像在一瞬间一切都已改变，
今夜有谁会想到我这孤臣，
在暗暗哭泣，怀念遥远的长安。
可惜尘缘尚未割断，
空惆怅故国的繁华
似好梦太短，
我怀着满腔的幽恨，
看远处寒灯数点，
夜空里传来几声归雁。

【说明】

毛晋《莲社词跋》称张抡"好填词应制，极其华艳，每进一词，上即命宫人以丝竹写之"。靖康国耻后，他于次年（1128）上元之夜写下此词，抒发了亡国之痛。上片极言去年今宵侍奉御宴时的繁华欢乐景象，下片直抒心意，慨叹"荣光易度、梦醒无几"（李攀龙《草堂诗余隽》）的隔世之感。结句以"数点寒灯，几声归雁"，与上片前后呼应,形成鲜明对比,将亡国之痛抒发得淋漓尽致。

水 龙 吟

程 垓

夜来风雨匆匆,故园定是花无几。愁多怨极,等闲孤负,一年芳意。柳困桃慵①,杏青梅小,对人容易。算好春长在,好花长见,原只是、人憔悴。　　回首池南旧事,恨星星②,不堪重记。如今但有,看花老眼,伤时清泪。不怕逢花瘦,只愁怕、老来风味。待繁红乱处,留云借月,也须拚醉。

【作者介绍】

程垓,生卒年不详。字正伯,眉山(今属四川)人。工诗文,其词多描写乡思之情、男女恋情等,风格凄婉绵丽。著有《书舟词》。

【注释】

①慵(yōng):懒。
②星星:晋左思《白发赋》:"星星白发,生于鬓垂。"后遂以星星形容鬓发花白的样子。

【今译】

夜来一场暴风骤雨,
想来故园的花朵定所剩无几。
我心中的愁怨太多,
白白辜负了一年的大好春意。
杨柳不再飞扬,
桃花也懒得开放,
杏子尚青,梅子还小,
春天对人也似太草草。
其实好春本常在,

好花本常开。
原只是，人们自己心憔悴。

追忆池南旧事，
而今我已鬓发斑白，
往事不堪回首，
如今惟有老眼对花，
清泪涟涟，伤感时世。
不怕花瘦春去，
怕只怕，老来滋味。
等到繁红乱飞，春光正好之时，
且让我留住这美好的云月，
拚命地饮酒寻欢吧！

【说明】

这首词抒发了词人客居他乡，老大迟暮的伤春之情。上片以伤春起头，词人的思绪由眼前景象一下飞回故乡，怜惜起故园的花朵，其思乡之情可谓深矣。接下写词人自身愁多怨极，所以辜负了一年的大好春光，春天就已匆匆过去。下片以"恨星星"、"看花老眼"、"老来风味"等字眼，集中抒发了词人伤叹年老迟暮的悲凉心情。结句"留云借月"则表达了词人想将时光留住，及时行乐的心理。全词以凄婉缠绵的笔调，反复咏叹了"嗟老"的主题。

六州歌头

张孝祥

长淮望断①，关塞莽然平②。征尘暗③，霜风劲，悄边声④，黯消凝！追想当年事⑤，殆天数，非人力。洙泗上，弦歌地，亦膻腥⑥。隔水毡乡，落日牛羊下，区脱纵横⑦。看名王宵猎⑧，骑火一川明，笳鼓悲鸣，遣人惊。　　念腰间箭，匣中剑，空埃蠹，竟何成！时易失，心徒壮，岁将零，渺神京。干羽方怀远⑨，静烽燧，且休兵。冠盖使，纷驰骛，若为情。闻道中原遗老，常南望，翠葆霓旌⑩。使行人到此，忠愤气填膺，有泪如倾。

【作者介绍】

张孝祥（1132—1169）字安国，号于湖居士，历阳乌江（今安徽和县）人。宋高宗绍兴年间中进士第一，授承事郎、签书镇东军节度判官。历任中书舍人、显谟阁直学士、荆南、荆湖北路安抚使等。在建康留守任上曾赞助张浚力主北伐。文章过人，尤工翰墨。词风激昂豪放，多为感怀时事之作，充满爱国热情。有《于湖居士集》、《于湖词》等。

【注释】

①长淮：即淮河，为宋金界河。
②关塞句：作为前敌关塞的淮河岸边显得平旷而苍茫。
③征尘暗：征尘不起，即看不到双方调兵遣将的迹象。
④悄边声：边声，金鼓厮杀之声。即听不到敌我双方拼杀的声音。
⑤当年事：指宋钦宗靖康年间金兵进犯中原，掳走徽、钦二帝的往事。
⑥膻腥：牛羊的腥臊气味，意指金朝统治者南侵，使中原大好河山备受践踏和摧残。
⑦区脱：北方游牧民族修筑的土堡。
⑧名王：指金国的将帅。
⑨干羽句：干、羽本指古时候舞蹈时手中持的兵器和雉尾，在这里代指歌舞宴乐的场面。怀远：讽刺南宋王朝奉行屈膝求和的"怀柔"政策。
⑩翠葆霓旌：即宋朝皇帝的仪仗。

【今译】

远望那隔断南北的淮河，
看到的是一片平旷的原野。

没有冲天的战火征尘,
只有寒风一阵紧似一阵,
代替了金鼓齐鸣和厮杀的声音,
不由人黯然伤神。
回想起靖康年间的伤心事,
那大概是上天的安排,
并非人力所能挽回。
就连洙泗二水浸润之处,
那人文荟萃的圣地,
也都饱受异族的侵凌充满腥膻之气。
淮河对岸一水之隔的便是敌国,
夕阳西下正是牛羊牧归时,
敌人的营垒纵横密布。
夜色中金兵正在演习,
骑兵的火炬把河水映得通明,
胡笳和鼓角发出悲凉的嘶鸣,
声音凄厉使人心惊。

想我腰间挎着利箭强弓,
匣中宝剑岂无霜锋,
白白地虫蛀尘封,
到底要它何用!
时光易逝,
空怀一腔收复故土的热情,
只能眼看着又是一年过去,
光复汴京仍是一场梦。
朝廷正在歌舞盛宴款待夷敌,
千里关防看不到烽烟火警,
淮河南北已没有战事发生。
议和使者的车马,

络绎不绝地来回奔走，
那情景真让人难受。
听说中原的大宋子民，
常常遥望南方，
盼望看到王师北征。
再看眼前的情景，
不由得令人义愤填膺，
屈辱的泪水如泉涌流。

【说明】

　　这首词忧国感时，控诉了金朝统治者的野蛮行径，抒发了报国无门、壮志难酬的激愤和痛苦心情，谴责了朝廷屈膝求和、苟且偷安、软弱无能的本性，对当时武备不修、百姓涂炭的局面深感焦虑，是一首著名的爱国词篇。全词慷慨激昂，又弥散出悲壮苍凉之气。

念 奴 娇

张孝祥

　　洞庭青草[①]，近中秋，更无一点风色。玉鉴琼田三万顷，著我扁舟一叶。素月分辉，银河共影，表里共澄澈。悠然心会，妙处难与君说。　　应念岭海经年[②]，孤光自照，肝胆皆冰雪。短发萧骚襟袖冷，稳泛沧浪空阔。尽挹西江，细斟北斗[③]，万象为宾客。扣舷独啸，不知今夕何夕。

【注释】

①洞庭青草：都是湖名。洞庭湖在湖南省岳阳市西，而青草湖又在洞庭湖之南，二湖相通，总称洞庭湖。

②岭海：今广东、广西一带，北有南岭，南有南海，故有是称。词作者于宋孝宗乾道元年（1165）任广南西路经略安抚使，但次年即遭逸

毁而去职，北归时路过洞庭湖，遂作此词。

③细斟北斗：用北斗星作酒器开怀畅饮。典出屈原《九歌·东君》："援北斗兮酌桂浆。"

【今译】

洞庭湖和青草湖，
随着中秋节的临近，
湖面平静微澜不兴。
恰似一方硕大的琼田玉镜，
托着我那一叶扁舟。
月光洒在湖面，
星辰倒映水中，
看清朗世界多么澄澈透明。
这美景啊只可被我意会，
个中妙趣实难对人言传。

蓦然忆起在岭南的时候，
那如水月光下孤单的身影，
包藏的却是一颗晶莹透亮的赤心。
我披散着稀疏的短发，感到一丝寒意，
一任船儿在湖心平稳地漂泛。
我掬起西江水一饮而尽，
手把北斗浅斟低酌，
一霎时，世间万物纷纷来作客。
我击打船舷仰天长啸，
竟不知今夕是何年。

【说明】

这首词写景抒情。对着中秋时节清空美景，词人心旷神怡，如入化境，全部身心都陶醉了。紧接着直抒胸臆，自标高洁，感叹自己操履高洁却不为世俗所察，徒然忠信见谤，忧谗畏讥。最后词人满怀豪情，抛却一切烦恼，感到天高水阔，于是他酾斗吸江，宾客万象，神游于天地之间，达到了物我两忘、超凡脱俗的境地。全词意象空灵清绝，构思奇妙，琢字炼句不落俗套，极尽浪漫高远之致。

六州歌头

韩元吉

桃　花

东风着意，先上小桃枝。红粉腻，娇如醉，倚朱扉。记年时，隐映新妆面，临水岸。春将半，云日暖，斜桥转，夹城西。草软莎平，跋马垂杨渡，玉勒争嘶①。认蛾眉凝笑，脸薄拂燕脂，绣户曾窥②，恨依依。　　共携手处，香如雾，红随步，怨春迟。消瘦损，凭谁问，只花知，泪空垂。旧日堂前燕，和烟雨，又双飞。人自老，春长好，梦佳期。前度刘郎③，几许风流地，花也应悲。但茫茫暮霭，目断武陵溪④，往事难追。

【作者介绍】

韩元吉（1118—1183）字无咎，号南涧，开封雍丘（今河南开封）人，一说许昌人。官至吏部尚书，以致力兴办学校闻名。政治上力主抗金。其词或抒发抗战之志，或慨叹英雄迟暮，词风苍凉悲壮。有《南涧诗余》一卷。

【注释】

①玉勒：玉制的马衔，代指马。
②绣户：华丽的居室，多指妇女居住的地方。
③前度刘郎：唐朝诗人刘禹锡自称"刘郎"，其七绝《再游玄都观》中有"种桃道士归何处，前度刘郎今又来"的句子。词人在此借刘郎自指。
④武陵溪：本是陶渊明《桃花源记》中的地名，在此作借代用法。

【今译】
东风似乎是有意,
率先垂顾那幼嫩的桃枝。
就像浓妆的丽人,
娇滴滴如痴如醉,
慵懒地倚靠着朱红的大门。
记得去年此时,
她那经过细心妆扮的容颜,
与岸边的碧水相映生辉。
当时春天已过去将近一半,
云影徘徊天气多么和暖。
我们转过斜桥,
来到城的西面,
那儿草地平阔草儿真柔软。
我骑着马儿涉水走过垂杨渡,
马儿挣扎嘶鸣着不肯向前。
我忘不了她那弯弯的秀眉,
和那灿烂的笑脸。
就是这薄施脂粉的脸庞,
曾探出闺房朝着远方眺望,
把绵绵的怨恨埋在心房。

当时携手同游的地方,
仿佛还弥漫着淡淡的芳香,
看着脚下零落的花瓣,
我抱怨这早逝的春光。
为伊消得人憔悴,
又有谁来抚慰?
我的伤心只有花知,
徒然落泪究为谁。

旧时堂前的小燕子，
冲破迷茫的烟雨，
双双飞翔远去，
人生在世都会衰老，
只有春光永远美好，
重逢的佳期像梦一样缥缈。
多愁善感的我，
来到从前欢会的故地，
桃花也会陪我伤悲。
放眼四外茫茫，暮霭凄迷，
不见了世外桃源武陵溪，
甜蜜的往事再也难以追忆。

【说明】

这首词写男女恋情。上片由花思人，回想初次相会时种种旖旎情致。下片写桃花依旧，人面不见的惆怅，尽管渴望与伊人重续旧好，可是终究前梦难圆，往事一去不堪回首，遂致词人落寞伤心，满目苍凉。全词意境与唐崔护《游都城南庄》关合，而又下语妩媚清丽，缠绵悱恻，更见丰赡缜密的特点。

好 事 近

韩元吉

凝碧旧池头[1]，一听管弦凄切。多少梨园声在，总不堪华发。　　杏花无处避春愁，也傍野烟发。唯有御沟声断[2]，似知人呜咽。

【注释】

[1]凝碧句：唐代诗人王维曾有"秋槐叶落空宫里，凝碧池头奏管弦"的诗句。

②御沟：流经皇宫的水道。

【今译】

身在大宋朝的故宫，
听着弹奏的乐曲是那么悲凉。
故国的教坊乐不知听过多少遍，
可这一次听到却令人顿生华发。

莫非杏花是无处躲避春愁，
只能在那荒村野岭竞相开放。
还是御沟知趣地不再流淌，
怕给呜咽的我再添悲伤。

【说明】

　　这首词抒写故国之思。当时词人作为宋朝使节往贺金主完颜雍的生辰万春节，途经北宋旧都汴京，还参加了金人举办的宴会。席间词人抚今忆昔，感慨万端。上片借用唐代旧事和王维诗句，以唐喻宋，感时伤心。下片通过早春二月景物的渲染，从目中所见和耳中所闻两个方面烘托愁苦情绪，实在触目惊心，闻声伤心。特别是用杏花和御沟的拟人化，使悲情更深更婉。

瑞　鹤　仙

袁去华

　　郊原初过雨，见数叶零乱，风定犹舞。斜阳挂深树，映浓愁浅黛，遥山眉妩。来时旧路，尚岩花、娇黄半吐。到而今，唯有溪边流水，见人如故。　　无语，邮亭深静，下马还寻，旧曾题处。无聊倦旅，伤离恨，最愁苦。纵收香藏镜①，他年重到，人面桃花在否？念沉沉，小阁幽窗，有时梦去。

【作者介绍】

袁去华,生卒年不详,字宣卿,奉新(今属江西)人。绍兴十五年(1145)中进士,曾任善化(今属湖南)、石首(今属湖北)等地县丞。博学多识,尤工词,词风细腻深沉,有《宣卿词》。

【注释】

①收香藏镜:收香,据《晋书·贾充传》载,贾充女贾午与韩寿私通,将晋武帝赐给其父的西域异香窃来赠寿。藏镜,汉代秦嘉赴京师公干,其妻因病未能亲自送别,乃留赠诗三首,并宝钗、明镜等物。收香藏镜均指男女之间相亲相爱,情深意厚。

【今译】

郊外的原野上雨过初晴,
那留在树上的几片枯叶,
风住了犹自摇曳飞舞。
斜阳挂在远方的树梢,
照见那如美人淡淡愁眉般,
明暗变幻的远山景色。
当初来时路上,
还能看到岩花含苞待放,
如今只有,
那路边的小溪,
还在汩汩流淌一如既往。

一路无语,来到寂寞的驿站,
下马细寻,那昔日题诗的所在。
无聊的旅行令人厌倦,
再加上离别的伤悲,
那滋味实在苦凄。
虽然与她赠物相约,
多年后重到故地,

心上人是否还在?
真想念那沉静的小楼闺窗,
睡梦中我又回到她的身旁。

【说明】

这首词怀旧思人。伊人不见,空留怀想,景物依旧,时不再来。昔日的欢乐时光恍如春梦一场,难以追寻,于是羁愁别恨、身世之感郁结于心,倍感孤凄沮丧,惟一冀望的便是在以后能与她梦中重聚,聊慰愁肠。

剑 器 近

袁去华

夜来雨,赖倩得东风吹住①。海棠正妖饶处,且留取。悄庭户,试细听莺啼燕语,分明共人愁绪,怕春去。　佳树,翠阴初转午②。重帘未卷,乍睡起,寂寞看风絮。偷弹清泪寄烟波③,见江头故人,为言憔悴如许。彩笺无数④,去却寒暄,到了浑无定据。断肠落日千山暮。

【注释】

①倩:请。
②转午:时过正午,树影开始东偏。
③寄烟波:化用唐诗人孟浩然的《宿桐庐江寄广陵旧游》诗中"还将两行泪,遥寄海西头"两句诗意。
④彩笺:写信用的彩纸,代指书信。

【今译】

夜里的绵绵细雨,
亏得东风将它吹住。
海棠花儿开得正艳,

留下她吧千万不要吹落。
庭院深深多么寂静，
细听那莺啼燕语，
分明与人一样满腹忧愁，
生怕春光难留。

枝叶繁茂的绿树，
浓荫刚转过正午。
重重帘幕低垂，
沉睡方起，
万般寂寞中看那迎风飞舞的柳絮。
偷偷地对江水弹下相思的泪滴，
快去见我那江头故人，
诉说我已是多么憔悴。
虽说寄来了那么多书信，
可除去问候寒暖，
终究不知何日是归期。
这日暮时分心头最是酸悲。

【说明】
　　这首词写伤春怀人情绪。这是一个雨过风急的春日，海棠花劫后独秀，分外妖娆，留住了春意，也勾起词中人的无限愁绪，他寂寞惆怅，索然无趣地闲看风絮翻卷。无人理解他的心情，只有那莺和燕与他同病相怜，不愿春去。难怪他要偷弹清泪、断肠如许了。

安　公　子

袁去华

　　弱柳千丝缕，嫩黄匀遍鸦啼处①。寒入罗衣春尚浅，过一番风雨。问燕子来时，绿水桥边路，曾画楼、见个人人否②？料静掩云窗，尘满哀弦危柱③。　　庾信愁如许④，为谁都著眉端聚。独立东风弹泪眼，寄烟波东去，念永昼春闲，人倦如何度？闲傍枕，百啭黄鹂语。唤觉来厌厌，残照依然花坞。

【注释】

①嫩黄：形容初春的柳色。

②人人：对意中人的昵称。

③哀弦危柱：指琴，由于琴的主人弹奏的都是哀伤的乐曲，故有是称。

④庾信：南朝梁时人，曾作《愁赋》，后世遂以"庾愁"作为忧愁的代名词。

【今译】

细细柳丝千条万缕，
鸦啼处遍染层层新绿。
罗衣难抵早春的寒意，
更何况刚经过一番风雨。
我问春燕来时，
在那绿水桥边，
可曾见画楼高耸人独立？
也许他终日紧掩云窗，
积满灰尘的琴筝不再奏哀伤的乐曲。

我无法驱遣满腹的愁绪，
双眉紧蹙谁解其中滋味。
独自伫立任东风吹落行行泪珠，
随着不息的江流浩浩东去。
想这漫漫春日百无聊赖，
慵懒的我怎能熬到斜阳西坠。
闲来倚枕昏昏欲眠，

又听得黄鹂高声低语。
醒来时更觉心头烦闷无比,
看窗外花坞之上依旧残阳明媚。

【说明】

这是一首怀人之作,上片先描绘初春景色,用笔细致轻巧,接下由景生情,情极而生痴想,向春燕询问伊人消息,不同凡响。下片直抒胸臆,将内心的情思层层传出,倍见情之真切,思之无限。词中"独立东风弹泪眼,寄烟波东去"一句,化用唐代杜甫诗句"故凭锦水将双泪",而又了无痕迹,语意超拔,堪称佳句。

瑞 鹤 仙

陆 淞

脸霞红印枕,睡觉来,冠儿还是不整。屏间麝煤冷①,但眉峰压翠,泪珠弹粉。堂深昼永,燕交飞,风帘露井。恨无人、说与相思,尽日带围宽尽。　　重省,残灯朱幌,淡月纱窗,那时风景。阳台路迥②,云雨梦,便无准。待归来,先指花梢教看,欲把心期细问。问因循③、过了青春,怎生意稳?

【作者介绍】

陆淞,字子逸,号云溪、雪窗,山阴(今浙江绍兴)人,陆佃孙,陆游雁行。曾任辰州(今湖南)太守。晚年以疾废,卜筑秀野。生平事迹不详,传词仅两首。

【注释】

①麝煤:本为制墨的原料,又可作墨的别称。词中指屏风上的字画等墨迹。

②阳台:男女欢会之所,见宋玉《高唐赋序》所述楚怀王之事。

③因循:拘泥,呆板,不灵活,引申为耽误,延迟。

【今译】

印着枕痕的脸上泛着红云，
睡眼惺忪，花冠歪斜遮住了双鬓。
屏风上伊人的墨迹早已冰冷，
我却依然愁眉不展，
如泉清泪似要把脂粉洗净。
庭院深幽白昼漫长，
燕子穿梭飞舞，
微风掀起帘幕，露滴洒进古井。
谁来听我诉说，
近来的无限相思，
眼看着衣带一天天宽松。

重新忆起以前的情景，
残灯照着朱红色的帷帐，
淡月映着薄薄的纱窗，
那是多么的令人难忘。
只可惜如今路途迢迢，
纵然在梦中相会，
终究是难以成真。
等到他哪天归来，
我先要教他看那枯萎的花蕾，
还要将他的心事细细询问。
为何把大好春光空错过，
难道就不觉得可惜？

【说明】

  相传这首词是作者为一歌女所作，实际上是一首扣人心弦的思妇词。自从意中人飘然离去，"屏间麝煤冷"，思妇便变得慵懒而无情无绪，不是拥衾深睡，便是追忆前情，朝思暮想，渐宽带围。作者下语绮丽，字字传神。据说"脸霞红印枕"之句，一时盛传，备受称道。

卜 算 子

陆 游

咏 梅

驿外断桥边，寂寞开无主。已是黄昏独自愁，更著风和雨。无意苦争春，一任群芳妒①。零落成泥碾作尘，只有香如故。

【作者介绍】

陆游（1125—1210）字务观，号放翁，越州山阴（今浙江绍兴）人。高宗绍兴年间应礼部试，名列第一，后因触犯权贵而遭贬黜。孝宗时赐进士，授枢密院编修。一生力主抗金，仕途十分坎坷，直到66岁那年罢职，闲居山阴20年。其文学成就以诗为主，词作仅百余首，兼有豪放婉约之长，有《放翁词》一卷。

【注释】

①群芳妒：作者以花喻人，以"群芳"代指那些嫉贤妒能、误国误民的权奸显贵。

【今译】

驿馆外的断桥边，
无主的梅花独自开放。
黄昏的愁云尚未散去，
一场风雨又使她愁上加愁。

她不愿在春天里争奇斗妍，
也不在意百花是嫉恨还是艳羡。

甚至当她凋谢化作了泥土,
还把一缕清香留在人间。

【说明】

这首小词咏物言志,抒发身世之慨,借梅花的清高超俗,来表达自己不慕荣利、不随波逐流、自甘寂寞的志向。特别是下片四句,于淡语中透出不屈不挠的浩然之气,成为千古传颂的名句。

渔 家 傲

陆 游

东望山阴何处是[1]?往来一万三千里。写得家书空满纸,流清泪,书回已是明年事。　　寄语红桥桥下水,扁舟何日寻兄弟?行遍天涯真老矣。愁无寐,鬓丝几缕茶烟里[2]。

【注释】

[1] 山阴:即今浙江绍兴,陆游的故乡。词中下文出现的"红桥"在山阴县城附近。

[2] 茶烟:化用唐代杜牧《题禅院》诗意。原诗为:"觥船一棹百分空,十岁青春不负公。今日鬓丝禅榻畔,茶烟轻飏落花风。""鬓丝"意思是鬓发变白。

【今译】

极目东眺,哪里是我的山阴故乡?
往返路程长达一万三千里。
白白写成这厚厚的家书,
禁不住流下思乡的泪水,
要看到回信也许要到来年。

问一声红桥下的绿水,

何时我能够驾着船儿寻兄弟？
走遍了天涯路如今年老力衰，
心中忧愁难寐，
鬓发渐白何日是归期？

【说明】

这是一首思乡词，当时陆游正辗转游宦于巴蜀大地，眼看壮志难酬，岁月蹉跎。身处异乡，于愁苦失意中倍生思乡念旧之情，感慨万端，发出"行遍天涯真老矣"的浩叹。

定 风 波

陆 游

进贤道上见梅赠王伯寿①

欹帽垂鞭送客回②，小桥流水一枝梅。衰病逢春都不记。谁谓，幽香却解逐人来。　　安得身闲频置酒，携手，与君看到十分开。少壮相从今雪鬓，因甚？流年羁恨两相催③。

【注释】

①王伯寿：作者友人，事迹不详。
②欹帽：帽子歪斜。
③流年羁恨：流年，指岁月流逝。羁恨，指羁旅他乡、闲散无为而产生的愁闷和怨恨。这两方面都可催人头白。

【今译】

我送走客人缓缓归来，
马鞭低垂，冠儿歪斜。
蓦然看到小桥流水边，
一枝梅花独自开。

衰病的我竟然将节令忘记,
不曾想到,
这梅的幽香又给我带来春的消息。

何时能得无事一身闲,
频置美酒与君尽情欢宴。
携手同游,
共赏那梅花盛开的场面。
想当初你我皆是少年意气,
如今我却已双鬓染白霜,
要问其中缘故,
岁月流逝和羁旅的愁苦,
使人分外老相。

【说明】

　　写这首词时,作者正在江西做官,终日忙于琐细无聊的事务,抱负难以施展,内心非常郁闷。于是在进贤县(今属江西南昌)的道上,见梅而感,向友人倾诉情怀。由于"流年羁恨两相催",他"雪鬓"早染,"衰病"交加,忘记了大自然的节令,在送客返回的路上,"敲帽垂鞭",活脱脱一位不堪宦海颠簸、垂垂老矣的老吏形象,呼之欲出,令人嗟叹不已。

水 龙 吟

陈 亮

　　闹花深处楼台①,画帘半卷东风软。春归翠陌,平莎茸嫩②,垂杨金浅③。迟日催花④,淡云阁雨⑤,轻寒轻暖。恨芳菲世界,游人未赏,都付与、莺和燕。　　寂寞凭高念远,向南楼一声归雁。金钗斗草,青丝勒马,风流云散。罗绶分香,翠绡封泪,几多幽怨?正消魂又是,疏烟淡月,子规声断。

【作者介绍】

陈亮(1143—1194)字同甫,人称龙川先生,婺州永康(今属浙江)人。南宋哲学家、文学家,光宗时策进士第一,授签书建康军判官厅公事,未到任而卒。为人才气超迈,尤喜谈兵。反对与金人"议和",力主抗金,并因此触犯权贵,三次被诬下狱。其词与辛弃疾同调,多表达爱国感情,风格豪放,有《龙川词》。

【注释】

①闹花:盛开的花。
②平莎茸嫩:春天里平坦的莎草地上草叶茸茸,草色鲜嫩。
③垂杨金浅:杨柳枝头绽出浅黄色的幼芽。
④迟日催花:白昼渐长,太阳迟迟不落,似在催着花儿开放。
⑤淡云阁雨:疏淡的云,时下时停的细雨。

【今译】

繁花似锦掩映着楼台,
画帘半卷,在和煦的春风中轻轻摇摆。
春天到来,道路变得翠绿,
平展的莎草地上草叶柔细,鲜嫩无比,
杨柳枝头刚绽开浅黄的花芽。
白日渐长催着花儿开放,
淡淡的云彩伴着阵阵细雨,
真真是轻寒轻暖天气。
遗憾的是这大好的春色,
游人并不能尽情欣赏,
尽付与流莺和飞燕。

我寂寞中登高望远,
听南楼一声归雁倍加伤感。

想从前手把金钗斗百草,
信马由缰多么悠闲,
这光景没多久就风流云散。
解下罗带分香囊,
依依惜别,泪雨尽洒丝巾上,
说不尽多少怨恨和惆怅。
我黯然伤魂似又回到从前,
眼前疏烟袅袅,淡月迷离,
远处杜鹃的叫声令人肝肠寸断。

【说明】

在百花吐妍春意盎然的时节,词人却感到寂寞,内心十分苦闷和幽怨。他听到一声归雁便抚今追昔,浮想联翩,"凭高念远"。这"远"既是时间上的从前,又是空间上的远方。而这一切,都可从一句"恨芳菲世界,游人未赏、都付与、莺和燕"中找到答案,原来词人是在怀念故国,为大好河山的失陷而痛惜。

忆 秦 娥

范成大

楼阴缺,阑干影卧东厢月。东厢月,一天风露,杏花如雪。隔烟催漏金虬咽①,罗帏暗淡灯花结。灯花结,片时春梦,江南天阔。

【作者介绍】

范成大(1126—1193)字致能,号石湖居士,吴郡(今江苏苏州)人。宋高宗绍兴二十四年(1154)中进士。曾出使金国,不辱使命而归。先后任吏部员外郎、资政殿大学士以及建康、成都等地行政长官。晚年隐居故乡石湖。其诗与陆游、尤袤、杨万里齐名,人称南宋四大家。词作较少,艺术成就亦远逊于诗。词风以清逸淡远见长。有《石湖集》。

【注释】

①隔烟句：漏，漏壶，计时的器具，引申为时光。金虬，即铜铸的龙。全句意谓隔着烟雾，听到装有龙头的漏壶有规律地发出声响。

【今译】

楼阁投下残缺的暗影，
明月照着栏杆横斜。
东方这轮皎洁的月亮，
照彻满天风露，也照见：
遍地杏花落如雪。

透过烟雾听见那沙漏呜咽作响，
罗帐幽暗只见灯烛结出长长的灯花。
看着这红红的灯花，
顿时令人坠入春天的梦想，
梦中的江南哟天地多么宽广！

【说明】

这首小词上片咏物，下片言情，营造出一份春天月夜、独处佳人思春怀人的旖旎氛围。全词无一语直接写情，实则淡语写浓情，此时无情胜有情，堪称闺怨词中的佳作。

醉落魄

范成大

栖乌飞绝，绛河①绿雾星明灭。烧香曳簟眠清樾②。花影吹笙，满地淡黄月。　　好风碎竹声如雪，昭华三弄临风咽③。鬓丝撩乱纶巾折。凉满北窗④，休共软红说⑤。

【注释】

① 绛河：即天河。

② 烧香句：曳簟，拉过一张竹席。樾，树荫。句谓焚起香，拖一张竹席睡在清凉的树荫下。

③ 昭华三弄：昭华，古乐器名，这里指笙。弄，即弹奏、吹奏。

④ 北窗：代指清静的居处。陶渊明《与子俨等疏》云："常言五六月中，北窗下卧，遇凉，风暂至，自谓是羲皇上人。"

⑤ 软红：即红尘、尘世，这里指那些热衷功利的世俗之人。

【今译】

树上栖息的乌雀都已飞走，
绿雾缭绕的天河上星光忽明忽灭。
燃香铺席睡在清凉的树荫下，
对着花丛吹奏悠扬的乐曲，
茫茫大地尽披淡黄色的月辉。

轻风徐来吹动竹管声如雪，
几番吹奏乐声迎风渐消歇。
鬓发散乱头巾皱褶，
凉爽有如陶潜高卧北窗下，
惬意和闲适难与凡夫诉说。

【说明】

这首词描写隐居生活。在晴朗夏夜，当树上的栖鸟都已飞走的时候，大自然归于一片寂静，此时隐者开始尽情享受这份宁静和清凉。花影吹笙，更衬出夜之宁静；夜眠清樾，愈想见夜之清凉。亦难怪词人慨叹"凉满北窗"，自以为遗世独立，为凡夫俗子所望尘莫及。

霜天晓角

范成大

晚晴风歇,一夜春威折。脉脉花疏天淡,云来去,数枝雪。　胜绝,愁亦绝,此情谁共说。惟有两行低雁,知人倚,画楼月。

【今译】
傍晚时天晴风歇,
一夜的春寒料峭,
此时已势减威衰。
疏朗的梅花脉脉含情,
在淡远的天空下独放异彩。
几片闲云飘来飘去,
映着梅花质洁如雪。

这胜景无与伦比,
也勾起我满怀愁绪,
此时的心情又能与谁共语?
只有那两行低飞的鸿雁,
知道我独自倚楼,
在朦胧月下思你念你。

【说明】
这是一首咏梅怀人之作。上片写风歇寒减,梅花映衬着晚晴的淡天疏云,脉脉含情,质洁如雪。下片由赞叹美景急转到愁绪,由梅及人亦梅亦人,可谓梅愁人愁,胜绝愁亦绝。

好 事 近

蔡幼学

日日惜春残,春去更无明日。拟把醉同春住,又醒来岑寂①。　明年不怕不逢春,娇春怕无力。待向灯前休睡,与留连今夕。

【作者介绍】

蔡幼学(1154—1217)字行之,瑞安(今属浙江)人。早有文名,宋孝宗乾道年间中进士,宁宗朝仕至权兵部尚书兼太子詹事,卒谥文懿。

【注释】

①岑寂:清空寂寥。

【今译】

每天都惋惜春光将残,
春光已去再也不能复返。
想借着醉意与春天同在,
偏又早早醒来倍感寂寞无奈。

尽管明年春会再来,
不过她那么娇弱无力,
怕是依旧会随风而逝。
还是守着孤灯莫贪睡,
别放过这最后的春宵。

【说明】

这首小词抒发伤春惜春之情,下语极其平淡,而意境深远。春光易逝,应当加倍珍惜,不要幻想着醉中留春,也不要等待来年,而应当立足眼前,抓住今夕。

贺 新 郎

辛弃疾

别茂嘉十二弟①

绿树听鹈鴂,更哪堪、鹧鸪声住,杜鹃声切。啼到春归无寻处,苦恨芳菲都歇。算未抵、人间离别。马上琵琶关塞黑②,更长门,翠辇辞金阙③。看燕燕,送归妾④。 将军百战身名裂,向河梁、回头万里,故人长绝⑤。易水潇潇西风冷,满座衣冠似雪,正壮士、悲歌未彻⑥。啼鸟还知如许恨,料不啼清泪长啼血。谁共我,醉明月。

【作者介绍】

辛弃疾(1140—1207)字幼安,号稼轩,山东济南人。一生力主抗金,终究壮志难酬。是宋代最杰出的词人,词作数量也居宋代词人之冠,达620多首。其词反映当时社会现实,抒发慷慨激昂的爱国之情和抗战恢复的雄心壮志,指斥偏安误国。词作风格多样而以豪放为主,与苏轼并称"苏辛"。善于熔铸经史,语言多有创新,许多名篇历传不衰。有《稼轩长短句》。

【注释】

①茂嘉十二弟:即辛弃疾的族弟辛茂嘉,当时被贬官广西,此词就是与他送别之作。

②马上句:指汉代昭君出塞事。

③更长门句:汉武帝的陈皇后因妒忌而施邪媚之术,被废居长门宫。司马相如曾为之作《长门赋》。

④看燕燕:《诗经·邶风·燕燕》:"燕燕于飞,差池其羽。之子于归,远送于野。瞻望弗及,泣涕如雨。"说的是春秋时卫庄公妾戴妫被送归时的情景。

⑤将军四句:汉代名将李陵身经百战,功勋卓著。后兵败被俘投降匈奴。苏武出使匈奴时见到李陵,陵临别时不胜伤感。

⑥易水句:用战国末年荆轲刺秦事。

【今译】

听着绿林丛中的鹈鴂叫声,
已使人感伤不已,
更哪堪鹧鸪的哀鸣刚停,
杜鹃的悲声又起。
直啼到春天归去还是无处寻,
便怨恨百花不该凋谢。
不过这悲怆的情事,
终究比不上人间的生离死别:
王昭君含悲北出关塞,
马上的琵琶声何等凄厉。
陈皇后被贬居长门,
乘着翠辇告别富丽的寝宫。
看着燕子交飞,归妾远去,
庄姜的心中定也无限伤悲。

身经百战的李陵终究身败名裂,
后来他曾站在塞外的河桥上,
遥望万里之外的故国家山,
与苏武永久地告别。
易水潇潇西风冷,
满座宾客身着素服送荆卿。
一曲悲歌尚未歇,
壮士已登上西去的传车。
啼鸟倘知道离别的愁恨,
想来不啼清泪却啼血。
从今后谁来陪伴我,
举杯对饮赏明月?

【说明】

暮春时节,正是飞鸟"苦恨芳菲都歇"的时候。人间的离别,更是教人浮想联翩,愁肠百结。历史上多少英雄美人生离死别,辞家去国的悲壮场面,交叠一处,使啼鸟有知,一定会"不啼清泪长啼血";鸟尚如此,则离人的心情就可想而知了。

贺 新 郎

辛弃疾

赋 琵 琶

凤尾龙香拨①,自开元、霓裳曲罢,几番风月。最苦浔阳江头客②,画舸亭亭待发。记出塞,黄云堆雪。马上离愁三万里,望昭阳③,宫殿孤鸿没。弦解语,恨难说。　辽阳驿使音尘绝,琐窗寒,轻拢慢捻,泪珠盈睫。推手含情还却手,一抹梁州哀彻④。千古事、云飞烟灭。贺老定场无消息⑤,想沉香亭北⑥、繁华歇。弹到此,为呜咽。

【注释】

①凤尾龙香拨:据《明皇杂录》记载,唐代杨贵妃曾以龙香板弹拨琵琶。凤尾即指琵琶。

②浔阳江头客:唐代诗人白居易被贬九江,一日送客至浔阳江头,闻夜弹琵琶之声,感而作《琵琶行》诗。

③昭阳:汉代未央宫中有昭阳殿,此指王昭君出塞之事。

④梁州:唐代流行的一种琵琶曲,亦作《凉州》。

⑤贺老:唐代善于弹奏琵琶的艺人贺怀智。元稹《连昌宫词》:"夜半月高弦索鸣,贺老琵琶定场屋。"

⑥想沉香句:指唐玄宗与杨贵妃在兴庆宫沉香亭听曲赏花之事。

【今译】
杨贵妃的琵琶世间少有,
用凤尾雕饰用龙香板弹奏。
自从开元年间霓裳曲罢,
弹指间又过多少春秋。
最苦的是浔阳江头白居易,
当画船亭亭待发时,
偏听见水上传来琵琶声幽。
还记得当年昭君出塞,
满天黄云映着皑皑白雪,
回首故国三万里江山,
在马上弹着琵琶诉说离愁,
遥望长安昭阳殿,
眼看着天边孤鸿越飞越远。
即使琴弦会说话,
也道不尽这深深的怨恨。

久不见辽阳驿使传来音信,
雕花窗前思妇黯然伤神,
怀抱琵琶轻拢慢捻,
眼睫上还挂着晶莹的泪珠。
她含情脉脉手儿时推时却,
奏一曲《梁州》调哀婉动人。
这些千古往事。
如今都如过眼烟云。
谁还有贺怀智那样的压场绝艺,
那沉香亭前的繁花早已消歇,
此情此地,
不由人呜咽悲泣。

【说明】

该词题"赋琵琶",名副其实,词人浓笔叙事,说的都是前朝有关琵琶的凄婉故事,无论写哀愁、写乐景均以悲情作结,借古伤今、忧国伤身之情充满字里行间。读其词,耳畔犹时闻悲声,令人欲哭无泪,难怪后人评价说"无一字不鸣咽"。

水 龙 吟

辛弃疾

登建康赏心亭①

楚天千里清秋,水随天去秋无际。遥岑远目,献愁供恨,玉簪螺髻。落日楼头,断鸿声里,江南游子,把吴钩看了②。栏杆拍遍,无人会、登临意。　　休说鲈鱼堪脍,尽西风,季鹰归未③。求田问舍,怕应羞见,刘郎才气④。可惜流年,忧愁风雨⑤,树犹如此⑥。倩何人,唤取红巾翠袖,揾英雄泪。

【注释】

①建康赏心亭:故址在今南京水西门上,下临秦淮河。

②吴钩:本指一种弯形的剑,相传吴王命国中做金钩,有人杀掉自己两子,以血涂钩,铸成双钩献给吴王。后代指利剑。

③季鹰:据《晋书·张翰传》载,张翰(字季鹰)在洛阳做官,见秋风起,因想到家乡吴中的鲈鱼等美味,遂弃官而归。

④刘郎:三国时刘备,曾讥讽许汜胸无大志,只知置地买房。

⑤忧愁风雨:化用苏轼《满庭芳》词义,原句为"百年里,浑教是醉,三万六千场。思量,能几许,忧愁风雨,一半相妨。"

⑥树犹如此:据《世说新说·言语》载,桓温北伐经金城,见从前所植柳树已长得十分粗大,慨然叹道:"木犹如此,人何以堪!"

【今译】

楚天寥廓秋空千里,
秋水映着天光滔滔东去。
眺望远方的群山,
使人愁恨交加的,
恰是那玉簪螺髻般的奇峰秀壑。
落日时分我伫立楼头,
听着孤雁声声,时断时续。
我这浪迹江南的游子,
纵然有吴钩在手,
也只能拍遍栏杆独自叹息,
没有人会理解,
我此刻登临的意义。
不要说鲈鱼是何等肥美,
任西风劲吹,
何必学张翰回归故里?
只知置地购屋,
恐怕无颜面对,
雄才大略的刘备。
可惜岁月如流水,
经历了多少凄风苦雨,
也该像桓温一样感慨欷歔。
让谁去唤来红粉佳人,
轻轻拭去我伤心的泪水。

【说明】

作此词时,词人在建康作幕僚,壮志难酬,虚度岁月,于秋日登高时发无限感慨。因为心中郁闷,看那美丽秋景、奇峰秀谷竟平添无数忧愁和怨恨。特别妙在由写景向抒情的转换上,不说词人主观感受,而说这些自然景物在"献愁供恨",奇绝妙绝。

摸 鱼 儿

辛弃疾

淳熙己亥自湖北漕移湖南,同官王正之置酒小山亭,为赋①。

更能消几番风雨,匆匆春又归去。惜春长怕花开早,何况落红无数。春且住,见说道、天涯芳草无归路。怨春不语。算只有殷勤,画檐蛛网,尽日惹飞絮。　　长门事,准拟佳期又误②,蛾眉曾有人妒。千金纵买相如赋③,脉脉此情谁诉?君莫舞。君不见、玉环飞燕皆尘土④。闲愁最苦,休去倚危栏,斜阳正在,烟柳断肠处。

【注释】

①淳熙句:淳熙己亥年(1179年,即宋孝宗淳熙六年),辛弃疾40岁,由湖北漕(即主管钱粮的转运副使)调任湖南,接替他职务的王正己(字正之)在官衙内的小山亭宴请辛弃疾,词人有感而作此词。

②准拟句:事先约定的好日子临时又改变了。

③相如赋:汉武帝陈皇后失宠被贬长门宫,知司马相如善作赋,便送黄金百斤请其作《长门赋》,希望再得到武帝的垂爱。

④玉环飞燕:汉成帝后赵飞燕和唐玄宗妃杨玉环,一个被废自杀,一个被逼自缢。

【今译】

还能经受住几番风雨?
春天又将匆匆逝去。
珍惜春光我总怕花儿开得太早,
又怎忍心看着眼前落红满地。
春天呵且留步,
难道没有听说:
天涯茫茫芳草萋萋早已不见归路?

我怨春天为何默然无语。
看来最殷勤的要算是,
那画檐上的蛛网,
终日忙着粘惹杨柳的飞絮。
我就像当年幽居长门的陈皇后,
说定的好日子却一再延误,
原来是容颜姣好遭人嫉妒。
纵使花千金买得相如作赋,
可这内心的怨愁又能向谁倾诉?
那些得宠的小人且莫横行,
你们难道不知道,
玉环飞燕都已化作了尘土?
闲散无聊最是令人愁,
还是别去登高凭栏,
斜阳映照之下,
就是那令人断肠的迷蒙烟柳。

【说明】

这首词或题为"暮春",尽管当时背景是同僚宴饮饯别,然而全词不著一语言及留别,全采用比兴手法,意在言外,表达了强烈的忧世悲己之情。特别一句"匆匆春又归去",看出词人对虚度年华的焦虑不安。而"惜春长怕花开早",又是十足的痴语,把惧怕春光流逝的心情抒写得淋漓尽致。

永 遇 乐

辛弃疾

京口北固亭怀古①

千古江山,英雄无觅、孙仲谋处。舞榭歌台,风流总被、雨打风吹去。斜阳草树，寻常巷陌，人道寄奴曾住。想当年，金戈铁马，气吞万里如虎。　　元嘉草草，封狼居胥，赢得仓皇北顾②。四十三年，望中犹记，烽火扬州路③。可堪回首，佛狸祠下，一片神鸦社鼓。凭谁问、廉颇老矣，尚能饭否④？

【注释】

①京口北固亭：在今江苏镇江东北的北固山上。

②元嘉句：南北朝时期，南朝宋武帝刘裕（小字寄奴）的儿子刘义隆（宋文帝）志大才疏，夸口说要像汉代霍去病驱逐匈奴、封狼居胥山（又名狼山，在今内蒙古中部）那样，北伐中原。结果大将王玄谟于元嘉二十七年（450）北伐时遭到惨败。

③四十三年：当年辛弃疾率众南归时是绍兴三十二年（1162），作词时是开禧元年（1205），前后相隔恰43年。

④廉颇句：战国名将廉颇，在赵王派来的使者面前吃下一斗米和十斤肉，以示仍可征战。但使者回去后却言廉颇年老体衰，使廉颇终不得用。

【今译】

岁月悠悠，江山依旧，
再也找不到像孙权那样的英雄豪杰。
昔日的舞榭歌台无论多么华丽，
显耀一时的风流人物终将被那，
历史的风风雨雨所吹打荡涤。
看眼前这斜阳下的青草绿树，
普通人家的小径街巷，
据说是宋武帝当年居住的地方。
回想刘裕当年，
兵强马壮北伐中原，
气势浩大犹如猛虎下山。

又想起元嘉年间的草率北征，

一心要学当年霍去病,
徒落个仓皇南逃丢土损兵。
一晃四十三年过去,
我还清楚地记得,
当时在扬州抗击金兵的情形。
往事不堪回首,
北魏皇帝当年住过的地方,
如今又沦入金人之手。
我就像当年立志报国的廉颇,
没有人来询问:
将军老了,
还能驰骋疆场否?

【说明】

这首词是辛弃疾的代表作之一,十分有名。无论是对孙权和刘裕的钦慕,还是对刘义隆、王玄谟的鄙夷,其意均在借古讽"今",寄托自己对国土沦丧,权臣误国的忧愤之情。

木兰花慢

辛弃疾

滁州送范倅①

老来情味减,对别酒,怯流年。况屈指中秋,十分好月,不照人圆。无情水,都不管,共西风,只管送归船。秋晚莼鲈江上②,夜深儿女灯前③。　　征衫便好去朝天,玉殿正思贤。想夜半承明④,留教视草⑤,却遣筹边。长安故人问我,道愁肠,殢酒只依然⑥。目断秋霄落雁,醉来时响空弦⑦。

【注释】

①范倅（cuì）：即范昂，曾任滁州（治所在今安徽滁县）通判。倅，副职。通判是知州的副手，故称"倅"。

②秋晚句：用晋代张季鹰归隐故事。

③深夜句：黄庭坚《寄叔父夷仲》诗："刀弓陌上望行色，儿女灯前语夜深。"这里化用其诗，言儿女殷勤色养之事。

④承明：汉代有承明庐，是朝臣值夜的地方。

⑤视草：校审皇帝的诏令。

⑥殢（tì）酒：病酒。

⑦响空弦：据《战国策·楚策》载，更羸引弓虚发，便有鸿雁坠落。词中"空弦"有两层含意，一是词人渴望上阵杀敌，二来表示英雄赋闲，无用武之地，只是响空弦而自慰。

【今译】

老来的生活平淡无味，
对着离别的酒宴，
叹岁月飞逝如流水。
何况转眼就到中秋，
一轮圆月之下，
偏不见人儿聚首。
无情的江水哪管人间离愁，
与西风一道，
只管送归船疾走。
晚秋江上会使你想家乡的美味珍馐，
深夜灯前儿女们谁不殷勤侍候。

一身征衫，
你去把天子觐见，
金殿里君王正把贤臣思念。
料想你将忠勤王事，深夜不眠，
不是代圣上草拟诏令，

便是筹划军务镇抚边关。
京城故人若是问我,
就说我满腹愁肠,
终日嗜酒心灰意懒。
时常望着秋空远去的鸿雁,
醉梦时还在拉弓放箭。

【说明】

此词作于乾道八年（1172），词人正在滁州任知州。通判范昂即将离任，正值中秋临近，面对别酒，不免生出依依惜别之情。

祝英台近

辛弃疾

宝钗分①，桃叶渡②，烟柳暗南浦③。怕上层楼，十日九风雨。断肠片片飞红，都无人管，更谁劝，啼莺声住？　　鬓边觑，应把花卜归期，才簪又重数④。罗帐灯昏，哽咽梦中语。是他春带愁来，春归何处？却不解、带将愁去。

【注释】

①宝钗分：古时候分钗作为离别纪念。
②桃叶渡：在南京秦淮河与青溪合流处。晋代王献之曾在此送别爱妾桃叶，故有是名。词中代指情人送别之地。
③南浦：泛指送别的水边。
④重数：女子用数花瓣来占卜情人归期，卜完后刚插上鬓发，又放心不下，重新摘下来再数，数而又数，卜而再卜，见其思念之切。

【今译】

当初分钗诀别的时候,
我送他直到渡口,

没有多少告别的话语,
只记得水色幽暗映着如烟的垂柳。
从此我便怕独自倚楼,
看窗外天色总是风急雨骤。
片片落花令我肝肠寸断,
无人前来为我分忧解愁。
更有谁去劝那啼莺,
千万别把春光送走?

摘下鬓边的头花,
试着把他的归期预卜,
才刚插上却又拿下重数。
灯烛昏暗照着寂寞罗帐,
梦里哭泣发出呓语:
是春天惹起人的愁绪,
如今春归,
却不把春愁带去。

【说明】

此词一题作"晚春",是一首缠绵悱恻的闺怨词,有人认为是词人为去妾吕氏而作,但难以令人信服。黄蓼园《蓼园词选》认为该词是"借闺怨以抒其志",有一定道理。词人一反豪放苍劲之风格,转而施展婉约清丽的艺术手法,极其细腻入微地刻画了闺中少妇伤春怀人的种种情态,寄托了自己对时局的忧虑。

青 玉 案

辛弃疾

东风夜放花千树①,更吹落、星如雨。宝马雕车香满路,凤箫声动,玉壶光转,一夜鱼龙舞。　　蛾儿雪柳黄金缕②,笑语盈盈暗香去。众里寻他千百度，蓦然回首，那人却在，灯火阑珊处③。

【注释】

①花千树：与下文"星如雨"、"鱼龙舞"都形容元宵夜的花灯和焰火。
②蛾儿句：妇女们头上戴着各种各样的饰物。
③灯火阑珊处：灯火较暗（游人稀少）的地方。

【今译】

在这元宵之夜，
东风吹开了千树银花，
也吹落了，
满天焰火像是下起了星雨。
宝马雕车留下一路芳香，
凤箫奏起悦耳的旋律，
明月给大地洒下银辉，
鱼灯龙舞彻夜狂欢不息。

妇女们头戴鲜艳的饰物；
欢声笑语中送来幽香一缕。
人丛中我千百次将她寻找，
猛然回头，
却见那意中人，
正站在灯火暗淡处冲我微笑。

【说明】

元宵之夜，普天同庆，火树银花，彻夜狂欢，美人们打扮得花枝招展，春风满面，暗香浮动。在这一幅热闹之外，作者却另有所求，他在众人丛中千寻百觅，终究失望。而在回首之间，却望见了她。他应该对自己刚才的寻觅而感到惭愧才对——她既是这样一位不同寻常的女子，又怎么会追逐繁华呢？最后一句十分传神，意境博大高远，备受人们称道。

鹧 鸪 天

辛弃疾

鹅湖归病起作①

枕簟溪堂冷欲秋②，断云依水晚来收，红莲相倚浑如醉，白鸟无言定自愁。　书咄咄③，且休休④，一丘一壑也风流。不知筋力衰多少，但觉新来懒上楼。

【注释】

①鹅湖：即鹅湖山，在今江西铅山县北，山上有湖，本名荷山，因晋末有人在山上养鹅，故名鹅湖。辛弃疾遭忌被迫退职时，曾长期在铅山隐居。

②枕簟溪堂：枕簟，铺着凉席睡觉。溪堂，水边的阁堂。

③书咄咄：据《世说新语·黜免》载，晋人殷浩被罢官后，成天对着空中书写"咄咄怪事"四个字。"书咄咄"即代指罢职赋闲。

④且休休：唐代的司空图隐居在中条山，曾筑休休亭。"且休休"即代表隐居不仕。

【今译】

我枕着竹席躺在临溪的客堂里，
顿时感到秋天般的凉意，
倒映水中的片片白云，
傍晚时一下子毫无踪迹。
池塘中的红莲相互偎依
在微风中摇曳恰似微醉。
洁白的水鸟默默无言，

一定是心中充满愁绪。

既然被罢职赋闲,
不妨学那司空图弃绝仕途,
大自然的山水美景,
给人以难得的享受。
不知病后筋力衰退几何,
只觉得近来总是懒得登楼。

【说明】

此词是作者隐居生活的写照。当时词人受到排挤而落职,闲居江西上饶、铅山一带,内心十分郁闷,因而在领略到大自然的清凉和怡人景色的同时,他还是捕捉到了红莲的"醉"和白鸟的"愁"。他也想从失意和愤懑中解脱,学司空图"且休休",可是实际上他并未能做到,"书咄咄"才是他的真实情感。看似自甘逍遥的背后,恰恰表达了对命运的抗争和大展宏图的强烈愿望。

菩 萨 蛮

辛弃疾

书江西造口壁[①]

郁孤台下清江水[②],中间多少行人泪。西北是长安[③],可怜无数山。　　青山遮不住,毕竟东流去。江晚正愁余,山深闻鹧鸪[④]。

【注释】

①造口:在今江西万安县西南30公里,宋室南渡之初,金兵曾追赶隆裕皇太后的乘舟至此。

②郁孤台:古台名,在今江西赣州市西南贺兰山顶。因高阜郁然孤

起,故名。

③长安:代指北宋都城汴京。

④鹧鸪:一种叫声凄清的鸟,其声音酷似"行不得也哥哥"。

【今译】

郁孤台下这滔滔江水,
曾经流过多少世人的眼泪。
我朝着西北眺望汴梁故都,
看到的却是层层叠叠的山峦。

巍巍青山挡不住江水,
它蜿蜒曲折毕竟东流而去。
黄昏时分我正自忧愁,
又听见鹧鸪在深山中哀啼。

【说明】

这首小词写景抒情,不事雕饰,十分自然流畅。全采用比兴手法,以山水而兴起对国运时局的感慨,"水"中流的是逃亡百姓的泪水,"山"遮住了故国京城。"青山遮不住,毕竟东流去"使全词为之一振,被后代传为名句。

点 绛 唇

姜 夔

丁未冬过吴松作①

燕雁无心②,太湖西畔随云去。数峰清苦,商略黄昏雨。第四桥边③,拟共天随住④。今何许?凭阑怀古,残柳参差舞。

【作者介绍】

姜夔（约1155—约1221），字尧章，自号白石道人，饶州鄱阳（今江西波阳县）人。早年家贫，屡试不第，终生布衣。精通音律，能自度曲，诗词、文章、书法等无不工，尤以词名世。姜词多为咏物、记游之作，讲究格律，炼字锻句，风格清幽冷峭，在南宋词坛自标一格，影响颇深。有《白石道人歌曲》传世，存词80余首。今人夏承焘有《姜白石词编年笺注》。

【注释】

①丁未：孝宗淳熙十四年（1187）。吴松，吴淞江，又称苏州河，流入黄浦江。
②燕雁：燕地大雁。无心，不在意。
③第四桥：即苏州甘泉桥。
④天随：陆龟蒙的号。陆龟蒙辞官后，隐居于吴江甫里镇，常于太湖泛舟、读书，时人称其为江湖散人。

【今译】

自由飞翔的北方大雁，
无意留恋幽美太湖西畔，
随着飘浮的白云远去。
眺望那几座凄清愁苦的山峰，
似乎酝酿着黄昏时的一场风雨。

多希望在第四桥边，
能与天随子结伴同住。
敢问如今天随子何在？
凭依栏杆，
思古幽情独难收。
参差不齐的衰柳，
在西风劲吹中婆娑起舞。

【说明】

这首词以拟人手法写眼前景物,感时伤事之情得以自然流露。作者通过移情作用,使眼前之景附着以自身之感受,用"清"、"苦"二字赋予寒山以感情色彩。词中"雁"、"云"、"峰"、"雨"、"桥"、"柳"等物象,无不是诗人情感的外化。"数峰清苦,商略黄昏雨"一句,向为人称道。

鹧鸪天

姜　夔

元夕有所梦①

肥水东流无尽期②,当初不合种相思③。梦中未比丹青见④,暗里忽惊山鸟啼。　　春未绿,鬓先丝,人间别久不成悲。谁教岁岁红莲夜⑤,两处沉吟各自知。

【注释】

①元夕:元宵夜。
②肥水:源出今安徽合肥市西南紫蓬山,东流经合肥入巢湖。
③不合:不合算,不应该。
④丹青:丹砂和青䓼两种颜料的合称,多借称图画。见,同"现"。
⑤红莲夜:观灯的元夕之夜。红莲,指灯。

【今译】

肥水东流永远不停息,
想当初实不该种下这相思。
梦中相见总那么恍惚迷离,
倒不如画中人那般真切清晰。
纵使这飘忽不定的温柔梦,
也会被山鸟的啼鸣忽然惊起。

春风尚未吹绿大地,
鬓头却已爬满银丝。
人们相别时日既久,
悲情已变得内蕴深炽。
谁教这元宵灯节又来临,
勾起你我相思情意,
两地难温昔日旧情,
彼此自顾沉吟伤悲。

【说明】

这首词写作者对往昔情人的相思之苦。上片先写对昔日恋情的悔恨,继写梦中无法看清情人的怨恨,足见作者恋情之深炽。下片先写人生易老,青春难再,在一般情况下,人世悲欢离合都会随着时间的推移化为乌有的事实,后写年年元宵灯夜的悲苦相思。至此,词作把作者那种无可奈何的苦恋之情渲染得异常浓烈。

踏 莎 行

姜 夔

自沔东来①,丁未元日至金陵②,江上感梦而作。

燕燕轻盈③,莺莺娇软④,分明又向华胥见⑤,夜长争得薄情知⑥,春初早被相思染。 别后书辞,别时针线,离魂暗逐郎行远⑦。淮南皓月冷千山⑧,冥冥归去无人管⑨。

【注释】

①沔(miǎn):州名,即今湖北汉阳。
②丁未:宋孝宗淳熙十四年(1187)。元日,即元旦。金陵,即今南京。
③燕燕轻盈:像燕子般的轻盈。此处是写梦中情人。

④莺莺娇软：像黄莺般的娇柔声音。此处是写梦中情人。
⑤华胥：梦境。
⑥争得：怎么能够。
⑦郎行（háng）：情郎那边。
⑧淮南：即淮南路，宋时的一个行政区。此处指合肥。
⑨冥冥：昏暗。此处指黑夜。

【今译】

燕子一样轻盈的体态，
黄莺般娇软的话语，
你分明又在梦中向我走来。
你埋怨，
埋怨我不知长夜难眠相思苦。
我感慨，
感慨你春未来临相思却早入情怀。

念叨着分别后你寄我的书信，
追忆着分别时你替我缝衣的情景，
你把满腔相思之情化作离魂，
暗中追随情郎远行至此，
淮南月光皓洁，千山冷寂，
幽冥归途中你踽踽而行，
无人作伴。

【说明】

这是首颇有迷幻浪漫色彩的记梦词，通过对梦中人的描摹，含蓄蕴藉地抒发了作者深挚的恋情，词尾两句"淮南皓月冷千山，冥冥归去无人管"，写景抒情，意境幽冷，最为王国维先生所激赏。

庆 宫 春

姜 夔

绍熙辛亥除夕①,余别石湖归吴兴,雪后夜过垂虹②,尝赋诗云:"笠泽茫茫雁影微,玉峰重叠护云衣。长桥寂寞春寒夜,只有诗人一舸归。"后五年冬,复与俞商卿、张平甫、铦朴翁自封禺同载③,诣梁溪④。道经吴松,山寒天迥,云浪四合,中夕相呼步垂虹,星斗下垂,错杂渔火,朔吹凛凛,卮酒不能支。朴翁以衾自缠,犹相与行吟,因赋此阕,盖过旬,涂稿乃定。朴翁咎余无益⑤,然意所耽⑥,不能自已也。平甫、商卿、朴翁皆工于诗,所出奇诡,余亦强追逐之。此行既归,各得五十余解。

双桨莼波⑦,一蓑松雨,暮愁渐满空阔。呼我盟鸥⑧,翩翩欲下,背人还过木末⑨。那回归去,荡云雪、孤舟夜发。伤心重见,依约眉山,黛痕低压。　　采香径里春寒⑩,老子婆娑⑪,自歌谁答?垂虹西望,飘然引去,此兴平生难遏。酒醒波远,正凝想,明珰素袜⑫,如今安在?惟有阑干,伴人一霎。

【注释】

①绍熙辛亥:即光宗绍熙二年(1191)。

②垂虹:桥名,原称利往桥,在今江苏省吴江县。因桥有亭曰"垂虹",故又称垂虹桥。

③俞商卿:即俞灏,商卿为其字。张平甫,即张鉴。铦朴翁,原名葛天民,字无怀,曾为僧,号义铦。以上三人均为作者好友。

④梁溪:即今江苏无锡。

⑤咎:责备。此处指怪怨。

⑥耽:入迷,热衷。

⑦莼波:布满莼菜的水面。

⑧盟鸥:对海鸥的称谓。意谓海鸥的出现似乎与作者有约在先。

⑨木末:树梢。

⑩采香径:小溪名,在苏州香山旁。

⑪老子：老夫，作者自称。婆娑，蹒跚，流连徘徊。
⑫明珰素袜：本指女人的装饰品。此处借指美人。珰，玉制装饰品。

【今译】

双桨划过莼草飘香的湖面，
蓑衣笼罩在淅淅沥沥的雨雾之中，
一腔愁绪和着苍茫暮霭，
升腾，充塞湖天之间。
疾声呼唤我的朋友——

仿佛有约在先的海鸥，
它似解人意地翩然飞下，
但背过人却掠过了树梢。
曾记得那次归去时的情景，
我们在云层般的雪浪之中，
荡起双桨，连夜进发。
伤心泪眼之中，
依稀看见远处的山峦，
仿佛青黛色的秀眉，
含愁微蹙。

采香径里春寒料峭，
我犹自徘徊流连，
借问自己引吭高歌，
更有谁来酬唱作答？
翘首西望垂虹桥，
荡舟飘然而去，
平生善感多情，
惟独这种兴味最难忘怀。
酒意已醒，湖波渺远，

正自凝神结想：
我那美丽的情人，
如今可在何方？
无人告诉我她的去处，
只有多情的栏杆，
伴我度过相思难耐的时刻。

【说明】

《庆宫春》，词调名。万树《词律》云，应作《庆春宫》。

全词写境空阔，诚如张炎所谓："姜白石词如野云孤飞，去留无迹。"（《词源》）作者为意造境，表达了超凡脱俗的高雅情怀。词中写海鸥"翩翩欲下，背人还过木末"句，寥寥十字，便将海鸥盘旋而下，倏忽背人掠过树梢的情态勾勒出来，形象生动逼真，煞是可爱。

齐 天 乐

姜 夔

丙辰岁与张功甫会饮张达可之堂①，闻屋壁间蟋蟀有声，功甫约余同赋，以授歌者，功甫先成，词甚美；余徘徊茉莉花间，仰见秋月，顿起幽思，寻亦得此。蟋蟀，中都呼为促织②，善斗。好事者或以三二十万钱致一枚，镂象齿为楼观以贮之③。

庾郎先自吟愁赋④，凄凄更闻私语。露湿铜铺⑤，苔侵石井，都是曾听伊处。哀音似诉，正思妇无眠，起寻机杼⑥。曲曲屏山，夜凉独自甚情绪？　　西窗又吹暗雨，为谁频断续，相和砧杵⑦？候馆迎秋⑧，离宫吊月⑨，别有伤心无数。幽诗漫与⑩，笑篱落呼灯⑪，世间儿女。写入琴丝，一声声更苦。

【注释】

①丙辰岁：即宁宗庆元二年（1196）。张功甫，即张镃，功甫为其字。抗金名将张俊之孙，系作者好友。张达可，张镃的昆弟。

②中都：即都中，指南宋京城临安（今杭州市）。

③镂：雕刻。楼观，楼台。

④庾郎：即庾信，南北朝后期著名诗人。愁赋，庾信的代表作之一。

⑤铜铺：铜质门环的底座。

⑥机杼（zhù）：指织布机。

⑦砧杵：捣衣用具。

⑧候馆：即客馆。

⑨离宫：即行宫，指皇帝正宫之外临时居住的宫室。

⑩豳诗：指《诗经·豳风七月》："七月在野，八月在宇，九月在户，十月蟋蟀入我床下。"漫与，随意，率意。

⑪篱落：篱笆墙根，呼灯，呼唤着举灯。

【今译】

宛如庾信词采华美的《愁赋》，
张功甫先自写成吟咏蟋蟀的哀婉文词，
忽又听到蟋蟀声鸣，凄凄切切。
露水浸湿铜质门环的底座，
苔藓爬满的石井台旁，
都是可以听到它鸣声的地方，
哀鸣声如泣如诉，
思妇辗转反侧，
起坐织机消愁。
曲曲屏风如同千山万岭，
阻隔着远方的人儿，
他独自相思寒夜之中，
该是何等凄苦？

寒风乍起,冷雨敲打着西窗,
为什么时断时续,
和捣衣声相互酬唱?
旅馆行客,
难耐天涯孤旅的悲秋;
离宫嫔妃,
怎堪凄清寂寥的孤月。
只有把深深的幽怨,
埋藏在心里。
《诗经·豳风》随意让蟋蟀入诗,
俗世间的少男少女们,
相互嬉笑着聚集在篱笆墙下,
打着灯火捕捉善斗的蟋蟀。
有人以《蟋蟀吟》为题写成琴曲,
一声声悲苦情幽幽。

【说明】

本词以蟋蟀鸣声为主线,展示了一幅凄凉幽愁的广阔社会生活画面。作者通过丰富的联想,抒发了自身的满腔愁绪。蟋蟀声、秋雨声、捣衣声、琴丝声……交织出一个深邃绵渺的悲愁氛围;寒露、苔藓、屏山、暗雨、冷月……又为这种悲愁增添了几许幽冷和寂寥。

琵 琶 仙

姜 夔

《吴都赋》云:"户藏烟浦,家具画船"①,惟吴兴为然。春游之盛,西湖未能过也。己酉岁②,余与萧时父载酒南郭③,感遇成歌。

双桨来时,有人似、旧曲桃根桃叶④。歌扇轻约飞花,蛾眉正奇绝。春渐远、汀洲自绿,更添了几声啼鴂⑤。十里扬州⑥,三生杜牧⑦,前事休说。　　又还是、宫烛分烟⑧,奈愁里、匆匆换时节。都把一襟芳思,与空阶榆荚⑨。千万缕,藏鸦细柳⑩,为玉尊、起舞回雪。想见西出阳光⑪,故人初别。

【注释】

①《吴都赋》句:据清人顾广圻考,应为唐李庚之《西都赋》;《西都赋》中有"户闭烟浦,家藏画舟"句,故作《吴都赋》和"具"、藏"二字均误。

②己酉:孝宗淳熙十六年(1189)。

③萧时父:系萧德藻子侄辈,姜夔妻党。

④旧曲:旧时坊曲。曲,伎家所居之地。桃根桃叶,桃叶系晋王献之爱妾,桃根为其妹。此处借指歌女。

⑤啼鴂:即子规,杜鹃。常于春分时鸣叫。

⑥十里扬州:杜牧《赠别》诗云:"春风十里扬州路,卷上珠帘总不如。"

⑦三生杜牧:源出黄庭坚诗句:"春风十里珠帘卷,仿佛三生杜牧之。"

⑧宫烛分烟:源出韩翃《寒食》诗句:"日暮汉宫传蜡烛。"指清明寒食时节。

⑨与空阶榆荚:付给石阶上遍地的榆钱。

⑩千万缕句:源出周邦彦《渡江云》词:"千万丝,陌头杨柳,渐渐可藏鸦。"

⑪西出阳关:源出王维《渭城曲》诗句:"劝君更进一杯酒,西出阳关无故人。"

【今译】

远方的船儿飘荡而来,
有位女人隐约可辨,
好像是我过去相识的歌女。

她手摇歌扇,
邀来落英缤纷;
蛾眉轻扬,
实在美艳绝伦。
春光渐渐远去,
汀洲犹自变绿,
空中回荡着杜鹃的声声哀鸣。
"春风十里扬州路",
三生杜牧温馨的回忆,
往事何必重新提起。
宫中传烛分烟,
寒食节又来临,
在无可奈何的愁叹声中,
时光匆匆而过,
节令不觉已变换。
我把一腔芬芳的思念,
都奉献给石阶前遍地的榆钱。
陌头杨柳千丝万缕,
浓荫中飞出鸦雀。
柳絮翻飞,为我在玉杯之前,
翩然起舞,有如旋转的雪花。
此情此景,
复令我想起当年西出阳关时,
与那位女子的初次离别。

【说明】

  这是一首触景怀人的词作。作者从远距离渐次逼近的画舫女子写起,引发出自己对过去相识的女子的思念之情。由误识画舫女子,传达出作者对故人的思念;由画舫女子之美,透露出故人之美。迂回曲折,含蓄蕴藉。

八 归

姜 夔

湘中送胡德华①

芳莲坠粉②,疏桐吹绿,庭院暗雨乍歇。无端抱影销魂处,还见筱墙萤暗③,藓阶蛩切④。送客重寻西去路,问水面,琵琶谁拨?最可惜、一片江山,总付与啼鴂。 长恨相逢未款,而今何事,又对西风离别?渚寒烟淡,棹移人远,飘渺行舟如叶,想文君望久⑤,倚竹愁生步罗袜。归来后、翠尊双饮,下了珠帘,玲珑闲看月⑥。

【注释】

①胡德华:生平不详。
②粉:指粉红色的花瓣。
③筱(xiǎo):小竹。
④蛩(qióng):古书上指蟋蟀。
⑤文君:汉代司马相如之妻卓文君。此处借指胡德华妻。
⑥下了珠帘句:化用李白《玉阶怨》诗中"却下水晶帘,玲珑望秋月"句。

【今译】

芳莲坠下粉红色的花瓣,
疏桐抖落绿色的树叶,
秋天幽冷的庭院里,
一场夜雨刚刚停息,
没由来的哀愁袭上心头,
叫人兀自黯然销魂。
顾影自怜伤怀处,
却见竹篱笆下萤火明灭,

爬满苔藓的台阶旁,
蟋蟀凄切哀鸣。
送别友人复至西去的路口,
忽闻水上声声悦耳,
敢问何人在拨弄琵琶?
只可惜万紫千红的锦绣江山,
都淹没在杜鹃的哀鸣声中。

常因相逢时短而抱憾,
而为什么今日刚刚相会,
又匆匆离别于西风劲吹的秋夜?
淡淡云烟笼罩着水中寒洲,
小船启程载着友人远去,
夜色中像一片落叶飘然隐没。
想象友人贤妻盼夫归来,
单薄的身体斜依着门前修竹,
久久伫立,凝愁遥望,
夜露偷偷浸湿了罗袜。
待得夫君归来后,
美酒对饮慰相思,
尔后,放下水晶珠帘,
安闲地共赏皎洁的秋月。

【说明】

　　这是一首赠别词,"最可惜、一片江山,总付与啼鴂",颇有黍离麦秀之感,寄寓了作者幽深的家国之恨,使全词的主题思想得以升华。

念奴娇

姜 夔

余客武陵①,湖北宪治在焉②,古城野水,乔木参天。余与二三友,日荡舟其间,薄荷花而饮③,意象幽闲,不类人境。秋水且涸④,荷叶出地寻丈⑤,因列坐其下,上不见日,清风徐来,绿云自动;间于疏处,窥见游人画船,亦一乐也。揭来吴兴⑥,数得相羊荷花中⑦,又夜泛西湖,光景奇绝,故以此句写之。

闹红一舸⑧,记来时、尝与鸳鸯为侣。三十六陂人未到⑨,水佩风裳无数⑩。翠叶吹凉,玉容消酒,更洒菰蒲雨⑪。嫣然摇动,冷香飞上诗句。　　日暮,青盖亭亭,情人不见,争忍凌波去?只恐舞衣寒易落,愁入西风南浦。高柳垂阴,老鱼吹浪,留我花间住。田田多少⑫,几回沙际归路。

【注释】

①武陵:即今湖南常德。
②宪治:指宋代荆南荆北路提点刑狱的官署所在地。
③薄:逼近。
④涸(hé):干竭。
⑤寻:古代长度单位,八尺。
⑥揭(qiè)来:来到。"揭"为发语词。
⑦相羊:即徜徉。
⑧舸(gě):船。
⑨三十六陂:极言水塘之多。
⑩水佩风裳:即以水为佩戴,以风为衣裳之意。
⑪菰(gū)蒲:水生植物,多见于陂塘间。
⑫田田:荷叶茂密饱满的样子。

【今译】

泛舟徜徉在盛开的荷花丛中,

几多惬意!
记得上次来时,
惟有鸳鸯双双为我们作伴。
星罗棋布的水塘上杳无人迹,
而水面上的无数荷叶、荷花,
却像那以水为佩以风为衣的美女,
翩然起舞。
碧绿的荷叶招来丝丝凉风,
美女般的荷花映出醉人的嫣红,
承接着菰蒲丛中洒下的雨滴。
荷花欢笑着、摇曳着,
冷艳的荷香飘进我的诗句。

日暮时分的荷叶像青伞,
亭亭玉立,
没有见到前来幽会的情人,
怎可忍心踏着水波远去?
怕只怕天气渐冷,
舞衣似的荷叶就会凋落,
最终还得在西风劲吹中怅然离去。
高大的垂柳营造出浓浓树荫,
肥硕的鱼儿翻腾出层层波浪,
挽留我在荷花丛中留驻。
田田荷叶所剩无几,
多少回漫步在沙岸的归路。

【说明】

这是一首歌咏荷花的词。作者以出人意表的想象,将荷塘景色拟人化,写出了荷花的品格和风神,同时也表现了作者独特的艺术感受。把荷花比喻成美女的拟人化描写,使人难以分辨出作者是在以人咏花，还是以花咏人。即此反映出作者对自然生活的无限深情。词作语言优美、精炼，风格冷隽峭拔，代表了姜夔此类词作最高的艺术成就。

扬 州 慢

姜 夔

淳熙丙申至日①，余过维扬②，夜雪初霁，荠麦弥望③。入其城，则四顾萧条，寒水自碧，暮色渐起，戍角悲吟④。余怀怆然，感慨今昔，因自度成曲，千岩老人以为有《黍离》之悲也⑤。

淮左名都⑥。竹西佳处⑦，解鞍少驻初程。过春风十里⑧，尽荠麦青青。自胡马窥江去后⑨，废池乔木⑩，犹厌言兵。渐黄昏，清角吹寒，都在空城。　　杜郎俊赏⑪，算而今、重到须惊。纵豆蔻词工⑫，青楼梦好⑬，难赋深情。二十四桥仍在⑭，波心荡，冷月无声。念桥边红药⑮，年年知为谁生？

【注释】

①淳熙丙申至日：即宋孝宗三年（1176）的冬至日。
②维扬：即江苏扬州。
③荠麦：即野麦。
④戍角：军营号角。
⑤千岩老人：萧德藻，字东夫，晚年居于湖州，自号千岩老人。姜夔曾学诗于其门下，后成为其侄女婿。《黍离》，即《诗经·王风·黍离》，据传为东周大夫悼念周室衰微而做的诗。因为其首句为"彼黍离离"，故以名篇。
⑥淮左名都：淮南东路的著名都城，即指扬州。
⑦竹西：指扬州城东禅智寺侧之竹西亭。此处环境清静幽雅，向为人称誉。杜牧《题扬州禅智寺》云："谁知竹西路，歌吹是扬州。"
⑧春风十里：指扬州。源出杜牧《赠别》诗句："春风十里扬州路，卷上珠帘总不如。"

⑨胡马窥江：指宋高宗绍兴三十一年（1161）金主完颜亮举兵南侵。
⑩废池乔木：废弃的城池和古树。指战乱留下的痕迹。
⑪杜郎：即唐诗人杜牧。
⑫豆蔻：杜牧《赠别》诗中有"娉娉袅袅十三余，豆蔻梢头二月初"句。
⑬青楼：杜牧《遣怀》诗中有"十年一觉扬州梦，赢得青楼薄幸名"句。
⑭二十四桥：据宋沈括《梦溪笔谈》记载，唐时扬州共有二十四座桥，故名。另据传说，古代曾有二十四位美女在扬州西郊的吴家砖桥吹箫，故称吴家砖桥为二十四桥。
⑮桥边红药：二十四桥边红色的芍药花。

【今译】

首次来到淮左著名的都城，
我解鞍下马稍作停留，
在竹西亭这风景名胜处。
昔日繁花似锦的扬州街市。
如今已云消烟散，
扑入眼帘的是无边的野麦。
金兵渡江南侵的铁蹄声后，
人们至今仍不愿提及惨重的兵祸，
连废弃的城池和道边的老树，
也对其讳莫如深。
天渐黄昏，
凄清的号角声，
在空城的寒风之中回荡。

对扬州最有鉴赏的杜牧，
料想如今故地重游，
当会惊魂难定。
纵使"豆蔻"词工整无比，

"青楼梦"诗句超拔俊丽,
也难写出此时心情悲痛。
二十四桥依然故我,
桥下波心摇荡着幽冷的月光,
四周寂然无声。
可怜桥边的红芍药,
不知一年一度为谁盛开?

【说明】

宋高宗在位期间,自古繁华的扬州屡遭金人的铁蹄蹂躏。绍兴三十一年(1161),金主完颜亮又大举南侵,扬州遭到严重破坏。此词作于宋孝宗淳熙三年(1176),距兵燹已有十五年之久,但扬州城一片萧条的景象,仍引发词人产生黍离之悲、家国之思。词作上片用"荠麦青青"、"废池乔木"、"黄昏"、"清角"、"空城"等字眼,描绘出扬州城满目荒凉的景象。下片以写扬州城的昔日繁华,来反衬今日之荒凉,再度抒发了作者的今昔之慨,有极强的艺术感染力。

长亭怨慢

姜 夔

余颇喜自度曲。初率意为长短句,然后协以律,故前后阕多不同。桓大司马云①:"昔年种柳,依依汉南;今看摇落,凄怆江潭;树犹如此,人何以堪②?"此语余深爱之。

渐吹尽,枝头香絮,是处人家,绿深门户。远浦萦回,暮帆零乱,向何许?阅人多矣,谁得似长亭树?树若有情时,不会得青青如此!　　日暮,望高城不见③,只见乱山无数。韦郎去也,怎忘得玉环分付④。第一是早早归来,怕红萼无人为主⑤。算空有并刀⑥,难剪离愁千缕。

【注释】

①桓大司马：指东晋大司马桓温。

②昔年种柳句：引自庾信《枯树赋》，谓"桓大司马云"，系姜夔之误。

③高城不见：源出唐欧阳詹《赠太原妓》诗句："高城已不见，况复城中人。"

④韦郎句：唐人韦皋游江夏，与青衣玉箫女有情，相约七年后再会，韦皋以玉环相赠。八年过去后，玉箫未能等到韦皋，绝食身亡。

⑤红萼：红花。此处指女子。

⑥并刀：山西并州出产的剪刀，颇为有名。

【今译】

枝头柳絮渐渐被风吹尽，
居住人家，
门庭笼罩在深绿的柳阴中。
延伸远方的水波荡漾，
帆船点点，在暮色苍茫中，
不知驶往何方？
有谁能像长亭边的柳树一样，
目睹过多少次人间离别的场面？
柳树若能如人真有感情，
也不会总这样颜色青青。

日暮时分，
仰望高城已被淹没，
只有星星点点的山峰，
掩遮住我们的双眼。
我像昔日韦郎一样离去，
怎能忘记以指环相约的深情？
第一要紧的是早早归来，
只怕红花难托主人。

可叹徒有并州的利剪,

难以剪断不绝如缕的离愁。

【说明】

这首词写作者与恋人的离情别绪。上片以柳絮吹尽起兴,点明春色已深,同时亦对长亭柳树阅尽人间离别场面却能"青青如此"给予谴责,反衬出作者对人生离别的情感态度,也为下片抒写自己与旧时恋人的离别之情设下伏笔。下片写与恋人的爱慕惜别之情。以天色渐黑、关山难越、高城不见,写出作者离情别恨;再以恋人"第一是早早归来……"的叮嘱,更加深了感情的抒发,诚为"海枯石烂之情"(陈廷焯《词则·大雅集》)。

淡 黄 柳

姜 夔

客居合肥南城赤阑桥之西①,巷陌凄凉,与江左异;惟柳色夹道,依依可怜。因度此曲,以纾客怀②。

空城晓角,吹入垂杨陌,马上单衣寒恻恻③。看尽鹅黄嫩绿,都是江南旧相识。　正岑寂④,明朝又寒食。强携酒、小桥宅⑤,怕梨花落尽成秋色。燕燕飞来,问春何在?惟有池塘自碧。

【注释】

①赤阑桥:姜夔于宋光宗绍熙二年(1191)寄居合肥,居住在合肥南城赤阑桥西。其《送范仲讷往合肥》诗中有"我家曾住赤阑桥"句。

②纾(shū):使宽舒。

③恻恻:同"侧侧",轻寒的样子。

④岑寂:孤高清静。

⑤小桥宅:指合肥恋人所居之处。小桥,即小乔,三国时期吴乔玄

之次女。此处借指情人。

【今译】
　　清晨的号角声响彻空城，
　　又传播到凄凉的垂杨街道，
　　我身着单衣骑马独行，
　　禁不住轻寒阵阵袭来。
　　看遍那鹅黄嫩绿的柳枝，
　　都是我十分熟悉的江南景致。

　　正自感到孤寂落寞时分，
　　忽然想到明天又是，
　　一年一度的寒食节。
　　勉强携带水酒一壶，
　　来到恋人的宅院，
　　只怕满院梨花落尽，
　　渲染出秋色一片。
　　燕子飞来，问春天何在？
　　只有池塘的死水，
　　泛着碧色，无语作答。

【说明】
　　这首词正如作者于"序"中所说，目的是"以纾客怀"。上片通过写景，创造出悲凉的意境，作者客居异乡、思恋故土的感情，亦在不言之中。下片抒客居愁怀。本欲排遣忧愁，却又遇上寒食佳节，又增添了几分"岑寂"；本想携酒与恋人共饮，又怕梨花落尽，徒增悲秋情怀。作者在"纾客怀"中巧妙地表露了无以排遣的客居之悲和乡关之思。

暗 香

姜 夔

辛亥之冬①,予载雪诣石湖②。止既月,授简索句,且征新声,作此两曲。石湖把玩不已,使工妓隶习之③,音节谐婉,乃名之曰《暗香》、《疏影》④。

旧时月色,算几番照我,梅边吹笛?唤起玉人,不管清寒与攀摘⑤。何逊而今渐老⑥,都忘却春风词笔⑦。但怪得、竹外疏花,香冷入瑶席⑧。　　江国,正寂寂,叹寄与路遥,夜雪初积。翠尊易泣,红萼无言耿相忆。长记曾携手处,千树压、西湖寒碧⑨。又片片吹尽也,几时见得?

【注释】

①辛亥:即宋光宗绍熙二年(1191)。

②石湖:宋代诗人范成大晚年居住在苏州西南的石湖,故自号石湖居士。

③工妓:乐工与歌妓。隶习,练习,学习。

④《暗香》、《疏影》:宋初林逋《山园小梅》诗中有"疏影横斜水清浅,暗香浮动月黄昏"二句。姜夔取二句前两字名词,以怀念自己合肥时的恋人。

⑤与攀摘:即与(之)攀摘,指作者与其恋人攀援折梅事。

⑥何逊:南朝梁诗人。早年于扬州有《扬州法曹梅花盛开》诗。

⑦春风词笔:指何逊《咏春风》诗。

⑧瑶席:宴席的美称。瑶,美石。

⑨千树压句:指一片茂密的梅林盛开在碧绿的西湖岸上。

【今译】

回想旧时月色,

曾多少次照着,

在梅林边吹响横笛的我。
笛声悠扬唤起美人，
为能折得梅花枝，
我俩全然不顾冬夜寒冷。
我如今已像何逊年事渐高，
忘却了当年的浪漫激情，
荒疏了昔日的生花诗笔。
只有竹林外的稀疏梅花，
为宴席送来阵阵冷香。

江南水乡之夜沉寂宁静，
可怜折梅相寄路途遥远，
更何况寒冬夜白雪覆地。
面对翡翠酒杯我伤感欲哭，
红梅花开默然无语，
似乎也为我思念着你。
难忘我们曾携手共游之处，
万千棵树枝头红梅朵朵，
西湖水为之清寒碧绿，
梅花又将被春风片片吹尽，
何时才能够再次相见？

【说明】

  这是一首咏梅词，但作者却以"旧时月色"起笔，引出一段浪漫的恋情故事。全词虽咏梅，但怀人之情贯穿首尾。词写月下梅边、雪中折梅、碧水映梅，但在一片梅影之中处处有人在，从而触摸到作者心波的律动。

疏　影

姜　夔

苔枝缀玉①，有翠禽小小②，枝上同宿。客里相逢，篱角黄昏，无言自倚修竹③。昭君不惯胡沙远④，但暗忆江南江北。想佩环月夜归来⑤，代作此花幽独。　犹记深宫旧事，那人正睡里，飞近蛾绿⑥。莫似春风，不管盈盈，早与安排金屋⑦。还教一片随波去，又却怨玉龙哀曲⑧。等恁时重觅幽香⑨，已入小窗横幅⑩。

【注释】

①苔枝缀玉：如玉般的苔梅缀满枝头。苔枝，苔梅。
②翠禽：绿毛鸟。
③倚修竹：杜甫《佳人》诗中有"天寒翠袖薄，日暮倚修竹"句，此处化用其意。
④昭君：即王昭君，西汉元帝时之宫女，外嫁匈奴呼韩邪单于。胡沙，指匈奴所居之沙漠边地。
⑤想佩环句：杜甫《咏怀古迹》诗中有"环佩空归月夜魂"句，此处化用其意。佩环，女子装饰品。
⑥犹记深宫旧事三句：据《太平御览·时序部》载，宋武帝的寿阳公主卧于檐下，梅花落于额上，拂之不去。宫人效之，称梅花妆。蛾绿，指女子的眉毛。
⑦安排金屋：据《汉武故事》载，武帝少时对其姑母说："若得阿娇作妇，当作金屋贮之。"
⑧玉龙：即玉笛。哀曲，指《梅花落》笛子曲。
⑨恁（nèn）时：那时。
⑩横幅：指画幅。

【今译】

如玉般苔梅缀满枝头，

一群小小的翠鸟,
栖宿在梅花树上。
黄昏时分的篱笆墙下,
离乡客居的我,
又和梅花不期而遇,
我默然无语,
斜依在高高的翠竹旁。
想当年昭君出塞远涉胡地,
背地里仍思念故国大江南北,
想必在月夜里魂魄归来,
化作此地幽然独处的梅花。

还记得深宫里的旧事,
寿阳公主沉睡梦中,
梅花落上她的翠眉,
宫女仿效兴起了梅花妆。
不要像无情的春风,
全然不顾盈盈如美女的梅花,
早该为她安排好金屋。
还教梅花片片随波而去,
又叹息如龙哀吟的玉笛声。
待到梅花落尽时,
再要寻觅芳梅踪迹,
只有在小窗横幅之中,
才能鉴赏她的幽艳丰姿。

【说明】

《疏影》与《暗香》同为咏梅花的姊妹篇,二词均受到当时著名诗人范成大的激赏。

《疏影》一词,通过几个典故的妙用,勾勒出梅花的特有品格,以昭君出塞，远念故国，赋予梅花以幽独的香魂，亦暗寓着作者的乡关之思；以寿阳公主和《汉武故事》典故，又赋予梅花另一层含义：即便凋零飘落，亦会美化、装点人生，同时寄寓着作者无限怜香惜玉之情。词中杜甫等诗人诗句的化用，亦增强了整首词的表现力度。

翠 楼 吟

姜 夔

淳熙丙午冬①，武昌安远楼成②，与刘去非诸友落之③，度曲见志。余去武昌十年，故人有泊舟鹦鹉洲者④，闻小姬歌此词，问之，颇能道其事；还吴，为余言之，兴怀昔游，且伤今之离索也。

月落龙沙⑤，尘清虎落⑥，今年汉酺初赐⑦。新翻胡部曲⑧，听毡幕元戎歌吹⑨。层楼高峙，看槛曲萦红，檐牙飞翠。人姝丽⑩，粉香吹下，夜寒风细。　　此地宜有词仙，拥素云黄鹤，与君游戏。玉梯凝望久，但芳草萋萋千里。天涯情味，仗酒祓清愁⑪，花消英气。西山外，晚来还卷，一帘秋霁。

【注释】

①淳熙丙午：即宋孝宗淳熙十三年（1186）。
②安远楼：即位于黄鹤山上之武昌南楼。
③刘去非：姜夔之友。生平不详。
④鹦鹉洲：在今湖北汉阳西南长江中。
⑤龙沙：源出《后汉书·班超传赞》："坦步葱岭，咫尺龙沙。"后泛指塞外之地。
⑥虎落：指护城的竹篱笆。
⑦汉酺（pú）：汉文帝即位初，犒赏天下军民，特许军民聚饮，此处指宋孝宗仿汉制，赏赐军民欢聚会饮，庆贺高宗八十大寿事。酺，聚饮。
⑧胡部曲：唐代西凉地方的乐曲。

⑨元戎：兵众。
⑩姝（shū）丽：美丽。
⑪祓（fú）：古代为祛邪除灾举行的仪式。此处指消除。

【今译】

月色照着荒漠边塞，
安营扎寨的竹篱远离昔日的征尘，
今年朝廷皇恩浩荡，
士兵受赏喜庆宴饮。
到处演奏着最新改编的胡乐，
营帐里传来兵众的歌声。
看安远楼高高耸立，
朱红的栏槛曲折萦回，
翠绿的檐牙翩然欲飞。
阁楼内走动着红颜佳丽，
脂粉香气充盈在歌筵舞席，
楼外依然夜寒风细。

这里应有妙擅诗词的仙人，
在白云的簇拥中骑黄鹤下凡，
与诸君共同游戏。
我拾级玉梯久久凝神远望，
只有绵延千里的芳草萋萋。
天涯孤旅的凄楚况味，
满腹积压的苦闷和忧愁，
全凭杯酒来消解；
早年所有的英雄豪气，
在赏花观草的闲适中消磨殆尽。
西山外夜幕降临，
高卷珠帘，
远望天气初晴。

【说明】

这首词系作者为武昌安远楼落成而作。词首二句交代了安远楼所处位置,即宋金对峙的边界之地,"月冷"、"尘清"形容边境的冷寂、安定,亦流露出作者对朝廷苟安江左的不满。宋金南北对峙,本是南宋朝廷政治腐败的结果,朝廷当以收复失地为要务,以雪国耻。但是,时隔半个多世纪,南北对峙依然如故,南宋朝廷不以苟安为耻,反以为荣,修建旨在显示时世太平的"安远楼",楼外"槛曲萦红,檐牙飞翠",楼内佳丽如云,香粉扑鼻,一派歌舞升平的气象。这情景,怎能不叫作者心寒、忧愁。

杏 花 天

姜 夔

丙午之冬①,发沔口②。丁未正月二日③,道金陵,北望淮楚,风日清淑,小舟挂席,容与波上④。

绿丝低拂鸳鸯浦⑤,想桃叶⑥,当时唤渡。又将愁眼与春风,待去,倚兰桡更少驻。　　金陵路⑦,莺吟燕舞。算潮水知人最苦。满汀芳草不成归。日暮,更移舟向甚处?

【注释】

①丙午:宋孝宗淳熙十三年(1186)。
②沔(miǎn)口:即今湖北汉口,汉水入长江处。
③丁未:即淳熙十四年(1187)。
④容与:徘徊。
⑤绿丝:指柳丝。
⑥桃叶:晋代王献之爱妾名。
⑦金陵路:指王献之送桃叶渡江的南京故址。

【今译】

鸳鸯双栖的江水边，
柳枝低垂，随风轻拂，
想起当年美丽的情人，
曾在此处摆渡。
而今，我又含愁凝望，
春风吹过的淮楚一带，
小船将要离港起程，
我仍独依双桨欲作稍稍停留。

金陵江畔莺歌燕舞，
不知人间愁苦滋味，
只有一年一度的潮水涨落，
才是我心心相印的知己。
萋萋芳草爬满汀洲，
我却不能回到她身旁，
日色已暮，
又要移船向何方？

【说明】

这首词系作者于淳熙十四年（1187）正月初二，取道金陵，在船上北望淮楚风光，思念旧日情人而作。上片以柳细起兴，写早春渡江情景。由"绿丝低拂"自然联想到离别场面，又由离别想到桃叶唤渡。继而又放眼春风而生愁。"待去，倚兰桡，更少驻"三句，写出作者无限惜春之情。过片以"莺吟燕舞"反衬"潮水"知人天涯孤旅的苦情，物色带情，感人至深。结拍三句抒写自己不能与情人相见，日暮时分尚不知移舟何处的苦况，深情绵邈。

一萼红

姜夔

丙午人日①,余客长沙别驾之观政堂②,堂下曲沼,沼西负古垣,有卢橘幽篁③,一径深曲。穿径而南,官梅数十株,如椒如菽,或红破白露,枝影扶疏。著屐苍苔细石间④,野兴横生,亟命驾登定王台⑤,乱湘流⑥,入麓山⑦;湘云低昂,湘波容与,兴尽悲来,醉吟成调。

古城阴,有官梅几许,红萼未宜簪。池面冰胶,墙腰雪老,云意还又沉沉。翠藤共、闲穿径竹,渐笑语、惊起卧沙禽。野老林泉,故王台榭,呼唤登临。　　南去北来何事,荡湘云楚水,目极伤心。朱户粘鸡⑧,金盘簇燕⑨,空叹时序侵寻⑩。记曾共、西楼雅集,想垂柳,还袅万丝金⑪。待得归鞍到时,只怕春深。

【注释】

①人日:即农历正月初七。
②别驾:官名,汉代设置,为刺史之佐吏。宋代置通判于诸州,职责近乎别驾,故后世称通判为别驾。
③卢橘:金橘。幽篁,茂密的竹子。
④屐(jī):木鞋。
⑤定王台:西汉长沙定王筑,在长沙东。
⑥乱:横渡。
⑦麓山:即今湖南长沙之岳麓山。
⑧粘鸡:指旧时富贵人家于正月初七日将绘有鸡的画贴在家里,以震慑鬼魅。
⑨金盘:指春盘。燕,古人于立春日供春时,于供春盘内放上纸剪或玉雕的彩燕,以祈祷吉祥。
⑩侵寻:逐渐推移。
⑪万丝金:指繁茂的柳枝。源出白居易《杨柳枝》诗中"一树春风

万万枝,嫩于金色软于丝。"

【今译】

古老城墙的北面,
生长着几株梅树,
红花刚刚绽放,
无法插上鬓发。
水池面冻结成冰层,
城墙半腰处尚有积雪未消,
天空又弥漫着阴云,
似乎又酝酿着大雪一场。
我们悠闲地迈步在翠藤架下,
穿越幽深的竹间小径,
一路的欢声笑语,
惊起栖息沙岸的飞禽。
深山野林,古老的泉水,
等待着我们去游览;
汉代定王的舞台歌榭,
召唤着我们去登临。

南来北往的我究竟为了什么,
飘荡如眼前这湘云楚水?
极目远望,独自伤怀。
朱红的门户贴着画鸡,
春盘中盛满彩燕,
我只有时光流逝的悲叹。
还记得曾在西楼与她幽会,
想必她那里垂柳低拂,
如千万条金线袅袅飘动。
等到我策马归去时,
只怕已是春意阑珊。

【说明】

这首词系作者于人日登定王台横渡湘江而作。上片写作者与友人携手游赏的心情。"池面冰胶，墙腰雪老"二句写早春严寒之景；"云意还又沉沉"写乌云低压，天阴欲雪之景，其中隐含着作者心境之郁闷。"翠藤共闲穿径竹"句以下，写作者与友人游赏之乐。但这种游赏毕竟是为了排遣郁闷而进行的，所以，走出这种游赏之乐，回到现实，就不免兴尽悲来。下片极写作者乐尽悲来之感受。作者极目湘江云水，自问年年南去北来，竟为何事？徒增一层伤悲。一年一度的人日又来临，"时序侵寻"，自己尚报国无门，又增一层伤悲。

霓裳中序第一

姜　夔

丙午岁，留长沙，登祝融①，因得其祠神之曲曰《黄帝盐》、《苏合香》。又于乐工故书中得商调《霓裳曲》十八阕，皆虚谱无辞。按沈氏《乐律》②，《霓裳》道调③，此乃商调。乐天诗云："散序六阕"④，此特两阕，未知孰是？然音节闲雅，不类今曲；余不暇尽作，作《中序》一阕传于世⑤。余方羁游，感此古音，不自知其辞之怨抑也。

亭皋正望极⑥，乱落红莲归未得。多病却无气力，况纨扇渐疏⑦，罗衣初索⑧。流光过隙⑨，叹杏梁⑩，双燕如客。人何在？一帘淡月，仿佛照颜色⑪。　　幽寂，乱蛩吟壁⑫，动庾信清愁似织⑬。沉思年少浪迹，笛里关山⑭，柳下坊陌。坠红无信息，漫暗水，涓涓溜碧。飘零久，而今何意，醉卧酒垆侧⑮。

【注释】

①祝融：南岳衡山（在湖南衡山县）诸峰中的最高峰名。
②沈氏《乐律》：北宋沈括在其《梦溪笔谈》中有《论乐律》一节。

③《霓裳》道调：沈括《论乐律》中有所谓"《霓裳羽衣曲》本谓之道调法曲。"
④散序六阕：白居易《和元微之霓裳羽衣歌》："散序六奏未动衣，阳台宿云慵不飞。"
⑤中序：《霓裳》曲分为三大段，中序即为中段。
⑥亭皋：水边平地。
⑦纨（wǎn）：细绢。
⑧索：使分离。此处指换掉。
⑨流水过隙：典出《庄子·知北游》："人生天地之间，若白驹之过隙，忽然而已。"
⑩杏梁：即指屋梁。
⑪仿佛照颜色：杜甫《梦李白》诗有"落日满屋梁，犹疑照颜色"句，此处化用其意。
⑫蛩（qióng）：即蟋蟀。
⑬庾信清愁：南朝诗人庾信曾写有《愁赋》。
⑭笛里关山：指古代横吹曲中有《关山月》。
⑮酒垆：放置酒瓮的土台子。

【今译】

伫立河岸，放眼云烟，
但见红莲纷纷凋落，
我想归去，却举步维艰。
多病之躯困乏无力，
而况夏日将尽，
团扇已然被弃捐，
秋风即临，罗衣已换掉。
时光飞逝如白驹过隙，
可叹屋梁上栖息的双燕，
也如我客居般来去匆匆。
我的心上人你在哪里？
淡淡月光透过水晶珠帘，
仿佛映照着她的迷人容颜。

我孤独落寞的情怀，
多希望得到她的慰藉，
却只有墙壁间蟋蟀的哀鸣，
牵动我有如庾信般的乡关之思，
那如织如缕的绵绵愁绪。
我暗自沉思追忆，
年少时浪迹天涯，
笛声中羁旅关山，
足迹踏遍柳巷坊曲。
红花坠落杳无音信，
淹没在涓涓碧水之中，
静悄悄地流去。
长年孤苦飘零，
而今又意欲如何？
只好仿效三国时的阮籍，
醉卧酒垆之侧。

【说明】

这首词写作者登高远望的感伤。上片写出作者想念伊人情深已极而致产生恍惚迷离的幻境，形象逼真、感人。下片触景生情，油然而生无限愁绪，作者追忆少年时代浪迹天涯，踏遍关山，于柳下坊曲与伊人相遇，而今却不知她在何处，自己也长年飘零无依。

小 重 山

章良能

柳暗花明春事深，小阑红芍药，已抽簪①。雨余风软碎鸣禽②。迟迟日，犹带一分阴。　　往事莫沉吟。身闲时序好，且登临。旧游无处不堪寻，无寻处，惟有少年心。

【作者介绍】

章良能（？—1214）字达之，浙江丽水人。宋孝宗淳熙五年（1178）进士。曾任著作佐郎、枢密院编修、起居舍人、宗正少卿等职，宁宗朝官至参知政事。有《嘉林集》，已佚。《全宋词》仅存《小重山》词一首。

【注释】

①抽簪：指红芍药花含苞欲放。
②风软碎鸣禽：晚唐诗人杜荀鹤《春宫怨》诗中有"风暖鸟声碎"句。此处化用其意。

【今译】

柳暗花明春色妩媚，
小栏内红芍药含苞待放。
雨后风和鸟声细碎，
太阳羞答答爬出云层，
天空依然带一分阴沉。
过去的事情切莫沉思眷念，
在闲暇无事的美好时光，
权且去登山临水。
昔日游览过的地方，
如今重游仍记忆犹新；
无法寻觅回来的，
是那无忧无虑的少年心事。

【说明】

这首词上片描绘春深之景，柳暗花明、芍药待放、雨后风和、鸟鸣啾啾，一片春意盎然的气象。"迟迟日，犹带一分阴"，形象真切地描绘出雨后初霁的春之精神。作者由对深春景色的迷恋，自然引发出对少年往事的追忆，由追忆而生叹惋，于是，作者于下片以"往事莫沉吟"自勉勉人，虽仍难免青春不再的忧伤，但全词的总体基调是昂扬向上的。

唐多令

刘 过

安远楼小集①,侑觞歌板之姬黄其姓者②,乞词于龙洲道人③,为赋此。同柳阜之、刘去非、石民瞻、周嘉仲、陈孟参、孟容,时八月五日也。

芦叶满汀洲,寒沙带浅流。二十年重过南楼④。柳下系船犹未稳,能几日,又中秋。　　黄鹤断矶头⑤,故人曾到否?旧江山浑是新愁⑥。欲买桂花同载酒⑦。终不似,少年游。

【作者介绍】

刘过(1154—1206)字改之,号龙洲道人,吉州太和(今江西泰和县)人。早年即热衷功名,但屡考未中,遂过着漂泊不定的生活。在政治上,他力主抗金,但未被朝廷重视。晚年投靠辛弃疾门下,为其幕僚,常与辛弃疾以词唱和。他的词多抒发政治抱负和怀才不遇之感慨,语意峻拔、风格豪放,有类辛弃疾。但有些作品粗豪有余,含蓄不足,少有韵味。

【注释】

①安远楼:即武昌南楼。黄鹤山顶之白云楼,宋代别名为安远楼,安远楼隔江即为金国。

②侑(yòu)觞(shāng):劝酒。侑,以奏乐等形式劝人饮食。觞。酒器。

③龙洲道人:作者自称。

④南楼;即安远楼。

⑤矶:临江的山崖。

⑥浑:全,都。新愁,指江山依旧,国势日衰,徒增忧愁。

⑦欲买桂花同载酒:指时近中秋,想买回桂花,载酒出游。

【今译】

芦叶落遍汀洲,
浅水挟带着寒沙流下。
转眼二十年过去,
今日又行经南楼。
小船载我漂泊难定,
刚刚系上柳树尚未停稳,
还能有几天,
恼人的中秋节又要来临?

临江而立的黄鹤断崖,
故友可曾游过这里?
江山破旧,尽收眼底,
生出无限新愁。
我想买回飘香桂花,
和二三朋友泛舟饮酒,
但终究没有了少年时期的游兴。

【说明】

　　这首词是作者在安远楼酒宴席上为歌女所作。上片写作者登高远望之所见、所感。首二句"芦叶满汀洲,寒沙带浅流",对仗工整,意境深远,使人顿生悲凉意绪。接着,作者写眼下二十年后"重过南楼"之感受。行色匆匆,时序更移,"能几日,又中秋",更使人平添愁闷。下片由黄鹤楼起兴,抒发"旧江山,浑是新愁"之强烈感慨。表现了作者对南宋朝廷江河日下现状的不满。但作者毕竟垂垂老矣,更无回天之力,于是,满腔悲慨化而为无可奈何的苦中求乐。结拍三句寄寓作者无限哀愁。

木 兰 花

严 仁

春风只在园西畔,荠菜花繁蝴蝶乱。冰池晴绿照还空①,香径落红吹已断。　　意长翻恨游丝短,尽日相思罗带缓。宝奁如月不欺人②,明日归来君试看。

【作者介绍】

严仁,生卒不详,字次山,号樵溪,邵武(今属福建)人。与严羽、严参并称邵武三严。其词多为艳情之作,《全宋词》录其词三十首。有《清江欸乃集》,今不传。

【注释】

①冰池晴绿:阳光消融了池上的冰层,池水泛出新绿。照还空,化用李白《望庐山瀑布》中"江月照还空"意。
②宝奁(lián):妇女用于装铜镜的镜匣。

【今译】

和煦的春风,
似乎单单吹拂着庭园西畔,
蝴蝶翻飞在,
盛开的荠菜花丛中。
阳光消融了池上的冰层,
池水荡漾着醉人的新绿,
天空晴朗,澄明如洗,
风吹红花纷纷落地,
扑鼻芳香充盈着小径。

自身情意绵长,
却怨怪游丝太短,

日夜相思衣带渐宽。
梳妆宝镜如明月,
照人绝不把人欺。
且待来日夫君归来,
再让他看一看我这,
为他憔悴的容颜。

【说明】

　　这是一首闺怨词。上片先写春色满园的景象:园圃西畔,花繁蝶乱,池冰消融,水面泛绿,落红香径。"香径落红吹已断",隐隐透露出女主人公的离别相思之情。下片抒发女主人公的相思情义。"意长翻恨游丝短"句出语新奇,颇有韵致。女主人公相思情深,衣带渐宽,人自消瘦,故有"宝奁如月不欺人,明日归来君试看"的内心活动,委婉曲折,深情动人。陈廷焯评此词"深情委婉,读之不厌百回"(《白雨斋词话》)。

风 入 松

俞国宝

　　一春长费买花钱,日日醉湖边。玉骢惯识西湖路[①],骄嘶过、沽酒楼前。红杏香中箫鼓,绿杨影里秋千。　　暖风十里丽人天[②],花压鬓云偏。画船载取春归去,余情付、湖水湖烟。明日重扶残醉,来寻陌上花钿[③]。

【作者介绍】

　　俞国宝,生卒不详,抚州临川(今江西抚州)人,宋淳熙年间太学生。《全宋词》存其词五首。有《醒庵遗珠集》,今不传。

【注释】

①玉骢:白色骏马。

②丽人天：源出杜甫《丽人行》中"三月三日天气新，长安水边多丽人"句。此处指踏青季节。

③花钿：古代妇女所戴的发饰。此处借指"丽人"。

【今译】

一春里常为买花而破费，
我每天沉醉在湖边。
白玉骏马走惯了西湖路，
它骄傲地嘶鸣在沽酒楼前
红杏飘香送来箫鼓欢歌，
绿杨茂密的树影里，
晃动着荡来荡去的秋千。

十里长堤和风送暖，
正是丽人踏青的艳阳天，
五彩缤纷的花朵插在她们头上，
一束束高耸的鬓发被压偏。
画船满载着春色归去，
游冶未尽的情趣，
都付与了暮霭中的湖水湖烟。
明天我将带着残存的醉意，
再来湖堤找回丢失的花钿。

【说明】

这首词是作者酒醉之后为西湖断桥边一个小酒家所作，写在酒家的屏风上，据周密《武林旧事》卷三载："一日，御舟经断桥，桥旁有小酒肆，颇雅洁，中饰素屏，书《风入松》一词于上。光尧（宋高宗）驻目，称赏久之，宣问何人所作；乃太学生俞国宝醉笔也。其词云：'……明日再携残酒，来寻陌上花钿'。上笑曰：'此词甚好，但末句未免儒酸。'因为改定云：'明日重扶残醉'，则迥不同矣。即日命解褐云。"这段文字记载是否信实，难以考稽，但俞国宝的《风入松》一词在当时遍为传诵却是事实。

满 庭 芳

张 镃

促 织 儿

月洗高梧①，露溥幽草②，宝钗楼外秋深③。土花沿翠，萤火坠墙阴④。静听寒声断续，微韵转、凄咽悲沉。争求侣、殷勤劝织，促破晓机心。　儿时曾记得，呼灯灌穴，敛步随音。任满身花影，独自追寻，携向华堂戏斗，亭台小，笼巧妆金⑤。今休说，从渠床下⑥，凉夜伴孤吟。

【作者介绍】

张镃（1153—?），字功甫，号约斋。西秦（今陕西）人。南宋名将张俊之孙。曾官大理司直、司农少卿等职，后被流放，死于象州。他工于书画，尤善诗词。其词多为宴赏酬答之作，以咏物写景见长，风格清婉工丽。有《玉照堂词》（一作《南湖诗余》）。

【注释】

①月洗高梧：意谓月光如水，洗浴着高大的梧桐树。
②露溥：露水遍地。溥，广大。
③宝钗楼：豪华的楼台。
④墙阴：墙角。
⑤笼巧妆金：相传唐时宫妃妾用小金笼装蟋蟀，置于枕边，夜听其声。
⑥从渠床下：《诗经·豳风·七月》有"十月蟋蟀入我床下。"渠，他。

【今译】

月光皎洁如水，
洗浴着高耸的梧桐，

深夜的露水遍地，
浸润着幽幽芳草，
豪华的宝钗楼外秋色已深。
苔藓如花延伸出一片翠绿，
萤火虫闪烁着坠落墙角。
倾耳静听蟋蟀声声，
凄切悲沉的音韵微微转折。
它们似乎在争着寻求伴侣，
殷勤地劝导人们多多纺绩，
催促着织女彻夜劳作不停机。
曾记得孩提时代的故事，
我打着灯用水灌满洞穴，
轻敛脚步寻觅寒虫的细碎声。
一任满身花筛月影，
独自一人仔细追寻。
带上蟋蟀在华丽的堂屋戏斗，
亭台上金笼小巧玲珑。
如今还有什么说的呢，
蟋蟀在床下声声哀鸣，
伴随我吟诗在清凉的秋夜。

【说明】

这首词题作"促织儿"，是一首咏物词。姜夔在其所作《齐天乐》之序中写道："丙辰岁（1196），与张功甫（即张镃）会饮张达可之堂，闻屋壁间蟋蟀有声，功甫约余同赋，以授歌者。功甫先成，辞甚美。"张功甫先成的词，便是这首"促织儿"。词的上片通过写秋夜景色，引出对蟋蟀的歌咏。"月洗高梧，露溥幽草"写深秋夜景，由天而地，由上而下，对仗工整，造语新巧，颇有情致。上片末三句使词题"促织儿"有了着落。下片追忆儿时捕捉蟋蟀的情景，工笔描写，细如丝发。

宴 山 亭

张 镃

　　幽梦初回，重阴未开，晓色催成疏雨。竹槛气寒，蕙畹声摇①，新绿暗通南浦。未有人行，才半启回廊朱户。无绪，空望极霓旌②，锦书难据。　　苔径追忆曾游，念谁伴秋千，彩绳芳柱。犀帘黛卷③，凤枕云孤，应也几番凝伫。怎得伊来，花雾绕，小堂深处。留住，直到老不教归去。

【注释】

①蕙畹：源出屈原《离骚》"余既滋兰之九畹兮，又树蕙之百亩。"蕙，香草。畹，十二亩田地。

②霓旌：五彩云旗。

③犀帘：以犀牛角为饰物的帘子。

【今译】

刚刚从幽幽梦乡走回，
乌云依然密布不开，
天色拂晓，下起淅淅沥沥的小雨。
竹栏槛内透出清寒的空气，
园圃芳草在风雨中窸窣作响，
芳草萋萋暗通南浦。
南浦没有送别的行人，
回廊朱门欲启还掩。
我的愁绪难以平息，
极目远望天边云霓，
只可叹锦书在手难传递。

漫步在爬满青苔的小径，
我追忆着与她游冶的情景，

叹息如今谁再伴秋千荡起,
徒留彩绳牵挂在秋千架。
犀角装饰的黛色珠帘高高卷起,
绣凤的枕头孤单零落,
想必她也几度凝神伫立。
怎样能让她来到此地,
使得小堂深处,
处处弥漫着花雾云绕的清香。
我将把她留在这里,
直到天荒地老,
纵使到老也不让归去。

【说明】

这是一首抒写离别相思之情的词。上片以写清晨之景抒发主人公挚热之情。下片写主人公追忆往事,想象伊人也与自己一样,无人作伴,含愁凝眸的情景。最末五句写主人公盼望伊人归来的痴情结想,尤为动人。

绮 罗 香

史达祖

咏 春 雨

做冷欺花,将烟困柳,千里偷催春暮①,尽日冥迷②,愁里欲飞还住。惊粉重,蝶宿西园,喜泥润,燕归南浦。最妨他佳约风流,钿车不到杜陵路③。　　沉沉江上望极,还被春潮晚急,难寻官渡④。隐约遥峰,和泪谢娘眉妩⑤。临断岸,新绿生时,是落红,带愁流处。记当日门掩梨花⑥,剪灯深夜语⑦。

【作者介绍】

史达祖,生卒不详,字邦卿,号梅溪,汴(今河南开封)人,居杭州。一生屡试不第,曾师事张镃,后入中书省为堂吏。他力主抗金,受到韩侂胄赏识,为韩代拟文赏,颇有权势。后韩北伐抗金失利后,史达祖受牵连,被处黥刑,流放异地,贫困而死。史达祖的词擅长咏物,尽态极妍。善用白描手法,刻画入微。部分词作暗含身世之慨和家国之恨,有一定的现实意义。有《梅溪词》。

【注释】

①千里句:源出孟郊《喜雨》诗:"朝见一片云,暮成千里雨。"此处化用其意。
②冥迷:阴暗。
③钿车:饰以金银珠宝的车子。杜陵,本为汉宣帝陵地,位于长安城东南,多住富贵人家。这里借指杭州郊区风景名胜处。
④官渡:公用的渡船。
⑤谢娘:唐代李德裕的歌妓,名叫谢秋娘。此处借指歌女。
⑥门掩梨花:源出李重元《忆王孙》词:"欲黄昏,雨打梨花深闭门。"
⑦剪灯句:源出李商隐《夜雨寄北》诗:"何当共剪西窗烛,却话巴山夜雨时。"

【今译】

天空送来阵阵清冷,
摧残着几多盛开的鲜花;
烟雾升腾呈现一派迷濛,
笼罩着郁郁葱葱的绿柳,
千里雨丝漫漫,
暗将时光移向春暮。
连绵春雨飘洒,天色昏暗,
郁闷忧愁中似下还停。
彩蝶怎禁得雨湿双翅,

积重难飞栖宿在西园；
燕子欣喜地飞归南浦，
衔得筑巢润湿的泥土。
最妨碍佳期预约黄昏后，
两情相悦成风流，
纵有豪华富丽的宝车，
也难去郊外风景绝胜处。

江上极目远望，
浩渺无边际，
春潮到晚汹涌急，
码头没有船只摆渡。
遥远的山峰隐约迷离，
如同美女含泪青眉，
显得妩媚动人。
面临陡峭的河岸，
看春草又吐新绿，
又见无数落花，
带着怨愁漂流远去。
曾记当日，
雨打梨花，院门深闭，
夜半剪灯，
说不尽情话私语。

【说明】

这首词借咏春雨抒发怀人之情。上片写江南春雨之迷濛和连绵不绝的景象。采用烘云托月的写法，写雨而无一"雨"字，但"无一字不与题相依"（许昂霄），正所谓"不著一字，尽得风流"。词之上片即以花难开，柳笼烟，蝶敛翅，燕衔泥等处落笔，形象地描写出春雨之精神。"最妨他"二句宕开一笔，由愁雨之意自然移到怀人之情，亦为下片写怀人起到自然过渡的作用。下片写怀人之情，融情于景，颇有韵致。

双双燕

史达祖

咏 燕

过春社了①，度帘幕中间，去年尘冷。差池欲住②，试入旧巢相并。还相雕梁藻井③，又软语商量不定。飘然快拂花梢，翠尾分开红影④。　芳径，芹泥雨润⑤，爱贴地争飞，竞夸轻俊。红楼归晚，看足柳昏花暝。应自栖香正稳，便忘了天涯芳信⑥。愁损翠黛双蛾，日日画阑独凭。

【注释】

①春社：春天社日。即于每年立春后、清明前祭祀社神的节日。燕子于此时由南方飞往北方。
②差（cī）池：参差不齐的样子。
③相（xiàng）：仔细端详。藻井，即天花板。
④红影：花影。
⑤芹泥：水边生长芹的泥土。
⑥便忘了句：江淹《杂体诗·拟李都尉从军》诗："而我在万里，结发不相见。袖中有短书，愿寄双飞燕。"此处化用其意。

【今译】

春天祭祀社神的日子已过，
燕子穿梭在窗帘、床幕中间，
去年栖宿过的巢窝，
早已落满灰尘，异常清冷。
燕子张舒着参差不齐的尾翼，

想要在旧巢住下,
试着双双并肩共栖。
又仔细端详屋梁和天棚,
呢喃对语,商量不定。
轻盈地掠过花梢,
翠尾拨开红花的姿影。

飘满芳香的花间小径,
春雨润湿芹草下的泥土。
燕子最喜欢贴地争飞,
竞相夸耀轻捷、俊俏功夫。
回到红楼天色已晚,
再看够暮色中花柳朦胧的姿影。
双燕该当睡得香甜安稳。
却竟自忘了传递远方来信。
闺中人愁眉难展,
天天独自依栏远望。

【说明】

这首词和《绮罗香·春雨》并为史达祖咏物词的代表作。词的上片写双燕自南而北、试栖旧巢、掠过花梢的情状,形象逼真、传神。下片继续对春燕神态的描写。"应自栖香正稳,便忘了天涯芳信"二句,由咏物自然转到怀人,实为飞来之笔。至此,读者方才悟到,此前对春燕的工细摹画,都是从闺中人的视角、心理出发的。惟其有闺中人的寂寞相思,才使得对春燕的观察细致入微;惟其有闺中人的"画阑独凭",才有眼中春燕的"旧巢相并"。

东风第一枝

史达祖

春　雪

巧沁兰心，偷粘草甲①，东风欲障新暖。漫凝碧瓦难留②，信知暮寒犹浅。行天入镜③，做弄出轻松纤软④。料故园不卷重帘，误了乍来双燕。　　青未了，柳回白眼⑤，红欲断，杏开素面⑥。旧游忆著山阴⑦，后盟遂妨上苑⑧。寒炉重熨，便放慢春衫针线。怕凤靴挑菜归来⑨，万一灞桥相见⑩。

【注释】

①草甲：草初生萌芽时所带的种子皮。
②漫：随意。
③行天入镜：韩愈《春雪》诗："入镜鸾窥沼，行天马渡桥。"此处化用其意。
④做弄：指装扮。
⑤柳回白眼：柳芽因蒙雪而白。
⑥杏开素面：杏花因蒙雪而素。
⑦旧游句：用王徽之乘船访戴逵事。王徽之居住在山阴，深夜大雪中想起戴逵，当时戴在剡溪，王徽之便冒雪乘船前往，但到戴门前却不入而返。人问其故，他回答说："吾本乘兴而行，兴尽而返，何必见戴？"（《世说新语·任诞》）
⑧后盟句：用司马相如赴梁王兔园事。据谢惠连《雪赋》："梁王不悦，游于兔园。……相如未至。居客之右。俄而微霰零，密雪下……"相如遵梁王之命而赋雪。上苑，即梁王兔园，亦称梁苑。
⑨凤靴：饰有凤纹的女鞋。此处借指女子。挑菜，据周密《武林旧事》记载，宋沿唐习，古历二月二日为挑菜节，城中仕女相率至郊外游乐，宫中亦办挑菜宴以资戏笑。
⑩灞桥：在今西安市东郊。灞柳风雪为古长安著名风景之一。

【今译】

春雪轻巧地沁入兰心,
偷偷粘上草的嫩芽,
它想阻挡东风,
送来春天的温暖。
漫不经心地落满房上青瓦,
青瓦却未必能留住它,
要知道夜间寒意还浅。
渡桥犹如天空行走,
看湖面恰似明镜一面,
春雪飘洒满天遍野,
装点得江山轻柔细软。
料想故乡重帘未卷,
挡住了刚来传信的双燕。
柳芽吐青,翠绿满眼,
春雪染成一片白眼;
杏花几乎换掉了红妆,
春雪为它们敷上素面。
踏雪出游想起山阴旧事,
司马相如赋雪梁王上苑。
屋内炉火重新燃起,
放慢赶制春衫的针线活。
只怕穿凤鞋的女子挑菜归来,
会与灞桥风雪相见。

【说明】

　　这首词题为"春雪",与《绮罗香·咏春雨》、《双双燕·咏燕》一样,词中无一"雪"字,但每句都无不与题相关。创意造境,优美新巧,故沈际飞评道:"'柳杏'二句,愧死梨花、柳絮诸语。"(《草堂诗余正集》)

喜 迁 莺

史达祖

月波凝滴,望玉壶天近①,了无尘隔。翠眼圈花②,冰丝织练,黄道宝光相直③。自怜诗酒瘦,难应接许多春色。最无赖,是随香趁烛,曾伴狂客。　　踪迹,漫记忆,老了杜郎④,忍听东风笛。柳院灯疏,梅厅雪在,谁与细倾春碧⑤?旧情拘未定,犹自学当年游历。怕万一,误玉人夜寒帘隙⑥。

【注释】

①玉壶:代指月亮。
②圈花:各式花灯。
③黄道:天文学术语。古人认为,日有中道,月有九行。中道即黄道,又称光道,此处借指月光。
④杜郎:指唐代诗人杜牧。
⑤春碧:代指美酒。
⑥玉人:意中人。

【今译】

月亮流波柔和似水,
洒向人间点点滴滴,
翘首瞻望玉壶般圆月,
蓝天仿佛近在咫尺,
没有一星点尘埃阻隔。
五彩缤纷的花灯,
交织出透明织锦般的光辉,
月光与彩灯光交相辉映。
自怜沉湎诗酒而消瘦,
难以承受万紫千红的春色。
回想往事最可喜,

我们点燃香烛,
伴随狂客去野游。

曾经野游的踪迹依稀记得,
如今杜郎已老,
怎忍听东风怨笛声。
杨柳院内彩灯疏落,
梅花厅堂春雪犹在,
谁能和我细将春酒对饮?
旧日游情难按捺,
还要学少年壮游。
却又怕游兴难收,
空留玉人守良宵,
夜半天寒时分,
珠帘依然高卷。

【说明】

这首词写上元月夜彩灯辉煌的景象。作者写景抒情,通过对上元良宵的渲染,反衬出自身耽于诗酒、瘦弱多病的凄凉处境。即便偶有少年游兴,也因顾此"玉人"独守良宵而忧心忡忡。"怕万一,误玉人夜寒帘隙"二句,多为人激赏。王闿运评道:"富贵语无脂粉气,诸家皆赏下二语,不知现寒乞相正是此等处"(《湘绮楼词选》)。

三 姝 媚

史达祖

烟光摇缥瓦①,望晴檐多风,柳花如洒。锦瑟横床,想泪痕尘影,凤弦长下②。倦出犀帷,频梦见,王孙骄马。讳道相思,偷理绡裙,自惊腰衩③。　　惆怅南楼遥夜,记翠箔张灯,枕肩歌罢。又入铜驼，遍旧家门巷，首询声价④。可惜东风，将恨与，闲花俱谢。记取崔徽模样⑤，归来暗写。

【注释】

①缥瓦：即琉璃瓦。
②凤弦长下：琴弦长期未上紧，即懒得弹琴。
③自惊腰衩：暗自吃惊腰身变瘦，衣带渐宽。
④声价：声名和身份地位。周邦彦《瑞龙吟》："前度刘郎重到，访邻寻里，同时歌舞，惟有旧家秋娘，声价如故。"可与此句参读。
⑤崔徽：唐代歌妓，与裴敬中相恋。分别后又请画师摹写自己肖像寄与敬中，不久悒郁而亡。

【今译】

烟光缭绕着琉璃屋瓦，
看晴日多风的檐下，
柳絮翻飞飘飘洒洒。
当初她锦瑟横陈在床榻，
想必沾满了泪痕和灰土，
琴弦松弛，
许久已不曾弹它。
终日慵睡，不愿走出华丽的帷帐，
只有在梦中，
常见意中人骑着高头骏马。
满腹相思不便明说，
偷偷整理衣裙，不由暗自惊讶：
才过几天，衣带怎又宽大？

我心绪惆怅，想起那南楼的销魂之夜，
记得在翠纱灯下，
她枕着我的肩头轻吟低唱，
两情缱绻，谁也不觉困乏。

此番旧地重临，
我走遍昔日的街巷，
逢人便问，她如今沦落谁家？
可惜东风无情，
就像吹落杨花一样，
吹走了我的一腔思念。
我凭着当时的记忆，
归来后暗自描摹她的容颜。

【说明】

这首词忆旧怀人。词人旧地重游，寻访昔日情人，想象她别后独居的种种凄苦情状，通过她衣带渐宽、愁思损瘦反衬出自己深切的思念之情，看似不言自己，实则此情更甚。全词结构奇特，首尾呼应，十分生动传神。

秋 霁

史达祖

江水苍苍，望倦柳愁荷，共感秋色。废阁先凉，古帘空暮，雁程最嫌风力。故园信息，爱渠入眼南山碧①。念上国，谁是，脍鲈江汉未归客②？　　还又岁晚，瘦骨临风，夜闻秋声，吹动岑寂。露蛩悲、青灯冷屋，翻书愁上鬓毛白。年少俊游浑断得，但可怜处，无奈苒苒魂惊，采香南浦，剪梅烟驿③。

【注释】

①渠：他。南山，这里指杭州西湖附近的山丘。

②脍鲈句：用张翰思家乡特产而弃归的典故。时词人被贬流放江汉一带，故以张翰之事反衬自己欲归不得的怨怅。

③剪梅：即陆凯"聊赠一枝春"的典故。与"采香南浦"均表示向异地远人致意。

【今译】
江水苍茫，浩浩东去，
看衰弱的柳枝和枯卷的荷叶，
同显出一派萧瑟秋色。
荒废的楼阁率先透进清凉，
帘幕已旧，更显得天光昏黑，
见不到传信的鸿雁，
都怨这多风的天气。
我多想听到故乡的音讯，
心儿早飞回那美丽的青山绿水。
回想繁华的京城，
有谁似我远谪江汉，有家难回？

又是一年将尽，
我瘦骨嶙峋当风伫立，
夜闻阵阵秋声，
勾起满怀清冷和孤凄。
蟋蟀的悲鸣，
不时打破青灯冷屋的宁静，
翻看书册难遣愁绪，
不觉间已是两鬓斑白。
少年时的好友全都音讯断绝，
可悲的是我流落异地。
心神不定难以自已，
只得频频采香南浦，
又学那陆凯剪梅烟驿，
换取一时心灵的慰藉。

【说明】
宋宁宗开禧二年（1206）韩侂胄匆忙伐金遭惨败，招致杀身；

而史达祖也受牵连而被贬往江汉一带。这首词即作于贬所,时值深秋,词人目睹耳闻秋景秋声,悲秋情绪难以自抑。词中写景生动,抒情真切,炼字琢句,工巧有致。"倦柳愁荷"与人同悲,"废阁古帘",更见幽独,活画出天涯迁客瘦影自怜、心魂不定的萧瑟形象。

夜 合 花

史达祖

柳锁莺魂,花翻蝶梦①,自知愁染潘郎②。轻衫未揽,犹将泪点偷藏。念前事,怯流光,早春窥、酥雨池塘。向消凝里,梅开半面,情满徐妆③。　　风丝一寸柔肠,曾在歌边惹恨,烛底萦香。芳机瑞锦,如何未织鸳鸯。人扶醉,月依墙,是当初,谁敢疏狂!把闲言语,花房夜久,各自思量。

【注释】

①蝶梦:即梦,用庄子梦蝶典故。

②潘郎:即西晋文学家潘岳,在《秋兴赋序》中说:"余春秋三十有二,始见二毛。"后世遂以潘郎为多愁之人,潘鬓为黑发初白的代称。

③徐妆:据《南史·梁元帝徐妃传》载,梁元帝妃徐昭佩因元帝一目失明,故每当元帝前来,就只化半面妆相迎。元帝见后大怒而去。

【今译】

黄莺在柳枝间穿飞,
彩蝶在花丛中嬉戏,
我魂牵梦萦,自知鬓染秋霜。
轻衫随意披在身上,
又怕人瞧见那泪点行行。
追念前事,
我惧怕光阴飞逝似水流淌,
眼看春天悄然来到,

这细雨霏霏的池塘。
我黯然伤怀,凝神伫立,
看那半开的梅花,
恰似徐妃刚画就的半妆。

你那如风中柳丝般的一段柔肠,
曾用悱恻的歌声惹起离恨,
烛光下洋溢着软玉温香。
既有精致的纺机和美丽的丝锦,
为何不织成鸳鸯成对成双。
人已醉意朦胧,
月光爬上高墙,
当初若没有这般氛围,
哪敢如此疏狂。
别把我的话当作闲言碎语,
当你在长夜时独卧花房,
你尽可细细品味,慢慢思量。

【说明】

这首同怀旧思人,抒发男女恋情。他们之间因某种误会而分手,词人随着时光流逝,忆起昔日的种种往事,且悔且怨,渴望重续旧好。词写得遮遮掩掩,半吐半露,余意多在言外。

玉 蝴 蝶

史达祖

晓雨未摧宫树,可怜闲叶,犹抱凉蝉。短景归秋,吟思又接愁边。漏初长,梦魂难禁,人渐老、风月俱寒。想幽欢,土花庭甃①,虫网阑干。　　无端啼蛄搅夜②,恨随团扇③,苦近秋莲④。一笛当楼⑤，谢娘⑥悬泪立风前。故园晚、强留诗酒，新雁远、不致寒暄。隔苍烟、楚香罗袖，谁伴婵娟？

【注释】

①甃（zhòu）：井壁。
②啼蛄：即蝼蛄，昼伏夜出。古诗云："凛凛岁云暮，蝼蛄夕悲鸣。"
③恨随团扇：汉代班婕妤作《团扇歌》，序中说，婕妤失宠，乃作怨诗自伤幽独。故词中团扇亦可指《团扇歌》。
④苦近秋莲：古乐府诗云："果得一莲时，流离婴辛苦。"
⑤一笛当楼：唐代诗人赵嘏《长安秋望》诗："长笛一声人倚楼。"
⑥谢娘：本指妓女，唐白居易《代谢好答崔员外》诗："青娥小谢娘，白发老崔郎。"词中代指意中女子。

【今译】

晚雨没有摧折大树，
可怜几片枯叶，
还栖息着小小寒蝉。
秋天里白昼日渐变短，
诗情里含着愁思无边。
夜漏开始漫长，
梦魂缭绕难以禁断，
人儿渐渐衰老，
风月豪情都变得心灰意懒。
想起那当年幽会之地，
如今庭院井壁上布满青苔，
蛛网纵横笼罩着栏杆。

无缘无故啼蛄搅得人夜不能寐，
满怀怨恨，
恰像当年赋诗团扇的班婕妤，
内心凄苦，

好比那含辛茹苦的秋莲。
倚楼听见一声长笛,
她迎风而立两泪涟涟。
故园天光已晚,
她一定固执地饮酒赋诗,
看着鸿雁越飞越远,
忘记捎来一声殷切的寒暄。
隔着弥漫的苍烟,
又有谁怜香惜玉,
伴她度过寂寞的秋天。

【说明】

秋景萧瑟,愁思无限,忆旧怀人,梦萦魂牵。是他薄幸负恩,还是她命运多舛,只有留待后人去体味评说了。

八 归

史达祖

秋江带雨,寒沙萦水,人瞰画阁愁独。烟蓑散响惊诗思,还被乱鸥飞去,秀句难续。冷眼尽归图画上,认隔岸,微茫云屋。想半属,渔市樵村,欲暮竞燃竹。 须信风流未老,凭持尊酒,慰此凄凉心目。一鞭南陌,几篙官渡,赖有歌眉舒绿[①]。只匆匆残照,早觉闲愁挂乔木。应难奈、故人天际,望彻淮山,相思无雁足[②]。

【注释】

①歌眉舒绿:歌眉,即歌女。舒绿。即舒眉,消解愁闷。
②雁足:即鸿雁传书,因书信须系于雁足,故称。

【今译】

江面上飘着秋雨,
江水萦绕着寒冷的沙洲,
我俯视画阁愁上心头。
烟雨迷蒙中渔人披蓑歌唱,
蓦然惊散我的一腔诗思,
又惊得沙鸥纷纷飞去,
想好的佳句再难接续。
放眼尽看如画的风光,
只见江的对岸,
隐约露出一带房舍。
想必多半是渔市樵村,
在这黄昏时候到处燃起青竹。

我自信风流未老,
且端起醇香的美酒,
让孤凄的心灵得到一丝慰抚。
无论是旱路上策马扬鞭,
还是水路上奋篙行舟,
幸亏有美人替我解闷消忧。
可惜残照匆匆,
转瞬便带着闲愁爬上乔木。
无奈故人远隔天涯,
望断青山,
没有鸿雁来传递这相思的情愫。

【说明】

写此词时,词人已届晚年,迟暮之感比比皆是。衰朽之躯,处江湖之远,亲朋疏隔,其孤独愁闷可想而知,尽管风光如画,尽管也有歌女遣愁,但这些都不是他期待的心灵归宿,他无时不思念远在天际的故人,当然还有故乡,那里才是他安身立命之处。

生查子

刘克庄

元夕戏陈敬叟①

繁灯夺霁华②,戏鼓侵明发③。物色旧时同,情味中年别。
浅画镜中眉④,深拜楼中月。人散市声收,渐入愁时节。

【作者介绍】

刘克庄(1187—1269)字潜夫,号后村,莆田(今福建莆田)人。系权贵后裔,以世家入官场。曾因作《落梅》诗而被免官。直至五十余岁后才重入官场,得宋理宗赏识,赐同进士出身。官至工部尚书、龙图阁学士等。其词继承了辛弃疾的爱国主义传统和豪放风格,被称为"辛派词人"。有《后村长短句》(又名《后村别调》)。

【注释】

①陈敬叟:字以庄,号月溪。作者友人。
②霁华:指月光。
③明发:天发亮。
④浅画句:《汉书·张敞传》:"(敞)又为妇画眉,有司以奏敞。上问之,对曰:'臣闻闺房内。夫妇之私,有过于画眉者。'上爱其能,弗备责也。"

【今译】

繁华璀璨的灯光,
欲与皎洁的月亮争辉,
赏灯嬉戏的锣鼓彻夜鸣响,
渐渐迎来东方的黎明。

景物、人情与过去一样,
只是人到中年,
个中滋味与往昔终究有别。

为她对镜画上淡淡双眉,
向着楼上明月深沉叩拜。
待到人们逐渐散去,
都市又恢复一片沉寂,
此时此刻,
忧愁便悄无声息地袭上心头。

【说明】

这首词写元夕之见闻感受及闺妇愁思。上片写繁灯四起、锣鼓喧天的元夕热闹场景。继写作者的感受:"物色旧时同,情味中年别。"二句写出了人到中年的真切的人生体验和感怀,隐含了作者物是人非、岁月易逝的慨叹。下片写闺妇晚妆拜月,思念伊人,却无法于元夕佳节相会的忧愁。

贺 新 郎

刘克庄

端 午

深院榴花吐,画帘开、綀衣纨扇①,午风清暑。儿女纷纷夸结束,新样钗符艾虎②。早已有、游人观渡③。老大逢场慵作戏④,任陌头、年少争旗鼓,溪雨急,浪花舞⑤。　　灵均标致高如许⑥,忆生平既纫兰佩⑦,更怀椒醑⑧。谁信骚魂千载后⑨,波底垂涎角黍⑩,又说是、蛟馋龙怒,把似而今醒到了⑪,料当年、醉死差无苦,聊一笑,吊千古。

【注释】

①綀（shū）衣：葛布衣服。
②钗符，端午节，妇女用于辟邪而插在头发上的护符。艾虎，端午节，人们为了辟邪而悬挂于门上的艾草老虎。
③观渡：即观看端午节的龙舟竞渡。
④慵：懒得动。
⑤任陌头句：写年轻人龙舟竞渡场面。
⑥灵均：即战国楚诗人屈原，字灵均。
⑦纫兰佩：源出屈原《离骚》："纫秋兰以为佩"。
⑧椒醑（xū）：用于祭神的香料和美酒。醑，美酒。
⑨骚魂：即屈原的魂灵。因其所作《离骚》最为著名，故称。
⑩角黍：即粽子。
⑪把似：假使。

【今译】

幽深院落榴花吐蕊，
我敞开画帘，
身着粗布衣，
手持团扇，
清风扑面而来，
驱走了正午的暑热。
少女们纷纷夸耀自身的装束，
插上标致新颖的钗头符，
家家门上悬挂着艾虎。
江岸游人如潮，
早早前来观看赛船。
我已是老大不小的年岁，
懒得逢场作戏凑热闹，
任凭岸头年轻人摇旗击鼓，
荡起溪水浪花四溅，
龙舟急流如飞。

屈原有着如此的高标,
追忆生平佩戴芝兰香草,
身后又有人们奉上的香料和美酒,
谁会相信屈原在千年以后,
在水底垂涎端午节的粽子,
又说是怕触怒馋嘴的蛟龙。
假如他独醒到如今,
想必倒不如醉死在当年,
反而没有太多的苦恼,
我权且以此笑谈,
把千古冤魂凭吊。

【说明】

这首词写民间端午节的热闹场面,并对端午节往江中投粽子的习俗给予了无情的批判。词的上片写龙舟竞渡的热闹场景。"老大逢场慵作戏"句,表现了作者慵懒的情绪,亦隐含了作者不同流俗的品格。下片以辛辣的笔调批判投粽子于江中以飨屈原的遗习。作者先赞屈原的高标致:纫兰佩、怀椒醑,不同流俗。继而发出议论,认为屈原如果"独醒"至今受人愚弄,反不如当年"醉死",省却许多痛苦,刘克庄一生关心国事,想有作为,不意却仕途坎坷,本对现实不满,借此词凭吊屈原,亦抒发了自己的忧愤。

贺 新 郎

刘克庄

九 日[①]

湛湛长空黑[②]。更那堪、斜风细雨,乱愁如织。老眼平生空四海[③],赖有高楼百尺。看浩荡、千崖秋色。白发书生神州泪[④],尽凄凉,不向牛山滴[⑤]。追往事,去无迹。　　少年自负凌云笔⑥，到而今春华落尽，满怀萧瑟。常恨世人新意少，爱说南朝狂客⑦，把破帽年年拈出⑧。若对黄花孤负酒，怕黄花、也笑人岑寂。鸿北去，日西匿⑨。

【注释】

①九日：指九月九日重阳节。
②湛湛：深邃的样子。
③空四海：一眼望尽四海。
④白发书生：作者自指。
⑤牛山：据《晏子春秋·内篇谏上》载：齐景公登牛山北临其国城而流涕，慨叹人生死无常。牛山，在今山东临淄。
⑥凌云笔：据《史记·司马相如传》载，汉武帝读司马相如《大人赋》，"飘飘有凌云之气"。此处意谓大家手笔。
⑦南朝狂客：指晋孟嘉。
⑧破帽：据《晋书·孟嘉传》载，九月九日，大将军桓温于龙山宴饮，孟嘉时为桓温参军，有风吹来，孟嘉帽子落地，竟无察觉。
⑨鸿北去句：源山江淹《恨赋》："白日西匿，陇雁少飞。"

【今译】

深湛的长空昏黑一片，
怎禁得阵阵斜风细雨，
交织着乱纷纷的愁绪，
我老眼平生望尽四海，
全凭身处百尺高楼。
放眼千山万崖，
一派秋色浩荡。
我虽为一介白发书生，
却胸怀神州常为落泪，
纵使怎样悲哀凄凉，
也不会如齐景公泪洒牛山。
追怀往日的故事，

早已过去了无痕迹。

年少时自负手笔不凡,
到如今已觉才华尽落,
惟有满怀萧瑟的情意。
常怨世人诗文少新意,
单爱说南朝狂客故事,
年年把破帽典故提起。
我对着黄花独自饮酒,
只怕黄花也笑我太过寂寞。
鸿雁北飞离去,
日头渐渐隐入西山。

【说明】

　　此词为重阳节抒怀之作。上片写作者登楼远望,斜风细雨,乱愁如织。"老眼平生空四海",写自己向以天下为忧,一刻不敢或忘国家的博大情怀。"白发书生神州泪,尽凄凉不向牛山滴"二句,表现了作者虽已年老,却能始终以国家为念的高尚情操,批判了齐景公只计较个人生死,登牛山而流涕的狭隘胸襟。刘克庄词多承辛弃疾余绪,由此二句略见一斑。词的过片由与作者少年豪情的对比中,发出"春华落尽,满怀萧瑟"的慨叹。"若对黄花孤负酒,怕黄花、也笑人岑寂"二句,流露出作者无可奈何的悲凉情绪。

木 兰 花

刘克庄

戏　林　推^①

　　年年跃马长安市,客舍似家家似寄。青钱换酒日无何^②,红烛呼卢宵不寐^③。　　易挑锦妇机中字^④,难得玉人心下事^⑤。男儿西北有神州，莫滴水西桥畔泪⑥。

【注释】

①林推：姓林的推官，系作者的同乡。
②无何：没有什么，无所事事。
③呼卢：即赌博。古人赌博以五子全黑为"卢"，掷"卢"者获头彩。因此赌博时，赌徒均呼喊"卢"。于是，"呼卢"成为赌博的代名词。
④易挑句：晋窦滔在前秦苻坚手下做官，后被流放，其妻苏惠（字若兰）在锦上织出回文诗《璇玑图》，寄赠窦滔以表相思之情。
⑤玉人：指歌妓。
⑥水西桥：在今福建建瓯县闽水之西，当时为妓女聚居之地。此处泛指妓女聚集的地方。

【今译】

年年骑马在都城街头，
以客舍为家，
家门反若寄居之地。
拿着青钱换美酒，
无所事事度光阴，
红烛高照连呼"卢"，
通宵达旦为赌博。

易懂家妻相思苦，
难晓歌妓一片心。
男儿本应立大志，
收复神州西北地，
莫要抛泪水西桥，
百无聊赖空悲切。

【说明】

这首词虽题为"戏林推"，但作者却于"戏"中寄寓了对朋友的深切厚望。上片写林友人的放浪形骸的品性"青钱换酒日无何,红烛呼卢宵不寐",极写友人纵酒浪博的豪情,其中深含着作者的叹惋。过片写对友人的规箴。先批评友人迷恋青楼、久客不归,有负贤妻真情实义。继以"男儿西北有神州,莫滴水西桥畔泪"二句,劝友人不要消磨壮志于风月场中,而要为收复中原失地建功立业,规箴之意醒豁,语言却极为和婉委折。正如刘熙载所谓"旨正而语有致"(《艺概·词曲概》)。

江 城 子

卢祖皋

画楼帘幕卷新晴,掩银屏,晓寒轻。坠粉飘香,日日唤愁生。暗数十年湖上路,能几度、著娉婷①。　　年华空自感飘零,拥春酲②,对谁醒?天阔云闲,无处觅箫声。载酒买花年少事,浑不似,旧心情。

【作者介绍】

卢祖皋,生卒不详,字申之,又字次夔,号蒲江。永嘉(今浙江温州)人。宋宁宗庆元五年(1199)进士。历任秘书省正字、校书郎、著作郎、权直学士院等。其词风格纤雅清丽,多相思离别、伤春惜时之作,内容比较贫乏。有《蒲江词》。

【注释】

①娉婷:指歌女。
②春酲(chéng):春酒。酲,原意为醉酒后神志不清的状态,此处代指酒。

【今译】

画楼上帘幕高卷起,
天空刚刚露晴光,

掩遮住银色的屏风,
抵挡住清晨轻微的寒意,
花粉坠落幽然飘香,
每天勾起人无限愁情。
暗自计算十年来的湖上漂泊,
有几回携着妙龄佳丽。

年华飘零空自叹,
悠然沉醉春酒中,
酒醒之后又为谁?
天宇广阔,白云悠闲,
无处可寻觅欢乐的箫声。
纵然有携酒买花的少年情趣,
也全然没有了旧时的心境。

【说明】

　　这首词以写景抒发韶华易逝、青春难再的感慨。上片写暮春景色,"坠粉飘香,日日唤愁生",极言春事将尽引发作者忧愁之深。下片慨叹自己年事已高。空落飘零,即便买花载酒,也已早无少年时的豪情。"载酒买花年少事,浑不似,旧心情"数语,与刘过《唐多令》词末句的"欲买桂花同载酒,终不似,少年游"均有少年难再的深沉感慨,在写法上几乎如出一辙。

宴　清　都

卢祖皋

　　春讯飞琼管①,风日薄,度墙啼鸟声乱。江城次第,笙歌翠合,绮罗香暖。溶溶涧渌冰泮②,醉梦里、年华暗换。料黛眉重锁隋堤③,芳心还动梁苑④。　　新来雁阔云音,鸾分鉴影⑤,无计重见。啼春细雨，笼愁淡月，恁时庭院，离肠未语先断，算犹有凭高望眼。更那堪、衰草连天，飞梅弄晚。

【注释】

①琼管：以玉制成的管乐器。古人把芦苇灰装进管内，春天到来后即去灰吹奏。

②涧渌（lù）冰泮（pàn）：涧水清澈寒冰消融。渌，清澈。泮，分，离，消融。

③隋堤：指隋代开凿的通济渠堤。

④梁苑：又名梁园、兔园。汉梁孝王刘武所筑，在今河南开封市东南。汉代辞赋家枚乘，司马相如都曾为梁苑宾客。

⑤鸾分鉴影：范泰《鸾鸟诗序》："昔罽宾王结罝峻卯之山，获一鸾鸟。王甚爱之，欲其鸣而不致也。乃饰以金樊，飨以珍羞，对之愈戚。三年不鸣。其夫人曰：'尝闻鸟见其类而后鸣，何不悬镜映之？'王从其意。鸾睹形悲鸣，哀响冲霄，一奋而绝。"后以此事喻情人分离。

【今译】

玉管飞出春天的讯息，
风和日丽惬人意，
小鸟飞过墙去鸣声纷乱。
江城顷刻间传遍，
笙歌在碧空响彻的声音，
身着绮罗绸缎的美人，
送来阵阵芳香和暖意。
涧水清澈滚滚流去，
寒冰消融冲出山涧，
沉醉的温柔梦中，
春风已将年华偷偷替换。
料想黛眉般碧绿的远山，
重新又将通济渠堤护卫，
芳草萋萋仍然情系梁苑。

近来不见鸿雁踪影，
我们如同鸾鸟分离，
只能凭镜顾影自怜，
无法重见对方面容。
细雨濛濛似乎为春啼哭，
月光淡淡仿佛笼罩着清愁，
此时此刻这幽静的庭院。
尚未开口话离别，
已先自柔肠寸断，
就算还有凭高远望的双眼，
又怎能忍受衰草连天的凄凉，
飞坠的梅花在晚霞中飘舞。

【说明】

此词上片写春临大地的景象。首句"春讯飞琼管"，想象出人意表，生动形象。既而写日暖风薄，啼鸟声乱，笙歌荡漾，丽人飘香，涧水清澈，寒冰融化，到处呈现春天的气象。"料黛眉重锁隋堤，芳心还动梁苑"两句，写春绿河堤，用语新巧。过片写离别相思之情。以"啼春细雨，笼愁淡月"二句写景，抒发恋人无法相见的愁闷。在写法上移情于景，情景融为一体，与杜甫"感时花溅泪，恨别鸟惊心"有异曲同工之妙。

南 乡 子

潘 牥

题南剑州妓馆[①]

生怕倚阑干，阁下溪声阁外山。惟有旧时山共水，依然，暮雨朝云去不还[②]。　　应是蹑飞鸾[③]，月下时时整佩环。月又渐低霜又下，更阑[④]，折得梅花独自看。

377

【作者介绍】

潘牥（1204—1246）字庭坚，号紫岩，福建人。宋理宗端平二年（1235）进士，历官太学正、潭州通判。《全宋词》录其词五首。有《紫岩集》。

【注释】

①南剑州：即今福建南平。
②暮雨朝云：用宋玉《高唐赋序》中楚襄王与巫山神女幽会事。此处系作者怀念自己的旧情人。
③蹑飞鸾：意谓情人如同仙人一般跨飞鸾前来。
④更阑：更次将尽，天将亮。

【今译】

平生最怕独倚栏杆，
阁楼下溪水潺潺。
外面层峦叠嶂。
只有旧时山和水，
依然还是当年样，
伊人却如同朝云暮雨，
一去再也不回头。

大约她已变成了仙女，
跨骑飞鸾飘然而来，
朦胧月光下，
不时整理美丽的佩环妆饰。
月亮逐渐落低，
寒霜降临大地，
五更将尽天欲亮，
我折下梅花一朵，
独自观看良久。

【说明】

这是作者写给旧日情人的艳情词。"阁下溪声阁外山"一句,写出作者对旧情人无限深挚的感情。过片想象旧情人如仙女般骑飞鸾翩然而至,与自己幽会;想象月光朦胧中的她时时整理着美丽的佩环妆饰,期待见到意中人的喜悦心情。本词虽写艳情,但表现情致高雅绝俗;虽为小令,但表现手法曲折委婉,"有尺幅千里之妙"(况周颐《蕙风词话》)。

瑞 鹤 仙

陆 睿

湿云粘雁影,望征路愁迷,离绪难整。千金买光景,但疏钟催晓,乱鸦啼暝。花悰暗省①,许多情,相逢梦境。便行云都不归来,也合寄将音信。　　孤迥②,盟鸾心在,跨鹤程高③,后期无准。情丝待剪,翻惹得旧时恨。怕天教何处,参差双燕,还染残朱剩粉。对菱花与说相思④,看谁瘦损?

【作者介绍】

陆睿(?—1266)字景思,号西云,会稽(今浙江绍兴)人。宋理宗绍定五年(1232)进士。历官礼部员外郎、秘书少监、起居舍人、集英殿修撰等。《全宋词》录其词三首。

【注释】

①悰(cóng):欢乐。此处泛指情绪,心情。
②孤迥:孤独而高远。
③跨鹤:即骑鹤升飞。
④菱花:即镜。古铜镜多为六角形或背后刻有菱花,称为菱花镜。后人即以菱花代称镜。

【今译】

潮湿的云团粘着鸿雁的身影,
遥望征途愁闷、凄迷,
离别之情殊难调整。
千金难买寸光阴,
只是疏落的钟声催晓,
乱鸦啼鸣又到昏黄,
到头来终要离别。
暗自思忖,情绪不定,
过去许多蜜意柔情,
如今只有在梦中相逢。
即便你化作行云不再归来,
也该给我寄来音信。

我寂寞孤独而志高意远,
你我爱情的盟誓永存心间,
却不能骑鹤飞高,
后会日期无以为凭。
恼人的相思情待要剪掉,
不意却惹起昔日离别恨。
不知天意将遣你我到何处,
看到比翼双飞的燕子,
回来想要涂抹残朱剩粉。
面对菱花镜,
诉说相思苦,
你我不知谁更消瘦?

【说明】

这首词写离别相思之情。上片写闺妇与征人离别时愁绪难平的况味。首句"湿云粘雁影",写出阴云密布的天空。鸿雁艰难飞行情景，物色带情，为离别制造出悲凉凝重的意境。"千金买光景"以下数语，极写别离之无可奈何及闺妇、征人之两情缱绻。下片写离别后闺妇的思念之苦。通过一系列心理活动，表现出闺妇对征人爱情的深挚。

霜天晓角

萧泰来

千霜万雪，受尽寒磨折；赖是生来瘦硬①，浑不怕、角吹彻。　清绝，影也别，知心惟有月。原没春风情性，如何共、海棠说。

【作者介绍】

萧泰来，生卒不详，字则阳，一字阳山，号小山，临江（今江西抚州）人。宋理宗绍定二年（1229）进士。曾知隆兴府，理宗朝为御史。《全宋词》录其词两首。有《小山集》。

【注释】

①赖是：凭借的是，依仗的是，幸亏。

【今译】

历经千霜万雪，
受尽寒冷折磨。
凭的是生来瘦硬，
全然不怕，
清角吹得寒风凛冽。

天生丽质自清绝，
疏影也与百花别，
知心只有天边月。

原本没有春风情性,
如何与海棠交流、诉说。

【说明】

这是一首咏梅词。作者以"瘦硬"、"清绝"概括梅花,表现了梅花傲霜斗雪、不同流俗的个性品格,可谓写出了梅花的神韵。词的过片中"知心惟有月"句,写出梅花寄情高远的幽独心境。全词语言清淡雅致,含蓄蕴藉,耐人寻味。

霜 叶 飞

吴文英

重 九

断烟离绪关心事,斜阳红隐霜树。半壶秋水荐黄花,香噀西风雨。纵玉勒、轻飞迅羽,凄凉谁吊荒台古①。记醉踏南屏②,彩扇咽寒蝉,倦梦不知蛮素③。　　聊对旧节传杯,尘笺蠹管,断阕经岁慵赋。小蟾斜影转东篱,夜冷残蛩语。早白发、缘愁万缕,惊飙从卷乌纱去,谩细将,茱萸看④,但约明年,翠微高处。

【作者介绍】

吴文英(约1200—1260)字君特,号梦窗,又号觉斋。四明(今浙江宁波市)人。存词三百五十余首,大多数写作者个人的生活,游冶酬酢,也有部分词章表现了作者对国家兴衰的忧思。一生为布衣,但常出入于权贵门庭,与朝官应酬之作多达八十余首。他精于音乐,能自度曲,讲究词藻格律,有相当的艺术成就。但由于对格律、用典的刻意追求,使他的词作语意晦涩,内容贫乏。有《梦窗词》甲乙丙丁四稿。

【注释】

①荒台：彭城（即今之江苏徐州）戏马台，为西楚霸王项羽阅兵之处。此处借用，代指古迹。

②南屏：山名，上有吴越王所建雷峰塔。西湖十景之一的"南屏晚钟"即在此。

③蛮素：樊素与小蛮本是白居易家歌妓，此处借指已故之妾。

④茱萸：植物名。古时人们于重阳节佩之以躲避灾祸。

【今译】

离情别绪像一缕炊烟断断续续，
紧紧地缠绕着我的心思，
夕阳残照隐没在霜树红叶之后。
在这晚秋的季节，
我盛上半壶水，插上几枝金黄的菊花，
表示对她深切的思念，
西风秋雨之中菊香四溢。
此情此景，又有谁还会凭吊荒台。
记得我们醉游南屏的往事，
你挥举彩扇、轻歌伴舞，
歌声如泣如诉似寒蝉之凄鸣。
使我醉入梦境而忘记了你的存在。

如今又是重阳，
我还有何心情举杯饮酒？
竹笺上已蒙了一层尘土，
毛笔已被蠹虫蛀坏，
未完成的词篇搁置一年又一年，
也懒得再续写。
月光斜影转向东篱，
秋夜冷冰冰的，

只有蟋蟀在幽唱。
愁思千丝万缕，
早使我白发丛生，
任随狂风卷走了帽子，
我毫不在意，只是扶起茱萸仔细观看，
但求明年的今天，
我们能在翠峰高处再相见。

【说明】

这首词是作者于重九之日为悼吊杭州亡妾而作，上阕写生前重阳节醉游南屏往事，由"断烟"、"霜树"等，渲染作者触景生情、悲伤凄苦的心境；下阕以作者的百无聊赖及"早白发"表现作者对亡妾思念的至诚至深。

宴　清　都

吴文英

连理海棠

绣幄鸳鸯柱，红情密、腻云低护秦树①。芳根兼倚，花梢钿合，锦屏人妒。东风睡足交枝，正梦枕瑶钗燕股②。障滟蜡、满照欢丛，嫠蟾冷落羞度③。　　人间万感幽单，华清惯浴，春盎风露。连鬟并暖，同心共结，向承恩处。凭谁为歌长恨④？暗殿锁、秋灯夜语⑤。叙旧期、不负春盟，红朝翠暮。

【注释】

①秦树：汉宫苑中的树，即指连理海棠，暗喻唐玄宗与杨贵妃之事。

②燕股：钗有两股形如燕尾。

③嫠（lí）蟾：嫠，寡妇；蟾，月中蟾蜍，借指嫦娥。李商隐《嫦

娥》诗句有"嫦娥应悔偷灵药,碧海青天夜夜心。"此即化用其意。

④长恨:指白居易之《长恨歌》。

⑤暗殿句:《长恨歌》:"夕殿萤飞思悄然,孤灯挑尽未成眠。迟迟钟鼓初长夜,耿耿星河欲曙天。鸳鸯瓦冷霜华重,翡翠衾寒谁与共?"此处即用此意。

【今译】

双株海棠如同一对鸳鸯相依相偎,
周围是茂密的花草,
云雾缭绕低垂,
更显花红情意浓。
两根相依,枝梢相偎,
美如锦绣彩屏,
足使人间男女嫉妒生。
连理海棠沐浴着东风,
沉醉在花枝丛中进入梦乡,
花枝如同她枕旁精美的玉钗。
人们结伴夜游来观赏,
烛火把这里照得通明,
使月殿嫦娥更感孤寂忧伤,
黯然失色,姣颜无光。
世人最怕的是幽寂孤单,
谁不欣羡赐浴华清宫池的贵妃,
沐浴春风雨露,
相拥共枕倾心相爱,
一人独享圣上的恩泽。
曾几何时,却唱出凄凉的《长恨歌》,
幽暗的宫殿门上锁,
寒夜孤灯之下独留一人。
多么希望不负昔日的誓愿,
朝朝暮暮相依相伴。

【说明】

这首词围绕唐玄宗、杨贵妃的爱情故事,借物抒情,以连理海棠之美与人世间之李杨爱情作比较,一者赞颂了李杨爱情的真炽感人,另一方面也对他们的爱情悲剧寄予深切同情。

齐 天 乐

吴文英

烟波桃叶西陵路①,十年断魂潮尾。古柳重攀;轻鸥骤别,陈迹危亭独倚。凉飔乍起②,渺烟碛飞帆③,暮山横翠。但有江花,共临秋镜照憔悴。 华堂烛暗送客,眼波回盼处,芳艳流水。素骨凝冰,柔葱蘸雪,犹忆分瓜深意。清尊未洗,梦不湿行云,漫沾残泪。可惜秋宵,乱蛩疏雨里。

【注释】

①桃叶西陵:桃叶,典出王献之的《桃叶歌》"桃叶复桃叶,渡江不用楫",本为王献之与爱妾送别之处;西陵,典出古乐府《苏小小墓》"何处结同心,西陵松柏下",是杭州西湖孤山下一小桥。此处以桃叶、西陵代指作者与杭州爱妾相知相别之处。
②飔(sì):冷风。
③碛:远处浅水中的沙石。

【今译】

回顾往昔的岁月迷雾茫茫,
十年已去,如同潮起潮落,
令我魂断梦牵。
再一次来到柳树下,
这里曾是鸥鸟分飞、我与她话别的地方
我独自倚立在高亭之上瞻仰古迹。
一阵冷风吹过,

一叶孤帆在渺远的烟碛中消失,
暮色笼罩了苍茫的青山。
惟有岸边残花和我相伴,
孤苦憔悴的身影倒映在秋水之中。

昔日分别之时,烛光暗淡,
你依依不舍的眼波如脉脉秋水,
光洁的手臂像冰样晶莹,
纤纤素手像鲜嫩的葱心,
轻轻地把瓜分剖两半,
那是你对我的一片深情。
我无意于饮酒浇愁,
梦中也不能与你相遇,
惟有一洒残泪。
秋夜是如此令人悲伤,
蟋蟀的哀鸣、潇潇的秋雨,
更加深了我满怀愁绪。

【说明】

这首词是作者重游杭州,回忆当年与杭妾聚别的怀旧之作。上阕写作者故地重游思念故人的孤苦憔悴之情,下阕写对昔日的美好回忆,与落句"可惜秋宵,乱蛩疏雨里"形成明显反差,使人倍感凄凉。

花　犯

吴文英

郭希道送水仙索赋

小娉婷清铅素靥①,蜂黄暗偷晕②,翠翘欹鬓③。昨夜冷中庭,月下相认,睡浓更苦凄风紧。惊回心未稳,送晓色、一壶葱茜④。才知花梦准。　　湘娥化作此幽芳,凌波路,古岸云沙遗恨。临砌影,寒香乱、冻梅藏韵。熏炉畔,旋移傍枕,还又见、玉人垂绀鬒⑤。料唤赏、清华池馆⑥,台杯须满引⑦。

【注释】

①小娉婷句:娉婷多用来形容女子姿态美好。清铅素靥,清即清纯,铅素均指白色,靥指美人面部酒涡。
②蜂黄:唐人以"蝶粉蜂黄"为官妆。
③翠翘:翡翠头饰。此指水仙之绿叶。
④葱茜:指水仙之青翠色。此处指水仙。
⑤绀鬒:青色为绀,头发黑而浓密曰鬒,言头发之秀美。
⑥清华池馆:此处指郭希道家的花园。
⑦台杯:桌上酒杯。

【今译】

你像一个娇美的少女,
玉润的脸庞上挂着纯洁的笑意,
淡妆素抹暗含几多羞涩,
嫩绿的叶子恰似你秀美的鬓发。
昨夜在庭院之中,
我借着月光看见了你,
冷风凄凄吹走了我昏昏睡意。
心中之惊异久久不能平静,
天色刚亮,友人就送来一盆美丽的水仙。
我这才相信昨夜与你相见是真的。

是湘水女神化作你这幽香的花枝,
轻盈地飘飞,
水边云沙迷离,
留下你苦苦寻觅的遗憾。

庭院阶下你那多姿的倩影,
和浓郁幽深的香味,
使名贵的寒梅也自惭形秽。
我将你放在香炉旁,
一会儿又移至枕边,
使我时时能见到你,
像一个秀发美女。
想来友人和我一样珍爱你,
也许正在清华池近旁的楼台上,
设宴饮酒赏赞你的芳姿。

【说明】

这是一首咏物之作。作者把水仙比做一个情窦初开的少女,"蜂黄暗偷晕"一笔可谓形神俱备;在下阕作者加入神话色彩的描写,表现水仙"寒香乱、冻梅藏韵"之美,同时着意描写了对水仙的爱慕之情,对友人送花的深情厚意报以敬谢。

浣 溪 沙

吴文英

门隔花深梦旧游,夕阳无语燕归愁,玉纤香动小帘钩①。
落絮无声春堕泪,行云有影月含羞,东风临夜冷于秋。

【注释】

①玉纤:纤纤素手。

【今译】

梦里我又来到你住的地方,
盛开的鲜花将你的房门紧紧遮掩,
夕阳之下燕子双双飞归,

我俩相对无语、只有悲伤，
你用那纤纤素手放下了门帘。

柳絮坠落悄无声息，
春雨绵绵如泣如诉，
片片浮云遮住了月光，
夜晚的春风，
却冷似凄凄秋风让人愁。

【说明】

　　这是一首抒怀之作。作者以梦入笔，因梦而感，上阕写梦中之情景，下阕以对大自然景色的感受抒发作者忧愁伤感之情。其中"落絮无声春堕泪，行云有影月含羞"为世人传诵之名句。

浣 溪 沙

吴文英

波面铜花冷不收①，玉人垂钓理纤钩②，月明池阁夜来秋。
江燕话归成晓别，水花红减似春休，西风梧井叶先愁。

【注释】

　　①铜花：即铜镜。古时以铜为镜，上刻有花边，故称铜花，此处与"波面"连用比喻水平如镜。
　　②纤钩：喻水中月影。

【今译】

冷风在水面掀起层层微波，
明月倒影水中轻轻晃动，
像是月中仙子垂钓抛下鱼钩，
秋风阵阵掠过池边楼阁，

月光将静谧的黑夜照得通明。

江燕呢喃着飞离,
拂晓之时你我也依依惜别。
春天已过去了,
岸边的红花正在衰谢,
梧桐叶在凄冷的西风中摇摇欲坠。

【说明】

　　这首词作者着意描绘秋夜景色,形象生动,虽为怀旧之作,但通篇只略点一笔"成晓别",便将作者怀念旧友的哀伤思绪表现得淋漓尽致,艺术手法上别具一格,表面写秋夜之景,实则以景写情。

点 绛 唇

吴文英

试灯夜初晴①

　　卷尽愁云,素娥临夜新梳洗,暗尘不起,酥润凌波地。辇路重来②,仿佛灯前事。情如水。小楼熏被,春梦笙歌里。

【注释】

　　①试灯:唐宋都市有赏灯之俗。试灯意即赏灯之前的预赏。周密《武林旧事》卷二载"禁中自去岁九月赏菊灯之后迤逦试灯,谓之'预赏'。一入新正,灯火日盛……"。

　　②辇路:帝王车驾行经之路。此处指通往京都之路。

【今译】

　　劲风荡尽满天乌云,

晴空如洗、碧月朗朗，
赏灯的车马来来往往，
却沾不上丁点尘土，
雨后的街道如此清新滋润，
仕女们踏着轻盈的步履款款而行。

今天我沿着通往京都的路重游故地，
仿佛又回到从前一起赏灯的日子。
两心相依、柔情似水。
而今却唯留孤寂的小楼，
我钻进暖和的被窝，
听着外面街市传来的笙歌声，
乞求在睡梦中与你共赏。

【说明】

这首词作者以清新的笔调描绘了试灯之夜，阴雨初晴的景色和月夜闹市观灯的热闹情景，将自己对旧情的思恋融进眼前欢乐美景之中，形成内心世界与外部环境的强烈对照，怀旧之情虽着墨不多却感人至深。

祝英台近

春日客龟溪游废园①

吴文英

采幽香，巡古苑，竹冷翠微路。斗草溪根②，沙印小莲步③。自怜两鬓清霜，一年寒食，又身在、云山深处。　昼闲度。因甚天也悭春，轻阴便成雨。绿暗长亭，归梦趁飞絮。有情花影阑干。莺声门径，解留我、霎时凝伫。

【注释】

①龟溪：水名，在今浙江德清县境。
②斗草：指妇女的一种斗草游戏。
③莲步：指女子的脚步。

【今译】

采撷一束香味浓郁的花，
徘徊在古旧的庭园之中，
青翠的竹林深处曲径通幽。
溪水源头少女们在斗草嬉戏，
沙岸上留下她们的足迹。
两鬓苍苍我徒自悲伤，
又逢一年寒食节降临，
我依然孤落云山深处。

无可奈何我闲度时光，
老天也变得十分吝啬，
春色正好却下起了绵绵细雨。
阴云之下长亭四周一片暗绿，
思乡的梦随着飘扬的柳絮，
飞回遥远的故土。
多情的花枝纵横交错，
黄莺在庭园门口鸣唱，
她们似乎知道我的心思执意挽留，
将我从梦想里拉回到现实，
我凝神伫立感动万分。

【说明】

作者青年时曾游德清，此首词是他晚年重游的作品。上阕由在旧园采花看见少女们嬉戏联想到自己年岁已老又孤处深山，感人至深；下阕由对故乡的思念转而抒写对现实生活良辰美景、花草有情的眷恋，表现了作者凄苦的生活里还有一丝温馨。

祝英台近

吴文英

除夜立春

剪红情，裁绿意①，花信上钗股②。残日东风，不放岁华去。有人添烛西窗，不眠侵晓，笑声转、新年莺语。　　旧尊俎③，玉纤曾擘黄柑，柔香系幽素。归梦湖边，还迷镜中路。可怜千点吴霜，寒消不尽，又相对、落梅如雨。

【注释】

①剪红情二句：红、绿指节日戴在头上的彩色花朵。《岁时风土记》："立春之日，士大夫之家，剪裁为小幡，或悬于家人之头，或缀于花之下。"

②花信：即花信风之简称，指花期，此处借指彩幡。

③尊俎：尊为酒器，俎即切肉用的砧板。此处只用"俎"意。

【今译】

剪一朵红花，裁几片绿叶，
酿成几多柔情蜜意，
红花绿叶插在你的钗头。
落日久久不愿隐去，
徐徐东风吹个不停，
不愿让旧岁匆匆别去。
西窗之下你频点烛灯，
彻夜不眠直至天色破晓，
你欢快的笑声，

迎来了新春黄莺的鸣唱。

旧砧板上,
你曾用那双纤纤素手分剖柑橘,
那浓郁的情意,
似在我胸中萦回。
在梦中我又回到西湖边,
可却再也寻觅不到你的踪迹。
无情的白发令我悲哀,
残冬的寒意依然未尽,
孤寂的我,
看着纷纷飘落的残梅默然无语。

【说明】

这首词紧扣"除夜立春",上阕写除夕之夜的欢乐,下阕写对情人的思念,最后又落笔到除夕之夜,但不再是欢乐,而是"可怜千点吴霜",寒夜孤对"落梅如雨",前后形成鲜明对比,真切感人。

澡 兰 香

吴文英

淮安重午

盘丝系腕①,巧篆垂簪②,玉隐绀纱睡觉。银瓶露井③,彩箑云窗④,往事少年依约。为当时曾写榴裙⑤,伤心红绡褪萼。黍梦光阴⑥,渐老汀洲烟蒻⑦。　　莫唱江南古调,怨抑难招,楚江沉魄。熏风燕乳⑧,暗雨槐黄,午镜澡兰帘幕⑨。念秦楼⑩、也拟人归,应剪菖蒲自酌⑪,但怅望一缕新蟾,随人天角。

【注释】

①盘丝：端午节民间一种习俗。即以五色丝线系于腕上避开祸患。
②巧篆：古时人们在端午节书写符篆以妆饰发簪躲避灾祸。
③银瓶：指酒器，这里借指酒宴。露井，无盖之井，此处化用"桃生露井上，李树生桃旁"（古辞《鸡鸣高村颠》句）之意，指在树下。
④箑（shà）：扇子。
⑤写榴裙：《宋书·羊欣传》："羊欣著白练裙昼卧，王献之诣之，书其裙数幅而去。"
⑥黍梦：黄粱梦。
⑦蒻（ruó）：鲜嫩的香蒲。
⑧熏风：指南风。燕乳，即雏燕。
⑨午镜句：午镜即端午节所铸之"百炼镜"，旧俗以避邪；澡兰，以兰汤洗澡。
⑩秦楼：泛指女子所居阁楼。
⑪应剪句：民俗端午节剪菖蒲浸酒以祛病。

【今译】

五彩丝带系在她的腕间，
发簪下垂戴着避邪篆符，
在青色的纱帐之中，
伊人深入梦乡。
少年往事仍依稀记得，
花下欢乐的酒宴，
窗前彩扇挥舞。
当初我曾在她石榴裙上挥笔题书，
可悲今日石榴花正在残败。
光阴似箭，往事俱非，
沙滩上柔嫩的香蒲已变得枯焦。

莫要再唱江南的古调，
哀怨悲抑的曲子，

又怎能招回葬身楚江中屈原的冤魂?
和煦南风里燕生新雏,
绵绵阴雨中梅子泛黄,
正逢端午,
伊人也许正对着百炼镜,
在帷幕里兰汤沐浴。
想必她也思念我们的旧情,
剪来菖蒲浸酒自饮。
我独自一人,
怅然若失地望着一钩新月,
心儿却随意中人到天涯海边。

【说明】

此词围绕"重午"这一节日的习俗,感时伤怀,思念伊人。上阕忆写昔日端午节与情人同乐共饮之情,从而产生"黍梦光阴"之叹;下阕由端午节人们祭奠屈原,"午镜澡兰"的描绘又勾起对伊人的深切思念:"但怅望一缕新蟾,随人天角"。

风 入 松

吴文英

听风听雨过清明,愁草瘗花铭①。楼前绿暗分携路,一丝柳、一寸柔情。料峭春寒中酒②,交加晓梦啼莺。　　西园日日扫林亭,依旧赏新晴。黄蜂频扑秋千索,有当时纤手香凝。惆怅双鸳不到,幽阶一夜苔生。

【注释】

①瘗花铭:瘗(yì)花即葬花,铭是一种文体。
②中酒:即醉酒。

【今译】

风声雨声伴我度过清明,
凄凉的心草拟着葬花铭文。
楼阁前我们惜别的路口绿柳成荫,
每一条柳丝,
都寄托了我们的缕缕情思。
春寒袭人我借酒消愁,
醉入梦中却又被莺啼惊起。

天天打扫西园的亭台、林院,
盼你归来和我共赏雨后春景。
黄蜂频频扑向秋千的绳索,
那是你昔日纤纤素手留下余香。
我惆怅悲叹不再重会,
幽暗的楼阶,
一夜之间已遍生苔藓。

【说明】

这是一首清明怀人之作,质朴无华,柔情蜜意尽现笔端。上阕将清明时节的凄凉之景与作者内心的深沉思念有机地交融一起;下阕抒发了作者醉心于怀念往事的怅惘之情。其中"黄蜂频扑秋千索,有当时纤手香凝"句千古传诵。

莺啼序

吴文英

春晚感怀

残寒正欺病酒,掩沉香绣户①。燕来晚、飞入西城,似说春事迟暮。画船载,清明过却,晴烟冉冉吴宫树②。念羁情、游荡随风,化为轻絮。 十载西湖,傍柳系马,趁娇尘软雾。溯红渐招入仙溪,锦儿偷寄幽素③。倚银屏、春宽梦窄,断红湿、歌纨金缕④。暝堤空,轻把斜阳,总还鸥鹭。 幽兰旋老,杜若还生,水乡尚寄旅。别后访、六桥无信⑤,事往花委,瘗玉埋香,几番风雨。长波妒盼,遥山羞黛,渔灯分影春江宿。记当时,短楫桃根渡⑥。青楼仿佛,临分败壁题诗,泪墨惨淡尘土。 危亭望极,草色天涯,叹鬓侵半苎⑦。暗点检、离痕欢唾,尚染鲛绡⑧。亸凤迷归⑨,破鸾慵舞⑩;殷勤待写,书中长恨,蓝霞辽海沉过雁。漫相思、弹入哀筝柱。伤心千里江南,怨曲重招,断魂在否?

【注释】

①沉香:沉香木。沉香绣户即绣楼闺房。

②吴宫:泛指南宋宫苑。因五代时吴越王在此建都。故云吴宫。

③锦儿:本指钱塘江妓女杨爱爱的侍婢,此泛指侍婢。

④歌纨句:歌纨指歌唱时用的绢扇。金缕是用金线绣成的舞裙,此处指杜秋娘之《金缕衣》。

⑤六桥:是西湖外湖的映波、锁澜、望山、压堤、东浦、跨虹六桥,宋苏东坡建。此处以六桥代指西湖。

⑥桃根渡:原为桃叶渡。在南京市秦淮、青溪合流之处。晋王献之之妾名桃叶,桃根是桃叶的妹妹,王献之《桃叶词》云:"桃叶复桃叶,渡江不用楫,但渡无所苦,我自迎接汝。"吴词化用其意。

⑦苎(zhù):白色的苎麻,借指白发。

⑧鲛绡:薄绸手帕。

⑨亸(duǒ):下垂的样子。亸凤即失意的凤凰。

⑩破鸾:破镜、孤鸾。鸾凤是传说中一种凤凰类的鸟。

【今译】

残春寒气阵阵袭人,

我醉卧床榻,

紧紧地将门窗关闭。

迟归的燕子飞回西湖,
呢喃着似在哀怨春光将逝。
清明节已过,
我独泛扁舟,
宫苑树林一片云烟缭绕。
心中情思化成轻盈的柳絮,
随风四处飘荡。

居住在西湖十年间,
我常常系马湖滨之柳,
追寻那迷人的西湖胜景。
沿着鲜花掩映的小路,
走进迷人的仙境,
让侍儿传递书信,
向我表白你心中情愫。
倚着银屏,
我尽情享受这美好的一切,
可春长梦短,
仙境的生活不能持久,
哀伤的你已泪痕满面,
一曲《金缕衣》吟诉衷肠。
夜幕降临,湖堤已了无游人,
夕阳斜照之下,
仅有沙鸥白鹭与我们相伴。

幽兰旋即枯萎,
杜若却开始生长,
我告别西湖旅居在一个水乡。
重返杭州西湖时,
这里再也觅不到你的踪迹,

花开花又落，往事如烟过，
一番番风雨摧残着你，
就像落花般香消玉陨。
你那一盼一顾曾令湖水清波妒忌，
你的蛾眉粉颊足使优美的吴山惭愧，
夜宿春江，
水中倒映着渔灯令人心醉。
我们分别的情景至今仍记忆犹新。
那是在你的阁楼里，
我在你的墙壁上曾题诗告别，
笔墨里和着我悲伤的泪水，
如今也已蒙上一层厚厚的尘灰。

我站在亭台上极目远望，
青草染绿了天涯海角，
可惜我却已鬓发苍白。
暗自一想，
人生有悲哀也有欢乐，
就像这块手帕，
既留下我们伤心别离的泪痕，
也沾带着欢会时的香泽，
我像是一只失意的迷途凤凰，
又像一只不愿再舞破镜的鸾凤。
想把心中感受诉诸笔墨，
可海阔天空雁也飞不到尽头，
我心无奈，
徒然弹起筝弦，
将心中的苦苦相思刻入筝柱。
举目千里江南大地，
尽是令我伤情之处，

即便我弹一曲哀歌召唤,
你的灵魂也不知能否听见?

【说明】

此词调名创自吴文英,共分四片二百四十个字,在词调中最长。四片的结构是西湖暮春之景——昔日恋情——重游西湖忆旧情——凄凄哀思,思路清晰,结构严密完整,语言凝炼,感情真炽。

惜黄花慢

吴文英

次吴江,小泊。夜饮僧窗惜别。邦人赵簿携小妓侑尊①,连歌数阕,皆清真词。酒尽已四鼓,赋此词饯尹梅津②。

送客吴皋,正试霜夜冷,枫落长桥。望天不尽,背城渐杳,离亭黯黯,恨水迢迢。翠香零落红衣老③,暮愁锁、残柳眉梢。念瘦腰、沈郎旧日,曾系兰桡④。　　仙人凤咽琼箫,怅断魂送远,《九辩》难招⑤。醉鬟留盼⑥,小窗剪烛,歌云载恨,飞上银霄。素秋不解随船去,败红趁一叶寒涛。梦翠翘,怨鸿料过南谯。

【注释】

①侑尊:侑是劝人饮食,尊指酒器。侑尊即劝酒。
②尹梅津:作者好友,名焕,字惟晓,山阴人,曾为《梦窗词》作序。
③红衣:指荷花。
④兰挠:香木船桨。借指船。
⑤仙人句:用萧史、弄玉吹箫引凤的典故。喻席间歌女唱腔清越美妙如弄玉吹箫作凤鸣般。《九辩》相传为屈原的弟子宋玉所作之赋。
⑥醉鬟:指歌女。鬟本指女子发髻,代指女子。

⑦翠翘：古代妇女一种首饰，此处代指女子。
⑧南谯：南楼。

【今译】

送客来到吴江岸，
正逢寒霜初降、秋夜凄凉，
枫叶片片凋落在桥面。
天际寥廓无有尽头，
离城已愈来愈远，
送别的长亭隐隐可见，
离愁别恨恰如悠悠江水。
翠叶凋零香味已尽，
红花枯衰正在凋落，
败柳紧锁愁眉。
想当年、我也曾系舟江畔，
思念之情已使我憔悴削瘦。

歌女激越哀婉的唱腔令人泣下，
离情别意叫人魂断心碎，
纵有宋玉的《九辩》，
也难以抒发我心中的感慨。
歌女也理解我们的心情，
在小窗前频剪烛灯，
歌声里含着满腔离别愁恨，
直冲九霄云外。
船儿在寒秋中离去，
残花被无情的寒涛卷没。
伊人的身影忽从脑际闪过，
想来哀鸿正飞过南楼。

【说明】

这是一首送别词,作者采取虚实结合的艺术手法,由实而虚,因景生情,自然而感人。上阕由吴江送客之实而生出"念瘦腰"之情;下阕由素窗饮宴告别之实而"梦翠翘",思路自然合理,感情真挚动人。

高 阳 台

吴文英

宫粉雕痕①,仙云堕影,无人野水荒湾。古石埋香②,金沙锁骨连环③。南楼不恨吹横笛④,恨晓风千里关山,半飘零、庭上黄昏,月冷阑干。　　寿阳空理愁鸾⑤,问谁调玉髓,暗补香瘢⑥?细雨归鸿,孤山无限春寒⑦。离魂难倩招清些,梦缟衣解佩溪边⑧。最愁人、啼鸟晴明,叶底清圆。

【注释】

①宫粉:宫中粉黛,此处喻指梅花。
②古石埋香:原指美人亡故。鲍照《芜城赋》:"东都妙姬,南国丽人……莫不埋魂幽石。委骨穷尘。此借喻梅花凋落。
③金沙句:据李复言《续玄怪录·延州妇人》载,延州有个妇人亡故,已经安葬。从西域来了个胡僧说这是锁骨菩萨。人们打开墓穴,果真看到她全身骨节都如同锁子一样紧紧相扣。此处是指梅花的圣洁。
④南楼句:李白诗《与李郎中饮听黄鹤楼上吹笛》句有"黄鹤楼中吹玉笛,江城五月落梅花"。古笛曲中有《梅花落》。
⑤寿阳句:借用南朝宋武帝寿阳公主梅花妆的故事。说寿阳公主正睡眠于殿檐下,有梅花落于其额上,拂之不去。宫女们竞相效仿,此即梅花妆。此处化用其意。
⑥问谁句:用段成式《酉阳杂俎》之典,说的是有个叫孙和的人,宠爱夫人邓某。一日因醉酒误伤了夫人邓的面颊,流了许多血,孙和忙请医生诊治,医生说:"得白獭髓、杂玉与琥珀屑当灭痕。"孙和便急忙

配药，但因琥珀放得太多，伤痕仍未能全部消除，邓夫人左颊留下丁一赤色斑点，但却更加好看。此处与前句典故并用意谓梅花凋落殆尽，没有谁能为寿阳公主补瘢增色了。

⑦孤山：处杭州西湖之滨。北宋初林逋隐居此山，遍种梅花并养饲仙鹤，有"梅妻鹤子"之说。

⑧缟衣句：缟衣即白衣。解佩溪边是个典故，刘向《江妃二女》："江妃二女者，不知何许人也，出游于江汉之湄，逢郑交甫。见而悦之，不知其神人也，谓其仆曰：'我欲下请其佩。'……遂手解佩交甫。"

【今译】

是深宫粉黛凋残的迹痕，
是天仙彩云坠地的影子，
丢弃在杳无人迹的荒野水湾。
荒山古石掩埋了你芳香的骸骨，
金沙滩头留下了你圣洁的仙躯。
不怪南楼奏起《梅花落》笛曲，
只怨那无情晨风吹遍千里关山。
黄昏的庭院残梅飘零，
清冷的月光下，
空枝疏影孤寂地交错在一起。

寿阳公主徒对明镜生忧愁，
梅花落尽，
用什么来与玉髓调配，
消除面瘢妆成秀美容颜？
哀鸿在濛濛细雨中纷纷飞归，
绵延无际的春寒罩住了孤山。
你孤魂远离再也不能招回，
我梦见你身穿洁白衣裙来到溪边，
解下心爱的玉佩深情地交给我。
最使我哀愁的是，

朗朗晴空下百鸟齐鸣，
绿叶掩映下梅子又清又圆。

【说明】

这是一首吟梅之作，把落梅比做亡妾，借吟落梅之圣洁、悲凉表达对亡妾的感慨、思念之情。

高 阳 台

吴文英

丰乐楼分韵得"如"字①

修竹凝妆②，垂杨驻马，凭阑浅画成图。山色谁题？楼前有雁斜书。东风紧送斜阳下，弄旧寒、晚酒醒余。自消凝，能几花前，顿老相如③？　　伤春不在高楼上，在灯前欹枕，雨外熏炉。怕舣游船④，临流可奈清癯⑤？飞红若到西湖底，搅翠澜、总是愁鱼。莫重来、吹尽香绵⑥，泪满平芜⑦。

【注释】

①分韵：旧时诗人墨客欢聚时，指定同一题目，几个人共同和诗、和词，用抓阄或指定的方法规定某人用什么韵部或韵字。

②凝妆：盛妆。

③相如：西汉文学家司马相如。此处作者喻指自己。

④舣（yǐ）：停船靠岸。或作"舣"。

⑤清癯：清瘦。

⑥香绵：柳絮。

⑦平芜：平远的草地。

【今译】

修竹青翠宛若盛妆姑娘，

垂杨下拴好马儿,
我登上高楼凭栏眺望,
锦绣河山构成一幅优美图画。
这秀美的山水有谁作文赞美?
楼前群雁成行不正是动人的文字。
东风劲吹夕阳西下,
一阵寒意把我从醉中吹醒,
我独自伤悲,
才几度花开花落,
突然觉得已经衰老。

伤春之情不只在登高远眺时有,
灯前倚枕、独对香炉,
外面的凄凄风雨更使我感到伤愁。
我害怕泊舟游览,
看见水中映出自己瘦弱的身体。
落花若是沉入西湖之底,
鱼儿也会伤心地搅起翠浪。
但愿我再也不来这里,
柳絮纷纷飘落,
平野上杨花点点如泪滴。

【说明】

吴文英在杭州时正是南宋晚期,国运日衰,岌岌可危。作者登高望远,感时伤怀,以至于最后发出"莫重来"之慨,表现了作者对国事的担忧和对时光流逝的感慨。上阕作者有感于时事,"山色谁题?"表达作者心中疑虑与哀叹,情之真切"顿老相如";下阕主要抒发作者伤春之情,处处伤春、时时伤春,显得凄楚动人。

三　姝　媚

吴文英

过都城旧居有感

　　湖山经醉惯，渍春衫，啼痕酒痕无限。又客长安，叹断襟零袂，涴尘谁浣①。紫曲门荒②，沿败井、风摇青蔓。对语东邻，犹是曾巢，谢堂双燕③。　　春梦人间须断，但怪得当年，梦缘能短④。绣屋秦筝，傍海棠偏爱，夜深开宴。舞歇歌沉，花未减、红颜先变。伫久河桥欲去，斜阳泪满。

【注释】

①涴（wò）：污染。
②紫曲：即故里旧居。
③对语三句：化用刘禹锡诗《乌衣巷》句："旧时王谢堂前燕，飞入寻常百姓家。"喻指昔日的兴盛和今日的衰败。
④能：如此，这样。

【今译】

湖光山色总是那么令人心醉，
不知有多少次，
泪痕酒迹遍染我的春衣。
又一次客居长安，
伤心的是衣衫破烂，
满身污尘无人清洗。
都城故居已门径荒凉，
颓败的井沿四周野草随风摇曳。
东邻传来鸟鸣声，
那是曾巢居名门大户的燕子在叹息。

人间春梦难圆,
却不曾想到当年我的情缘竟如此之短。
昔日曾坐在她绣楼闺房倾听动人筝曲,
最欢乐的是依傍海棠树夜晚饮宴。
舞蹈与歌声已经停息,
鲜花依旧是那么娇媚,
可我的青春容颜却日渐衰老。
久久地站在河桥之上,
望着天边那夕阳余晖,
热泪盈眶难以自已。

【说明】

这首词作者以凄哀的笔调描绘都城旧居的沧桑巨变,以衰败的旧居喻当时国家的没落颓废。上阕写旧居荒凉景色,"紫曲门荒"、"败井"、"风摇青蔓"等一系列凄凉画面令人伤心。下阕通过昔日歌舞盛况的回忆,抒发了自己"花未减,红颜先变"的人世感慨。将国家之恨与个人之怨结合起来是这首词的一个特色。

八声甘州

吴文英

灵岩陪庾幕诸公游①

渺空烟四远、是何年、青天坠长星?幻苍崖云树,名娃金屋②,残霸宫城③。箭径酸风射眼④,腻水染花腥⑤。时靸双鸳响⑥,廊叶秋声。　宫里吴王沉醉,倩五湖倦客⑦,独钓醒醒。问苍天无语,华发奈山青。水涵空⑧、阑干高处,送乱鸦、斜日落渔汀。连呼酒,上琴台去⑨,秋与云平。

【注释】

①灵岩：山名，在苏州西面。以吴王夫差的馆娃宫遗迹而负盛名，庾幕即僚属。

②名娃句：指吴王夫差为西施建馆娃宫之事。

③残霸：指吴国曾国势强盛，称霸一方。但后来却为越王勾践所破灭，霸业不再，故称残霸。

④箭径：即采香径。范成大《吴郡志》卷八《古迹》："采香径在香山之傍，小溪也。吴王种香于香山。使美人泛舟于溪以采香。今自灵岩望之，一水直如矢，故俗又名箭径。"

⑤腻水：语出杜牧《阿房宫赋》："渭流涨腻，弃脂水也。"《古今词话》："吴宫香水溪，俗云西施浴处，人呼为脂粉塘。吴王宫人濯妆于此。"

⑥时靸（sà）：靸鞋是一种用草编的鞋。双鸳即鸳鸯履。指美人所着之鞋。

⑦倩五湖句：范蠡辅佐越王灭掉吴国，功成而退隐五湖。 ⑧水涵空：远水接天。

⑨琴台：灵岩山顶吴王夫差遗迹。

【今译】

太空浩渺、云烟苍茫，
不知是哪一年。
一颗星自青空坠落，
幻化出这苍翠的山林，
绝世佳人的华美金屋，
和霸业未竟的吴王的宫殿。
采香径边冷风刺眼，
粉脂浮于水上，
给花也染上了腻腥的香味。
美人西施脚着木屐，
秋风中传来脚步声声。

吴王为西施沉迷于深宫，
范蠡却最是清醒，
功成而退，独钓五湖。
我抬头问苍天而无有回答，
无可奈何地面对青翠林山，
满怀忧愁，头发半白。
我登高凭栏，
看到那水天相接之处，
夕阳斜晖之下群鸦隐入沙汀之中。
我连声呼唤上酒，
直往山顶琴台登去，
这里秋高气爽直入云霄。

【说明】

这是一首咏古之作，通过对春秋吴国的兴衰古事抒发心中感慨。词首以问句起，紧接着以一"幻"字引发出有关吴王夫差的遗迹，奇思异想颇有大家风范，意境幽深，气势雄浑。"问苍天"句表现了对吴王失政的痛惜和无可奈何之情，也寄寓着对时政的深深忧虑。

踏 莎 行

吴文英

润玉笼绡，檀樱倚扇①。绣圈犹带脂香浅②。榴心空叠舞裙红，艾枝应压愁鬟乱③。　　午梦千山，窗阴一箭，香瘢新褪红丝腕。隔江人在雨声中，晚风菰叶生秋怨④。

【注释】

①檀樱：浅红色樱桃小口。
②绣圈：用以妆饰的花环。

③艾枝：旧俗端午节以艾枝作饰物戴在头上。
④菰（gū）：一种水生植物。

【今译】
玉肌润肤罩着轻薄的纱衣，
微红的樱桃小口用彩扇轻轻遮掩。
丝绣的彩环上还沾着淡淡的粉脂香。
红艳艳的舞裙上石榴花纹折叠着，
艾枝插戴在头上发髻零乱。

午梦醒来已远隔千山万水，
眼前时光似箭飞逝，
玉体消瘦使手腕上的红丝线已显宽大。
在凄凄风雨之中，
我隔江遥望伊人，
菰叶在晚风中沙沙作响，
使我顿觉凄冷如秋。

【说明】
这是一首感梦怀人之作，时间是端午节。上阕写梦中伊人因相思之苦无心歌舞，"榴心空叠"、头发零乱的哀伤之情；下阕抒写作者的感受，其中"隔江人在雨声中，晚风菰叶生秋怨"二句给人以可望而不可即的感觉。

瑞 鹤 仙

吴文英

晴丝牵绪乱，对沧江斜日，花飞人远。垂杨暗吴苑①，正旗亭烟冷②，河桥风暖。兰情蕙盼③，惹相思、春根酒畔。又争知、吟骨萦消，渐把旧衫重剪。　　凄断。流红千浪，缺月孤楼，总难留燕。歌尘凝扇，待凭信，拚分钿④。试挑灯欲写，还依不忍，笺幅偷和泪卷。寄残云、剩雨蓬莱⑤，也应梦见。

【注释】

①吴苑，指春秋时吴王阖闾所建宫苑，在苏州。
②旗亭：即酒楼。
③兰情蕙盼：形容伊人优雅娟秀的情态和多情的顾盼。
④拚（pàn）分钿：拚，甘愿。分钿指分钗、分离。
⑤蓬莱：传说中的海上仙山，此处借喻伊人所居之处。

【今译】

缕缕情思牵挂着紊乱的心绪。
垂杨浓荫罩住了古老宫苑，
正逢寒食节到来，
酒楼人家灶烟冷息，
河桥之上春风和暖。
你那纯洁高雅的情性，
你那含情顾盼的双眸，
在暮春欢乐的酒宴间，
曾惹起我不尽的相思爱恋。
你又怎知我为伊消得人憔悴，
衣带渐宽须重剪裁。

我凄然魂断。
波浪翻滚卷走落花点点，
孤处空楼眼望弯弯缺月，
连喃喃的小燕子也挽留不住。
你翩然起舞的歌扇已蒙上一层尘去，
我想要写一封书信，
将你我的情意快快断绝。
点亮灯烛准备写时，

心里却感依依不舍,
凄然地将泪痕点点的信笺卷起。
但愿我能驾着那片天空残云,
飞往那神奇的蓬莱仙山,
也许会和你梦中再见。

【说明】

这是一首怀人之作。上阕通过描绘寒食节之景抒写作者思念伊人之情,"又争知、吟骨萦消,渐把旧衫重剪"足见作者思恋之苦;下阕通过一系列心理活动的细致描写,表现了作者真挚动人的痴情。

鹧鸪天

吴文英

化度寺作[①]

池上红衣伴倚阑,栖鸦常带夕阳还。殷云度雨疏桐落,明月生凉宝扇闲。　　乡梦窄,水天宽,小窗愁黛淡秋山。吴鸿好为传归信,杨柳阊门[②]屋数间。

【注释】

①化度寺:佛寺名。据《杭州府志》:"化度寺在仁和县北江涨桥,原名'水云',宋治平二年(1605)改。"
②阊门:苏州城西门。

【今译】

池上红莲伴着孤独的我凭栏眺望,
点点群鸦总是披一身夕阳飞还。
浓云密雨中稀疏的桐叶片片飘落,
清朗的月光洒下一片凉意。

宝扇已经闲置收起。

归乡美梦总短短一瞬,
浩天碧水却宽阔无边,
我独倚小窗前,
远山的秋色如同美人愁苦的容颜。
愿家乡的鸿雁,
把我思归的期盼,
带回阊门依依杨柳下的小屋。

【说明】

这首词是作者寓居杭州化度寺时因思念家人而作。上阕写"殷云度雨疏桐落"的凄凉秋景,又因思乡情深,看着那寒鸦身披夕阳回归,自己却不能回故乡,怎能不感慨?下阕作者将思归之情寄托于高飞的鸿雁,思情切切,感人至深。

夜 游 宫

吴文英

人去西楼雁杳,叙别梦,扬州一觉。云淡星疏楚山晓,听啼乌,立河桥,话未了。　　雨外蛩声早,细织就霜丝多少①?说与萧娘未知道②,向长安,对秋灯,几人老③?

【注释】

①霜丝:白发。
②萧娘:女子的泛称。
③几人老:即"人几老",是倒装句。

【今译】

西楼空空人离去,

鸿雁一去不返,
别情离绪,
惟有在梦中叙说。
拂晓的楚山之下云淡星稀,
我俩站在桥上,
喁喁私情未及说完,
乌啼声声打破了美梦。

细雨声夹杂着蟋蟀长鸣,
如同穿梭往来的织布机,
织就了我霜白的发丝,
这一切你又如何能知道?
遥望长安,面对这凄凉的秋灯,
我又怎能不忧愁衰老?

【说明】

这是一首怀人之作。上阕是梦境,以梦抒情;下阕直抒思念之深,"向长安,对秋灯,几人老"表现了作者对伊人的痴爱。

贺 新 郎

吴文英

陪履斋先生沧浪看梅①

乔木生云气,访中兴、英雄陈迹,暗追前事。战舰东风悭借便②,梦断神州故里。旋小筑、吴宫闲地。华表月明归夜鹤③,叹当时、花竹今如此。枝上露,溅清泪。 遨头小簇行春队④,步苍苔、寻幽别墅,问梅开未?重唱梅边新度曲,催发寒梢冻蕊。此心与东君同意⑤。后不如今今非昔,两无言、相对沧浪水。怀此恨,寄残醉。

【注释】

①履斋：吴潜，字毅夫，号履斋，淳祐中曾为相。封为庆国公。吴文英曾为其幕僚。

②战舰句：高宗建炎四年（1134），韩世忠率军驾船在镇江大败金兵，但最终未能挽救国家命运，故如此说。

③华表句：典出《搜神后记》中丁令威学道成仙、化鹤归来站在华表柱上之事。

④遨头：太守。《成都记》载，宋时成都正月至四月浣花，太守出游，士女纵观，称太守为"遨头"。吴潜此时知平江府。故称。

⑤东君：原指司春之神，借指吴潜。

【今译】

高大的树木吞云吐雾，
寻觅那中兴时的英雄遗迹，
追忆前朝往事。
吝啬的东风一点也不肯为战舰助势，
复国大计梦一样幻灭。
韩将军壮志难酬，
在吴王旧宫废墟筑建池苑。
他也会化为仙鹤站在华表柱上，
在清冷的月色下深深地叹息，
叹息往事如烟，
叹息今日的花竹竟这般冷寂，
枝头上露滴点点像溅满晶莹的泪水。

吴太守率领着游春的队伍，
沿着布满青苔的小路，
寻觅那春日幽芳之所在，
探寻那红梅花是否开放，
一遍遍吟唱在梅旁新谱的曲子，
要用歌声唤醒寒梅在枝头怒放。

我的心情与吴太守相同无异。
今日难与往昔相比,
今后也许还比不上今日,
我俩相对无言,
面对着流淌不息的沧浪水,
将满怀怨忧,
寄托于杯中余酒之中。

【说明】

　　这首词写于理宗嘉熙三年(1239)正月,当时作者与知平江府的吴潜赴沧浪亭赏梅。上阕主要是怀古,下阕写作者对今日的哀伤,通过今昔对比、今不如昔,表现了对故国的怀念和对国破家亡的感慨。"后不如今今非昔"又表明作者对未来的悲观绝望和对南宋国势日危的强烈不满。

唐多令

吴文英

　　何处合成愁?离人心上秋①。纵芭蕉、不雨也飕飕。都道晚凉天气好,有明月,怕登楼。　　年事梦中休,花空烟水流。燕辞归,客尚淹留。垂柳不萦裙带住,漫长是、系行舟。

【注释】

①心上秋:合起来成一"愁"字。

【今译】

忧愁是如何形成的?
离人心中的凄秋不正可愁。
纵然是晴日不雨,
芭蕉也会在风中嗖嗖作响。

都说秋天的夜晚天清气爽,
朗朗明月当空照,
我却不愿登高楼。

往事如梦一去不返,
恰似落花流水般烟消云散。
燕子已经飞归,
我却仍在异乡停留。
依依垂柳牵不住她的裙带,
却伸长手臂,
系住了我的行舟。

【说明】

《花庵词选》中在这首词的词牌下标题为"惜别"。词开宗明义,"何处合成愁?离人心上秋。"作者悲秋怀人而生忧愁正是这首词所要表达的思想。

湘春夜月

黄孝迈

近清明,翠禽枝上消魂。可惜一片清歌,都付与黄昏。欲共柳花低诉,怕柳花轻薄,不解伤春。念楚乡旅宿,柔情别绪,谁与温存？ 空尊夜泣,青山不语,残照当门。翠玉楼前,惟是有,一陂湘水,摇荡湘云。天长梦短,问甚时、重见桃根？者次第[①],算人间没个并刀[②],剪断心上愁痕。

【作者介绍】

黄孝迈,生卒不详,字德夫,号雪舟。晚宋词人,词集《雪舻短句》已佚。今传词四首,《湘春夜月》为其代表作。

【注释】

①者：同"这"。

②并刀：山西并州（今太原）出产的快剪刀。

【今译】

清明节即将到来，
翠鸟在枝头唱出动人的歌。
只可惜这深情的鸣唱，
全都付与寂静的黄昏。
想向柳花倾诉心曲，
却怕柳花生性轻薄，
不会理解我伤春的情怀。
想今日客居楚地，
心中充满了离情别绪，
有谁能给我温暖和安慰？

夜晚我面对空酒杯哭泣，
青山默默无语，
缺月冷光正好洒在门楣，
华美的楼阁前，
惟有一塘碧绿的春水，
浮荡着湘天的云影。
天地悠悠，梦何其短，
何时才能再见伊人？
只怨人间没有并州的快剪，
将我心中的愁绪一剪而断。

【说明】

黄孝迈词作雅致优美，艺术成就较高。这首词以惜春伤别为主要内容，其词语清丽，结构绵密，以写景（"近清明，翠禽枝上消魂")始,以抒情("者次第,算人间没个并刀,剪断心上愁痕")终,想象优美,颇有情趣。

大 有

潘希白

九 日

戏马台前①,采花篱下,问岁华、还是重九,恰归来、南山翠色依旧。帘栊昨夜听风雨,都不似登临时候。一片宋玉情怀②,十分卫郎清瘦③。　　红萸佩④,空对酒。砧杵动微寒,暗欺罗袖。秋已无多,早是败荷衰柳。强整帽檐欹侧⑤,曾经向天涯搔首。几回忆、故国莼鲈⑥。霜前雁后。

【作者介绍】

潘希白,生卒年不详,字怀古,号渔庄,永嘉(今属浙江)人。理宗宝祐元年(1253)进士。《全宋词》录其词一首。

【注释】

①戏马台:是楚霸王项羽阅兵之处。南朝宋武帝曾于重阳日大会宾僚、尽兴赋诗于此。
②宋玉:屈原的弟子,因哀其师忠而被逐,故作了《九辩》、《招魂》等文章以抒心中悲伤之情怀。
③卫郎:见周邦彦《大酺》注。
④红萸佩:古俗重阳之日佩茱萸以避邪。
⑤帽檐:用东晋孟嘉之事。九月九日桓温与僚佐游龙山,孟嘉帽子被风吹落在地而不知,桓温便命孙盛作文嘲讽孟嘉;孟嘉见后,即作文一篇对答。
⑥莼鲈:据《世说新语·识鉴》载,西晋张翰在洛阳做官,见秋风起,便思念家乡美味莼菜和鲈鱼脍。于是辞官归家。后以莼鲈之思喻文人归隐和思乡之情。

【今译】

来到古老的戏马台下，
在东篱下采摘娇美的菊花，
这时的季节，
又逢九九重阳，
恰好此时归来，
南山上依然是一片青翠。
昨夜在窗前细听外面风雨萧萧，
一点也不像登临的季节。
我满怀宋玉那样的悲秋之哀，
如同卫玠一般消瘦。

我佩戴茱萸，
独自斟酒干杯。
捣衣之声隐隐传来，
一丝寒意暗浸衣袖。
秋天已将结束，
早已是柳枯荷叶败之凄景。
勉强整理倾斜的帽子，
只顾向辽远的天际眺望。
多少次了，
在那鸿雁飞归之后，
在那寒霜降临之前，
我都会想起家乡的一切。

【说明】

　　这是一首悲秋思乡之作。潘希白所处时代正值南宋由衰落而灭亡的时期，故词中虽抒个人思乡情怀，又暗含亡国之恨。上阕作者写重九登山之事，虽"翠色依旧"，但却"都不似登临时候"，心之所系不在景，而在情。下阕通过晚秋残败之景抒发思乡之情和亡国之恨。

青 玉 案

黄公绍

年年社日停针线①,怎忍见,双飞燕?今日江城春已半,一身犹在,乱山深处,寂寞溪桥畔。　春衫著破谁针线?点点行行泪痕满。落日解鞍芳草岸,花无人戴,酒无人劝,醉也无人管。

【作者介绍】

黄公绍,生卒不详,字直翁。邵武(今属福建)人。宋度宗咸淳元年(1265)进士。入元后不仕。所著《古今韵会》散佚。今存《在轩集》。

【注释】

①社日:古时祭祀土地神的日子,一般在立春、立秋后的第五个戊日。这一日闺房女子忌做针线活。

【今译】

每一年的社日妇女们都不动针线,
我如何能忍心看那双飞的燕子?
眼看着江城春天已过去了一半,
可我仍然是身只影单,
栖息在乱山深处,
与那寂寞幽暗的溪桥相依相伴。

春衫已经破烂有谁为我缝补?
伤心的泪已沾满了衣衫。
落日余晖中我驱马来到长满花草的溪岸,
那艳丽的花朵无人采戴,
醇香的美酒没有人同饮,
喝醉了也没有人照管。

【说明】

这首词抒写客居异乡思念伊人的情怀，但全篇却未见伊人出现。作者从春社时之风景联想到妇女停止针线，也当然想到了伊人，又"怎忍见，双飞燕"、"春衫著破谁针线？点点行行泪痕满"，思念之情自然无须明说。在用词上通俗流畅又自然动人，特别是最后一句，很受词家好评。

摸 鱼 儿

朱嗣发

对西风、鬓摇烟碧，参差前事流水。紫丝罗带鸳鸯结，的的镜盟钗誓①。浑不记，漫手织回文②，几度欲心碎。安花著叶，奈雨覆云翻，情宽分窄，石上玉簪脆③。　朱楼外，愁压空云欲坠，月痕犹照无寐。阴晴也只随天意，枉了玉消香碎。君且醉，君不见长门青草春风泪④。一时左计，悔不早荆钗⑤，暮天修竹，头白倚寒翠⑥。

【作者介绍】

朱嗣发（1234—1304）字士荣，号雪崖，乌程（今属浙江）人。一生弃绝仕途。《全宋词》录其词一首。

【注释】

①的的句：的的，明白、昭著之意。镜盟，用乐昌公主之事。孟棨《本事诗·情感》载，南朝陈太子舍人徐德言娶陈后主妹乐昌公主为妻。陈将亡，德言将镜子破成两半，各执一半，约定某年正月十五日在都市相见。陈灭后，公主为杨素所占。德言按约赴京，遇一老仆出卖半块镜子，便拿出另一半，恰好相合，作《破镜诗》一首交给老仆，公主得诗后，悲痛不已。杨素知道此事后，就将公主还给了德言。钗誓，亦指爱情誓盟。

②回文：用前秦窦滔夫妻事。

③石上句：白居易《井底引银瓶》诗："井底引银瓶，银瓶欲上丝绳绝；石上磨玉簪，玉簪欲成中央折。"
④长门：汉代宫名。汉武帝陈皇后曾被贬居此。
⑤荆钗：以荆枝当发钗，指贫家妇女简陋妆饰。
⑥暮天二句：杜甫《佳人》诗："天寒翠袖薄，日暮倚修竹。"

【今译】

任西风吹翻我浓密如云烟般的头发，
坎坷往事像流水一样有去无回。
我们曾用紫丝罗带打成鸳鸯结，
山誓海盟、互表爱心。
你已经忘记了，
我亲手织的回文诗，
曾多少次令我伤心欲碎。
红花绿叶，
却无奈翻云覆雨的摧残，
我对你感情虽深，
缘分却太浅、太浅，
就像是石上磨簪、簪自中间折断。

楼阁之外，
愁云密布，遮住月光，
暗淡的月色下我很难入睡。
天阴天晴在乎天意，
我枉自忧愁憔悴。
姑且醉酒解愁吧，
当年陈皇后也叹对春风空洒泪。
谁叫我一时糊涂，
真后悔当初不安于头戴荆钗，
在暮日之下独倚修竹，
直到永远。

【说明】

这是一首弃妇词。虽言词委婉,只以女子的心理感受来表现,但其中的感情色彩却明显表露,"一时左计,悔不早荆钗"将女主人公的怨与恨尽现笔端。

兰 陵 王

刘辰翁

丙子送春①

送春去,春去人间无路。秋千外,芳草连天,谁遣风沙暗南浦。依依甚意绪?漫忆海门飞絮②。乱鸦过、斗转城荒③,不见来时试灯处④。 春去谁最苦?但箭雁沉边⑤,梁燕无主⑥,杜鹃声里长门暮⑦。想玉树凋土⑧,泪盘如露⑨。咸阳送客屡回顾⑩,斜日未能度。 春去尚来否?正江令恨别⑪,庾信愁赋,苏堤尽日风和雨⑫。叹神游故国,花记前度⑬。人生流落,顾孺子⑭,共夜语。

【作者介绍】

刘辰翁(1232—1297)字会孟,江西庐陵(今江西吉安)人,自号须溪,宋末元初大词人。宋亡之前,他的词作多揭露南宋腐败政治,以《六州歌头》为代表;宋亡后的二十多年时间是他词作的丰收期,大部分重要词作产生在这一时期,重在抒发亡国之恨,风格遒劲,慷慨悲凉。著有《须溪词》三百五十余首。

【注释】

①丙子:宋恭帝德祐二年(1276)。
②漫忆句:临安陷落,南宋宗室、官吏、军队多自海上逃亡。
③斗转城荒:暗喻时代改换,城池荒废,国破家亡。
④试灯:见吴文英《点绛唇》注。

⑤箭雁沉边：指元相伯颜将南宋君臣带往北方之事。箭雁，受箭伤之雁，喻指南宋君臣。

⑥梁燕：喻指流离失所的南宋士大夫。

⑦长门：汉宫名。此借指南宋故宫。

⑧玉树凋土：《世说新语·伤逝》载，庾亮亡，何逊临葬云："埋玉树着土中，使人情何能已已。"

⑨泪盘如露，汉武帝时在建章殿前铸铜人，手托盛露盘。魏明帝命人将铜人从长安搬至洛阳，在搬运时，据说铜人眼中流出泪水。

⑩咸阳句：李贺《金铜仙人辞汉歌》："衰兰送客咸阳道，天若有情天亦老。"此处借喻亡国离乡之怨。

⑪正江令句：江令指南朝梁诗人江淹，曾任建安吴兴令，著有《别赋》。

⑫苏堤：西湖外湖、里湖间的界堤。苏轼任杭州知府时所筑，因称苏堤。

⑬花记前度：化用唐刘禹锡《再游玄都观》诗："百亩庭中半是苔，桃花净尽菜花开。种桃处士归何处？前度刘郎今又来。"此处指作者回到沦陷的临安，触景伤心。

⑭孺子：指作者的儿子刘将孙。

【今译】

送走了春天，
春天走后人间却无路可走。
秋千外，
无边的青草地伸向天际，
是谁使风沙侵袭江南，
带来一片昏暗。
我心思烦乱，理不出头绪。
想到了流亡在外的游子，
像飞絮一般随风飘荡。
元兵掠过之处，
转眼间已城池荒废，

再也看不见来时试灯的盛况。

春天已去谁最痛苦？
那些受伤的鸿雁沉落下去，
梁上燕子没有了主人，
南宋宫内传来阵阵杜鹃啼鸣，
笼罩在一片暮色之中。
我想起故国的珍宝、国土，
泪如雨下。
离开故土时不时留恋回顾，
直至夕阳斜暮仍不忍离去。

春天已去，何时又重回？
我像江淹一样怨恨别离，
写下庾信那样感人的愁赋，
苏堤整天处于凄风苦雨中。
我为故国美好的一切叹息，
多想重新回到以前的岁月。
人生在流离失所中度过，
我只能与儿子谈话，
度过这难熬的夜晚。

【说明】

这首词题为"送春"，将故国喻为春天，开首一句"送春去，春去人间无路"即开宗明义，表现了作者心里的郁闷、不满、怨恨和对故国深沉的思念。此外也表现了对故国臣民的关怀，爱国之情感人至深。

宝 鼎 现

刘辰翁

红妆春骑①,踏月影竿旗穿市,望不尽,楼台歌舞,习习香尘莲步底,箫声断,约彩鸾归去②,未怕金吾呵醉③。甚辇路、喧阗且止,听得念奴歌起④。　父老犹记宣和事⑤,抢铜仙⑥,清泪如水。还转盼、沙河多丽⑦。滉漾明光连邸第,帘影冻、散红光成绮。月浸葡萄十里⑧,看往来、神仙才子,肯把菱花扑碎⑨?　肠断竹马儿童,空见说、三千乐指⑩。等多时春不归来,到春时欲睡。又说向灯前拥髻⑪,暗滴鲛珠坠⑫。便当日亲见霓裳,天上人间梦里⑬。

【注释】

①红妆春骑:沈佺期《夜游》咏元宵诗:"南陌青丝骑,东邻红粉妆。"此指春游的男女。

②彩鸾:仙女名,此借指游女。

③未怕句:韦述《西都杂记·金吾禁夜》载:"西都京城街衢,有金吾晓暝传呼。以禁夜行。惟正月十五日夜,敕许金吾弛禁,前后各一日。"呵醉,用李广事,《史记·李将军列传》载:李广"尝从一骑出,从人田间饮,还至霸陵亭。霸陵尉醉,呵止广。广骑曰:'故李将军。'尉曰:'今将军尚不得夜行。何乃故也,'止广宿亭下。"

④念奴:唐天宝中一有名歌伎。此处泛指著名歌手。

⑤宣和:宋徽宗年号。

⑥铜仙:见《兰陵王》注。

⑦沙河:沙河塘,在钱塘(杭州)南五里。南宋时十分繁盛。

⑧葡萄:水色深碧。

⑨菱花扑碎:用乐昌公主事。

⑩三千乐指:三百人的大乐队。

⑪又说向灯前拥髻:《飞燕外传·伶玄自叙》载:"子于(伶玄字)老休,买妾樊通德。……能言赵飞燕姊妹故事。子于闲居命言,厌厌不倦。子于语通德曰:'斯人俱灰灭矣,当时疲精力,驰骛嗜欲盅惑之

事，宁知终归荒田野草乎？'通德占袖顾视烛影，以手拥髻，凄然泣下，不胜其悲。"

⑫鲛珠：指眼泪。晋张华《博物志》："南海中有鲛人，水居如鱼。不废织绩，其眼能泣珠。"

⑬天上人间：李煜《浪淘沙令》："流水落花春去也，天上人间。"此处化用其意。

【今译】

一群盛妆女子、骑马男士，
踏着月影、高举彩旗穿过闹市，
楼台上那美妙的歌舞，
是那么令人陶醉、看个不够，
美女们轻移莲步激起阵阵香尘，
歌舞已停，箫声了无，
赏灯的女子们相约结伴而归，
也不怕巡夜人员呵斥。
京都大道上喧闹声顿时静止，
传来歌女动听的歌声。

父老们还记得宣和盛世，
如今却如同辞别故居的铜仙，
清泪如水注而下。
多盼望再看到，
那美丽繁荣的沙河塘。
大家府第烛光荡漾，
门帘的影子静静地凝结在地上，
红光四散像一片花绮。
水中月影很长很长，
看着这来来往往的才子佳人，
谁肯把这幸福的一切毁弃？

最伤心的是正在骑竹马玩游戏的儿童,
他们只是听说过三百人的大乐队。
我等待多时,
再也看不到过去春天的美好,
即使到了春天,
也还是昏昏欲睡。
妇女们在灯下痛忆昔日,
禁不住暗自流泪
故国当年歌舞太平的盛景,
已成为天上人间的梦幻。

【说明】

这首词作于元成宗大德元年(1297),距宋亡已二十年,复国无望,作者心情极度悲凉,适逢元宵佳节,回忆往时故国盛况,有感而作此词。

永 遇 乐

刘辰翁

余自乙亥上元①,诵李易安《永遇乐》②,为之涕下。今三年矣,每闻此词,辄不自堪,遂依其声,又托之易安自喻,虽辞情不及,而悲苦过之。

璧月初晴,黛云远淡,春事谁主?禁苑娇寒,湖堤倦暖,前度遽如许!香尘暗陌③,华灯明昼,长是懒携手去。谁知道、断烟禁夜,满城似愁风雨。　　宣和旧日,临安南渡,芳景犹自如故。缃帙流离④,风鬟三五⑤,能赋词最苦。江南无路,鄜州今夜⑥,此苦又谁知否?空相对,残釭无寐,满枝社鼓⑦。

【注释】

①乙亥上元：宋恭帝德祐元年（1175）元宵节。
②李易安：李清照号易安居士。
③香尘暗陌：李白《古风》第二十四首句："大车扬飞尘，亭午暗阡陌。"
④缃帙流离：北宋覆亡，李清照与其夫赵明诚南渡，他们搜集的古籍书画珍品大多遗失。缃帙，本指书卷的浅黄色封套，此处代指书卷。
⑤风鬟：李清照《永遇乐》："如今憔悴，风鬟雾鬓，怕见夜间出去。"
⑥鄜州今夜：杜甫安史之乱时独处已沦陷的长安，思念家人，写下《月夜》诗，句有"今夜鄜州月，闺中只独看"。
⑦社鼓：社日祭神的鼓声。

【今译】

天刚放晴，皎洁的圆月挂在中天，
一丝丝阴云从天空飘过渐远渐淡，
这新美的春天景色有谁来享受？
皇宫禁苑微觉寒意，
西湖堤岸略感倦倦暖人，
这与我前时在此竟变化如此之快！
从前元夜车马来来往往，
道路上尘土飞扬遮天蔽日，
五光十色的彩灯，
使黑夜如同白天般明亮。
我总是毫无兴致，
不愿与亲友携手同去观赏。
而今天谁又会想到，
炊烟断绝、禁止夜行，
整个城镇似乎笼罩在凄风苦雨中。

宣和年间曾是那么美好，

临安南渡之后,
秀美的山水依旧如故。
可辛辛苦苦珍藏的古籍名画,
已遗失殆尽。
我一头乱发、狼狈不堪,
在元宵佳节写下了愁苦的词句。
如今在江南已无路可走,
就像当年杜甫,
独处沦陷之地思念家乡亲人,
我这种痛苦的心情又有谁能理解?
孤自面对一盏残灯,
我久久不能入睡,
村里四处传来阵阵社鼓声。

【说明】

这首词作于端宗景炎三年(1278),时距临安沦陷已有两年,南宋已近于彻底灭亡。作者主要通过今昔盛衰的对比,抒写了亡国之痛,思念之深等内心感受,读之令人黯然。

摸 鱼 儿

刘辰翁

酒边留同年徐云屋

怎知他、春归何处?相逢且尽尊酒。少年袅袅天涯情,长结西湖烟柳。休回首,但细雨断桥①,憔悴人归后。东风似旧,问前度桃花,刘郎能记,花复认郎否②? 君且住,草草留君剪韭③,前宵正恁时候。深杯欲共歌声滑,翻湿春衫半袖。空眉皱,看白发尊前,已似人人有。临分把手,叹一笑论文④,清狂顾曲⑤,此会几时又?

【注释】

①断桥：又名段家桥，在杭州西湖白堤上，原名保祐桥。唐时称为断桥。"断桥残雪"为"西湖十景"之一。
②问前度桃花三句：化用刘禹锡诗《再游玄都观》意。
③草草句：草草即随随便便之意；剪韭，杜甫《赠卫八处士》诗："夜雨剪春韭，新炊间黄粱。"
④论文：杜甫《春日忆李白》诗："何时一樽酒，重与细论文。"
⑤顾曲：用三国周瑜之事，此处指欣赏歌乐。

【今译】

怎能知道明媚的春天去了哪里？
既然我们今天相聚，
且请畅饮杯中美酒。
少年时代已在袅袅之中离我们远去，
如今还在沦落天涯。
可心思却永远系在这西湖烟柳上。
无须回首往事，
断桥之上细雨绵绵，
疲惫憔悴的我重回西湖，
依旧是春暖风和，
我痴痴地问桃花，
你昔日的芳姿秀色我依旧能认出，
可你却是否还认识我？

朋友啊，请你稍作停留，
我剪来春韭做了家常便饭，
前天晚上也正是这个时候，
你我同饮美酒共歌舞，
酒水渍湿了春衫的半个袖子。
而今天相对无言紧皱眉，
看着桌上的酒杯，

似乎人人都愁白头发。
即将分别,紧握你的双手,
感慨万端,
一起谈笑共论文章,
狂热地欣赏乐曲,
这样的聚会何时才能再有?

【说明】

这首词是作者与同年徐云屋重逢于杭州,而徐又将要离去时写的,上阕抒写重回杭州的感慨,下阕写与友人重逢之喜悦及即将离别依依不舍的心情。

瑶 华

周 密

后土之花,天下无二本①,方其初,帅臣以金瓶飞骑,进之天上,间亦致贵邸。余客辇下,有以一枝(下缺)。

朱钿宝玦②,天上飞琼③,比人间春别。江南江北,曾未见,漫拟梨云梅雪④。淮山春晚,问谁识、芳心高洁?消几番、花落花开,老了玉关豪杰⑤。　　金壶剪送琼枝,看一骑红尘,香度瑶阙⑥。韶华正好,应自喜、初识长安蜂蝶。杜郎老矣⑦,想旧事、花须能说。记少年、一梦扬州,二十四桥明月。

【作者介绍】

周密(1232—1298)字公谨,号草窗,晚年别号弁阳啸翁、四水潜夫等。宋亡前曾为义乌(今属浙江)令等职,宋亡后寓居杭州,著《武林旧事》、《齐东野语》、《癸辛杂识》等书。周密工书善画,诗词俱佳,诗有《蜡屐集》,词有《草窗词》。

【注释】

①后土之花：周密《齐东野语》卷十七《琼花》："扬州后土祠琼花，天下无二本，绝类聚八仙，色微黄而有香。"

②朱钿宝玦：朱，珠；钿，以金宝制成的花状首饰；玦，一种有缺口的环形玉器。此处以珍宝喻琼花之珍贵美丽。

③飞琼：传说中西王母的侍女。

④梨云梅雪：王建《梦梨花诗》："落落漠漠路不分，梦中唤作梨花云。"段成式《嘲飞卿》七首之四："柳烟梅雪隐青枝，残日黄鹂语未休。"

⑤玉关：玉门关。

⑥瑶阙：宫殿。

⑦杜郎：唐代诗人杜牧，此处作者借以自喻。

【今译】

琼花是奇珍异宝，
琼花是天上仙葩，
在百花争妍的春天里，
别具一色。
大江南北从未有第二株，
可以将她比做梦中才有的梨花云，
或比做皑皑白雪中怒放的寒梅。
淮山一带春已将尽，
会有谁能理解琼花，
她的秀姿芳心和纯洁高雅的品性？
花开花落仅几年，
玉门关的豪杰们已年老体衰。

剪来琼枝插进金壶，
飞马传送尘土飞扬，
宫廷内幽香回飘。
她正逢青春年华，
想来正暗自欣喜，

与长安的蜂蝶初次相识。
我如今已老了,
想起已往的事,
琼花一定会向人诉说。
记得那少年之时,
扬州的旖旎风光,
二十四桥明媚的春夜月光,
如同一场短短的梦。

【说明】

此词前序残留无几,作品创作意图亦难确切说明,但词中明显地含有讽喻之意,作者将朝贡琼花与唐玄宗时为讨好贵妃而朝贡荔枝相提并论,讥讽君王只知宫中享乐、不顾国家安危。

玉 京 秋

周 密

长安独客[①],又见西风、素月、丹枫,凄然其为秋也,因调夹钟羽一解。

烟水阔,高林弄残照,晚蜩凄切。碧砧度韵,银床飘叶[②]。衣湿桐阴露冷,采凉花时赋秋雪[③],叹轻别,一襟幽事,砌虫能说。　　客思吟商还怯[④],怨歌长、琼壶暗缺。翠扇恩疏,红衣香褪,翻成消歇。玉骨西风,恨最恨、闲却新凉时节。楚箫咽,谁倚西楼淡月。

【注释】

①长安:此处借指南宋都城临安。
②银床:井上辘轳架。古乐府《淮南王篇》:"后园作井银作床,金瓶素绠汲寒浆。"

③凉花:指菊花、芦花等秋凉之季开放的花。
④吟商:吟咏秋天。古人以五行、五音、四方、四季等互相配对,"商"与秋相对,《礼记·月令》:"孟秋之月其音商。"

【今译】

开阔的水面烟雾迷濛,
高林遮住了夕阳残照,
寒蝉凄切哀鸣。
捣衣砧上传出秋日的音韵,
井栏架上落叶飘飞。
梧桐荫下冰冷的露水打湿了衣服,
采一束秋日的芦花,
心中不时咏叹这凄凉秋色,
后悔和她轻率地分别,
满怀的心事令我感伤,
唧唧虫鸣阶梯边,
似在诉说我的心怀。
客居他乡思念亲人咏叹悲秋,
心中充满寒怯,
放声高歌抒发怨恨的心怀,
不知不觉将玉壶击缺了口。
夏日的翠扇已弃置一边,
我与她的恩情已日渐疏远,
她赠与我的红衣已暗香全褪,
往昔的岁月永远消失。
我木然地迎西风伫立。
多么地怨恨啊,
恨我在这新凉时节却百无聊赖。
远处传来阵阵幽咽的箫声,
我独自凭倚西楼,
凝望着天空那轮淡淡的秋月。

【说明】

这是一首感时伤怀之作。上阕写秋日凄凉景色,"晚蜩凄切"、"银床飘叶"、"衣湿桐阴露冷"等等,从秋天之景、秋天之音、秋天之凄凉等各方面描绘出一幅秋日萧瑟图景;下阕作者感于秋而抒心中忧伤,表现了作者对已往之事的无可奈何之情,"恨最恨、闲却新凉时节"正是作者心情的写照。

曲 游 春

周 密

禁烟湖上薄游①,施中山赋词甚佳②,余因次其韵。盖平时游舫,至午后则尽入里湖,抵暮始出断桥,小驻而归,非习于游者不知也。故中山亟击节余"闲却半湖春色"之句,谓能道人之所未云。

禁苑东风外③,飏暖丝晴絮,春思如织。燕约莺期,恼芳情偏在,翠深红隙。漠漠香尘隔,沸十里,乱丝丛笛。看画船尽入西泠④,闲却半湖春色。　柳陌,新烟凝碧,映帘底宫眉,堤上游勒。轻暝笼寒,怕梨云梦冷⑤,杏香愁幂⑥。歌管酬寒食,奈蝶怨良宵岑寂。正满湖碎月摇花,怎生去得!

【注释】

①薄游:即游历。"薄"为发语词,无实意。
②施中山:南宋施岳,名仲山。
③禁苑:南宋迁都于杭,禁苑即指西湖一带。
④西泠:西湖一桥名。
⑤梨云:见周密《瑶华》注。
⑥幂:覆盖,笼罩。

【今译】

西湖上春风和煦，
晴空下丝丝柳絮随风飘荡，
春色惹起了我千丝万缕的思念。
燕莺喁喁私约会期，
恼人的情思由此而起，
在那翠叶深处、红花丛中。
香雾茫茫一片，
管弦诸乐此起彼伏、互相呼应，
声振十里之外。
看那一艘艘画船自西泠桥下穿过，
半湖秀美的春色，
却被白白地闲置废弃。

柳色如烟似雾，
凝成一片碧绿，
映衬着帘里佳人娇美的容颜，
湖堤上游春骑士勒马而行。
暮色渐临，罩上一层寒意。
梨花也惧怕夜梦凄冷，
杏花郁香也罩上一片愁云。
寒食节的歌乐已停息，
蝴蝶无奈地叹怨，
良宵怎么如此寂寞。
正是明月静照湖面，
花枝月影倒映水底泛起多姿景色，
我怎能舍得这时离开！

【说明】

作者早年曾在西湖杨氏环碧园由杨缵、张枢组织的吟社中赋词，多为游历山水之作。这首词可谓周密前期词作的代表，作者以细腻的笔调描绘出一幅西湖寒食图，上阕"看画船尽入西泠，闲却半湖春色"一句深得词家好评。以为"能道人之所未云"，词意新颖，使人动心。下阕对西湖夜景之描绘则更具魅力，"正满湖碎月摇花"一句将西湖月夜迷人景色描绘得秀美无比，令人神往。

花　犯

周　密

水　仙　花

楚江湄①，湘娥再见②，无言洒清泪，淡然春意。空独倚东风，芳思谁寄？凌波路冷秋无际。香云随步起，漫记得、汉宫仙掌③，亭亭明月。　　冰丝写怨更多情，骚人恨，枉赋芳兰幽芷④。春思远，谁叹赏国香风味⑤？相将共、岁寒伴侣⑥。小窗静，沉烟熏翠袂⑦。幽梦觉、涓涓清露，一枝灯影里。

【注释】

①湄：水边，水与草相交之处。
②湘娥：湘妃，传说中的湘水女神。
③汉宫仙掌：汉武帝时为求仙而建"仙掌"于宫中。
④骚人恨二句：屈原《离骚》："扈江离的辟芷兮，纫秋兰以为佩。"
⑤国香：此处指水仙花。
⑥岁寒伴侣：古时以松、竹、梅为岁寒三友，水仙花开在冬末春初，品性高洁。因称其为岁寒伴侣。
⑦翠袂：水仙叶。

【今译】

在楚江之滨，
再次见到幽怨的湘妃，

她沉默不语、暗洒清泪,
春色淡然无味。
徒然地倚东风而立,
柔情蜜意向谁寄托?
她步履轻盈,走过袅无边际的冷秋。
身后香尘随步飞扬,
正像是汉宫中的金铜仙女,
手捧承露盘,
在明亮的月光下亭亭玉立。

哀怨的弦乐抒发心中的感情,
显得是那样心事重重,
屈原《离骚》抒怨,
却只枉然地咏唱香兰幽芷。
春情的思念是无比的辽阔,
又能有谁来叹赏这水仙的韵味?
我与她同在一起,
如岁寒三友永结伴侣。
小窗静悄悄,
夜幕罩住了她的枝叶。
当我从幽梦中醒来,
灯光下那枝婀娜水仙,
挂满点点晶莹露珠,
是多么的清新秀美。

【说明】

这是一首咏物词,作者将水仙花比做湘水女神,着力从水仙的品性、秀姿上表现水仙花的高雅、纯洁和幽静、飘逸的花韵,"香云随步起"、"汉宫仙掌,亭亭明月底"等等形象生动的描绘将水仙的秀姿、芳香表现得意味无穷。

贺 新 郎

蒋 捷

梦冷黄金屋①,叹秦筝斜鸿阵里,素弦尘扑。化作娇莺飞归去,犹认纱窗旧绿。正过雨,荆桃如菽。此恨难平君知否?似琼台、涌起弹棋局②。消瘦影,嫌明烛。　鸳楼碎泻东西玉③,问芳踪、何时再展?翠钗难卜。待把宫眉横云样,描写生绡画幅,怕不是新来妆束。彩扇红牙今都在④,恨无人、解听开元曲⑤。空掩袖,倚寒竹。

【作者介绍】

蒋捷,字胜欲,号竹山,阳羡(今江苏宜兴)人,生卒年不详。度宗咸淳十年(1274)进士。宋亡后隐居太湖中竹山,人称竹山先生。其词文字精练,创作上不拘一格,写了不少表现亡国之痛的词作。存词九十余首,著有《竹山词》。

【注释】

①黄金屋:借指南宋故宫。
②似琼台句:琼台即弹棋局。弹棋,一种古博戏。
③鸳楼句:鸳楼。鸳鸯楼,楼阁之名。东西玉,酒器名。此处以杯碎酒泻喻亡国。
④彩扇红牙:彩扇即歌扇;红牙,红牙拍板。
⑤开元曲:开元盛世之曲,借喻宋朝兴盛时的乐曲。

【今译】

故国宫殿繁华的梦想早已冷却,
可惜往时弹弄的秦筝,
琴弦斜列如雁、蒙上一层尘土。
我化作小娇的黄莺飞归,
还认得出昔日窗纱仍是那么碧绿。

小雨淅淅沥沥，
樱桃如同豆子般，春光已消失。
你是否知道？
我心中的怨恨，
就像玉做的弹棋局起伏难平。
我消瘦的身影，
总不愿面对明亮的烛光。
鸳鸯楼上杯碎酒泻，
伊人的芳踪何时才能再现？
翠钗占卜很难应验。
我想把她流云般的宫眉，
描绘在画布之上，
想来她不会换上新的装束。
彩扇与红牙拍板今犹在，
恨只恨没有人能听懂开元盛曲，
我空掩罗袖，
独倚寒竹而立。

【说明】

这首词作者将对故国的深切怀念寄托在一个"化作娇莺飞归去"的宋旧宫人身上，通过宋旧宫人的内心感受抒发亡国之恨，"似琼台、涌起弹棋局"形象地道出了作者心中之怨恨难平。词的下阕，作者将伊人比做故国，"问芳踪、何时再展"表现了对故国的深情怀念。

女 冠 子

蒋 捷

元 夕

蕙花香也，雪晴池馆如画。春风飞到，宝钗楼上[①]，一片笙箫，琉璃光射。而今灯漫挂，不是暗尘明月②，那时元夜。况年来，心懒意怯，羞与蛾儿争耍③。　　江城人悄初更打，问繁花谁解、再向天公借？剔残红灺④，但梦里隐隐，钿车罗帕。吴笺银粉砑⑤，待把旧家风景，写成闲话。笑绿鬟邻女，倚窗犹唱，夕阳西下⑥。

【注释】

①宝钗楼：楼名。此处泛指歌舞楼。
②暗尘明月：苏味道《上元》诗："暗尘随马去，明月逐人来。"
③蛾儿：观灯之时妇女头上戴的装饰品。
④灺（xiè）：烧残的烛灰。
⑤银粉砑（yà）：有光泽的银粉纸。砑，光洁的样子。
⑥夕阳西下：指南宋康与之《宝鼎现》咏元夕词中句："夕阳西下，暮霭红隘，香风罗绮。"

【今译】

蕙花散发出阵阵幽香，
飞雪已停，晴空如洗，
池馆在雪光映衬下新美如画。
歌楼舞榭吹过徐徐春风，
传出阵阵笙箫和鸣，
琉璃灯光亮四射。
如今的元夜，
只随便挂上几盏灯，
再也不是昔时元夜的景象，
车马来来往往、明月高悬晴空。
这些年来，
我心灰意冷，
毫无情致去观灯嬉戏。

江城之夜人声杳无，初更已打，

有谁能再向天公要回昔日繁华?
我剔除烛灰,
在梦中依稀重见昔日景象,
钿车如水、游女似云。
我正想用吴地的银粉纸,
将故国的繁华盛景记录下来。
恰好喜逢邻家的姑娘,
独倚窗前放声歌唱,
唱的是"夕阳西下"的旧曲。

【说明】

这首词是作者感时抒怀之作。题作"元夕",通过今日元夕与昔时元夕景致的对比,表现了作者对故国的深切思念和对今日的悲观绝望,"问繁花谁解、再向天公借?"表现了作者对今日的无奈,这种无奈之情最终寄托在梦里、在心中的记忆里,寄托在现实中残存的旧时风景里。对邻家姑娘的"笑",是作者慰藉的笑,也是作者无奈的苦笑,意蕴深刻。

高　阳　台

张　炎

西湖春感

接叶巢莺①,平波卷絮,断桥斜日归船②。能几番游?看花又是明年。东风且伴蔷薇住,到蔷薇、春已堪怜。更凄然,万绿西泠③,一抹荒烟。　　当年燕子知何处④?但苔深韦曲⑤,草暗斜川⑥。见说新愁,如今也到鸥边⑦。无心再续笙歌梦,掩重门、浅醉闲眠。莫开帘,怕见飞花,怕听啼鹃。

【作者介绍】

张炎（1248—1320）字叔夏，号玉田，又号乐笑翁，临安（今浙江杭州）人。其父张枢是一个注重音律的词人，对张炎影响较大。张炎词多抒写个人怨怀，词风学周邦彦、姜夔，在字句上功夫较深，词作清丽流畅，尤长于咏物。著名论词专著《词源》为其所作。有《山中白云词》，存词约三百首。

【注释】

①接叶巢莺：杜甫《陪郑广文游何将军山林》诗句："卑枝低结子，接叶暗巢莺。"此用其意。

②断桥：西湖一桥名。

③西泠：西湖一桥名。

④当年句：唐刘禹锡《金陵五题·乌衣巷》诗句："旧时王谢堂前燕，飞入寻常百姓家。"此化用其意。

⑤韦曲：在今之西安南郊，唐时韦氏世居于此，故名。潏水绕其前，风景优美。此处借指西湖风景。

⑥斜川：在今之江西省星子与都昌两县的湖泊中，风景别致。此处借指西湖景色。

⑦见说二句：鸥鸟色白，以之喻指人之愁白头。辛弃疾《菩萨蛮》词句："拍手笑沙鸥，一身都是愁。"

【今译】

黄莺巢居于茂密的枝叶间，
湖面微波翻卷着飘落的柳絮，
夕阳斜照断桥，
桥下游船纷纷归回。
还能再游几次？
花开花落又是一年。
春风啊，你且暂伴蔷薇相处，
蔷薇花开之时，
春色已消失殆尽。

绿色海洋中的西泠桥，
寂寞如一抹荒烟，
更叫人凄然神伤。

当年栖息于官贵大户家院的燕子，
如今不知飞向何处？
往时优美的西湖胜景，
如今却荒草丛丛、苔痕深深。
一提起往时便引发心中忧愁，
已是头发斑白如鸥。
我没有心思重续歌舞欢乐的旧梦，
紧紧地闭关自家门户，
借酒浇愁、独卧消闲。
请不要打开窗帘，
我怕看见那落花片片，
也怕听见那杜鹃悲啼。

【说明】

这首词借西湖暮色之景抒写亡国哀痛。通过对比手法，将昔日西湖胜景与今日之"苔深韦曲，草暗斜川"对照，突出描绘今日西湖暮春凄景，"万绿西泠，一抹荒烟"的故都，令作者悲愁不堪，以至于"见说新愁，如今也到鸥边"，作者心中的绝望也现诸笔端，"掩重门、浅醉闲眠"是作者对今日的一种无奈的消极抵抗。

八声甘州

张　炎

辛卯岁，沈尧道同余北归，各处杭、越。逾岁，尧道来问寂寞，语笑数日，又复别去。赋此曲，并寄曾心传。

记玉关、踏雪事清游，寒气脆貂裘。傍枯林古道，长河饮马，此意悠悠。短梦依然江表，老泪洒西州①。一字无题处，落叶都愁②。　　载取白云归去，问谁留楚佩，弄影中洲③？折芦花赠远，零落一身秋。向寻常、野桥流水，待招来、不是旧沙鸥。空怀感，有斜阳处，却怕登楼。

【注释】

①西州：古城名，在今之南京市西。《晋书》载。谢安患病自西州门经过。谢安死后，其好友羊昙行不由西州路。一次因醉酒不觉至西州门，恸哭而去，此处指经过故国旧都时心中悲恸之情。

②一字二句：唐宫中怨女以红叶题诗，自御沟顺水流出，其后遂成良缘。此处翻用这一典故。

③问谁二句：屈原《九歌·湘君》："捐余玦兮江中，遗余佩兮澧浦。""君不行兮夷犹，蹇谁留兮中洲？"此处化用其意。

【今译】

还记得在北方玉关，
我们踏雪同游，
天气寒冷使貂皮大衣变得脆硬。
依傍在枯林中古道之旁，
饮马于长河之滨，
我心中怅然若失。
好梦太短，醒来时依旧漂落江东，
泪流如雨，
洒在故都杭州。
虽不是题诗的红叶，
可片片落叶都寄托着我的愁苦。

你匆匆归去隐居白云深处。
有谁为我解下佩玉？
你为何要在他乡逗留？

折一枝芦花赠给远方的你，
这枝芦花正代表了我的凋零和寂寞。
走近寻常的野桥流水，
迎来的已不再是旧时相识的沙鸥。
徒然空想毫无意义，
故国山河依旧映在斜阳之下，
可我却不愿登高眺望。

【说明】

辛卯年即元世祖二十七年（1290），张炎及沈钦、曾遇同时被召北上缮写金字《藏经》，次年未仕而归。这首词即作于北游归来寓居绍兴数年之后。作者通过对昔日北游的回忆以及后来与友人各居一方、难得聚合的离情别绪抒发了对友人的深厚情谊，深刻地表现出对故国的怀念。

解 连 环

张 炎

孤 雁

楚江空晚，恨离群万里，恍然惊散①。自顾影、却下寒塘②，正沙净草枯，水平天远。写不成书③，只寄得、相思一点。料因循误了④，残毡拥雪⑤，故人心眼。　谁怜旅愁荏苒，慢长门夜悄，锦筝弹怨⑥。想伴侣、犹宿芦花，也曾念春前，去程应转。暮雨相呼，怕蓦地、玉关重见。未羞他、双燕归来，画帘半卷。

【注释】

①恍然：失意的样子。
②自顾影句：崔涂《孤雁》诗句："暮雨相呼失，寒塘欲下迟。"此

用其意。

③写不成书句：雁飞成行，形如文字。孤雁独飞，故言写不成书。
④因循：随便。
⑤残毡拥雪：闻汉代苏武被匈奴幽禁时吞毡嚼雪之事来喻指南宋守节不屈者的艰难。
⑥漫长门二句：唐杜牧《早雁》诗："金河秋半虏弦开，云外惊飞四散哀。仙掌月明孤影过。长门灯暗数声来。"钱起《归雁》诗句："二十五弦弹夜月，不胜清怨却飞来。"此处化用以上两首诗之意。

【今译】

楚江上天色已晚，
暗恨独离雁群，相隔万里，
与同伴失散使我怅然。
自顾形单影只，
迟疑不决地飞向寒塘，
只见一片枯草干沙，
平静的水面伸向极远的天际。
孤身难成字，
只能寄托一点相思之情。
我怕这短暂的逗留会贻误了，
北地吞毡就雪之人的嘱托，
辜负了他的一片苦心。

有谁会怜悯旅人的辗转漂泊之愁苦，
我似乎听见在那静寂的故宫之夜，
传来锦瑟之声无限哀怨。
料想我失散的伴侣，
正露宿于芦花之下，
也在思念着我，
该在春天到来之前飞往北边。
我仿佛听见暮雨之中，

伙伴们的声声呼唤,
我盼只盼有一天,
我们在北方突然重逢。
画帘半卷,双燕飞归,
在我心里不会有一点羞愧。

【说明】

这首词是作者代表作之一,作者亦由此而有"张孤雁"之称。词中孤雁是作者的自喻,作者借孤雁"离群万里"的各种感受曲折地抒写了国破家亡之后的漂泊凄凉之情,令人深受感动。

疏　影

张　炎

咏荷叶

碧圆自洁,向浅洲远浦,亭亭清绝。犹有遗簪,不展秋心,能卷几多炎热?鸳鸯密语同倾盖①,且莫与浣纱人说②。恐怨歌忽断花风,碎却翠云千叠。　　回首当年汉舞,怕飞去漫皱,留仙裙褶③。恋恋青衫,犹染枯香,还叹鬓丝飘雪。盘心清露如铅水④,又一夜西风吹折。喜净看、匹练飞光,倒泻半湖明月。

【注释】

①倾盖:车盖相碰。表示一见如故。
②浣纱人:春秋时美女西施原本为浣纱女,此处泛指浣纱女子。
③留仙裙褶:《飞燕外传》:"帝于太液池作千人舟,号合宫之舟。后(赵飞燕)歌舞《归风送远》之曲……中流歌酣,风大起,后扬袖曰:'仙乎仙乎,去故而就新,宁忘怀乎?'帝令无方持后裙,风止,裙为之皱。他日,宫姝或襞裙为皱,号'留仙裙'。"

④盘心句：用汉金铜仙人之事。

【今译】

碧绿的荷叶圆圆的，
是那么的洁净，
在浅洲远浦你亭亭玉立，
显得多么清雅绝俗，
几片花瓣坠落水中，
犹如美女遗丢的钗钿。
你仍不肯打开心扉，
又能卷起多少夏日的炎热？
绿叶如同车盖，
双双鸳鸯躲在下面窃窃私语。
可千万别对浣纱女说。
惟恐浣纱女那哀怨的歌声，
被花风吹断，
她会折碎荷叶，如大风吹散千叠翠云。

想当年在汉宫你翩然而舞，
天子怕你飞去，让人牵住你的衣衫，
留下了衣衫上层层皱褶。
我心中珍爱的那件青衫，
似乎仍沾染着枯荷的幽香，
可我又在叹息自己已鬓发如霜。
荷叶上的露珠像是铜仙辞国的清泪点点，
一夜西风终于将你吹碎。
月光如练飞射而下，
我欣喜地看到，
明静的月光倒泻半湖。

【说明】

这首词借咏荷花抒写作者心怀。上阕妙笔描绘荷叶之芳姿,以"亭亭清绝"等词句将荷叶的美丽、雅静展现出来;"鸳鸯密语同倾盖"、"恐怨歌忽断花风"更给荷叶之美以生活情趣。下阕作者赋予荷叶以深刻的内涵,借荷叶回首往事,表现自己"恋恋青衫、犹染枯香"的怀旧心理,包含了对故国繁华往事的眷恋,也包含了作者自甘淡泊的生活情趣。

月 下 笛

张 炎

孤游万竹山中,闲门落叶,愁思黯然,因动黍离之感①。时寓居甬东积翠山舍。

万里孤云,清游渐远,故人何处?寒窗梦里,犹记经行旧时路。连昌约略无多柳②,第一是难听夜语。漫惊回凄悄,相看烛影,拥衾谁语? 张绪③,归何暮?半零落依依,断桥鸥鹭。天涯倦旅,此时心事良苦。只愁重洒西州泪④,问杜曲人家在否⑤?恐翠袖、正天寒,犹倚梅花那树。

【注释】

①黍离:语出《诗经·王风·黍离》:"彼黍离离。"离离,行列整齐之貌。《毛诗·序》载,周平王东迁后,有一个大夫经过西周故都,见宗庙宫室已夷为平地,长满黍稷,心中凄然,故作此诗以"悯周室之颠覆"。此处用作对故国的怀念。

②连昌句:连昌,唐别宫名,在河南宜阳,宫中多植柳,战乱后荒废。此处借指南宋故宫。

③张绪:《南齐书》载,张绪少有文才,喜谈玄理,风姿清雅俊秀。此处作者自比。

④西州泪:见张炎《八声甘州》注。

⑤杜曲：喻指西湖名胜景区。

【今译】

像那万里晴空中的一片孤云，
我独自在远方漫游，
故人今在何处？
寒窗下沉入梦中，
曾经走过的路仍能记清。
故宫翠柳大约已所剩无几，
窗外夜雨淅淅，
更令我心中悲凉。
从梦中惊醒，一片凄凉寂静，
独对烛光下孤单身影，
拥紧寒冷的被子，
有谁来与我共语？

风姿清雅像当年的张绪，
我怎么迟迟不能归去？
想断桥下的鸥鹭已零落过半，
仍是依依不舍。
我浪迹天涯已觉旅途疲惫，
此时心中充满愁苦。
思归又愁归，
重游故地会使我伤心悲泣。
西湖旧时人家旧时景，
是否仍在那里？
天气正是寒冷时，
恐怕故人翠袖难耐，
孤零零地斜倚在寒梅枝旁。

【说明】

宋亡后,张炎强抑亡国之痛浪迹江湖山川,四处飘零,吊古伤今,将满腔悲苦愁怨诉诸词作之中。这首词是作者于元成宗大德二年(1298)旅寓甬东(今浙江定海)时所作。作者感时伤怀,由自己"万里孤云、清游渐远"的孤寂之感入题,上阕借梦抒怀,将自己对故国的思念之情深隐其中;下阕主要抒写思念故地,却又"只愁重洒西州泪"的复杂感受,给人以深刻的感动。

天　香

王沂孙

龙　涎　香①

孤峤蟠烟②,层涛蜕月,骊宫夜采铅水③。汛远槎风④,梦深薇露⑤。化作断魂心字⑥。红瓷候火⑦,还乍识、冰还玉指⑧。一缕紫帘翠影,依稀海天云气。　　几回殢娇半醉⑨,剪春灯、夜寒花碎。更好故溪飞雪,小窗深闭。荀令如今顿老⑩,总忘却尊前旧风味。漫惜余薰,空篝素被。

【作者介绍】

王沂孙,生卒年不详。字圣与,号碧山,又号中仙、玉笥山人。会稽(今浙江绍兴)人。宋亡后,他曾与周密、张炎等人结社作词,借咏物抒写亡国之痛。词作以咏物为主,词风与张炎相近,但较晦涩难懂。有《碧山乐府》,又名《花外集》,存词共六十余首。

【注释】

①龙涎香:一种名贵香料。《岭南杂记》载:"龙涎香于香品中最贵重,出大食国西海之中,上有云气罩护,则下有龙蟠洋中,卧而吐涎。飘浮水面,为太阳所烁。凝结而坚,轻若浮石,用以和众香,能聚香烟。"所说的"龙"实则是抹香鲸。被人想象为龙。

②孤峤句：峤，山高而尖，此处指海中礁石。蟠，盘曲而伏。
③骊官：骊龙的宫殿。铅水：此处指龙涎。
④汛：潮汛。槎：用竹、木做的筏子。
⑤薇露：《香谱》载，制龙涎香时须以龙涎与蔷薇水相配。
⑥化作句：指龙涎被制成心字香盘。杨慎《词品》："所谓心字香者。以香末篆成心字也。"
⑦红瓷候火：《香谱》载，制龙涎香时须"漫火焙，稍干带润，入瓷合窨。"红瓷，即放置龙涎香的红色瓷合；候火，焙制时要掌握火候。
⑧冰环玉指：指将龙涎香制成指环状。
⑨𫍯（tì）娇：故意撒娇。
⑩荀令：东汉荀彧，为侍中，守尚书令，称荀令。李商隐《牡丹》诗："荀令香炉可待薰。"冯浩注："习凿齿《襄阳记》：'荀令君至人家，坐幕三日，香气不歇。'"此处作者自况。

【今译】

海中礁石烟雾缭绕，
月光下波涛层层翻滚，
鲛人趁着夜晚，
去骊宫采集龙涎。
木筏顺风随海潮远去。
夜梦深深，龙涎与薇露调和，
化作心字香盘，
令人魂断神迷。
龙涎装入红瓷盒中文火焙之，
又难以令人置信地，
制成玉润的指环。
一缕香雾在帘里萦绕，
仿佛海面淡淡的云雾。

曾有多少次，她故意撒娇，
喝酒微醉，

在春夜清寒之中,
轻轻剪碎灯花。
她更喜欢在故乡飞雪的天气,
将小窗紧紧地关闭。
而今我已年老,
早已忘记了从前的情景。
但心中怜惜当年的龙涎余香,
在素被放上空空的熏笼。

【说明】

这首词借咏龙涎香抒发亡国哀痛,上阕写龙涎香采集、制作的情形,首句"孤峤蟠烟,层涛蜕月,骊宫夜采铅水"一开始便给龙涎香的制作蒙上一层神秘的色彩,"断魂心字"、"冰环玉指"既描绘了香盘之美,又给人以悲凉之感,作者在此暗喻亡国之痛;下阕作者回忆故国旧人"殢娇半醉"之情,发出"荀令如今顿老"之慨,意味深长。

眉　妩

王沂孙

新　月

渐新痕悬柳,淡彩穿花,依约破初暝。便有团圆意,深深拜①,相逢谁在香径?画眉未稳,料素娥,犹带离恨。最堪爱,一曲银钩小②,宝奁挂秋冷。　　千古盈亏休问,叹慢磨玉斧,难补金镜③。太液池犹在④,凄凉处、何人重赋秋景?故山夜永,试待他、窥户端正⑤。看云外山河,还老桂花旧影⑥。

【注释】

①深深拜:拜即拜月。古代妇女有拜新月之俗。李端《拜新月》诗

句:"开帘见新月,即便下阶拜。"

②银钩:指新月。刘瑗《新月》诗:"仙宫云箔卷,露出玉帘钩。"

③叹慢磨二句:以缺月难补喻山河破碎难以收复。金镜,即指月亮。曾觌《壶中天漫》词:"何劳玉斧,金瓯千古无缺。"此处反用其意。

④太液池句:陈师道《后山诗话》载。宋太祖赵匡胤于后池赏新月,学士卢多逊应诏赋《咏月》诗云:"太液池头月上时,晚风吹动万年枝。何人玉匣开新镜,露出清光些子儿。"此处暗用其事,感叹宋之盛世难以再现。

⑤端正:指圆月。

⑥老:虚度,消磨。桂花旧影:指月影。

【今译】

一弯新月冉冉升起,挂上柳梢头,
淡淡月光穿过花枝,
隐约地划破初暗的夜幕。
新月有意要团圆,
妇女们向她深深礼拜,
小路上花香四溢,
不知能否与故人相逢?
新月似画眉含愁,
料想是嫦娥还怀着离情别恨。
最令人喜爱的,
是那一弯小巧银钩,
像宝镜悬挂在凄冷的秋空。

月有阴晴圆缺,
千古一理,无须多问,
只可惜徒然慢磨玉斧,
终究不能修补金镜。
故国池苑依然在,
但已是一片凄凉,

还有谁会再来咏颂那盛世光景?
故乡的夜是那么漫长,
我期待着明月,
圆圆地端挂我的门庭。
遥望云外河山,
正如同游逝的月影,徒然老迈。

【说明】

这首词围绕新月,将作者对故国的深切思念寄寓其中。上阕新月初升、人间拜月的情景给人以清静雅丽之感,以嫦娥愁眉描绘缺月,给这种清静情景里加入了凄凉哀怨;下阕用"玉斧修月"之典抒写缺月难补、故国不再的悲痛心情。但"故山夜永,试待他、窥户端正"又表明作者对恢复故土仍寄予厚望。

齐 天 乐

王沂孙

蝉

一襟余恨宫魂断①,年年翠阴庭树。乍咽凉柯,还移暗叶,重把离愁深诉。西窗过雨,怪瑶佩流空,玉筝调柱。镜暗妆残②,为谁娇鬓尚如许? 铜仙铅泪似洗,叹移盘去远,难贮零露③。病翼惊秋,枯形阅世,消得残阳几度?余音更苦,甚独抱清商,顿成凄楚。漫想薰风④,柳丝千万缕。

【注释】

①一襟句:马缟《中华古今注》:"昔齐后忿而死,尸变为蝉……故世名蝉为齐女焉。"此处宫魂即指蝉。

②镜暗妆残:不梳妆打扮。

③铜仙三句:见刘辰翁《宝鼎现》注。

④薰风：南风；苏轼《阮郎归》："绿槐高树咽新蝉，薰风初入弦。"此处以薰风喻指南宋盛世。

【今译】
宫人一腔余恨未消忿然魂断，
化为一只寒蝉，
飞往庭院浓翠的树上，
年年在这里凄鸣。
一会儿在冷秋的枝头呜咽，
一会儿又飞到茂密的绿叶之间，
重把离愁别恨向世人倾诉。
西窗外雨声淅沥，
寒蝉凄鸣如玉佩声清脆穿空，
又像有人调弹琴筝。
明镜已变得昏暗，
你已好久不事妆饰，
为了谁鬓发依旧如此娇美？

金铜仙人去国远行泪似水流，
可叹她携盘远去，
不能贮藏你零落的清露。
你病弱的双翼惊惧秋寒，
枯衰的身体历尽世间沧桑，
还能禁得住多少个黄昏时光？
凄鸣一声一声愈加悲苦，
独自把哀怨凄清的曲调鸣唱，
音调顿时十分凄凉、苦楚。
你多么地想念那南风和暖时，
依依柳丝千万条。

【说明】

这首词借传说中蝉为齐女所化一事，喻指南宋后妃死后也化为蝉，写她化蝉后的离愁别恨，"乍咽凉柯，还移暗叶"将心中的凄苦怨愤不停地向世人诉说。由寒蝉凄切之音，又联想到亡国之恨，借汉铜仙人之事喻指国土沦丧，抒发了对人世的感慨。最后两句追忆当年的盛景，表现了作者对故国的思念之情。

高 阳 台

王沂孙

和周草窗寄越中诸友韵①

残雪庭阴，轻寒帘影，霏霏玉管春葭②。小帖金泥③，不知春是谁家？相思一夜窗前梦④，奈个人、水隔天遮。但凄然、满树幽香，满地横斜。　　江南自是离愁苦，况游骢古道⑤，归雁平沙。怎得银笺，殷勤说与年华。如今处处生芳草，纵凭高、不见天涯。更消他，几度东风，几度飞花。

【注释】

①周草窗：周密，号草窗，南宋词人。
②玉管春葭：古人以为十二乐律与二十四节气相对应。据说，以玉制律管十二，内各塞以芦苇灰，置于密室中，观察灰之飞动以确定节候的到来。此处指春天来了。葭，芦苇。
③小帖金泥：古俗立春日贴"宜春帖子"，上写"宜春"二字或诗句。金泥即泥金，以金粉粘着于物体。小帖金泥即泥金纸写的宜春帖子。
④相思句：化用唐卢仝《有所思》诗句："相思一夜梅花发，忽到窗前疑是君。"此处指思念友人。
⑤骢：毛色青白相间的马。

【今译】
庭院背阴处残雪堆积，
微微寒意自帘外袭来，
芦灰飞扬，
传来春日的韵律。
泥金纸"宜春帖子"家家都有，
却不知春天到了谁的家？
我深切地思念着你，
夜梦中你来到我的窗前，
无奈却总与你天遮水隔。
只有满怀凄凉，
看看那满树幽香的梅花，
纵横枝影遍地映。

身处江南已有离别之凄苦，
何况纵马于古道，
看着那归雁纷纷落于平沙，
哪儿能有洁白的信纸，
让我殷勤地诉说，
诉说那与日俱增的思念。
如今已是芳草遍地，
可纵使我凭倚高楼，
却怎么也望不到远在天涯的友人。
我不知还能经受得了，
几度东风劲吹，花开花落。

【说明】
　　这首词抒写作者与友人的深挚情谊，又暗含亡国之恨。上阕写春日已临而作者却浑然不觉，"不知春是谁家"，反映了作者对友人的相思之深，"但凄然"三句将作者惆怅、哀伤之情衬托出来。下阕极言其相思之苦，本已有离愁之苦，又"游骢古道，归雁平沙"，心中自当更加悲伤。

法曲献仙音

王沂孙

聚景亭梅次草窗韵

层绿峨峨①，纤琼皎皎，倒压波痕清浅。过眼年华，动人幽意，相逢几番春换。记唤酒寻芳处，盈盈褪妆晚。　已消黯，况凄凉近来离思，应忘却明月，夜深归辇②。荏苒一枝春，恨东风人似天远。纵有残花，洒征衣，铅泪都满。但殷勤折取，自遗一襟幽怨。

【注释】
①层绿峨峨：指有苔藓的梅树。峨峨，树高大的样子。
②夜深归辇：董嗣杲《西湖百咏注》："聚景园在清波门外，阜陵（指孝宗）致养北宫（指高宗），拓圃西湖之东，斥浮屠之庐九，曾经四朝临幸。"

【今译】
长满绿苔的梅枝多么高大，
梅花似皎皎细玉般洁润，
倒映于水面，碧波更显清浅。
年华如过眼云烟倏忽即逝，
你的幽香芳姿仍令人动心，
重逢时已隔几度春光。
还记得当年与友人举杯同饮
共赏幽芳之处，
你总是久开不败，

宛如佳人迟迟不愿卸妆。
欢乐之后心绪黯淡，
何况近来离愁别恨使我心中凄凉，
差不多已忘记了明月下，
深夜金辇归去的盛况。
徒然地浪费了这一树春色，
怨那东风，将友人吹往天边。
纵使有残留的梅花点点，
飘落在我的征衣之上，
也如同泪痕点点渍衣衫。
我殷勤地将你折取，
聊以排遣我心中的幽怨。

【说明】

这首咏梅词借咏梅抒发作者对今昔盛衰的感慨。上阕写梅花幽芳多年来一如既往，"动人幽意"永不消失；下阕由此而叹惜物是人非，梅花自是美，人却"似天远"。"应忘却明月，夜深归辇"抒写了作者对江山易主、时光不再的凄凉之感。

疏　　影

彭元逊

寻梅不见

　　江空不渡，恨蘼芜杜若①，零落无数。远道荒寒，婉娩流年②，望望美人迟暮。风烟雨雪阴晴晚，更何须，春风千树。尽孤城、落木萧萧，日夜江声流去。　　日晏山深闻笛③，恐他年流落，与子同赋。事阔心违④，交淡媒劳⑤，蔓草沾衣多露。汀洲窈窕余醒寐，遗佩环浮沉澧浦⑥。有白鸥淡月，微波寄语，逍遥容与⑦。

【作者介绍】

彭元逊，生卒年不详。字巽吾，庐陵（今江西吉安）人。景定二年（1261）解试，与刘辰翁交好。宋亡后不仕，隐居山林。《全宋词》录其词二十首。

【注释】

①蘼芜杜若：均为香草名。
②婉娩（wǎn）：指仪容柔顺。或天气和暖。
③笛：指古笛曲《梅花落》。
④阔：缺，疏略。
⑤交淡句：屈原《九歌·湘君》："心不同兮媒劳，恩不甚兮轻绝。"此处化用其意。
⑥遗佩句：屈原《九歌·湘君》："捐余玦兮江中，遗余佩兮澧浦。"
⑦逍遥容与：《九歌·湘君》："时不可兮再得，聊逍遥兮容与。"容与亦即逍遥。

【今译】

江岸空寂，梅影杳无，
我怨怪那蘼芜、杜若，
也已零落将尽。
通向远方的道路荒芜清寒，
大好时光不息流逝，
那梅花却如美人迟暮难得见。
已渡过多少了阴晴之夜，
经历了无数风烟雨雪，
又如何等待，
春风吹开了千树梅花。
孤城遍地落木萧萧，
只听见江水日夜不息地流。

暮色中深山里传出阵阵笛音，

恐怕梅花他日凋落难寻,
便谱出《梅花落》笛曲咏唱挂念。
相别日久,
却无缘相见,
我与她交往疏浅,
殷勤的热情只能是徒劳。
蔓草延伸、露水重重,
渍湿了我的衣衫。
娇美的她也许在汀洲上刚睡醒,
水滨上也许会有她遗落的佩环。
淡淡月色之下,
汀上沙鸥、碧水微波劝告我,
叫我自享逍遥,莫寻烦恼。

【说明】

这首词将梅花比做一位离乡远去的迟暮美人,抒发作者寻梅不见的怨恨之情。全词描绘出一幅梅花凋落、落木萧萧的凄凉之景,衬托出作者内心的愁情。

六　　丑

彭元逊

杨　　花

似东风老大,那复有当时风气。有情不收,江山身是寄,浩荡何世?但忆临官道,暂来不住,便出门千里。痴心指望回风坠①,扇底相逢,钗头微缀。他家万条千缕,解遮亭障驿,不隔江水。　瓜洲曾杈②,等行人岁岁,日下长秋③,城乌夜起。帐庐好在春睡,共飞归湖上,草青无地。憎憎雨④,春心如腻,欲待化、半乐楼前帐饮⑤,青门都废⑥。何人念、流落无几,点点抟作雪绵松润⑦,为君浥泪⑧。

【注释】

①回风:旋风。
②瓜洲曾舣:地方名,又称瓜埠洲,在江苏邗江县南部大运河入长江处。此处代指渡口。舣(yǐ),停船靠岸。
③长秋:汉宫名,此处泛指故宫。
④愔愔(yīn):寂静无声。
⑤帐饮:张设帷帐,宴饮送别。
⑥青门:古长安城门名,此借指南宋都城。
⑦抟(tuán):以手捏之成团。
⑧浥(yì):沾湿。

【今译】

如同暮春时的东风微弱无力,
哪里还能有当初时的茂盛。
杨花有情却无处留身,
万里江山、浩荡时世,
哪里是杨花的立身之所?
记得她曾傍依京都大道,
却未能长久居留,
一出门便沦落千里之外。
痴心指望随旋风坠落,
飘至佳人彩扇之下,
或轻轻点缀在她的钗头。
别人家的依依柳丝千万条,
知道遮掩长亭、屏罩驿站,
不愿被长江流水远远隔开。

她曾停泊瓜洲,
一年又一年地等待行人回归,

直至斜日余晖落下故宫，
乌鹊已在夜晚的都城惊飞。
又曾在帐庐中沉沉睡眠，
醒来与伙伴同飞湖上，
草色青青却无处落身。
细雨寂静无声，她全身渍湿，
欲飞不能。
想要去半乐楼前设帷帐宴饮告别，
可都城已经废弃。
还有谁会把她怜念？
漂泊无定、零落无几，
一点又一点，
挤成一团，像雪般润洁、松软，
我为之泪流满面。

【说明】

这首词作者吟咏杨花，赋杨花以人的形象，"有情不收，江山身是寄，浩荡何世"、"何人念，流落无几"等句将杨花沦落飘荡、无处安身之凄凉境遇描绘出来，极具感染力。

紫萸香慢

姚云文

近重阳、偏多风雨，绝怜此日暄明。问秋香浓未，待携客、出西城。正自羁怀多感，怕荒台高处①，更不胜情。向尊前、又忆漉酒插花人②。只座上、已无老兵③。　　凄清，浅醉还醒，愁不肯、与诗平。记长楸走马，雕弓笮柳④，前事休评。紫萸一枝传赐⑤，梦谁到、汉家陵。尽乌纱便随风去，要天知道，华发如此星星，歌罢涕零。

【作者介绍】

姚云文，生卒年不详，字圣瑞，高安（今属江西）人。咸淳四年（1268）进士。后仕元。《全宋词》录其词九首。

【注释】

①荒台：即彭城戏马台，为项羽阅兵处。南朝宋武帝曾在重阳日大会僚朋于此。

②漉酒：漉，过滤。

③老兵：用谢奕事。《晋书》载，谢奕尝逼桓温饮，温走避之。奕遂引温一兵帅共饮曰："失一老兵，得一新兵。"

④记长楸二句：朱敦儒《雨中花》词句："故国当年得意，射麋上苑，走马长楸。"此处化用其意。长楸，古时道旁栽楸树，绵延很长，故称长楸。蚱（zhà）柳，用箭射柳干。

⑤紫萸：即茱萸。

【今译】

重阳节将临，偏多风雨，
我非常珍惜今天的晴空明亮。
不知秋色是否正浓，
我准备携同友人走出西城。
满怀旅愁心中十分伤感，
真怕登上荒凉的戏马台，
会更加引发心中哀思。
面对酒宴，又想起昔日，
举杯共饮、一起插花的友人。
而宴席座上，
已没有昔时老友。

我心中凄凉悲楚，
饮酒微醉却还清醒，
心中忧愁，

诗句远远难以表达。
还记得与友人在长楸大道上纵马驰骋,
弯弓射柳同游玩,
这些事也不去说它了,
重阳节之日朝廷赐一枝紫萸,
而如今,故国陵园梦也梦不到。
任随帽子被风吹走,
我要让天知道,
头发如此斑白,
长歌一曲过后已是泪流如雨。

【说明】

　　这首词是作者重阳节感时伤怀之作。上阕抒写羁旅之愁与怀友之情,叹惜"只座上,已无老兵"。下阕通过对往事回忆,表现了对故国的深深眷恋和思念。"紫萸一枝传赐,梦谁到,汉家陵。"既是故国沧桑之慨,也暗含亡国隐痛。

金　明　池

僧　挥

　　天阔云高,溪横水远,晚日寒生轻晕。闲阶静、杨花渐少,朱门掩、莺声犹嫩。悔匆匆、过却清明,旋占得余芳,已成幽恨。却几日阴沉,连宵慵困,起来韶华都尽。　　怨入双眉闲斗损,乍品得情怀,看承全近。深深态,无非自许,厌厌意,终羞人问。争知道、梦里蓬莱,待忘了余香,时传音信。纵留得莺花,东风不住,也则眼前愁闷。

【作者介绍】

　　僧挥,生卒年不详,俗姓张名挥,字师利,安州(今湖北安陆)人。曾中进士。后弃家为僧,先后住苏州承天寺、杭州宝月寺,与苏轼交好。词章成就较高。近人辑有《宝月集》。

【今译】

高阔的天空飘着浮云，
溪水潺潺流向远方，
夕阳余晖淡淡，生出一阵寒意。
空阶寂静，杨花愈来愈少，
朱红门紧紧关闭，
黄莺鸣唱之声仍然娇嫩。
我真后悔匆匆之间清明已过，
等到欣赏剩下的春色，
已生出许多幽愁暗恨。
这几天又是阴沉天气，
连夜来困乏慵倦，
起来时大好景色都已消尽。
眉目间充满忧怨之情，
刚刚品味出相互的情怀，
我们是那么亲近。
深情思念，
无非是自己心中所愿，
相思的愁绪，
却羞于让别人问知。
有谁知道，
和她相会只能在梦中的蓬莱仙境，
我真想忘记昔时的温馨，
唯愿与她不时地互通音讯。
纵使留得住莺花，
可东风难留，
眼前的残春败景，
仍然使我忧愁、烦闷。

【说明】

这首词别本题作"伤春",由残春败景而生怨悔,伤春怨别,抒发作者对时序变迁不可逆转的无可奈何,"纵留得莺花,东风不住",心中之怨无处排遣。

如 梦 令

李清照

昨夜雨疏风骤,浓睡不消残酒。试问卷帘人,却道海棠依旧。知否?知否?应是绿肥红瘦。

【作者介绍】

李清照(1084—?),自号易安居士。济南章丘(今属山东)人,我国文学史上著名女作家,诗和散文均有很大成就,尤以词作成就最大。她的词以1127年北宋覆亡为界分为前后两个时期。前期词主要抒写爱情感受、生活小景,佳作颇多;后期词作以抒发亡国之痛为基调,不仅写个人悲苦,也表现时代的悲剧,思想更加深刻。有《漱玉集》一卷,存词四十七首。

【今译】

昨夜细雨零疏,狂风急骤,
我从沉睡中醒来,
酒醉仍未消尽。
我问卷帘人,
她却说海棠花依然如旧。
你是否知道?你是否知道?
该是绿叶更加茂盛,
红花却已凋零消瘦。

【说明】

这首词精短而有情趣。作者抓住日常生活的一个细小场景,通过海棠花经过一夜风雨而发生的细微变化,抒发了内心深处惜花伤春之情。

凤凰台上忆吹箫

李清照

香冷金猊①,被翻红浪②,起来慵自梳头。任宝奁尘满,日上帘钩。生怕离怀别苦,多少事、欲说还休。新来瘦,非干病酒,不是悲秋。　　休休,者回去也,千万遍《阳关》③,也则难留。念武陵人远④,烟锁秦楼⑤。惟有楼前流水,应念我、终日凝眸。凝眸处,从今又添、一段新愁。

【注释】

①金猊(ní):铜香炉,形如狮子。
②红浪:锦被上的红色绣文。
③《阳关》:即《阳关三叠》,为送别之曲。
④武陵人远:陶渊明《桃花源记》载:武陵(今湖南常德)渔人入桃花源,后迷失路径无人寻见一事。此处借用指爱人去远方。
⑤烟锁秦楼:秦楼即凤台,相传春秋时秦穆公女弄玉与其夫萧史乘凤飞升之前的住所。

【今译】

狮形铜香炉已冷了,
我翻起红色锦被,
起床来却懒得梳头。
任随镜奁落满尘灰,
日光已高照帘钩。
惧怕离别的愁苦,

心中有许多话要向他说,
可还是未曾开口。
近来我的身体已经消瘦,
这并非因为酗酒,
也不是因为悲秋。

算了吧,算了吧,
这一次他要离开了,
即使千万遍吟唱《阳关三叠》,
也难将他留住。
想起爱人将远往他乡,
只留我独居闺楼。
惟有楼前的流水,
会怜惜我终日凝眸痴思。
从今往后,
在我怅惘的心中。
又要增添一丝新愁。

【说明】

这首词是作者前期作品,写于她与丈夫赵明诚分别之时。由于作者与丈夫感情深笃,虽暂时小别,心中也十分悲苦。这首词上阕写分别之前作者心中的愁闷,"新来瘦,非干病酒,不是悲秋",只能是因伤别而"瘦"!下阕连用两个"休"字开头,将作者的心情感受表现得十分突出,其中有苦愁、有无奈,而更多的是怨忧!整首词语言清新流畅,感情真挚动人。

醉 花 阴

李清照

薄雾浓云愁永昼,瑞脑消金兽①。佳节又重阳,玉枕纱厨,半夜凉初透。　　东篱把酒黄昏后②,有暗香盈袖③。莫道不消魂,帘卷西风,人比黄花瘦。

【注释】

①瑞脑句:瑞脑即龙脑,一种香料。金兽,兽形铜香炉。
②东篱:菊花园。语出陶渊明《饮酒》诗其五"采菊东篱下,悠然见南山"。
③暗香:此处指菊花的幽香。

【今译】

天空浓云薄雾一片茫茫,
我心中发愁如何消磨这一整天,
兽香炉中龙脑香已经燃尽。
又到了重阳佳节,
仍是玉枕纱厨,
半夜里,透进一丝寒意。

黄昏后,我在菊花园饮酒,
菊花幽香阵阵袭人衣袖。
请不要说在这良辰美景中,
我就不会伤心愁苦,
当西风卷起帘子,
你会看到人比菊花还要消瘦。

【说明】

这是一首重阳佳节思念亲人之作。作者以饱含感情的笔调描绘出"东篱把酒黄昏后"的美景,而以之衬托出心中爱情相思之苦则更加深刻,"莫道不消魂,帘卷西风,人比黄花瘦",形象而生动地表现了作者的心情。

声 声 慢

李清照

寻寻觅觅,冷冷清清,凄凄惨惨戚戚。乍暖还寒时候,最难将息。三杯两盏淡酒,怎敌他、晚来风急。雁过也,正伤心,却是旧时相识。　　满地黄花堆积,憔悴损、如今有谁堪摘。守着窗儿,独自怎生得黑?梧桐更兼细雨,到黄昏、点点滴滴。这次第,怎一个愁字了得?

【今译】

我苦苦地寻觅着,
在这孤独冷寂的世界里,
我满心凄惨悲戚。
在这将要转暖却依然寒冷的日子,
最难令人静息。
三杯两盏淡薄的酒,
又怎能抵御这残冬的寒风?
鸿雁飞过,正自伤心,
那鸿雁竟是旧时相识。

满地堆积的都是黄花,
花儿已憔悴凋损,
如今还有谁会去摘取。
独倚窗前,
怎样才能熬到天黑?
梧桐萧萧、细雨绵绵,
点点滴滴直到黄昏。
此情此景,
用一个"愁"字又如何能说尽?

【说明】

这首词是作者南渡后一首千古名作。时爱侣赵明诚已亡故。亡国之痛、丧偶之悲给作者以沉重的感情负担。词开首几句叠字连用,感情层层递进,步步深入,强烈地表现了心中悲凄孤苦之情。"满地黄花堆积"、"梧桐更兼细雨,到黄昏、点点滴滴"等词句,使全篇词笼罩在一片凄凉悲苦氛围之中。

念 奴 娇

李清照

萧条庭院,又斜风细雨,重门须闭。宠柳娇花寒食近,种种恼人天气。险韵诗成①,扶头酒醒②,别是闲滋味。征鸿过尽,万千心事难寄。　　楼上几日春寒,帘垂四面。玉阑干慵倚。被冷香消新梦觉,不许愁人不起。清露晨流,新桐初引,多少游春意。日高烟敛,更看今日晴未。

【注释】

①险韵诗:用生僻字作为韵脚写的诗。
②扶头酒:易醉人的酒。

【今译】

庭院里静寂萧条,
轻风吹过,下起濛濛细雨,
我将重重门紧紧关闭。
垂柳依依,百花娇艳,
寒食节即将来临,
天气却如此,实在恼人。
险韵诗已经写成,
我已从沉醉中醒来,
心中别有一番百无聊赖的滋味。

鸿雁全都飞过去，
心中千愁万绪无所寄托。

阁楼上连日春寒料峭，
四面帷帘紧紧遮蔽，
我也懒得倚栏凭远。
被子冰冷，炉香燃尽。
我从美梦中醒来，
心中愁闷却也不得不起。
清晨莹莹露水，
梧桐叶一片碧绿，
添多少游春的情趣。
旭日高照，云烟收敛，
且看今日可是晴和天气。

【说明】

　　这是一首感时伤怀的闺怨词。由寒食节来临前的凄风苦雨之景而使作者心"恼"，虽"险韵诗成，扶头酒醒"，却仍是"万千心事难寄"，表现了作者愁思之苦。词之下阕抒写春寒的凄清和作者的百无聊赖，虽抒愁怨，但"清露晨流"以下数句描绘出一幅清新、和煦的春日美景，反映了作者心中似喜还悲的复杂感受。

永 遇 乐

李清照

　　落日熔金，暮云合璧，人在何处？染柳烟浓，吹梅笛怨①，春意知几许？元宵佳节，融和天气，次第岂无风雨？来相召、香车宝马，谢他酒朋诗侣。　　中州盛日②，闺门多暇，记得偏重三五③。铺翠冠儿④，捻金雪柳⑤。簇带争济楚⑥。如今憔悴，风鬟雾鬓，怕见夜间出去。不如向帘儿底下，听人笑语。

【注释】

①吹梅笛怨：古时有笛曲《梅花落》，此句即笛吹梅怨之意。
②中州：指北宋都城汴京。
③三五：古书以三五指称阴历十五日，此处特指正月十五元宵节。
④铺翠冠儿：元宵节时的妆扮。
⑤捻金雪柳：雪柳是一种元宵日的装饰品，用绢或纸制成。捻金雪柳即捻金线的雪柳，较为贵重。
⑥簇带句：簇带，宋时方言，插戴满头。济楚，宋方言，整齐美丽。

【今译】

落日辉煌如黄金熔开，
天际的暮云恍如一片璧玉，
可我如今又身在何处？
绿柳笼罩于浓烟之中，
《梅花落》笛曲清幽哀怨，
春意是多么浓郁！
元宵佳节，
天气和暖，
谁会知道转眼间是否会有凄风苦雨！
有朋友乘坐华丽车马，
邀我同去赏月，
我婉言谢绝。

昔日汴京繁盛之时，
闺中女子多有闲暇，
记得我当时特别重视元宵节。
头戴玉翠妆饰的帽子，
用捻金雪柳妆扮自己，
满头饰品、整齐美丽。
如今容颜憔悴，

鬓发散乱,
元宵夜间也不愿出门。
不如躲在窗帘后,
静听外面人家的欢声笑语。

【说明】

这首词通过元宵佳节的优美景色,突出地表现了作者心中对故国、对已往岁月的怀念和伤悼。虽是"元宵佳节,融合天气",但作者心中却有"次第岂无风雨"的疑问。下阕以细致的笔墨追忆昔日汴京元宵盛景,与如今之"风鬟雾鬓,怕见夜间出去"形成强烈对比,抒发了作者对故国的深情思念。

浣 溪 沙

李清照

髻子伤春慵更梳,晚风庭院落梅初,淡云来往月疏疏。
玉鸭熏炉闲瑞脑①,朱樱斗帐掩流苏②,通犀还解辟寒无③。

【注释】

①玉鸭熏炉:指鸭形香炉。
②朱樱句:朱樱斗帐即有红樱桃花纹的小型方帐。五彩羽毛或绒毛制成的下垂的穗子为流苏。
③通犀句:《开元天宝遗事》卷上:"开元二年冬至,交趾国进犀一珠,色黄似金。使者请以金盘置于殿中,温温然有暖气袭人。上问其故,使者对曰:'此辟寒犀也……'。"此处化用其事。

【今译】

因伤春而心怨,
懒得梳理头发,
晚风吹过庭院,

梅花片片飘落,
淡淡的浮云流过天空,
月色稀疏暗淡。

玉鸭熏炉中龙脑香已燃尽,
红樱桃花纹的帷帐流苏低垂,
通犀还是否能为我驱寒?

【说明】
　　这首词以清新精致的笔墨抒写了作者伤春怨别的心情,描绘出一幅月色清淡、风吹梅落的凄凉夜景,给人以极大的感染。